Um amigo da família

Outras obras da autora publicadas pela Editora Record

Os trinta e poucos anos de Nadine Kite

Fenômeno de um sucesso só – a história de Bee Bearhorn

Lisa Jewell

Um amigo da família

Tradução de
ANA BAN

EDITORA RECORD
RIO DE JANEIRO • SÃO PAULO
2006

CIP-Brasil. Catalogação-na-fonte
Sindicato Nacional dos Editores de Livros, RJ.

Jewell, Lisa
J56a Um amigo da família / Lisa Jewell; tradução de Ana Ban. – Rio de Janeiro: Record, 2006.
416p.

Tradução de: A friend of the family
ISBN 85-01-06991-4

1. Pais e filhos adultos – Ficção. 2. Romane inglês. I. Ban, Ana. II. Título.

06-0396 CDD – 823
CDU – 821.111-3

Título original inglês
A FRIEND OF THE FAMILY

Impresso no Brasil

ISBN 85-01-06991-4

PEDIDOS PELO REEMBOLSO POSTAL
Caixa Postal 23.052
Rio de Janeiro, RJ – 20922-970

EDITORA AFILIADA

Para minhas irmãs, Sacha e Tanya —
os melhores presentes que os meus pais já me deram.

Agradecimentos

Muito obrigada à dupla da pesada: Sarah Bailey, minha amiga e editora não-remunerada, que mais uma vez sacrificou seu tempo e energia para fazer com que eu ultrapassasse as primeiras etapas da escrita deste livro — mas, pelo menos desta vez, ela recebeu um almoço decente e alguns copos de cerveja com soda. E Judith Murdoch, minha agente amável, talentosa e que sempre me apóia, que não só desatou todos os nós iniciais deste livro como também me pagou almoços! Sinto-me eternamente grata e incrivelmente sortuda de ter vocês duas ao meu lado.

Agradeço também a todos do Block por terem sido uma rede de apoio tão eficiente, a todo mundo na Penguin por ser a melhor editora do mundo e a Jascha por ser meu marido e o melhor amigo que uma mulher pode desejar.

"Meninos não crescem gradualmente. Avançam aos saltos, como os ponteiros dos relógios nas estações de trem."

Cyril Connolly, *Enemies of Promise*, 1938

Quarta à noite na Taberna Beulah

Bernie ajeitou o microfone no pedestal e fez uma mesura, sorrindo para a pequena multidão da Taberna Beulah, que assobiava e aplaudia.

Roger pulou para cima do palco e debruçou-se no microfone.

— Senhoras e senhores, vamos dar um obrigado bem caloroso e maravilhoso à nossa revelação desta noite... esta linda senhora com esses *pulmões* enormes! A talentosa, suprema, incomparável srta. Bernie London. Ela estará aqui de novo na próxima quarta para cantar antigas canções e acalentar o nosso inverno. Então, não percam!

Bernie sorriu de novo e foi direto para o bar, onde Roger já a esperava com um gim com limão. Tirou o maço de cigarros Silk Cut Ultras da bolsa e se recostou no balcão, afrouxando um pouco as tiras das sandálias de amarrar que envolviam seus pés inchados. Já fazia quase três anos que Bernie cantava na Taberna Beulah, desde que Roger assumira o local, arrancara o carpete estampado, o forro puído dos móveis e as reproduções de Turner da parede e transformara o lugar no "Estabelecimento Musical Mais Animado de Crystal Palace". Bernie era totalmente capaz de reconhecer que não era nada daquilo: tratava-se de um bar local bacaninha que por acaso tinha música ao vivo algumas vezes por semana, principalmente bandas irlandesas com nomes como The Ceilidhs ou velhos cantores de rock'n'roll com roupas esfarrapadas e tufos de cabelo branco despencando sobre a careca. Bernie cantava o que gostava de descrever como músicas de *lounge*: "Cry Me A River", "The Way You Look Tonight", "I Say A Little Prayer", "Whatever Lola Wants".

Roger, que tinha voltado para trás do balcão, acendeu o cigarro dela, deu-lhe uma piscadela através dos óculos grossos e redondos e então se afastou para servir outra pessoa. Bernie acomodou-se em uma banqueta no balcão. Ela adorava aquela parte da noite, os quinze minutos depois de sua apresentação, quando ficava sozinha com seu gim com limão e um cigarro e era apenas Bernie, uma mulher de meia-idade com um vestido preto de lantejoulas e brincos de zircônio cúbico que cantava bastante bem, a ponto de receber para fazê-lo. Uma mulher de ossos largos, peito grande e pernas fantásticas, já um pouco redonda na cintura, mas com o cabelo espesso, da cor do milho, e as bochechas bem definidas de uma Geraldine James mais velha. Ela adorava aqueles momentos fugidios de solidão, quando não era a esposa do marido nem a mãe dos filhos. Bernie sempre tinha a sensação de que, se sua vida fosse mudar, seria naquele momento, em uma daquelas breves janelas de possibilidades no meio de sua existência tão estruturada. Quando acabasse a bebida e fumasse mais um cigarro, ligaria para Gerry e ele viria a seu encontro, então iriam para casa de mãos dadas e a vida real começaria de novo. Bernie adorava sua vida real, mas sentiria falta desses momentos se eles lhe fossem negados.

Abaixou-se para esfregar os pés doloridos e apertados. Já não estava mais muito acostumada a usar salto, apesar de praticamente viver em cima deles quando era mais nova. Agora só os usava nas noites de quarta e em ocasiões especiais. Quando voltou à posição ereta, uma figura do outro lado do bar chamou sua atenção. Um rapaz, todo de preto. Um moço bonito? Não dava para saber, daquela distância. Ele era muito branco e Bernie viu um brilho prateado no lóbulo de suas orelhas. Tinha certeza de que o tinha visto ali na semana anterior também, sentado na mesma mesa.

Então ele sorriu para ela, aquele sorriso meio desajeitado de alguém que não está acostumado a sorrir. Quase sem querer, Bernie devolveu o sorriso. Normalmente, ela não tinha tempo para os homens que vinham dar em cima dela em bares. Mas tinha alguma coisa naquele sujeito, o desenho dos ombros, o formato da cabeça, a maneira como ele se movimentava. Alguma coisa que transmitia confiança. Ele pegou o copo e foi contornando as mesas para se juntar a ela no balcão. As pontas dos dedos de Bernie foram diretamente para o lóbulo da orelha e começaram a futricar o pedacinho de zircônio.

— Bela voz — disse ele, ajeitando seu copo ao lado do dela no balcão.

De perto, o homem revelou-se ter qualquer idade entre os vinte e cinco e os quarenta anos. A boca dele era fina, os olhos tinham pálpebras pesadas e o cabelo era bem preto, cortado à escovinha, como Bernie não via desde o final da década de 1950. Usava um casaco de couro preto gasto, jeans pretos justos e uma camiseta fina cinza, com uma espécie de estampa gráfica desbotada. Tinha uma tatuagem apagada de teia de aranha em volta do pescoço, um anel de caveira e ossos cruzados no dedo médio, uma fivela brilhante no cinto e um dente faltando que Bernie só foi notar quando ele sorriu para ela e perguntou:

— Então, quanto tempo faz que você canta?

— Comecei antes de você nascer — respondeu com uma risada, soltando a fumaça da tragada e apagando o cigarro. Bernie achava que devia ter se sentido pouco à vontade, mas isso não aconteceu. Tinha alguma coisa naquele rapaz, alguma coisa familiar, quase arrebatadora, que fazia com que ele se encaixasse perfeitamente naqueles intervalos de quinze minutos.

— Tudo bem aí, Bernie? — perguntou Roger, que apareceu de repente, como uma coruja, ao lado dela.

— Tudo — ela respondeu, despreocupada. — Tudo certo.

— Posso oferecer outra bebida para você? — perguntou o homem.

Bernie olhou para o relógio. Provavelmente Gerry já estava esperando a ligação dela. Mas, se ela conhecia bem Gerry, ele devia estar tão absorto pelo candelabro que polia que nem devia ter visto o tempo passar.

— Claro — respondeu. — Por que não? Vou tomar um gim com limão, por favor.

Ficou observando o perfil do homem enquanto esperava Roger servi-la. As bochechas dele tinham algumas marcas e Bernie de repente o enxergou como o adolescente desajeitado e cheio de espinhas que ele tinha sido. A jaqueta de couro preto, a tatuagem e os cabelos tingidos eram só uma fantasia. Não era um homem rude, ela pensou, era só um garotinho, igual aos filhos dela, igual a *todos* os rapazes. Bernie sentiu o coração bater daquela maneira maternal que conhecia tão bem.

— Eu vi você por aqui na semana passada — disse ao aceitar a bebida. — E você também estava sozinho. Por que isso? Você não tem amigos?

O homem riu e ofereceu-lhe um cigarro.

— Não — respondeu. — Não por aqui.

— Você acabou de se mudar?

— É.

— De onde?

— Ando por aí. — Fez uma pausa para acender o cigarro dela e então a encarou, bem olho no olho. — E você? É daqui?

Ela assentiu com a cabeça, com vontade de revelar que morava dobrando a esquina na Beulah Hill, mas conteve-se.

— Sozinha?

Ela riu.

— Não exatamente. Com o Gerry, meu marido.

— Tem filhos?

— Tenho. Três rapazes. — Fez uma pausa. — Que engraçado. Eu nunca quis ter uma menina. Sempre me senti mais à vontade com homens.

Ele assentiu com a cabeça.

— Então, que idade eles têm, os seus garotos?

— Bom — ela começou —, Tony é o mais velho. Está com 34. Sean é o do meio. Acabou de fazer 30. E daí tem o Ned, mais novo. Ele tem... quanto mesmo? 26, 27? Em que ano estamos?

— 2001.

Ela contou nos dedos.

— Vai fazer 27 no ano que vem.

Sorriu com alívio. Não era nada bom não saber quantos anos um filho tinha. Mas fazia tanto tempo desde a última vez que tinham comemorado o aniversário dele juntos...

— Você tem orgulho de todos eles?

Bernie pensou nos filhos, seus lindos filhos. Claro que tinha orgulho deles. Ela mal conseguia se conter para não explodir de tanto orgulho.

Tony era um empresário de sucesso, tinha uma empresa de cartões de felicitações que ele mesmo começara do zero, em um quarto de seu apartamento, quando tinha 21 anos. Já empregava vinte pessoas e tinha uma casa adorável em Anerley. Bom, era um apartamento, para falar a verdade: não pôde comprar uma casa depois do divórcio, mas era muito bom, com vista para um parque e estacionamento próprio e câmeras de vídeo espalhadas por todos os lados. Ela andava um pouco preocupada com ele naquela época. Parecia que não tinha conseguido retomar o rumo depois do divórcio. Bernie não conseguia explicar exatamente o que estava errado, mas ele não parecia o Tony de sempre.

E então havia o pequeno Ned, que já não era mais tão pequeno assim, com mais de um metro e oitenta e magro como uma vara. Ele era o mais inteligente da família, cursara a universidade, formara-se em história da arte e até chegou a trabalhar um pouco na casa de leilões Sothebys. Mas então ele e Carly se separaram, e Bernie engoliu em seco ao pensar naquilo: sempre que o fazia, ainda se sentia como se tivesse ocorrido uma morte na família. Então ele fugiu para a Austrália com uma moça qualquer que tinha conhecido em um bar de Leicester Square e já fazia quase três anos que não o via. *Três anos.* Ele trabalhava em um *cyber* café em Sydney, aparentemente desperdiçando todo o estudo. Mas um dia ele voltaria, ela tinha certeza, retornaria ao lar, onde era seu lugar. E então ele se tornaria alguém. Aquele rapaz tinha tanto potencial, a coisa simplesmente emanava dele.

E aí tinha Sean. A jóia de sua coroa filial. Não que ela fosse admitir o fato a qualquer pessoa além de si mesma, claro; às mães não se permite ter preferências. Ele tinha causado uma certa preocupação durante um tempo, era maluco, arranjava problemas. Os filhos do meio sempre são assim, era o que ela achava. Ele não tinha se prendido a nada, a cada cinco minutos aparecia com uma namorada diferente, uma mais bonita do que a outra (ele era o seu filho mais bonito, era preciso dizer). Mas daí, havia uns dois anos, ele tinha escrito um livro. Não tinha contado para ninguém que estava escrevendo; bem, pelo menos não para alguém da família, e um dia alguma editora enviou-lhe um cheque de 50.000 libras e de repente ele estava em todos os jornais e só se falava dele, e era o *filho dela.* Seu pequeno Seany! Ele mal conseguia acreditar. O livro (*Meio homem* era o título) falava de um menino cujo irmão gêmeo morre em um acidente de carro e depois disso ele fica louco e começa a matar os outros. Ela não sabia de onde Sean tirava aquelas idéias, não mesmo. Não era dela, com certeza, ela não tinha a mínima imaginação; Gerry, então, nem se fala... Mas era um bom livro. Ele tinha levado um exemplar para ela em uma terça, antes do lançamento, e ela tirara o dia de folga do trabalho para ler de uma tirada só. Tinha um pouco de consumo de drogas demais para o gosto dela, e o uso um tanto exagerado da palavra com "p", mas era um bom livro. A versão de capa dura tinha vendido, ela achava, umas oito mil cópias, e a versão em brochura tinha saído no verão e ainda estava entre os vinte livros mais vendidos, trinta semanas depois. Sean tinha se transformado em uma espécie de celebridade e, ai meu Deus, como Bernie se sentia orgulhosa. Mal conseguia acreditar no que tinha feito. Produzira um escritor de best seller! Dentro de seu próprio corpo. E por isso ela sentia mais orgulho do que a mais orgulhosa das mulheres tinha o direito de sentir.

Bernie nunca tivera grandes ambições para os filhos, nunca achara que fariam faculdade, que ultrapassariam o nível que ela e Gerry tinham conseguido alcançar: uma boa casa, uma família feliz, algumas libras no banco. A única coisa que sempre desejou para os filhos era que eles fossem bons garotos. E, se pudesse se gabar pelo menos um pouco, ela tinha mesmo feito um bom trabalho com eles. Eram todos ótimos, rapazes ótimos, os filhos dela, cada um deles. Claro que toda mãe acha os filhos perfeitos, mas os dela eram mesmo. Realmente, não conseguia encontrar defeitos neles.

Bernie virou-se para o homem de cabelos pretos e sorriu.

— Tenho muito orgulho mesmo — respondeu com uma risada e uma piscadela. — Mas que mãe não tem?

— Bom. Então vocês formam uma família feliz, certo?

— Que tipo de pergunta é essa?

— Uma pergunta muito interessante.

Bernie sorriu.

— É — respondeu. — Somos uma família feliz. Tivemos sorte. Meus filhos são bons rapazes... bons rapazes de verdade.

Os dois ficaram em silêncio durante um momento.

— E você? — ela perguntou. — Tem filhos?

— Tenho — ele respondeu. — Mais ou menos. Tenho um menino. Deve ter uns dezesseis anos agora, acho.

— Perderam o contato?

Ele coçou a nuca.

— É, faz muito tempo. A mãe não quis mais saber de mim.

Bernie engoliu em seco e colocou a mão no braço do homem.

— Coitadinho.

— É — ele respondeu. — A gente sempre acaba pagando pelos erros que comete na vida de um jeito ou de outro, não é mesmo?

— Como ele se chama?

— Charlie.

— É um nome bonito.

— Você acha? Eu detesto. Às vezes fico pensando se eu o reconheceria hoje. Sabe como é? Se a gente se cruzasse na rua ou algo assim. Meu próprio filho.

Os dois ficaram em silêncio de novo.

— Olha — ele disse, pegando o copo e bebendo tudo —, não quero ser desagradável nem nada disso. Só queria dizer que acho a sua voz maravilhosa. Você tem muito talento.

— Deus o abençoe — respondeu Bernie. — Isso é muito gentil da sua parte e me deixou bem feliz. Você vem na próxima semana?

O rosto do homem de repente relaxou.

— Venho — respondeu. — Com certeza. Vou estar aqui. Aliás, meu nome é Gervase.

Bernie sorriu para ele.

— Você não tem cara de Gervase — disse.

— Não — ele respondeu. — Não tenho mesmo, né? Às vezes fico achando que eu não deveria me chamar Gervase. Sabe, em uma realidade paralela e tudo o mais. Você sabe do que eu estou falando?

Bernie sorriu e assentiu com a cabeça.

— Obrigado pela conversa, Bernie. A gente se vê na semana que vem, certo?

— Claro. — Bernie sorriu. — Até semana que vem.

Ele fez um sinal com a cabeça para ela e deu aquele sorriso desajeitado, antes de enfiar as mãos nos bolsos apertados dos jeans e sair do bar para o frio da noite de janeiro.

Gerry rende-se à tecnologia

De: Gerald London [SMTP: grays@graysantiques.co.uk]
Enviado: Sábado, 17 de março de 2001 14:01
Para: Ned London [SMTP: nedlondon@hotmail.com]
Assunto: Surpresa para a sua mãe

Oi Ned... Tudo bem? Estou usando este computador no trabalho. Deandra está me ensinando, e espero não fazer muita confusão. Na semana passada, eu estava arrumando umas coisas lá em casa e achei umas cartas que eu e a sua mãe escrevemos um para o outro quando estávamos namorando. Descobri que a primeira vez que saímos foi no dia 26 de maio de 1961, há quarenta anos. Eu a levei ao Ritz para um drinque e depois fomos ver um filme em Picadilly. Me custou o salário de uma semana. Acontece que 26 de maio, neste ano, também cai no sábado, então eu estava pensando que, em vez de simplesmente comemorar nosso aniversário de casamento como a gente sempre faz, acho que vou fazer alguma coisa especial de surpresa. Vou fazer uma festa para ela no Ritz — e reservar uns quartos para dormirmos lá. Uma vez na vida, sabe como é. Falei com os seus irmãos sobre isso e os dois gostaram da idéia. Bem, eu sei que o seu dinheiro está curto, mas posso ajudar um pouco, com umas duzentas libras, talvez. O Tony e o Sean vão entrar com o resto. É só você debitar no cartão de crédito e a gente paga por aqui. Espero que você fique um tempinho também — a sua mãe ia ser a mulher mais feliz do sul de Londres! E a Mônica também é muito bem-vinda, se puder pagar a passagem dela. Reservei um quarto duplo para você, então parece uma pena desperdiçar. Bom, preciso ir. Responda logo (ou me ligue no trabalho) e diga se você vai poder vir ou não — ia ser uma pena se você não estivesse aqui, sabe?

Beijos para a Mônica. E beijos para você.

Papai

Querida Mon

Domingo, 8 de abril de 2001

Querida Mon,

Quando você receber esta carta, eu já estarei em um avião a caminho da Inglaterra. Sinto muito mesmo por cair fora desse jeito sem me despedir adequadamente mas, como você bem sabe, as últimas semanas têm sido bem estressantes para mim, e quanto mais estressantes as coisas iam ficando, parecia que mais a gente discutia. Perder o emprego foi a gota d'água e não vejo mais nenhuma razão para ficar aqui. Não consegui construir uma vida por aqui, como eu achava que ia acontecer. Simplesmente fiquei preso em uma rotina de empregos medíocres e sempre com as mesmas pessoas e, na medida em que o tempo vai passando, sinto cada vez mais falta da minha vida na Inglaterra. Sinto saudade da minha mãe e do meu pai. Sinto saudade dos meus irmãos. Sinto saudade de ficar jogado no sofá assistindo a *Os Simpsons* com o Sean e sinto saudade de todos os meus velhos amigos. Aconteceu tanta coisa desde que a gente chegou aqui... o Sean publicou um livro, o Tony se divorciou e agora mamãe e papai vão fazer uma festança de aniversário de casamento.

Não quero perder isso e não quero mais ficar longe da minha família. Também sinto saudade da Inglaterra. Sinto saudade do clima, da TV e do povo. Eu sei que devia ter esperado você chegar para conversarmos cara a cara, mas já tentei fazer isso antes e você sabe como tudo termina — você fica péssima, eu tento te animar e terminamos ficando juntos.

As coisas começaram tão maravilhosas entre a gente, Mon. Conhecer você foi uma das coisas mais emocionantes que me aconteceu na vida, e ter vindo para a Austrália com você foi a maior aventura que eu já vivi, mas terminou. Acabou.. Eu nunca consegui fazer você ficar feliz de verdade, Mônica — você sabe e eu sei muito bem disso. Acho que você vai concordar comigo: nossa relação acabou há séculos. Não sei o que fez com que ficássemos juntos durante tanto tempo. Acho que deve ter sido uma combinação entre medo e hábito. Você era tão forte quando a gente se conheceu, Mônica, mas deixou que eu transformasse você em uma fraca. Não agüento mais segurar as suas pontas. Tem tanta coisa acontecendo para você — você é tão divertida, bacana e inteligente... A única coisa que te contém são as suas inseguranças — e eu. Você pode se dar muito bem aí na Austrália, eu sei que pode. É só sair da sua concha e encarar o mundo, voltar a ser aquela pessoa que eu conheci em Leicester Square há tanto tempo.

Eu te amo, Mon, amo de verdade. Você é uma das pessoas mais fantásticas que eu já conheci, mas chegou a hora de eu voltar para casa e você precisa tocar a vida sem mim. Espero que você seja feliz e tenha muito sucesso. Vou pensar em você para sempre, Mon. Boa sorte.

}{ }{ Ned

PS.: Aqui estão os 250 dólares do aluguel do mês que vem. Também deixei minha bola de futebol e meu

PlayStation. As entradas do Fatboy Slim estão na gaveta de cima da esquerda na minha cômoda. Tem um pouco de haxixe no pote de café perto do telefone. Vendi o meu carro para o Spencer. E se você encontrar as minhas bolas de golfe Titleist, pode ficar com elas.

A alegria incomensurável dos pais com a volta do filho pródigo

Era uma manhã perfeitamente horrorosa de abril quando Ned finalmente voltou para casa. A cidade se escondia sombria sob uma coberta cinzenta e espessa de nuvens e o ar cheirava a cimento úmido e diesel.

Londres, pensou Ned, olhando para os fundos de uma loja de carros usados através da janela embaçada de um táxi preto. Olhe para isso. Só olhe para isso.

É tão lindo...

O carro deslizava pelas ruas vazias do sul de Londres, parando em sinais vermelhos sem motivo nenhum, escorregando pelos cruzamentos. Ned sorriu quando o mastro de Crystal Palace se materializou à sua frente: era o sinal de que estava chegando em casa, desde que era pequeno.

Algumas figuras estranhas e solitárias se moviam através da névoa que cobria Brockwell Park; gente que saía para passear com o cachorro bem cedo e pacientes externos do hospital de tratamento de câncer Marsden. Um homem com um casaco impermeável vermelho praticava *tai chi* embaixo de uma castanheira coberta de botões. Norwood Road abaixo, passando pelo cemitério de West

Norwood, Beulah Hill acima. E lá estava: número 114. Uma casa georgiana de dois andares, parecida com um desenho infantil de uma casa. Degrauzinhos que levavam a um pórtico de pedra cinzento, a porta da frente de carvalho natural, janelas de vidro quadriculado dos dois lados. Estava mais desgastada do que nunca. Pedaços de reboco cor de creme se desprendiam das paredes, as folhas do outono do ano anterior ainda estavam empilhadas em montes cobertos com lona encostados no muro da frente e nervuras de bolor verde entremeavam a pintura.

A velha Romiseta que Tony comprara com seu primeiro salário, aos 17 anos, estava meio tombada no gramado da frente, coberta por uma capa desbotada. Na frente da Romiseta estava a Vespa de Sean, que já fora a menina de seus olhos e o centro de seu universo, e que agora não passava de uma criatura mofada e desprezada, apoiada de qualquer jeito contra um conjunto velho de gavetas cobertas de fórmica. Pedras de lareira eduardianas, vitorianas e georgianas formavam uma espécie de Stonehenge em miniatura do outro lado, e entre os detritos, todo tipo de ervas daninhas robustas tinha fincado suas raízes.

Certa vez, Ned tinha levado um amigo da faculdade que também morava por ali até sua casa. Ele ficou com uma expressão desconfiada quando viu Ned subir os degraus e tirar as chaves do bolso. "Você mora aqui?", ele perguntou. "Ãh-hã", Ned respondeu. "Caramba... eu sempre achei que fosse um cortiço." Com a recente objetividade que Ned adquirira, ele percebia que a casa parecia exatamente isso.

Colocou a mochila nas costas e atravessou o jardim em silêncio, chutando um jornal velho para longe do caminho. O barulho da chave na fechadura soou familiar, como se fizesse apenas algumas horas que ele o escutara pela última vez. Mesmo depois de tanto tempo, ele ainda se lembrava do jeitinho de enfiar a chave virada no ângulo correto, com o pulso um pouco dobrado, e a porta da frente se abriu devagar.

Caos. Caos total e completo. Sorriu cheio de ironia para si mesmo e tropeçou em um grande coelho de pelúcia, quase do tamanho de um rottweiler, que por alguma estranha razão usava um *botton* de Tony e tinha um pacote de tabaco a granel no colo. Sair da rua cinzenta e entrar na casa dos London era como sair de uma imagem monocromática para uma exibição em tecnicolor vívida. O exterior insípido da casa escondia um interior que fazia com que a palavra "eclético" parecesse um pouco acanhada em seu poder de descrição.

Bernie e Gerry tinham uma atitude bastante *laissez-faire* em relação à decoração e não se esforçavam nem um pouco para controlar suas posses. Não que tivessem mau gosto. Havia vislumbres de classe, estilo e toques de *Elle Decoration* em alguns cantos. Gerry era comerciante de prata antiga, tinha um estande já longevo na Grays, em South Molton Street, e Bernie era compradora de jóias para a Alders, em Clapham Junction. Sabiam o que era bom só de olhar. O problema é que também fingiam não ver umas coisas bem soturnas. Como o vaso de cristal lapidado com um gatinho de cerâmica que ficava na lareira, um presente dos ex-sogros de Tony. Tinha um lugar de honra na sala, apesar de Bernie tê-lo detestado à primeira vista e apesar de não existir nenhuma possibilidade de os supracitados ex-sogros entrarem naquela casa outra vez. Bernie simplesmente tinha esquecido que odiava aquilo. O mesmo valia para o carpete, que já estava na casa quando a compraram, trinta anos antes, e tinha aquele desenho clássico britânico de "volteios e quadrados" em tons violentos de mostarda e cocô de bebê. A lareira continuava emoldurada pela imitação de tijolos que foi colocada ali quando aquilo era considerado "moderno", na década de 1970, e por cima dela estava pendurado um espelho bem bacana do final do período eduardiano que, anos antes, tinha caído do gancho e rachado bem no meio. Outras pessoas teriam ficado se lamentando a respeito dos sete anos de azar e corrido para a ala de emergência dos espelhos para consertá-lo. Bernie e Gerry simplesmente sacudiram a cabeça, suspiraram, penduraram o espelho de novo e o reflexo fraturado que conferiu à sala transformou-se em mais um aspecto da casa deles com o qual a gente acaba acostumando.

Mas o que realmente diferenciava a casa dos pais de Ned de outras residências mal mobiliadas era o tanto de porcaria que tinha lá dentro. Não apenas detritos familiares à espera de doação para os pobres. Porcaria de verdade. Cômodas velhas, cadeiras quebradas, manequins de vitrinas, caixas de utensílios de cozinha enferrujados, cartões de Natal velhos, partes de corpos de bonecas, engrenagens oleosas indefinidas, cortinas bolorentas. E havia coisas que simplesmente estavam no lugar errado. Um cesto plástico com tampa basculante no corredor. Um carrinho de bebê na sala. Uma cortina de chuveiro separando o banheiro da cozinha. Uma porta de entrada completa, com caixa de correspondência, maçaneta e o número 15, entre a sala da frente e a de trás. Um cavalinho de brinquedo imundo com pêlo desbotado e bigode desenhado montava guarda ao pé da escada.

Gerry adorava vasculhar caçambas. Não podia passar por uma sem dar uma olhada e sair com pelo menos um pequeno troféu, fosse um telefone velho ou um pedaço de rodapé. E Bernie era igual, trazia para casa troços e trecos peculiares do depósito de *displays* da Alders, coisas que de outro modo seriam jogadas fora. Dizia que ficava triste ao pensar que aqueles pedaços de poliestireno e de compensado esculpido tinham ficado na vitrina, sob iluminação especial, reluzentes, atraindo os clientes para a loja, e logo seriam descartados, como atores infantis que chegam à puberdade.

Ned ficou caminhando de um aposento ao outro durante algum tempo, absorvendo os cheiros (lustra-móveis francês, carpete velho, pêlo de cachorro) e internalizando os cenários (as porcarias, as caixas de papelão, as pilhas de revistas e bordados abandonados), e pensou consigo mesmo: Isto aqui sou eu, toda esta confusão e este empilhamento, toda esta bagunça amontoada. Foi isso que me fez e aqui é o meu lugar. E foi por isso que ele não tinha ligado antes, por que não tinha contado para ninguém que estava voltando para casa. Porque queria encontrar a casa exatamente da maneira como a deixara havia três anos, e não o fac-símile arrumadinho, animadinho e aprumadinho, abarrotado de tios, tias e vizinhos e sanduíches de patê de frango e tortas de porco cortadas em quadrados. Porque ele queria sentir o cheiro da cama no pai e ver os pratos do jantar da noite anterior empilhados na cozinha.

Ouviu um barulho de bufar e de arranhar vindo da outra ponta do corredor.

— Goldie!

Um golden retriever velho e desbotado colocou o focinho para cima, virou-se e veio na direção de Ned bem devagar, mas cheio de entusiasmo. Ned caiu de joelhos para cumprimentá-lo. Goldie tinha 15 anos e parecia que também tinha sido achado em uma caçamba. Usava uma coleira elisabetana desgastada; bem em cima do olho esquerdo havia um pedaço raspado, remendado com pontos pretos plásticos, indicando mais um acidente. Os olhos dele estavam embaçados e meio cegos por causa da catarata. E ele abria e fechava a boca, em uma aproximação do latido que nunca mais seria capaz de emitir devido a uma laringectomia que o deixara mudo havia muitos anos. Para compensar sua falta de comunicação vocal, agitava tanto o rabo que seu corpo ficava quase de trás para frente e sua boca se esticava para trás formando algo que Ned sempre acreditou ser um sorriso.

— Aah, que beleza, que beleza. Goldie querido, voltei para casa... Voltei para casa! — Ned agarrou os pêlos que escapavam por baixo da coleira e fez um agrado bem bom e bem forte nele, tentando educadamente ignorar que o coitado do Goldie estava tentando ganir.

Tirou as botas e subiu as escadas em silêncio, na ponta dos pés, evitando instintivamente os pedaços que rangiam com seus pés calçados em meias, e também o sempre perigoso "sétimo degrau", que continuava avariado desde que Gerry o atravessara anos atrás, quando corria atrás de Tony escada acima para lhe dar umas palmadas.

Parou no topo da escada para olhar todas as fotografias enquadradas nas paredes do patamar, amareladas e rosadas pelo tempo e pelo sol. Ned, Tony e Sean na praia em Margate; Bernie com chapéu de palha; Sean em um carrossel do parquinho de diversões local; Tony e Ned sentados em um degrau com shorts de náilon e nariz queimado de sol; os três com a roupa da primeira comunhão (shorts brancos bem justinhos, camisa branca engomada e gravata-borboleta). A semelhança familiar era impressionante. Os três tinham o cabelo castanho de sempre, o nariz triangular, o queixo determinado, os olhos azuis e as orelhas pontudas. Ned, magrinho como o pai; Tony e Sean, um pouco mais corpulentos, como a mãe. Ned sorriu ao ver as imagens, que faziam tanto parte dele, e foi até o final do corredor, até o quarto dos pais.

O quarto dos pais era, de certa forma, o ponto de convergência da casa. Era na cama que todos costumavam se reunir nas manhãs do final de semana, assistindo a programas infantis e comendo cereal enquanto mamãe e papai liam o jornal e tomavam chá preparado em um bule na mesa-de-cabeceira.

A porta estava aberta (esse negócio de porta fechada não existia na casa dos London) e o barulho dos roncos de Bernie era quase ensurdecedor. Empurrou a porta devagar e enfiou a cabeça na fresta para olhar para os dois. A cama deles era uma enorme extravagância cheia de rendas, que Bernie tinha comprado na Biba na década de 1970. Tinha hastes para dossel e era enfeitada com voltas de ferro fundido por todos os lados. Com o passar dos anos, Bernie tinha amarrado coisas à renda: flores de seda, penas, rosetas, passarinhos minúsculos de arame. Por baixo de todos esses ornamentos estavam os pais dele. Ned sentiu um nó na garganta quando olhou para eles. O pai estava deitado de lado, encolhido, com as mãos enfiadas embaixo da bochecha, como uma criancinha. A cabeça tinha o mesmo formato de uma bola de rúgbi, coberta do queixo ao topo por pêlos bem branquinhos e curtinhos, com alguns pontos vazios no lugar das bochechas. Os óculos e um livro de Patrick O'Brian ocupavam a mesinha-de-cabeceira.

A mãe de Ned estava deitada de barriga para cima, com o cabelo grosso cor de mel espalhado por toda sua volta, a camisola de poliéster verde subindo e descendo a cada ronco volumoso, uma máscara de avião da Virgin-Atlantic presa à cabeça com um elástico preto e as bochechas, sem rugas, lustrosas de creme noturno. Os óculos e um livro de Maya Angelou acomodavam-se sobre a mesinha-de-cabeceira.

— Mãe, pai — sussurrou bem alto.

O pai se virou mas continuou firmemente adormecido.

— Mãe, pai, sou eu. Acordem — sussurrou um pouco mais alto e se aproximou da cama na ponta dos pés.

A mãe soltou um grunhido e se virou para o lado. O pai se agitou de novo.

Ned cutucou o pai, que acordou, dramática e repentinamente, abriu os olhos, olhou bem para Ned, balbuciou alguma coisa incompreensível, virou-se para o outro lado e peidou.

Ned suspirou e resolveu tentar de novo mais tarde. Dirigiu-se para o seu quarto.

Dos filhos, o quarto dele era o único que não tinha sido inundado pela enxurrada de porcaria. Porque ele nunca tinha se mudado dali. Mesmo quando foi embora, havia três anos, não tinha exatamente se mudado. Tinha toda a intenção do mundo de voltar dali a seis meses. Sabia que muita gente achava estranho ele ter, naquela idade, vontade de morar com os pais. Mas por que não? Era uma casa ótima, em um lugar ótimo, a apenas vinte minutos do Expresso 68 para o centro da cidade; os pais dele eram os pais mais bacanas que existiam e ele adorava aquilo ali. Por que diabos iria alugar algum apartamento vagabundo, para dividir com outras pessoas, ou então gastar todo o dinheiro que tinha com o financiamento da casa própria? Não, ele ia esperar pelo menos até os 30 anos só para começar a pensar em se mudar.

Empurrou a porta do quarto com o coração cheio de expectativa e ternura. Virou-se um pouco para localizar o interruptor, empurrou-o para baixo e então gritou a plenos pulmões quando um homem de repente ergueu o corpo da cama. Um homem muito pálido, com cabelo tingido de preto, uma blusa de estampas geométricas, usando múltiplos brincos e com uma tatuagem de teia de aranha no pescoço.

— Caralho — disse Ned, segurando o coração com a mão.

— Hã? — disse o homem na cama.

— Caralho... Quem é você, porra?

O homem apertou os olhos e ficou olhando para Ned por um instante, esticando a mão até um cinzeiro na mesa-de-cabeceira para pegar uma bituca de cigarro meio fumada. Colocou-a nos lábios, acendeu com um isqueiro Zippo, deu uma tragada, depois estalou os dedos e sorriu.

— Ned? — perguntou.

Sua voz era profunda e rascante.

— Ãh-hã — respondeu Ned, ainda colado à porta do quarto, com as sobrancelhas bem pertinho do couro cabeludo.

O homem na cama soltou a fumaça e então começou uma tosse dolorida e rouca de fumante. Colocou o cigarro de volta no cinzeiro e saiu da cama, ainda tossindo. Usava cuecas pretas, era muito pálido e inacreditavelmente esguio — músculos sólidos com só um pouquinho de carne esticada por cima; comparável, Ned pensou, ao físico de um cão de caça. Havia mais tatuagens. Uma bandeira confederada no antebraço, um contorno de Marilyn no bíceps e as palavras "viva rápido morra jovem" no peito sem pêlos.

— Ouvi falar muito de você. — Pegou a mão desfalecida de Ned e a apertou. — Eu sou Gervase — disse, e voltou para a cama e para o seu cigarro fumegante. Começou então a tossir mais ainda, produzindo todo tipo de efeito sonoro através das narinas e da garganta.

— Certo, mas... quem é você?

— Bernie não te contou?

Ned não gostou nada do jeito como ele disse "Bernie" com tanta intimidade. Sacudiu a cabeça, estupefato.

— Eu sou o inquilino.

— Inquilino?

— É... sabe como é... eu pago uma grana, eu uso o quarto.

— Ah, tá... só que este aqui é o *meu* quarto.

— Isso, Ned — disse Gervase, apagando o cigarro e tirando um novo do maço de Chesterfield —, é discutível.

Então ele foi até a pia no canto do quarto, debruçou-se sobre ela e, com uma ação ensaiada, esvaziou o conteúdo dos pulmões.

Perca peso agora — pergunte-me como

Era o cenário de sempre: Millie, as coxas grossas presas ao redor de um garanhão branco, o cabelo castanho esvoaçante, a praia que nunca terminava, as ondas espumantes arrebentando na praia. Tony, magro, com roupas de linho branco, deitado em uma rede, observando-a. Pode ser que também houvesse algum tipo de passarinho, um passarinho azul. Ele não tinha certeza.

Ela apeou do cavalo e se aproximou, um meio-sorriso brincando em seus lábios, uma sobrancelha levemente erguida. A areia salpicava suas bochechas. Brilhava como diamante moído. Ele esticou a mão para tirar a areia e, quando fez isso, ela o pegou pelo pulso e deu um tapa nele. Com força, no rosto. E então, com a mesma mão que usara para acertá-lo, enfiou as mãos nas calças dele e o segurou. E parecia que era a garganta dela que o segurava, a garganta vermelha e quente. Não tinha outro jeito de explicar. Ela respirava na bochecha dele, os olhos dela percorriam seu rosto, a mão dela quente e parecida com uma garganta nele, para cima e para baixo. Inclinou-se sobre a orelha dele e sussurrou: "Você é um deus, Anthony. Você é um deus."

E então ele acordou. Bem quando ia gozar. Toda noite. Toda maldita noite. Não tinha certeza se aquilo era frustrante ou prazeroso, inferno ou paraíso, mas pelo menos não fazia a maior sujeira nos lençóis.

Levantou-se da cama com pesar e fez o exame costumeiro do corpo na frente do espelho. Alguns anos antes, olhava no espelho e via um homem levemente corpulento com barriga protuberante e peitos um pouquinho arredondados, um homem com seus trinta e poucos anos que parecia ter comido uns bons *curries* indianos na vida, um copo de cerveja aqui e outro ali, equilibrados por sessões de ginástica e uma partidinha de futebol ocasional. Agora, o que o encarava era uma bolha branca como a neve, esférica, com uma barriga de tamanho suficiente para abrigar uma criança de cinco anos e peitos pendurados, tristes, maiores do que os de Ness (isso mesmo... ela tinha medido).

Fazia um ano que tinha parado de fumar e desde então só comia. Sair com Ness não ajudava nada. Ness era uma *bonne viveuse*, uma *gourmande*, uma porra de uma porca completa. Nunca tinha conhecido uma mulher que comesse tanto quanto ela mandava ver. O que mais incomodava é que ela tinha metabolismo rápido e conseguia ficar magra que nem um pau, ao passo que Tony tinha o metabolismo de uma lesma com depressão crônica e estava gordo. Tony suspirou, deu as costas para a verdade cruel que era seu corpo de 34 anos e começou a se preparar para o trabalho.

Pensou em Millie de novo enquanto tomava banho. Naquela época, pensava em Millie praticamente o tempo todo. Porém, mais estranho do que simplesmente pensar nela, era ficar imaginando que ela o *observava*. Em tudo que ele fazia, tudo que ele falava, lá estava ela flutuando em um canto da sala, julgando-o, avaliando-o, *dando nota* para ele. Em casa, no escritório, no carro, lá estava ela. Se ele fazia alguma trapalhada, ficava vermelho. Se fazia alguma coisa bacana, enchia-se de orgulho. Encolhia a barriga quando estava pelado, só cantava músicas das quais conhecia a letra no chuveiro, não cutucava o nariz, já nem peidava mais quando estava sozinho. Bem, pelo menos não peidava alto.

Só a tinha visto uma vez, na semana anterior, em um bar de Charlotte Street. Ela chegou bem quando ele e Ness estavam indo embora. Tinham conversado menos de cinco minutos. Ela estava com o namorado. Um rapaz simpático, mas que não estava à altura dela: ela era muita areia para o caminhãozinho dele. Ele era um garoto. Ela era *mulher*.

Tony nunca tinha sido um cara muito detalhista no que diz respeito às mulheres. Nunca conseguia lembrar de coisas como a cor dos olhos delas (os de Millie eram verde-oliva, com fragmentos dourados), nem reparava se elas usavam aliança (Millie tinha anéis de prata em três dedos da mão direita, nenhum na esquerda). E nunca encontrava as palavras para descrever coisas como cabelos (o cabelo de Millie era castanho, composto de aproximadamente uma centena de tons diferentes de mel, mogno, marrom e vermelho. Era encorpado e grosso e ela ficava pegando nele enquanto falava, como se estivesse mostrando quem mandava ali) ou roupas (Millie usava um top vermelho apertado sem manga com jeans de cintura baixa, revelando meio centímetro de barriga). A voz dela era grave e rouca, tinha pés-de-galinha ao redor dos olhos, as unhas eram curtas e quadradas. Sua pele era daquela cor que sugeria ancestrais exóticos bem afastados; talvez latino-americanos ou do Oriente Médio. Com uma das mãos, segurava um Marlboro Light e uma garrafa de cerveja Stella Artois e ria de um jeito como ele nunca tinha visto uma mulher rir. Dentes grandes e brancos, três obturações, o fundo da garganta à mostra, rosado e lustroso à luz que vinha de cima.

Camilla, esse era seu nome real. "Ninguém me chama de Camilla", disse quando o namorado a apresentou. "Parece que eu tenho uma loja de bolsas frescas em Chelsea ou qualquer lugar assim. Pode me chamar de Millie."

Millie. Millie. Millie. Millie. Millie. *Millie.*

A mão de Tony tinha encontrado o caminho até a virilha de maneira inconsciente. Tirou-a dali com impaciência. Não tinha tempo para se masturbar. Ia se atrasar. Saiu do chuveiro, enxugou-se e foi até o guarda-roupa, passou a mão cheio de tristeza por todas as roupas que não podia mais usar. Camisas que Tony tinha comprado porque eram largas anos antes, camisas que costumava usar desabotoadas, de um jeito desencanado, que agora apertavam a barriga. E à medida que sua circunferência expansiva forçava suas roupas a se alargarem na horizontal, elas diminuíam na vertical, de modo que agora todas as calças deixavam aparecer pelo menos um centímetro de meia.

Pode me chamar de Millie. Millie Millie Millie.

Ela sorrira para ele quando eles foram embora. Não foi um sorriso do tipo "Graças a Deus que eles estão indo embora, agora a gente pode voltar para a nossa noite aconchegante". Foi um sorriso do tipo "Espero que a gente se veja de novo logo". Foi um sorriso "Estou interessada em você". Foi um sorriso que continha uma promessa, uma promessa substancial.

Ele tinha tido a presença de espírito de fazer planos. No último minuto, quando estavam chegando à porta, convidou Millie e o namorado para seu jantar de aniversário no fim de semana seguinte. Tinham dito que sim. Não era o ideal. O namorado era um problema. Assim como o fato de Tony ser gordo e já ter passado de sua melhor fase. Mas ambas as coisas eram contornáveis. O namorado poderia ser dispensado. Tony podia perder peso. Isso era algo a longo prazo. Desde que tivesse a oportunidade de vê-la novamente, tudo acabaria entrando nos eixos. Ele sabia disso.

Tony não tinha pensado muito no lugar que Ness ocuparia em seus planos "Millie". A curto prazo, com certeza era bom ter namorada; conferia-lhe o Selo Secreto de Aprovação das Mulheres. Ter namorada, especialmente uma namorada bem bacana como Ness, significava: "Eu não sou um divorciado gordo e tristonho a caminho do inferno de jantar à frente da TV e ter um ataque do coração precoce. Sou um cara capaz de funcionar em um relacionamento saudável e normal, que faz sexo com regularidade e ao lado de quem as mulheres gostam de estar. Sou Anthony London, empresário de sucesso com função erétil saudável e habilidades interpessoais fantásticas. Sou a matéria-prima de um bom marido numa bandeja."

Vestiu-se, tomou café-da-manhã e tratou o cabelo com alguma coisa chamada "soro espessante", que parecia não fazer nada daquilo, depois pegou a pasta e o *laptop* e saiu do apartamento. Que dia horroroso: tão úmido e nublado que parecia que alguém tinha jogado uma lona por cima do mundo enquanto ele dormia. Atravessou a rua na direção do carro, um MX5 vermelho vivo. Carro de mulher. Queria um Mercedes ou um Porsche velho (daria para comprar alguma coisa bem sexy com os seis mil que ele tinha para gastar), mas por alguma razão tinha deixado Ness convencê-lo a comprar aquela coisa. Direção hidráulica, ela tinha dito. Bom aquecimento. Fácil de tirar a capota. Confiável. E ela estava certa. Não tinha nada de errado com essas coisas; só que não tinha muito a ver com ele. E, para ser bem honesto, era meio apertado (tratava-se de um carro japonês, desenhado para japoneses *pequenos* que comem algas marinhas, não para sujeitos ingleses corpulentos que tomam Guinness).

Parou para pegar uma coisa no pára-brisa, um cartãozinho verde.

Perca peso agora! Estamos à procura de cem pessoas
com excesso de peso nesta região.
Favor ligar para Wendy no telefone 07978 245542

Suspirou, jogou o papel na sarjeta e enfiou-se no carro minúsculo, tentando ignorar a semelhança com a sensação de tentar enfiar um edredom em uma gaveta, e dirigiu-se para o escritório.

Quinze minutos depois, estava em Clapham Pavement. Saiu do carro, atravessou um grupo assustador de estudantes ruidosas com uniformes azuis e quase colidiu com uma placa plastificada pendurada em uma armação de metal, que, quase com certeza, não estivera lá no dia anterior.

Para o benefício de Millie, virou-se para olhar friamente para a porção errante de decoração de rua e foi confrontado com a fotografia de um homem muito gordo com uma camiseta volumosa, que tinha pelo menos doze queixos:

Está gordo? Quer perder uns quilos? Emagreça
com rapidez, de modo natural.
Primeira consulta grátis.

O quê? pensou Tony. O que está acontecendo? Será que tem algum tipo de conspiração por aqui?

Bryan perdeu 14 quilos em apenas oito semanas.

Tony acompanhou o texto em outra foto de "Bryan", dessa vez com pavorosos shorts de surfe com estampa floral, caminhando no mar e rebolando cheio de orgulho. De jeito nenhum, pensou Tony, olhando de uma imagem à outra. Não é o mesmo cara de jeito nenhum. Parecia uns dez anos mais novo, para começar. Mas era mesmo Bryan, pensou, olhando com mais atenção, era mesmo. Caramba, estava bonito. Tony passou a mão pela barriga sem pensar no ato e tentou visualizar os músculos fortes que deviam estar enterrados em algum lugar debaixo de toda aquela banha.

Por favor, retire um folheto.

Tony deu uma olhadela em volta de si para se assegurar de que ninguém estava de olho nele, pegou um folheto e enfiou no bolso do casaco. Então começou a caminhar, super-rápido, sem motivo aparente, em direção ao escritório.

A mulher mais velha de Sean

Sean foi acordado às dez e meia pelo gato gordo que aterrissou em cima da cama de repente enlouquecido, rolando com a barriga para cima e chutando a si mesmo no queixo com as patas de trás.

— Seu abobado — disse Sean, esfregando o rosto com as mãos. — Você é mesmo um gato trapalhão.

Mas não era o gato dele. Era dela. A Mulher Mais Velha dele. O apartamento também era dela.

Tinham se conhecido havia dois meses, em um restaurante em Covent Garden, ele e a mulher mais velha dele. Ele estava almoçando com seu agente e ela, sozinha. Comia uma tigela grande de rúcula, que ia enfiando de maneira aleatória na boca com um garfo enquanto segurava um jornal com a outra mão; na primeira vez que a viu, ela tinha rúcula pendurada no lábio e vinagre no queixo e tentava enfiar os restos de verdura perdidos na boca com o dedo. Gostou do fato de ela enfiar a comida na boca. Gostou do fato de ela almoçar sozinha. E gostou do fato de, cada vez que ele olhava para ela, parecer que ela estava olhando diretamente para o olho do futuro dele.

Era mais velha do que as mulheres com quem costumava sair. Achava que devia ter a sua idade, talvez um pouco mais velha. Tinha ficado surpreso quando descobriu que ela era seis anos mais velha do que ele. Sua última namorada tinha 22 anos. Antes dela, tinha sido uma de 20. A mulher mais velha com quem tinha saído antes dela tinha 28. Geralmente gostava das loiras. Essa era morena. Geralmente gostava de mulheres que se vestiam de maneira convencional. Essa era um pouco boêmia, com blusa *vintage* e brincos de argola.

O agente percebera que sua atenção não estava na conversa.

— O que foi? — ele disse, olhando além de Sean para aquela coisa que estava tomando sua atenção. Então a viu e olhou para Sean com aquela cara de quem já entendeu tudo. — A-ha! — disse. — Já percebi. Por que você não manda uma taça de champanhe para ela?

No começo, Sean ficou chocado com a idéia. Era cafona e sutil. Era uma coisa que outros homens faziam. Não era seu estilo. Mas daí, pensou, ela também não era. O conselho do agente de Sean tinha sido muito cabível, no entanto, porque ela revelou-se ser exatamente o tipo de mulher que apreciava receber taças de champanhe de homens desconhecidos (aquilo despertava seu senso de aventura). O agente dele saiu discretamente e ela se juntou a ele em sua mesa. De perto era mais bonita do que à distância. Tinha uma beleza inteligente, pele lisa, perfume natural, risada contagiante. Convenceu-a a tirar o resto do dia de folga e ficaram bebendo champanhe juntos até os primeiros clientes chegarem para jantar. Foram para a casa dela e, desde então, ele mal saíra do apartamento. E quem poderia culpá-lo? A casa dela era estonteante, um apartamento monstruoso de um dormitório esculpido em um daqueles enormes prédios com fachada de estuque em Paddington. Pé-direito de mais de três metros e meio, assoalho de madeira, persianas e janelas grandes. E com decoração cheia de estilo, que refletia seu trabalho como professora de decoração de interiores na London College of Art and Design. Ele estava observando o que estava à sua volta no quarto dela: as colchas antigas de cetim desbotado, as almofadas de veludo relaxadas, as pinturas de brique com molduras brilhantes e os espelhos bisotados ornamentados. Era cheio de estilo, porém despretensioso; suntuoso, porém discreto; simples, porém enfeitado. Sean não era muito bom em decoração, não sabia como combinar as coisas. Tinha mais a ver com mobília. Tudo de que se precisava eram alguns móveis, quem sabe uma ou duas luminárias. Mas ele adorava aquele apartamento. Ele o entretinha e o envolvia, fazia com que se sentisse parte de algum mundo encantado mágico, assim como ela.

Ela tinha organizado para ele um pequeno canto de trabalho no quarto, perto da janela: arrumou uma escrivaninha com tampo de couro e uma antiga cadeira giratória de couro. Ela gostava muito da idéia de tê-lo escrevendo ali, no apartamento dela, olhando através da janela para a rua dela enquanto procurava inspiração. Não que ela se sentisse como "Aah, tenho um escritor famoso criando uma obra-prima no meu quarto", mas sim com uma sensação de fico-feliz-em-poder-ajudar. Ela adorava se sentir útil. Nada a deixava mais feliz.

Então, como é que ele podia dizer a ela que não tinha escrito nem uma palavra desde o dia em que colocara os olhos nela? Como é que ele podia dizer a ela que o mata-borrão e a luminária e a vista de Sussex Gardens não estavam lhe dando a menor inspiração, que toda manhã, quando ela ia trabalhar, ele voltava para a cama ou ficava assistindo à TV?

Seu olhar recaiu sobre o *laptop* em estado de espera, o *laptop* de 1.200 libras que ele tinha comprado para si mesmo havia apenas alguns meses com uma parte das 50.000 libras que a editora lhe pagara seis meses antes por seu segundo livro, que deveria ser entregue dali a dois meses e que, de acordo com a ferramenta de contar palavras, naquele instante consistia em 12.345 palavras.

Jesus, pensou, virando-se para o outro lado, aquela porcaria de livro parecia persegui-lo. Toda vez que se sentia feliz, toda vez que achava que a vida era perfeita, lembrava-se do "livro", daquela tarefa gargantuesca que precisava concluir, aquela montanha impossível que precisava escalar, e de repente se lembrou de quão precária a "felicidade" que adquirira era de fato. Tudo dependia de ter "sucesso", e ter sucesso não era a mesma coisa que ter coragem ou altura. Não era uma coisa garantida para sempre. O sucesso podia lhe ser tirado, em um piscar de olhos; ou melhor, podia simplesmente escapar. E onde é que Sean estaria sem o seu "sucesso", sem a aura de ser um "sucesso" que lhe fora conferida? Ele voltaria a ser o Sean relaxado e irresponsável de sempre. E o que teria a oferecer a sua *mulher mais velha*, pelo amor de Deus? Aquela criatura fantástica que ele conhecera havia tão pouco tempo, que nunca o conhecera como Sean London, Motorista de Entregas de Material de Escritório, que só o conhecia como Sean London, Autor Vencedor do Prêmio de Melhor Romance de Estréia do *Guardian*.

Arrastou-se para fora da cama e resolveu que nem ia tentar naquele dia. Resolveu que, naquele dia, tentar só ia piorar tudo. Além disso, na noite seguinte era o aniversário de dois meses deles, e Sean precisava ir às compras, dar alguma coisa especial de verdade para ela. Normalmente, Sean não ligava para esse negócio de dois meses de aniversário, mas ele nunca tinha se sentido daquele jeito com outra mulher. Queria comemorar cada momento que ficava a seu lado, dar-lhe presentes apenas porque ela abria os olhos de manhã, porque ela brincava com os brincos, porque espirrava, porque respirava, porque existia. E, com certeza, raciocinou, por ser escritor, todos os assuntos do coração eram mais importantes do que qualquer outra coisa. Como é que ele poderia escrever a respeito da vida se não experimentasse cada aspecto dela, diária, profunda e precisamente, com todas as fibras de seu ser?

Vestiu-se, saiu do apartamento e caminhou pela Bayswater Road na direção de Marble Arch. Então tomou as ruazinhas secundárias até Bond Street, atravessando as ruas com prédios de tijolinhos à mostra em Mayfair.

Quanto dinheiro, pensava enquanto caminhava, quanto dinheiro será que é preciso ter para poder morar aqui? Em Catford, onde ele morava, entre propriedades extensas e sobrados minúsculos, Sean se sentia proporcionalmente abastado. A enorme quantia de cinco dígitos que repousava em sua conta bancária, os cheques que chegavam mais de uma vez por mês de seu agente (mil aqui, mil ali, direitos poloneses, direitos catalães, direitos brasileiros), os aparelhos que ele comprava, a cama nova, a bicicleta nova, a enorme geladeira Smeg na cozinha, tudo pago à vista, essas coisas faziam com que ele se sentisse rico, impensavelmente rico. No contexto de onde ele morava, quem conhecia e de onde tinha vindo, Sean era mais rico do que jamais sonhara ser. Mas ali, em Mayfair, entre os clubes exclusivos de cavalheiros, as embaixadas estrangeiras e os *pieds-à-terre* de um milhão de libras de empresários internacionais anônimos, ele era o maior pobretão. Como, Sean se perguntava, seria possível alguém acumular tanta fortuna? Ironicamente, era mais difícil contemplar o conceito a partir de sua posição de relativa riqueza do que era quando ele não tinha absolutamente dinheiro nenhum.

Ziguezagueou por aquelas ruas de elite, passando na frente de lojas de antiguidades e lojas de armas e galerias de arte cheias de paisagens insípidas até chegar onde queria: New Bond Street. Na frente da joalheria Tiffany.

Sean nunca tinha entrado na Tiffany, mas no instante que atravessou a porta, resolveu que gostava muito daquilo. Gostou da maneira como o porteiro sorriu para ele, como se fosse um homem adequadamente adulto, apesar de ainda se sentir como adolescente. Gostou do *layout* elegante e despojado, as linhas simétricas das vitrinas, a maneira como a luz iluminava os metais e as gemas, de modo a captar todas as nuances.

Gostou até do cheiro.

Quando se aproximou da mercadoria reluzente, resolveu que gostou em especial dos diamantes lapidados em platina. Juntos. Além disso descobriu, para sua grande surpresa, que também gostou muito das etiquetas de preço correspondentes, que eram caras de um jeito acalentador, e não um roubo completo. Gostou da moça que o atendeu também. Gostou da maneira como as mãozinhas dela se moveram com rapidez para dentro e para fora das vitrinas, pairando sobre os anéis enquanto observava seu rosto para ver se estava no local correto, tirando-os do *display* e entregando-os a ele com um sorrisinho que mostrava o quanto ela estava gostando de vender, assim como ele estava gostando de comprar.

Gostou da maneira como não chamavam as peças de anéis, mas sim de "diamantes", e gostou que o "diamante" que escolhera lhe foi tirado das mãos, como um bebê recém-nascido, e devolvido momentos depois bem ajeitadinho em uma caixinha delicada e entregue a ele como se fosse um prêmio.

Gostou da maneira como o porteiro lhe disse "Até logo, senhor", como se a sacolinha delicada lhe desse o direito a ser sócio de algum clube exclusivo e, mais do que tudo, gostou da sensação de caminhar por Bond Street em uma tarde ensolarada de abril com o anel de noivado de Millie agitando-se dentro da sacolinha enquanto caminhava.

Sean tinha plena consciência de que estava se adiantando. Conhecia Millie havia apenas dois meses, mas noivar não significava que eles precisavam casar nem nada, pelo menos não imediatamente. Podiam ficar noivos durante muito tempo, ir morar juntos, sem pressa, ver como rolava. Quem sabe dali a um ano poderiam começar a falar em casamento... ou dali a dois. Mas, naquele ínterim, Sean queria sentir-se comprometido com Millie além da próxima ligação e do próximo encontro. Queria deixar seus sentimentos absolutamente claros, para que não houvesse mal-entendidos.

Era uma analogia romântica horrorosa de se traçar, mas, na cabeça de Sean, comprar um anel de noivado para Millie era como fazer um pagamento antecipado para reservar uma viagem de férias bem cara ou um carro novinho em folha. Como dar o sinal para a casa dos seus sonhos. Ou, nesse caso em particular, depositar o sinal para a mulher mais sexy, divertida, bacana e linda do mundo.

Um café-da-manhã decente

— Prontinho, meu anjo. — Bernie jogou um prato de torrada, feijão e *bacon* na frente de Ned e ficou olhando para ele, toda amorosa. — Aposto que você não toma um bom café-da-manhã há muito tempo, hein?

Ned pensou no último café-da-manhã que tinha tomado, com *focaccia* feita em casa e ovos fritos com a gema mole, enormes nacos de chouriço terracota e creme azedo, salpicados com coentro recém-colhido e consumido de shorts, no terraço do café Bondi, com vista para o mar.

— É isso aí — disse, mandando ver.

— Cadê o meu? — disse Gerry, olhando para o prato de Ned e fungando, por cima de seu *Guardian.*

— Está ali — respondeu Bernie, apontando para uma caixa gigantesca de flocos de milho e voltando seu olhar amoroso de novo para Ned. — Você quer *ketchup*?

— Quero, por favor.

Ela lhe entregou o tomate de plástico que ele trouxera para casa no carrinho quando fora ao supermercado aos dois anos, e no qual Bernie continuava religiosamente armazenando *ketchup* depois de todos aqueles anos.

— Então — disse Bernie, cruzando os braços.

— O quê?

— *Então?*

— *O quê?*

— O negócio. A história. Os fatos. Pode abrir a boca.

— Sei lá — respondeu, erguendo o tomate de plástico e lançando *ketchup* no prato todo. — Eu só quis voltar para casa.

Bernie apertou os lábios e olhou de viés para ele.

— Eu cansei. Só isso. Estava com saudade da sua comida. — Ele sorriu, tentando recorrer ao papo gentil, mas Bernie só apertou ainda mais os lábios.

— Bem — disse, desafiador —, não sou bem eu quem precisa dar explicações. Vocês dois aí precisam me contar em detalhes o que está acontecendo. Podem falar daquele cara. Aquele cara no meu quarto. Qual é a desse Gervase? — Ned cruzou os braços e ficou olhando para a mãe de sua posição empolada no topo da montanha dos valores morais.

— Primeiro você — disse Bernie. — Depois a gente fala do Gervase.

Ned suspirou.

— Terminou tudo. Com a Mônica.

— Como assim, terminou? O que aconteceu?

Ned fez uma pausa. Queria contar à mãe e ao pai a verdade, mas aquilo significava, além de admitir que tinha terminado a relação com a garota que fez com que ele magoasse tanto Carly, que teria que confessar que o fizera da maneira mais covarde possível; mamãe nunca o perdoaria.

— Ela me largou.

— Ela te *largou*? — repetiu a mãe incrédula, horrorizada. — Mas *por quê*?

— Sei lá. Bem, mas não foi só isso. Estava na hora de voltar para casa — disse bem baixinho, com a voz um pouco embargada.

— Só isso. — Ned olhou da mãe para o pai, limpou a garganta e enfiou o garfo no *bacon*.

Mônica era diferente de qualquer pessoa que Ned conhecia. Era como um cara. Tinha músculos. E maxilar forte. E pernas iguais a sequóias. Praticava esportes e bebia cerveja e tinha uma bateria. Gritava muito, comia igual a um cavalo e fazia comentários lascivos a respeito dos peitos das mulheres.

— Ned — ela sibilava, cutucando-o nas costelas com o cotovelo —, olha só aquilo. — Seus olhos o levavam a uma garota de *top* de *lycra* ou com um vestido decotado. — Olha só para os peitos dela. Inacreditável.

Xingava os outros de tudo que era nome e se metia em brigas. Conseguia chegar ao orgasmo em meros trinta segundos e caía no sono direto depois de transar, roncando igual a um javali.

— Vou para a Austrália — disse cinco minutos depois que começaram a conversar, no bar de Leicester Square.

— Ah — Ned tinha respondido —, que legal.

— Estou indo no mês que vem. Daqui a duas semanas. Então não adianta nada você ficar me paquerando.

— Não estou te paquerando.

— Está sim.

— Não estou.

— Está sim, porra!

— Não estou, não. Tenho namorada.

— Ah, tá. E até parece que isso faz alguma diferença.

— Na verdade, faz sim.

— Então, me fala da sua "namorada".

— Da Carly?

— É assim que ela se chama?

— Ãh-hã.

— Tudo bem... me fala da Carly.

— A Carly... A Carly... — A Carly é a minha namorada, era isso que ele queria dizer. Ela sempre foi a minha namorada, desde que eu tenho 14 anos. Ela é amável, redonda e macia, sabe como eu gosto do meu chá e sabe o tamanho dos meus sapatos e meus pais gostam dela como se fosse a filha que nunca tiveram. A Carly tem covinhas no joelho e come bolachas Wagon Wheels no café-da-manhã. Mora na minha rua e trabalha como modelista para uma empresa que faz roupas para senhoras. A Carly faz cócegas nas minhas costas e me diz quando eu preciso cortar o cabelo. Ela tem alergia a amendoim e a picada de abelha. Os peitos dela são grandes, levemente caídos, com mamilos bem grandes e ela nunca teve um orgasmo só com sexo. Ela é a minha melhor amiga e eu a amo.

— A Carly é ótima — foi o que disse.

— Hmm — respondeu Mônica. — Muito convincente. Quanto tempo faz que vocês estão juntos?

Ned deu de ombros, levemente envergonhado de reconhecer o fato de ser antiquado a ponto de ter uma namoradinha de escola.

— Faz uns anos — respondeu.

Mas daí, de repente, ele começou a dizer uma outra coisa, algo que não tinha a intenção de dizer. Jesus Cristo, ele disse, na semana passada aconteceu uma coisa bizarra demais, a Carly me convidou para jantar e agiu como se aquilo fosse mesmo muito importante e daí, logo depois da sobremesa, ela me pediu em casamento, ela é que pediu a minha mão, que porra, e agora eu estou me sentindo, sei lá, preso, acho que porque sempre achei que a gente ia se casar algum dia, mas sabe como é, não agora, não ainda, e agora eu não sei que merda eu faço, quer dizer, eu disse que ia pensar sobre o assunto e preciso responder logo e, caralho, estou aterrorizado, estou total e completamente ATERRORIZADO.

E Mônica assentira com a cabeça, toda compreensiva, e acendera um cigarro e, sem perceber, ele já estava contando tudo para ela. A vida que não ia a lugar nenhum, morar com os pais, os empregos que iam e vinham e nunca satisfaziam, a relação duradoura com alguém que ele conhecia tão bem que era quase como uma irmã, ou qualquer coisa do tipo. E ela soprou fumaça no rosto dele e disse: "Venha comigo. Vamos para a Austrália... a gente vai se divertir muito." E, durante um segundo, Ned ficou parado no tempo, esperando a boca abrir e dizer algo sensato como: "Não seja idiota. Eu não posso ir para a Austrália." Mas as palavras não saíram e, em vez disso, ele olhou nos olhos daquela moça desafiadora e forte, daquela estranha com pernas grossas e cílios robustos, e viu-se dizendo: "Tá. Tudo bem, então. Por que não?"

Ainda não conseguia acreditar que tinha feito aquilo, mesmo três anos depois, que tinha conhecido uma estranha em um bar e tinha resolvido emigrar com ela depois de menos de uma hora, que tinha conseguido olhar dentro dos olhos cinzentos de Carly e dizer que não queria se casar com ela, que tinha conhecido outra pessoa e estava terminando com ela e que tinha tido forças para se afastar dela quando ela estava quase dobrada em dois de tanta dor, como se ele tivesse acabado de dar um soco nela. Era como se ele estivesse possuído por uma força externa. Porque Ned simplesmente não fazia coisas como aquela, ele não corria riscos.

Mas ele tinha feito aquilo: tinha terminado seu relacionamento, raspou toda sua poupança, tirou o visto, comprou a passagem e embarcou para a Austrália com uma total desconhecida. Claro que tudo tinha sido bem mais complicado do que isso. Houve mais algumas cenas com Carly, ele precisou lidar com a ira da mãe, teve momentos de incerteza bem tarde da noite. Mas, mesmo assim, foi até o fim. E enquanto tomava uma sopa de macarrão (até gostosa) na sua poltrona de avião da Thai Air rumo a Sydney, duas semanas depois, com Mônica engolindo cuba libres ao seu lado e uma coberta de nuvens branquinhas por baixo de si, sentiu-se sereno e seguro de si pela primeira vez na vida.

O remorso demorou um pouco para atingi-lo. Custara muito tempo para encontrar seu caminho no meio de toda a adrenalina. No início, encararam a coisa como férias, gastando todas as economias, tomando sol na praia, bebendo cerveja no almoço. E apesar de Ned não ter ficado nem um pouco convencido de que tudo ia dar certo com Mônica, tinham, a certa altura, se apaixonado um pelo outro, e as coisas começaram a ficar sérias. Os dois arrumaram emprego, trabalhando juntos no mesmo bar, e logo alugaram um quarto em um apartamento com outros três ingleses e ficaram levemente obcecados um pelo outro.

Às vezes ficavam deitados na cama o dia inteiro, em seu quartinho minúsculo, com o sol atravessando a janela, simplesmente se olhando. Olhando um para o outro, durante horas. Houve momentos em que Ned se sentiu um pouco bobo, mas Mônica sempre conseguia fazer os outros acharem que o jeito dela era o melhor, então, se ela considerava passar horas na cama olhando um para o outro um bom modo de conduzir a relação, que aquilo conferia profundidade a suas emoções, então lá ficavam os dois se admirando.

Ned tinha cansado daquele negócio de ficar se olhando antes de Mônica, e aquilo era parte do problema. Ned, surpreendentemente, revelou ter muito mais facilidade de se adaptar a um país estrangeiro, aceitando empregos péssimos e conhecendo gente nova, do que Mônica. Descobriu, para seu deleite, que fazia amigos com muita facilidade e parecia que a maior parte das pessoas que conhecia gostava dele. Mônica, por outro lado, deixava todo mundo arrepiado de medo, especialmente as mulheres, e seus modos bruscos e seu pavio curto afastavam muita gente. Conseqüentemente, resolveu que não gostava de ninguém e parou de sair, e Ned, cheio daquela coisa de ficarem-deitados-na-cama-olhando-um-para-o-outro, começou a exigir um pouco de independência.

E foi quando tudo começou a desandar.

Mônica Louca. Era assim que todo mundo a chamava. Todo mundo que tinha presenciado seu comportamento psicótico, que tinha ouvido o celular de Ned tilintar a cada dez minutos quando ela lhe enviava mensagens de texto, ou que o tinha visto atender as ligações histéricas dela e testemunhado uma de suas chegadas de surpresa quando Ned ia sair à noite sem ela. Ela também tinha batido em duas moças. Simplesmente foi até onde elas estavam e mandou-lhes um soco no queixo, porque achou que estavam paquerando Ned. Com o passar dos meses, ela foi ficando cada vez mais esquisita. Começou a arrancar os cabelos, um fio de cada vez, até que ficou com falhas por toda a cabeça. Parou de comer direito e ficava se sacudindo para frente e para trás.

Ned tinha tentado conversar com ela, era óbvio que estava profundamente infeliz. Tentou convencê-la a voltar para casa. Tinha ligado para os pais dela e conversou longamente com eles a respeito de sua filha mais velha problemática. Mas ela se recusava a reconhecer que havia algo de errado. Ele até terminou tudo em pelo menos três ocasiões, tentando a abordagem do amor bandido, achando que ele é que a deixava tão infeliz. Mas ela fingia que não estava entendendo nada e lá estava ela no dia seguinte, na porta do escritório dele, do outro lado do balcão, na praia, olhando para ele com aqueles olhos sem cílios.

Então, ele foi embora. Bom, ele fugiu, para ser mais honesto. Estava esperando havia séculos para voltar para casa, e daí, quando o pai lhe enviou o e-mail falando da festa surpresa para a mãe e se ofereceu para ajudar a pagar a passagem, bom, só demorou uns trinta segundos para ele tomar uma decisão. Deixou um bilhete para Mon, tentando explicar tudo, mas sabia que não bastava. Ele lhe devia mais do que aquilo.

Engoliu em seco e tentou deglutir um pedaço de torrada, mas ele ficou preso na garganta. Tomou o chá quase frio para fazer aquilo descer e olhou para baixo de novo, sentindo-se corado de tanta vergonha e culpa. Ele tinha feito o que podia. Tinha tentado, durante três anos. Não era culpa dele o fato de ela ter ficado louca. Sabe como é, a gente sempre tem uma certa dose de responsabilidade na relação, claro que sim... mas, com certeza, a certa altura, quando a outra pessoa fica completamente psicótica, depois que você tenta fazer de tudo em que pode pensar para que ela se sinta feliz, quando aquela pessoa se transforma em alguma coisa que não dá mais para reconhecer, então, com certeza, aí não é mais sua culpa, certo?

E como era esquisito, Ned pensou, ter cruzado o planeta para morar do outro lado do mundo entre desconhecidos e longe da família e acabar sentindo que a única coisa estranha era a pessoa com quem ele tinha ido até lá.

Jantar no Mickey's

— Alô?

— Sean... é a sua mãe. Não estou incomodando, estou?

Ela *sempre* dizia aquilo agora, como se ele fosse alguma espécie de gênio frenético e intenso que varava a noite trabalhando e vivia em meio a uma espécie de jorro constante de conhecimento.

— Não — respondeu, largando a sacolinha da Tiffany no chão. — Acabei de chegar.

— Então, você não vai passar a noite na casa da Millie?

— Não, ela precisa corrigir uns trabalhos e eu preciso lavar roupa.

— Que bom. Olhe. Você está livre hoje à noite?

— Hmm, estou, estou sim. Acho que sim. Por quê?

— Eu, o Tony e seu pai vamos ao Mickey's. Para jantar. Você vem com a gente?

— Claro que sim.

— E Millie?

— Não, eu já disse. A Millie vai ficar em casa hoje à noite.

— Bom, será que ela não pode pegar um ônibus ou qualquer coisa assim?

Sean ergueu as sobrancelhas para o teto. Em que planeta será que as mães viviam?

— Mãe, ela mora em Paddington. Acho que não vai querer atravessar a cidade para comer um prato de carne malpassada no Mickey's.

— Ah, Sean, querido, eu sei que você está tentando fazer com que tudo corra bem e eu não quero fazer pressão nenhuma, mas já faz quase dois meses. Aposto que você já conheceu os pais dela, não conheceu?

— Não, na verdade, não conheci, não...

— E tenho certeza de que a Millie deve estar louca para conhecer a gente a esta altura... descobrir de onde você vem. Por favor, Sean. E, além disso, tenho uma surpresa para você. Uma surpresa enorme. E acho que a Millie também vai gostar.

— Mãe, ela não vai. Está certo?

— Nós vamos ser bonzinhos... eu prometo. Posso até arrumar a casa um pouco. A gente não vai envergonhar você.

— Olha, eu levo ela aí em breve. Prometo. Mas não hoje, certo?

— E na semana que vem? No aniversário do Tony? Ela vem, não vem?

— Meu Deus, mãe, sei lá.

— Ah, Sean, por favor... O Tony disse que convidou. Ela tem que vir.

— Olhe. Vou falar com ela a respeito disso. Vamos ver.

— Muito bem, muito bem. Como vai o seu livro?

Sean sentiu o corpo enrijecer.

— Tudo certo — disse seco. — Tudo bem.

— Bom, vou parar de te atrapalhar, Seany. A gente se vê à noite.

— Certo, mãe... A gente se vê à noite.

Sean suspirou e colocou o telefone no gancho. Ele nunca tinha tido problema nenhum em apresentar uma namorada para os pais: ele morria de orgulho daquela boemia estranha em meio à qual ele tinha nascido. Mas é que o negócio com a Millie... era tudo tão perfeito, tão precioso, que ele tinha medo de expor a relação a qualquer espécie de escrutínio temendo que tudo desaparecesse no ar como éter ou desabasse sobre a cabeça dele. Mas Sean também era suficientemente realista para saber que a relação deles não podia existir em um vácuo para sempre. Até então, o amor deles florescia em uma estufa; no final ia ter que transferir a muda para o mundo real e ver o que acontecia... mas ainda não estava na hora.

Tony já estava com o humor bem esquisito, mesmo antes de chegarem. Sentia-se sobressaltado e desconfortável, como se suas roupas estivessem apertadas demais, como se não houvesse a quantidade adequada de oxigênio na atmosfera. Ness estava sentada perto demais dele e ele sacudia de um lado para o outro no banco de trás do táxi, na esperança de que ela captasse a mensagem. Mas Ness estava de ótimo humor. Ness estava *sempre* de ótimo humor, especialmente quando iam visitar os pais dele. O pai e a mãe de Ness já tinham morrido, e ela adotara a família London do fundo do coração desde o dia em que a conhecera. Ela e Bernie se entenderam como se fossem as melhores amigas do mundo desde o início, as duas até saíam juntas de vez em quando, sozinhas, e Tony não conseguia evitar a leve irritação que sentia por causa disso. Ness e Bernie até se pareciam um pouco, com o cabelo amarelo, as pernas compridas e os traços fortes. Só que, é claro, a mãe era dez vezes mais bonita do que Ness, apesar de seus 55 anos.

A porta da frente do número 114 se abriu mesmo antes de eles terem a oportunidade de tocar a campainha, e a mãe os cumprimentou, vestida com uma blusa de veludo vermelho, o cabelo preso para cima e uma taça de vinho na mão.

— Bernie! — Ness jogou os braços em volta dela e a abraçou com todas as forças. — Você está linda! Onde foi que você comprou essa blusa? Ela é *maravilhosa*!

— River Island! — Bernie exclamou, deliciada. — Estava em oferta, de 34,99 por doze paus! É bacana, não é? — ensaiou uma dancinha para mostrar a blusa de liquidação.

— Agora, feche os olhos — disse a Tony e fechou a porta da frente. — Não vale espiar.

— Ah, meu Deus. Preciso mesmo? — Tony resmungou.

— Vamos lá, faça o que eu mandei.

Tony fechou os olhos, relutante, e deixou que a mãe o conduzisse até a cozinha. Ele sentia o cheiro reconfortante dos cigarros enrolados do pai e ouvia as unhas compridas demais de Goldie batendo no assoalho de madeira.

— Tudo bem... pode abrir agora.

Separou as pálpebras com vagar e, no começo, só pôde distinguir o contorno borrado de alguém parado ao lado da mesa da cozinha. E daí sua visão clareou e ele viu um sujeito magrela de barba e cabelo pelo ombro sorrindo para ele.

— Tudo certo? — disse o cara magrinho.

O rosto de Tony se abriu em um enorme sorriso.

— Ned!

Atravessaram a cozinha, um na direção do outro, e se deram um abraço de urso de quebrar os ossos.

— Caramba, Ned. O que é que você está fazendo aqui? Você veio para ficar? Hein? Ou você...?

— Eu voltei de vez. Voltei para sempre.

Separaram-se e ficaram olhando um para o outro cheios de afeição, os olhos procurando evidências dos três anos que tinham se passado desde que tinham se visto pela última vez. E, no caso de Ned, tinha muito para ver. Rugas tinham começado a se formar no canto dos olhos, o pomo-de-adão tinha se suavizado e havia definitivamente um pouco mais de carne embaixo da camisa larga. Ele tinha saído um menino e voltado um homem. Bom, o máximo de homem que um fulano magricela e de óculos como Ned podia ser.

— Que diabos aconteceu com o seu cabelo?

— O quê? — Ned passou os dedos por entre os fios.

— Parece que você está usando uma porra de uma peruca.

— Ah, nem comece. A mamãe e o papai já me encheram o saco. Mas o que foi que você achou da barba, hein? — Passou a mão no rosto, pensativo. — Bacana, né?

— O mar está bom para o surfe — caçoou Tony, imitando um surfista se equilibrando na prancha.

— Olhe só quem fala! — disse Ned, agarrando a barriga de Tony e empurrando para cima e para baixo. — Caramba, você engordou.

Tony sorriu com o insulto; era engraçado, quando Ned dizia aquilo, não ofendia. E daí tomou consciência da figura que pairava a seu lado.

— Ah, meu Deus, desculpe — disse, afastando-se para o lado. — Ned, esta aqui é a Ness, minha namorada. — Ficou olhando para o rosto de Ned enquanto ele absorvia a realidade de Ness, as roupas fora de moda, os dentes meio tortos e a total e completa ausência de similaridade com sua ex-mulher. — Ness, este aqui é o Ned.

— Juuura? — disse Ness, cheia de sarcasmo, revirando os olhos para Tony e debruçando-se para dar um beijo na bochecha de Ned. — Que maravilha finalmente te conhecer.

— Também estou muito feliz de ser apresentado a você — Ned respondeu. — Você veio cheia de recomendações.

— Ah é?

— É... a mamãe não parou de falar de você. Ela acha que você salvou a vida do Tony.

Ness ficou corada de tanta alegria e Tony sentiu um formigar de irritação. Uma salvadora? Que diabo era aquilo?

Um conjunto de nós de dedos bateu na porta da frente.

— Ah, deve ser o Seany. Tudo bem, agora todo mundo fica quieto.

Bernie colocou o dedo nos lábios e foi abrir a porta.

— Oi, meu anjo — ouviram-na dizer. — ...Agora, feche os olhos, Seany. Tenho uma surpresa para você.

— Todos os meus meninos juntos, parece o paraíso — parecia que Bernie ia explodir de tanta alegria, seus olhos percorriam a mesa de um filho ao outro.

— Mickey — ela disse ao homem de cabelo escuro parado imperioso ao lado da caixa registradora. — Olhe só, todos os meus garotos!

— Aah — disse Mickey, meio que despertando de um transe e caminhando na direção da mesa deles. — Estou vendo.

Tony nunca tinha muita certeza se Mickey gostava de verdade da família dele ou se a gentileza fazia parte de algum truque de RP. Os London freqüentavam o Mickey's desde que Tony era bebê. O Mickey's tinha sido o primeiro grego a abrir no bairro e, durante um tempo, foi o restaurante mais badalado do lugar. Todos os jovens casais iam jantar lá nas noites de sábado para reviver as férias no Mediterrâneo. Quando os filhos eram pequenos, iam ao Mickey's todo sábado à noite, às vezes só a família, às vezes com amigos; iam lá não só por causa da comida, mas também por causa da "diversão" (músicos, dançarinos, pratos quebrados). Mas agora só iam lá em ocasiões especiais: aniversários, promoções, noivados e retornos de filhos mais novos.

— Então — disse Mickey, olhando para a família de maneira beatificada, com a mão apoiada no espaldar da cadeira de Tony. — Onde é que você andou se escondendo, senhor Ned? Por que deixou a sua mãe sozinha tanto tempo, hein? A sua mãe sente tanto a sua falta, tanto, tanto, tanto, tanto, tanto.

— Diga a ele, Mickey — disse Bernie, animada. — Ele ficou três anos fora. Três anos.

Mickey fez um barulho de desaprovação bem alto e estendeu as mãos para o teto.

— Vou dizer uma coisa, se um dos meus garotos me apronta uma dessas... ir para o outro lado do mundo durante três anos, nenhuma visita... a senhora Mickey ia morrer, com toda a certeza, de tanta tristeza.

Agarrou o peito com a mão para ilustrar o coração partido da sra. Mickey. Ele tinha propensão ao melodrama, outro traço que Tony nunca sabia se era genuíno ou se fazia parte de um personagem muito elaborado. A família toda partia do princípio de que Mickey amava os London, mas, até onde sabiam, podia ser que ele usasse fotografias deles para fazer tiro ao alvo nos momentos de folga, ou enfiasse agulhas em bonecos de vodu deles. Tony não confiava em ninguém que estava em posição de tirar-lhe dinheiro. Nunca. Essa gente tinha muito a ganhar ao ser simpática.

— O que foi que você ficou fazendo lá na terra dos cangurus três anos, sr. Ned? Ficou surfando, é?

Ned deu um sorriso e estava prestes a responder quando Mickey virou-se repentinamente para cumprimentar um cliente que acabava de entrar. Outro cliente que ele amava profundamente, a julgar pelo ar de alegria e deleite que se espalhou por seu rosto.

— Tudo bem, sr. Gervase?

Tony virou-se na cadeira. Gervase. Que maravilha. Que porra maravilhosa. Será que não dava para a família fazer mais nada junta sem que o Esqueletão aparecesse?

— Tudo bem, Mickey... e você? — O dois homens trocaram um aperto de mão caloroso e Gervase tirou o casaco de couro e se acomodou na cadeira vazia entre Bernie e Ness. — Desculpe pelo atraso, Bern. — Deu um beijo na bochecha dela e ela corou de alegria.

— Não faz mal, querido. A gente ainda nem pediu.

Tony trocou um olhar com Ned. Ele estava lançando um "Que porra é essa?" na direção do irmão. Tony sacudiu a cabeça de leve e respondeu com "Agora as coisas são assim e eu também não estou gostando nada".

— Tudo certo, lindona? — Gervase inclinou-se na direção de Ness e lhe deu um beijo estalado na bochecha.

Ness ficou radiante e Tony ficou olhando fixamente para o cardápio, enfezado. Aquele era o restaurante *deles*. O restaurante dos London. Aquele era o lugar aonde eles iam em família.

Aparentemente, a mãe o conhecera em um bar, aquele lugar onde ela cantava às quartas à noite, e eles tinham começado a conversar... seja lá o que isso quer dizer. Ele tinha contado alguma história melosa a respeito do pé na bunda que a namorada tinha dado nele e estava prestes a gastar seus últimos cinqüenta paus em um quarto de hotel para passar a noite e ela disse: "Ah, não seja tolo, temos uma casa *cheia* de quartos... por que você não fica conosco?" E ele continuava lá, quase dois meses depois daquilo. A mãe e o pai nem sabiam o que ele fazia para ganhar a vida. "Não é da nossa conta", era o que a mãe dizia. "Ele está morando na porra da sua casa, mãe... na nossa casa. Caramba, ele está no quarto do Ned... claro que é da sua conta."

A mãe só apertava os lábios e suspirava. "Não dá para explicar, querido", ela respondia. "Simplesmente pareceu a coisa certa a fazer. Ele não tem outro lugar para ir." No começo, o pai não tinha muita certeza. Só dera de ombros e dissera: "A sua mãe parece gostar muito dele", quando Tony questionou o conceito de permitir que um total desconhecido morasse na casa deles. Mas ele até tinha começado a ir com a cara do sujeito. Até lhe dava um serviço ou outro, como dirigir a perua, fazer entregas.

Gervase estava conversando com Gerry sobre uma entrega que tinha feito para ele naquele dia, sobre alguma mulher esnobe da

Lansdowne Square que mandou ele tirar os sapatos antes de permitir que entrasse na casa, e Ness e Bernie tiveram um ataque de riso, como se aquilo fosse a coisa mais engraçada que já tinham ouvido na vida. Tony virou-se para Ned de novo e os dois trocaram mais olhares reprovadores. Gerry falou por entre os dentes.

— Vamos parar com isso já, vocês dois aí.

Os dois cobriram a boca com a mão e fingiram surpresa, chutando as canelas um do outro por baixo da mesa e abafando o riso.

— Sério — murmurou Gerry. — Vocês parecem duas crianças.

Tony lançou um olhar para Sean para ver se ele estava bravo com aquele intruso que não tinha sido convidado, mas ele estava absorto no cardápio, esfregando a parte de cima da orelha, distraído. Em outro mundo. Como sempre. Devia estar pensando em Millie, imaginou. Devia estar planejando o que ia fazer com ela quando chegasse em casa naquela noite. Provavelmente estava ali sentado pensando, caramba, eu sou mesmo o filho da mãe mais sortudo do mundo, com o meu best seller e a minha barriga musculosa e a minha namorada fantástica e sexy e... Ai meu Deus. Tony deu uma checada em si mesmo. O guardanapo estava em um nó, esmagado entre seus dedos e ele se sentiu tomado por um conjunto nada palatável de emoções. Inveja, disse a si mesmo. Não é nada bom. Desprezível. Patético. Principalmente quando o sentimento é direcionado ao irmão mais novo, que ele ama mais do que a própria vida...

Pare com isso.

Imediatamente.

Pare com isso.

Retomou o fôlego, ajeitou os punhos da camisa e olhou de novo para o irmão. Sean. O pequeno Seany. Seany que chegara quando Tony tinha quatro anos e fora a melhor surpresa de sua vida. Lembrava-se de pensar que o irmão ou irmã ia ser algum tipo de monstrengo melequento e verde, o que era totalmente plausível, tendo em vista que tinha passado nove meses na barriga da mãe. Tinha ficado atemorizado com a perspectiva e daí o pai o levou para ver a mãe e o bebê no hospital e ele era só um menininho cor-de-rosa, um bebezinho cor-de-rosa inofensivo, com orelhas enormes e olhos inchados.

Sean, pensou, o pequeno Seany. Meu irmãozinho...

— Então, você e a, hmm... Millie — moderou o tom da voz na tentativa de parecer despreocupado, mas ainda estava convencido de que imbuíra o nome dela com toda a nuance, até a última gota, de seu desejo por ela. — Vocês vêm no sábado, né?

Sean olhou para ele com ar de quem não estava entendendo nada.

— O meu aniversário.

— Ah, sim. Claro. Bem, eu vou. A Millie, ainda não sei.

— Ah — disse Tony, tentando esconder a decepção na voz. — Por quê?

Sean deu de ombros.

— Ele tem vergonha da gente. — Bernie se intrometeu.

— Mãe! Não tenho nada. Já falei que...

— Ele nunca demorou tanto para apresentar uma namorada para gente. Costumava ser o primeiro lugar a que ele as levava. Entre, esta aqui é a minha mãe, este aqui é o meu pai, fique à vontade. Essa aí com certeza é boa demais para gente como a gente. — Ela piscou para todo mundo ver que ela estava brincando, mas Sean não reparou.

— Mãe! Não é nada disso. É só que... esta aqui é diferente. Ela é mais velha. E mais... independente. Ela tem a vida inteira dela estabelecida. A vida dela é importante. É só que... eu quero ir com calma, dar espaço para ela. Só isso.

— Estão vendo — disse Bernie, triunfante, com um sorrisinho brincando nos lábios. — Ele tem vergonha da gente.

— Como ela é? — Ned perguntou, espetado pela curiosidade repentinamente.

— Ela é legal.

— Uau — disse Ned, cheio de trejeitos. — Ela parece ótima.

— Não... quer dizer, ela é fantástica. Ela é divertida, e inteligente, e bacana. Bacana de verdade. O Tony conheceu outro dia, pergunte a ele.

Tony ficou pálido.

— O quê? — balbuciou.

— O que você achou da Millie?

— Ah, sei lá. Só conversamos uns minutos. Ela pareceu ser bem legal.

— Chique — disse Ness, salvando Tony de si mesmo sem querer. — Ela é muito chique.

— Chique, hein? — disse Ned, sorrindo. — Como assim, chique? Tipo a Victoria Beckham? Ou está mais para a Tara Palmer-Pompom?

— Não, não — respondeu Ness. — Nada disso. Não aquele tipo de chique da realeza. Mais assim que nem uma atriz. Sabe quem ela me lembra, para falar a verdade? Aquela moça que saía com o Neil Morrissey?

— O quê? A Amanda Holden? — disse Bernie.

— Não, aquela outra. De cabelo escuro. Rachel alguma coisa...

— Rachel Weisz?

— Isso! Essa aí mesmo. Ela parece uma versão um pouco mais velha dela. Ela é de tirar o fôlego. E cheia de classe. Cheia de classe de verdade.

— Aaa-aaah — disse Ned. — Entendi. Você subiu um pouco na escala social, não é? Só precisa disso para arrumar uma garota de classe? Escrever um livro idiota?

— Não — disse Sean, cruzando os braços e olhando para Ned com ar brincalhão. — Também ajuda quando a gente é lindão, cheio de sucesso e simpatia...

E, naquele preciso momento, todos os sentimentos de afeição fraternal de Tony se transformaram em uma inveja rançosa e esverdeada. Respirou fundo, abriu os dedos, voltou a atenção para o cardápio e resolveu que estava a fim de comer um *kleftiko* naquela noite.

Morte com saca-rolhas

Na primeira manhã de sua volta à Inglaterra, Ned tinha sido acordado às onze pelo barulho de Gervase limpando o catarro da garganta no corredor. Pelo amor de Deus, pensou, será que não dá para alguém fazer o favor de levar esse cara ao otorrino e arrancar fora as *adenóides* dele, caralho.

Ouviu a porta da frente fechar e Gervase descer os degraus da escadinha, então virou para o lado e berrou de dor quando sentiu uma coisa pontuda se enterrando em sua bacia. Apalpou por baixo de si e encontrou um saca-rolhas. Merda, ele podia ter se matado, podia ter perfurado um órgão vital e sangrado até morrer durante a noite. Aquilo ia ser mesmo muito legal para a mãe e o pai, pensou, descer as escadas de manhã e ver seu filho pródigo lívido, morto no sofá. Jogou o saca-rolhas com muita raiva para o outro lado da sala. Estava tudo errado... completamente errado. Sua primeira noite em casa depois de três longos anos longe e ele tinha que dormir na porra do sofá. Isso mesmo, sua própria *mãe* tinha feito o filhinho mais novo, o *bebezinho* dela, dormir no sofá, enquanto aquele esquisitão com cabeça de meleca dormia na cama *dele*, no quarto *dele*.

— Ah não, Ned querido. Não é correto expulsá-lo agora, sem avisar. Amanhã a gente arruma o quarto do Tony para ele, amor, e daí você pode retomar o seu quarto.

— Mas e hoje à noite? Onde é que eu vou dormir hoje à noite? — A voz de Ned tinha subido umas dez oitavas e ele sentiu como se estivesse rapidamente voltando à infância quando a garganta apertou e as lágrimas ameaçaram cair.

— Hmm, muito bem, o quarto do Seany está fora de questão... seu pai colocou o Norton velho dele lá. O que você acha de a gente jogar um colchão no chão do quarto do Tony?

— De jeito nenhum. Aquele lugar cheira a mijo. E as paredes estão cobertas de coisas esquisitas.

— Bom, então você pode ficar com o sofá.

— O sofá! Mas, mãe... não é justo. Eu estou viajando faz umas, sei lá, 72 horas. Isso não vai ajudar em nada para eu me adaptar ao fuso horário.

— Eu sei, querido, e sinto muito, mas não posso fazer nada... você também pode vir dormir conosco na nossa cama, como fazia quando era pequeno.

— Mãe!

— É brincadeira, Ned... é brincadeira.

E Ned sorriu, não por causa da piada, mas devido à percepção desconfortável de que uma partezinha indefinível dele de fato *queria* dormir na cama dos pais, queria se apertar entre os dois e ficar ouvindo-os respirar a noite inteira.

Seu idiota patético e doente, pensou consigo mesmo. Não é de se estranhar que a sua namorada tenha ficado maluca.

Então ele passou uma noite péssima no sofá, virando de um lado para o outro, acordando a cada meia hora, apesar dos três Nytols que sua mãe lhe dera para ajudar a dormir. Tinha sonhado uma dúzia de fragmentos de sonhos curtos e intensos, em sua maior parte relacionados a Mônica. E finalmente tinha conseguido cair no sono um pouco depois das cinco da manhã.

Percorreu o corredor tropeçando e chegou à cozinha. A mãe tinha deixado o café-da-manhã pronto e um bilhete que dizia:

“Não quis te acordar... tente não dormir até a noite. Até mais tarde. }{s M”

Ned mordiscou uma torrada sem muita vontade e ficou vagando pela casa durante um tempo, tentando juntar seus pertences, tentando se sentir normal. E não conseguindo. Estava se sentindo irrequieto e esquisito, em alguma região entre dois lugares que em alguma época eram sua casa, mas que agora tinha sido tirada do eixo, desviada um ou dois graus. Tudo parecia um pouquinho fora de prumo.

Ele sabia que as coisas tinham mudado enquanto estava fora, claro que sabia, mas continuava sendo bizarro ver Tony sem Jo. Tony e Jo estavam juntos desde que Ned era adolescente. Jo era louca por exercício e obrigava Tony a fazer coisas como *jogging* e ginástica. Ela era *workaholic* como ele e, como casal, exalavam sucesso, disciplina e trabalho em equipe. Mas agora Tony era... bom, ele era um gordo de meia-idade. E com uma cara meio... triste. Mas a namorada nova dele era ótima: Ness era totalmente diferente de Jo. Ao passo que Jo era pequena, rápida e tinha o cabelo escuro e curto, com os olhos sempre maquiados e um celular permanentemente colado na orelha, Ness era alta e magra com cabelo loiro rebelde e um sorriso permanente de muitos megawatts. Ao passo que Jo sempre pedia alguma coisa como peixe e salada e ficava empurrando a comida de um lado para o outro do prato, Ness pedia pedaços enormes de carne vermelha e comia com gosto, engolindo taças e taças de vinho tinto e falando de boca cheia. Ela era absolutamente linda, como nas pinturas pré-rafaelitas ou de Charlie Dimmock, com olhos verdes faiscantes e pernas incríveis. Mamãe com certeza a adorava, e ela até parecia ter alguma espécie de ligação com Gervase... mas Tony praticamente a ignorava. Tony nunca tinha sido um sujeito muito atencioso, mas, mesmo para seus padrões levemente morosos, tinha agido como um grosso completo naquela noite. O divórcio obviamente o atingira profundamente, e Ness talvez fosse algum tipo de relacionamento-rebote. Mas seja o que fosse que estivesse incomodando Tony, era absolutamente desconcertante vê-lo, a rocha da família, tão... *perdido.*

E depois tinha o Sean. Caralho, aquilo era um absurdo. Ele estava com cara de *famoso*... Ned não conseguia encontrar outro jeito de explicar. Sean sempre tinha tido cara de gente normal, um sujeito de roupa, com cabelo e pronto. Mas agora parecia ter um *brilho*. Seus dentes pareciam extremamente brancos e seu cabelo parecia mais espesso. E ele estava muito mais confiante. Sean sempre tinha sido o sensível da família, aquele que sempre se ofendia com tudo. Andava por aí como Ned, usando roupas que tinha há três anos e aceitando trabalhos idiotas, assistindo a programas americanos no Sky One e comendo a comida da mãe. Sean nunca tinha se apaixonado antes. Nunca. Bom, pelo menos desde que tinha quinze anos e ficou de coração partido por causa de Lindsey Morrow, que o humilhara na frente da escola inteira. Desde então, ele tinha sido um sujeito frio em relação às namoradas: as moças iam e vinham e Sean parecia nem notar. Mas agora ele estava todo reluzente, contente e *apaixonado*. Ned de repente sentiu que Sean era muito mais velho do que ele e muito mais maduro, e não sabia muito bem como ia se encaixar na nova vida de Sean. Aquela idéia o deixou incrivelmente triste.

Mas a mãe e o pai continuavam os mesmos, graças a Deus. Continuavam fortes e felizes, continuavam sendo o casal perfeito e eram as pessoas que ele mais respeitava e amava no mundo inteiro. Ned tinha tentado explicar como eram sua mãe e seu pai para o pessoal na Austrália, mas nunca conseguiu fazer-lhes justiça. São as pessoas mais maravilhosas e mais bacanas do mundo, era o que ele queria dizer, amam um o outro de verdade e amam os filhos de verdade e gostam de rir juntos o tempo todo. Continuam saindo para beber e para visitar os amigos e passam fins de semana juntos em hotéis. Eles discutem mas não brigam, reparam um no outro o tempo todo mas se dão espaço para que tenham vida própria também. Falam palavrão e peidam e a gente pode falar para eles como bebeu na noite passada ou como ficou chapado no fim de semana sem que eles fiquem achando que vamos nos transformar em alcoólatras ou viciados em drogas. São como todo casal deveria ser. São meus heróis.

A única coisa levemente desconcertante a respeito da mãe e do pai na noite anterior é que eles tinham parecido um pouco mais velhos. A mãe tinha mais fios grisalhos no cabelo louro e o pai parecia ter encolhido. Estavam se aproximando dos sessenta; estavam ficando velhos. A percepção fez com que Ned pensasse a respeito de todas as coisas horrorosas que podiam acontecer com os pais, coisas como câncer e ataques cardíacos e demência senil. A idéia de que a mãe e o pai não estariam lá para sempre, ou que não seriam mais do jeito que eram agora, fez com que Ned se sentisse assustado e vulnerável.

Olhou para o relógio de novo. Onze e meia. Um dia solitário inteiro estendia-se a sua frente sem nada a fazer a não ser se preocupar com a mãe e se sentir meio deslocado. Precisava de alguma outra coisa para encher a cabeça.

Carly, pensou aliviado, era disso que ele precisava. De um pouco de Carly.

Na medida em que sua relação com Mônica ia degenerando, Ned pensava cada vez mais em Carly. A doce Carly, que nunca perdia as estribeiras nem fazia coisas esquisitas. A doce Carly, que era absolutamente normal em todos os aspectos. Ficava imaginando o que ela estaria fazendo e com quem estava saindo. Ficava se perguntando se ela sentia falta dele e como reagiria se ele aparecesse na porta da casa dela algum dia. Tentou imaginar aquilo, tentou imaginar o rosto amplo dela com seus olhos grandes e o cabelo castanho sedoso preso em um rabo-de-cavalo. Fantasiava que ela faria uma careta e cruzaria os braços na frente dos peitos macios e grandes, fingindo estar brava com ele por um instante, antes de se entregar, abrir um sorriso e lhe dar um abraço enorme, afetuoso e normal.

Talvez ficassem amigos por um tempo ou talvez pulassem direto para a cama para fazer um sexo bacana e normal, sem ficar se olhando nem ter orgasmo instantâneo nem coisas complicadas; só um bom e velho sexo entre Ned e Carly. Mas na fantasia de Ned, não importava muito se fariam sexo ou não, porque só o fato de estar com Carly já bastaria; já bastaria para que ele se sentisse normal de novo, e adequado, e em casa.

Pegou sua antiga caderneta de endereços e folheou-a até a letra C. Lá estavam eles, todos os números de Carly de muitos anos, anotados com canetas diferentes. Na casa dos pais, no emprego no bar, no emprego na Dorothy Day Fashions, no apartamento em Gipsy Hills. Todos os estágios de sua vida. E todos os números tão conhecidos, seqüências que ele digitara em aparelhos mil, duas mil vezes. Tentou o trabalho dela primeiro.

— Bom dia, Dorothy Day Fashions.

— Ah. Sim, oi. Posso falar com a Carly, por favor?

— Carly de quê?

— Carly Hilaris.

Ouviu o farfalhar de papéis.

— Desculpe... aqui não tem ninguém com esse nome.

— O quê? Tem certeza?

— Tenho sim, sinto muito.

— Você pode olhar de novo? Ela trabalha na sala de modelagem.

— Neeta — ouviu a moça chamado alguém. — Você se lembra de alguma Carly que trabalhava na sala de modelagem?

Voltou para ele:

— Parece que ela saiu faz uns três anos.

Saiu? Da Dorothy Day Fashions?

— Meu Deus, ela foi embora. Para onde ela foi? Você sabe?

Ned ouviu mais um pouco de conversa abafada no fundo.

— Para o México.

— México?

— É isso mesmo. Que sorte a dela. Foi viajar com uma mochila nas costas ou qualquer coisa do gênero.

— *De mochila*? — Ned estava incrédulo. Carly viajando de mochila? No México? Mas Carly não gostava nem de ir ao País de Gales. Carly gostava de ficar em casa. Era o que ela mais gostava de fazer.

— Hmm, obrigado, muito obrigado.

Desligou o telefone e passou a mão no cabelo. Carly estava no México. Ou pelo menos *estivera* no México. Talvez já tivesse voltado para casa. Experimentou o telefone da casa dela com uma sensação de incerteza. A secretária eletrônica atendeu e alguma moça chamada Nadia disse que não estava em casa e que ele podia deixar uma mensagem, enquanto o Destiny Child cantava "Survivor" bem alto no fundo. Droga. Ele não tinha considerado essa possibilidade. Não lhe tinha ocorrido que ela não estaria mais no exato lugar onde ele a deixara.

Ficou sem opção. Estava estupefato. Completamente estupefato. Em suas fantasias do café Bondi, ele nunca tinha pensado além de se encontrar com Carly. O mastro de Crystal Palace, a mãe, o pai, Goldie, jantar no Mickey's, Sean, Tony, sua cama, *Carly*. E era aí que terminava. Todo o resto, ele supunha, ia simplesmente fluir a partir dali. Agora ele não sabia mais o que fazer.

Chutou os sapatos para longe, tirou o jeans e voltou para baixo do edredom no sofá, pensando que até aquele instante seu retorno ao lar não estava sendo nada do que ele achava que seria.

Vadiando no parque

— Oi, quem está falando? Ah, Aliyah. Oi, é o Tony. Olha, hmm, eu não estou me sentindo muito bem, então acho que vou ficar trabalhando em casa. Ah... está tudo certo por aí, não é mesmo? Tudo bem. Ah, está certo. Então... se aparecer alguma urgência, você pode ligar para cá. Acho que não tem muita coisa hoje, tem? Não. Achei mesmo que não. Ligo mais tarde para ver se está tudo bem. Certo. Muito bem, obrigado, Aliyah. E tenha um bom dia. Certo, vou sim. Obrigado. Tchau.

Tony respirou fundo e enxugou o suor da testa. Sim, é claro que era completamente ridículo ficar tão nervoso por dizer que estava doente para tirar o dia de folga quando você mesmo é o dono da porcaria da empresa, mas aquela tinha sido a primeira vez que ele fazia aquilo. Na vida. Simplesmente não fazia parte de sua natureza folgar. Ele era um trabalhador, sempre tinha sido, desde criancinha, quando custava ganhar cinco centavos para ajudar o pai a polir prata antiga. Tony gostava de trabalhar. Gostava de ir trabalhar, de estar no trabalho, de trabalhar. Ficava chateado com gripes e tosses que o afastavam do serviço. Não tinha tirado férias desde que se separara de Jo. Não via motivo. Mas, de certo modo, *estava* mesmo doente naquele dia. Doente da cabeça. Cansado da vida. Cansado de si mesmo.

Doente de amor.

Agora que tinha um dia inteiro para si, consideraria suas opções. Podia sair para dar uma corrida, talvez, ou ir à academia. Podia levar o carro para lavar. Talvez só dar uma longa caminhada em Dulwich Common e tomar uma bebida bem sossegado em um bar qualquer, acompanhado de seu jornal.

E foi então que lhe ocorreu: Ned, ele podia passar o dia com Ned.

Tony estava se sentindo um pouco mal devido à noite anterior. Tinha ficado tão louco da vida com a presença de Gervase e tão mordido de inveja cada vez que olhava para Sean, que mal tinha dito uma palavra a Ned. Tinha tido pouquíssimo contato com Ned enquanto ele estava fora. Era ocupado demais para mandar e-mails, e o fuso horário parecia estar sempre trabalhando contra ele quando tinha vontade de pegar o telefone para bater um papo. E tinha sentido mesmo muita saudade dele, principalmente durante o divórcio. A família toda o tinha envolvido como se fosse um cobertor gigante, mas a coisa não tinha sido completa sem Ned.

Uma parte de Tony estava brava porque Ned tinha ido embora. Os London eram uma família de cinco pessoas; era o *formato* deles: pentagonal. Simplesmente não funcionava muito bem como quadrado. E, para ser totalmente honesto consigo mesmo, não teria sido assim tão ruim se Sean tivesse ido embora e mudado o formato da família, porque Ned era a *ponte* entre Tony e Sean. Ele era uma daquelas pessoas iluminadas que se davam bem com todo mundo e, com Ned por perto, o abismo entre os dois irmãos mais velhos não aparecia muito. Quando estavam os três tudo era fácil; só com dois, a opção de conversa ficava bem mais difícil.

Ned estava com uma careta quando Tony chegou para buscá-lo em Beulah Hill naquela tarde.

— Qual é o problema?

— Minhas costas, porra. A mamãe me enfiou no sofá a noite passada... não queria chutar seu precioso Gervase para fora do meu quarto.

Tony fez cara feia.

— Que merda.

— Carro bacana — disse Ned.

— Você acha?

— Acho — respondeu, passando a mão pela pintura. — É bem fofo.

Fofo? pensou Tony. *Fofo*? Bem, aquilo meio que resumia tudo. Era exatamente, de maneira *sucinta*, o que estava errado com o seu carro esportivo vermelho. Ele era fofo.

— É, bom... entra aí, então.

Passaram na frente das lojas e dos restaurantes de Westow Street em um silêncio sociável. Ned bebia o cenário, a exuberância de restaurantes completamente desproporcional ao tamanho do bairro, a biblioteca com sua arquitetura em pedra esculpida, a pequena filial da Woolworths, o bar enorme no cruzamento.

— Continua tudo a mesma coisa — disse, maravilhado.

— Você só ficou fora três anos. O que você achava que ia acontecer?

— Meu Deus, sei lá... umas lojas novas, algo assim, acho. Pensava que as coisas iam estar... diferentes.

— Ned, nada nunca muda de verdade... você ainda não aprendeu isso?

— Muda sim — respondeu Ned, com um quê de tristeza na voz. — Tudo muda sim, porra. E eu queria muito que não mudasse.

Caminhar pelo Crystal Palace Park sempre era bom para exacerbar ânimos já melancólicos. Tony tinha vagado pela maior parte dos parques de Londres com o passar dos anos: Regent's Park tinha seus jardins de roseiras decorativos e seu teatro ao ar livre;

Hyde Park tinha sua serpentina e seus cavalos; Battersea Park tinha seu Buda e suas vistas para o rio; Hampstead Heath tinha todo aquele ar interiorano. Mas nenhum deles nem chegava aos pés de Crystal Palace no que diz respeito à pura atmosfera.

Onde antes ficava o palácio de vidro reluzente, até queimar e desabar havia setenta anos, os gramados levavam em direção a degraus panorâmicos, esculpidos em pedras com buraquinhos, de onde dava para enxergar toda a zona sul de Londres. Se você ficasse em pé no degrau mais alto e olhasse em volta, da esquerda para a direita, o parque se parecia com um terreno trágico onde se abandonavam as maiores atrações do mundo. O mastro se erguia parecido com a torre Eiffel de uma colina à esquerda e, espaçadas entre os degraus, havia estátuas sem cabeça e esfinges em pose altiva. Observando a distância enevoada com estoicismo, sem saber que o edifício que guardavam tinha desaparecido de trás delas para sempre. A barba e os dedos dos pés tinham sido pintados com tinta em *spray* metálico e aquilo sempre fazia com que Tony se sentisse triste, era como ver um cão fiel deitado aos pés do cadáver do dono já bem velho.

Quando eram crianças, iam ao parque no verão para explorar o labirinto secreto de túneis subterrâneos por baixo das ruínas do palácio, inventando fantasmas para assustar um ao outro e saindo rápido depois ao sol, eufóricos e aliviados. O parque era um caos no verão, mas em um dia úmido de abril como aquele dava para ficar com o lugar quase todo para si e permitir que a atmosfera idiossincrática e fantasmagórica os englobasse. Crystal Palace era cheio de linhas de poder, para quem acredita nessas coisas, e Tony achava que não acreditava. Mas havia alguma coisa especial, alguma coisa espiritual no ar, daquilo ele tinha certeza, alguma coisa que não existia em nenhum outro lugar de Londres.

Subiram os degraus devagar e em silêncio.

— É bom ver você, Tony — disse Ned.

— É — respondeu Tony. — Igualmente.

— Como é que você está, depois do divórcio e tudo o mais?

Tony deu de ombros.

— Ah... tudo bem. Para falar a verdade, as coisas não estão nada mal.

Viraram à esquerda, dirigindo-se para a lanchonete no complexo esportivo, desviando de um grupo de homens com roupas de ginástica justas de cores berrantes.

— O que foi que aconteceu exatamente? Com você e a Jo?

Tony riu e enfiou as mãos frias nos bolsos do casaco.

— Que merda. Essa é das maiores.

— É, eu sei, mas foi tão esquisito ouvir isso lá do outro lado do mundo... Não parecia que era exatamente real. Não fez o menor sentido. Quer dizer, você e Jo, vocês formavam uma equipe... vocês eram almas gêmeas.

— Igual a você e Carly, é isso que está dizendo? — Ergueu uma sobrancelha para Ned.

— É, mas, aquilo era diferente. Nós éramos crianças quando nos conhecemos, crescemos e nos acostumamos um com o outro. Mas você e a Jo... vocês já eram adultos quando se conheceram.

Tony sacudiu a cabeça.

— Não, não éramos adultos coisa nenhuma. Tínhamos 22 anos.

— É, mas...

— Ninguém é adulto aos 22 anos, não neste mundo, não hoje em dia. A gente tem cara de adulto e fala que nem adulto, mas continua sendo criança.

— Então, foi isso que aconteceu? Vocês cresceram um para longe do outro?

— Basicamente, acho que foi isso. Mas, no fim, a coisa se resumia em uma única conversa: uma conversa que deveríamos ter tido muito antes.

Tony abriu a porta da lanchonete para Ned entrar. Sentiu-se como se estivesse degelando com o ar quente do aquecedor bem na entrada.

— Que conversa?

— A do bebê.

— Ah... ela começou a fazer pressão, foi?

— Não, para falar a verdade, foi o contrário. Eu estava pronto. Ela, não.

— Mas por que o pânico? Você não podia simplesmente ter esperado um pouco até ela querer? Ela ia acabar mudando de idéia.

— Não ia adiantar nada. Mas, de todo modo, foi uma porra de uma idéia imbecil. Quando penso sobre isso agora, percebo que só queria um filho porque estava com 31 anos, porque estávamos casados havia anos, porque achei que era o que eu precisava fazer. Sabe como é: o Tony de sempre. E quando ela disse "não", foi um momento fantástico de percepção. Se eu não ia entrar no negócio todo da família, prendendo-me aos filhos e me matando de trabalhar para poder pagar tudo, então por que diabos ficar casado, você entende? Para que ir para a cama com a mesma mulher toda noite? E acho que a Jo também deve ter se sentido do mesmo jeito.

— Por quê?

— Porque ela me trocou por um cara qualquer do escritório dela, dois meses depois disso.

— Não acredito! — Ned gritou. — A Jo não faria isso. A Jo não...

— Bom, ela fez. Claro que faria. Ela sempre consegue o que quer.

— Merda... a mamãe não falou nada sobre isso. Só disse que você tinha chegado ao fim da estrada.

— Bom, é... eu não contei para a mamãe.

— Você está brincando... Por que não?

— Para falar a verdade, não sei. Acho que eu não queria que a mamãe pensasse mal dela.

— É, mas... por que é que ela não devia pensar mal dela? Ela fodeu com a sua vida, ela...

— Ela fez o que tinha que fazer. Fez o que era certo para ela. Eu estava pronto para cair fora e ela foi a única de nós dois que teve coragem de agir. Sabe...

Tony pegou uma bandeja de vinil e a empurrou pelos trilhos de aço na lanchonete, em direção a uma vitrina de sanduíches e baguetes. Escolheu uma baguete com queijo e presunto, com uns trinta centímetros de comprimento. Pegou um bolinho com manteiga e creme e uma lata de Heineken. Enquanto esperava para pagar no caixa, aproveitou para juntar um pacote duplo de biscoitos de castanha com gengibre à bandeja, uma compra de impulso.

Sentiu-se culpado ao ver Ned colocando um sanduíche de atum e uma garrafa de água mineral na bandeja dele.

— Você não está com fome? — disse.

— Não muita — respondeu Ned, fazendo uma careta. — Estou me sentindo meio zonzo, para falar a verdade, devo ter pegado alguma coisa no avião, sei lá.

— Não quer uma cerveja?

— Não. Obrigado.

Caiu um silêncio, quebrado pelo barulho de Ned arrancando o selo do sanduíche e Tony puxando a argola da lata de cerveja.

— Então — Ned acabou por dizer —, como estão as coisas? Quer dizer, a sua vida vai bem?

Tony deu de ombros.

— Tudo certo — respondeu. — Tenho trabalhado muito.

— Estou falando do divórcio. Você fala que tudo que aconteceu foi o certo, mas como é que você está se sentindo? De verdade?

— Não me afetou muito — respondeu Tony. — Claro que no começo foi meio esquisito, sair de casa, morar sozinho, não ver mais a Jo todo dia. Mas agora está tudo bem.

Ned olhou torto para ele.

— Tem certeza mesmo, Tone?

— Positivo. A vida de solteiro combina comigo.

— É que você não parece muito... Você não é o mesmo de... Tem certeza de que você está feliz? Porque, se não estiver, pode conversar comigo. Você sabe disso, não sabe?

Tony sorriu.

— Eu estou feliz, Ned. Sério. Só que agora a vida é diferente, só isso. Não é melhor nem pior, só é diferente.

Ned assentiu com a cabeça e eles ficaram em silêncio de novo.

— Eu gostei da Ness — Ned finalmente disse, com a boca cheia de comida. — Ela é superengraçada.

— É — respondeu Tony, desanimado. — Ela é legal, não é?

— Onde foi que vocês se conheceram?

— Sabe a Trish, a mulher do Rob?

— Sei.

— É amiga dela, da escola.

— Ah. Tá. Você vai se casar com ela?

Tony meio que cuspiu a comida e riu.

— O quê?

— Bem, e por que não? Ela é superbonita e superlegal, e obviamente ama você de verdade.

Tony limpou a boca com um guardanapo e fez uma careta para Ned.

— Não, Ned. Eu não vou me casar com a Ness. A gente só está namorando há um ano.

— Bom, então vocês vão morar juntos?

— Meu Deus, Ned, sei lá. Para falar a verdade, não estou pensando nessas coisas agora. A gente só está saindo, sabe como é. Nada sério.

Ned assentiu com a cabeça, pensativo.

— Eu prefiro ela à Jo — disse bem baixinho.

Tony olhou para ele, surpreso.

— Mesmo?

— É. Ela é mais... humana. Mais verdadeira. E as pernas dela são melhores. — Sorriu para Tony e os dois riram. — Mas, falando sério, Tone, acho que você se deu muito bem mesmo. Ela é o máximo.

— E você e aquela lá? — Tony ainda sentia vestígios de lealdade a Carly, quando mencionava Mônica. — O que foi que deu errado?

Ned deu de ombros e comeu alguns pepinos do sanduíche.

— Para falar a verdade, não sei — respondeu.

— O que foi, ela te deu o pé na bunda? Você deu o pé na bunda dela? O que foi que aconteceu?

Ned ficou em silêncio por um momento e contemplou a marca deixada por uma xícara de café no tampo da mesa.

— Ah, deixa disso. Pode me contar.

Ned limpou a garganta e se debruçou tão perto de Tony, que ele pôde sentir o cheiro de pepino em seu hálito.

— Você promete que não conta nada para a mamãe?

— Ãh-hã.

— Bom, ela endoidou completamente. Totalmente; o negócio ficou assustador, assustador de verdade.

— Como assim?

— Bem, ela perdeu as estribeiras totalmente. Começou a me seguir, a bater nos outros, a arrancar o próprio cabelo, sabe como é, tirava uns chumações da cabeça.

— Caramba. Que merda. Que coisa péssima. Então... o que aconteceu? Ela está melhor?

Ned deu de ombros e pegou o invólucro de plástico do sanduíche.

— Não, para falar a verdade, não.

— Bom, o que foi que ela disse quando você falou que ia voltar para casa?

Ele deu de ombros de novo.

— Nada demais.

— Você disse para ela, não disse? Você contou para ela que ia voltar para casa?

Ned sacudiu a cabeça, envergonhado.

— Eu deixei um bilhete para ela.

Tony riu.

— Que merda, Ned... isso aí é a maior baixeza.

— É, eu sei, eu sei. Mas você não conhece a Mônica. A Mônica é uma mulher grande.

— Como assim, ela é gorda?

— Não... grande. Igual a um cara. Igual a um cara grande. E... eu não sei... poderia ter acontecido qualquer coisa se eu tivesse contado para ela que estava indo embora. Ela poderia ter dado uma surra em mim ou cortado o meu pau fora ou qualquer coisa assim.

— Você está dizendo que tinha medo dela? — Tony começou a rir.

— Eu morria de medo dela. Uma vez, vi ela matando um gatinho.

— O quê?

— Isso mesmo. Estava largado do lado da estrada, meio morto... tinha sido atropelado... e ela simplesmente pegou o bicho e quebrou o pescoço dele. Na maior calma. Nem chorou nem nada.

— Credo.

— É, e teve uma outra vez que ela deu um beliscão em uma menininha... era uma menininha bem pequenininha, com cachinhos e tudo. Ela disse que a menina estava olhando feio para ela.

— Caramba... ela parece doida.

— Eu sei. E ela me bateu uma vez. Bom... duas vezes para dizer a verdade. Me acertou no rosto, fiquei de olho roxo. Mas a pior coisa da Môn... a coisa mais assustadora, é que ela falava enquanto dormia. Ficava resmungando e choramingando e às vezes também gritava. Parecia estar possuída por demônios ou qualquer coisa assim.

Tony fez uma pausa.

— Vai ver que ela estava. Sabe como é... parece que ela está bem doente de verdade, Ned.

— É — Ned ficou meio abatido com o fim do espetáculo, a realidade batendo de frente. — É. Acho que sim.

— Coitadinha.

— Eu sei... e esse é o problema. Embaixo de tudo aquilo tinha uma garota superlegal, sabe, uma fofa. Era como se ela tivesse um monte de amor para dar, mas ninguém nunca mostrou para ela o que deveria fazer com aquilo. E foi por essa parte que eu me apaixonei, acho.

Tony empurrou para o lado uma ponta sem recheio da baguete que poderia ter comido bem feliz, mas ficou se sentindo culpado porque Ned mal tocara seu sanduíche.

— Então, você simplesmente caiu fora, foi? Saiu à francesa?

O rosto de Ned se desestruturou todo, ele parecia quase envergonhado.

— É, essa é mais ou menos a versão longa e a curta do que aconteceu. — Engoliu em seco.

— Não posso dizer exatamente que o culpo.

— É, bem. Eu não estou me achando o máximo nem nada. Não foi a melhor coisa que já fiz na vida. Mas não era só ela, sabe. O calor no Natal, os insetos esquisitos, tudo tão longe... Eu só ficava pensando, que merda, sabe, a mamãe e o papai, e se acontecesse alguma coisa com algum deles, e se um deles tivesse um ataque do coração ou qualquer coisa assim e eu estivesse a dois dias de distância? Eles já estão com uma certa idade. De repente eu senti uma necessidade enorme de estar por perto, ao alcance. E depois vai ter o negócio dos sobrinhos e das sobrinhas e tal...

— Acho que não tem muita chance de isso acontecer.

— Ah, tem sim. Você e a Ness... vocês já estão juntos há um tempinho. E o Sean parece ter intenções bem sérias com aquela Millie.

Tony riu para despistar.

— Ah, fale sério... Aqueles dois? Eles só se conhecem há cinco minutos.

— É, mas dá para ver, só de olhar para ele, não dá? Ele está bem envolvido. Eu estou achando que, dessa vez, o Sean vai entrar de cabeça.

— O Sean? Que nada. Ele não está pronto para acalmar o rabo, de jeito nenhum.

— Ah, está sim.

— De jeito nenhum.

— Olha... eu estive longe... tenho *objetividade*. E ele está pronto, meu amigo. Preste atenção.

Tony não estava gostando nada do rumo daquela conversa. E, além disso, havia alguma coisa que o estava incomodando durante todo aquele papo com Ned, uma coisa que ele precisava mencionar.

— Ned — ele disse —, será que você pode por favor parar de fazer isso... essa *coisa*?

— Que coisa?

— Essa coisa de fazer tudo parecer uma pergunta? Essa coisa de transformar o final das suas frases em uma interrogação? Sabe, esse negócio de parecer um australiano falando? Cara?

Ned ficou de cara no chão.

— Merda, eu estou fazendo isso, é? Estou? Estou mesmo? Estou fazendo agora?

— Bem, claro que você está fazendo agora, seu louco, você está fazendo uma pergunta... e daí você tem que falar assim. O problema está nas suas frases normais.

— Que merda... olha, me chuta, por favor, se eu fizer de novo?

Tony sorriu e o chutou por baixo da mesa.

Ned devolveu o chute.

— Veado — disse com um sorriso.

— Vamos lá, irmãozinho, vamos embora.

Os irmãos colocaram o casaco, dirigiram-se para a porta e ficaram pensando, em silêncio, o que exatamente cada um deles não estava contando para o outro.

O cabelo de Mônica e a alma de Bernie

Ned voltou do parque quando o sol estava começando a se pôr e deparou com Gervase sentado na cozinha, bebendo uma caneca de chá e folheando o *Guardian* do pai.

— Ah — disse Ned. — Oi.

— Boa noite — disse Gervase, dobrando o jornal com um gesto de quem estava a fim de bater um papo. — Como anda tudo?

Como anda tudo? pensou Ned. *Como anda tudo*? Que espécie de pergunta idiota era aquela? Ah, tudo está andando para a frente, muito obrigado. Resmungou e assentiu com a cabeça e foi até a pia para encher o bule.

— Tem um pouco na chaleira, cara. — Gervase apontou a chaleira de Bernie com um movimento de cabeça. Estava embaixo de um abafador.

— Eu vou tomar café — disse, seco.

Gervase assentiu com a cabeça, em um gesto de "tudo bem".

Ned colocou umas colheres de café em uma caneca (ia precisar de uma tonelada de cafeína para seguir em frente) e, enquanto se movia pela cozinha, sentiu a desconfortável presença dos olhos de Gervase acompanhando sua nuca. Isso é ridículo, pensou consigo mesmo, sentir-se pouco à vontade na casa da gente, com um desconhecido observando enquanto você prepara uma xícara de café.

— Está sofrendo muito com o fuso horário?

— Agora é que começou a me incomodar. Muito. — Mexeu o café, largou a colherinha na pia e então, quando se virou para falar com Gervase, Ned reparou, com um certo desconforto, que Goldie estava deitado aos pés do estranho. Não simplesmente aos pés dele, mas em cima dos pés dele, todo contente e feliz, como geralmente ficava com o pai.

— E como é?

— O quê?

— O negócio do fuso horário, qual é a sensação?

— Sei lá. — Ned deu de ombros. — Meio pesado e confuso. Desconectado. Como se a gente estivesse flutuando, como se estivesse andando em cima dos pés de um valsista.

— Ah — Gervase assentiu com a cabeça —, certo. Eu, pessoalmente, nunca passei de Aberdeen.

— O quê? Você nunca viajou para o exterior?

Gervase sacudiu a cabeça e acendeu um cigarro.

— Não é exatamente o tipo de coisa que gente como eu costuma fazer.

Ned percebeu que uma conversa ia começar a se desenrolar ali e não estava a fim de encarar.

— Certo — disse, cortando o barato dele. — Vou para o meu quarto, a gente se vê mais tarde, tá?

— Claro, cara — respondeu Gervase. — A gente se vê por aí. Ah... espera aí um pouquinho. Esqueci de dizer. Chegou um pacote para você. Da UPS. Está no corredor.

— Ah — respondeu Ned —, certo. Obrigado.

Foi até o corredor e encontrou uma caixinha em cima do "trono", uma cadeira de veludo vermelho com volteios dourados, um dos tesouros das antigas vitrinas da mãe. Quem diabos estaria lhe mandando pacotes? Ele tinha acabado de chegar em casa. Pegou a caixa e sacudiu: era incrivelmente leve, como se não contivesse nada. Rasgou o invólucro de plástico e leu os detalhes. De acordo com a ficha da UPS, o emissário era alguém chamado Dilys Nickers, que morava no número 1.345 da Old Fish Drive em Sydney, Austrália, e o conteúdo estava descrito como "presente".

Ned imediatamente teve um mau pressentimento e abriu o pacote com todo o cuidado.

Dentro do pacote havia uma caixinha de papelão.

Com a palavra "PORRA" escrita com pincel atômico vermelho.

Ned tirou a fita adesiva da tampa da caixa lentamente.

E lá dentro havia uma mecha de cabelo escuro e brilhante.

Cabelo humano.

Ned parou de respirar. Tocou no cabelo com cautela. Era macio e sedoso. Pegou um fio e levou ao nariz.

Mônica.

Imediatamente, Ned largou o cabelo na caixa e a fechou. Pegou a caneca e estava pronto para subir a escada quando o telefone tocou e o fez dar um pulo tão grande que derrubou a caneca; a caneca se partiu no meio e o líquido marrom foi lentamente sendo absorvido pelo assoalho de madeira.

— Caralho!

— Uau — disse Gervase, entrando no corredor. — Nervosinho. — Esticou-se por cima dele para alcançar o telefone. — Alô, residência dos London, pois não?

Ned contorceu-se um pouco e se abaixou para recolher os cacos da caneca, ouvindo com toda atenção a conversa que se desenrolava.

— Não, ela não está no momento, volta daqui a meia hora. Quer deixar recado?

Ned soltou um suspiro de alívio e foi para a cozinha pegar um papel toalha e limpar o café derramado.

Gervase colocou o telefone no gancho e olhou para ele, cheio de preocupação.

— Que reação a sua, Ned. Também é aquele negócio do fuso horário?

Ned resmungou.

— Tem alguma coisa te incomodando, Ned? Você parece meio preocupado, cara. Se é que você não se importa de eu comentar.

— Está tudo bem — respondeu Ned, seco.

— Quer outro café?

— Não. Obrigado. Tudo bem. — Enrolou as duas metades da caneca no papel molhado, levou para a cozinha, jogou no lixo, pegou o pacote da UPS e subiu as escadas até o quarto, onde se jogou na cama.

Abriu a caixa de novo.

Merda. Continuava lá. O cabelo de Mon. Seu cabelo adorável, grosso, brilhante, comprido e escuro. A única coisa verdadeiramente feminina que ela tinha. Com certeza era dela, sem dúvida nenhuma. Tinha o cheiro do xampu que ela usava, tinha o cheiro *dela*.

Ficou olhando para o cabelo uns cinco minutos, a cabeça em turbilhão, o coração disparado. Uma imagem de Mônica em pé no banheiro com uma tesoura de cozinha e um chumaço de cabelo na mão passou por sua cabeça. Seguida por uma imagem de Sarah Miller em *A filha de Ryan*. Ele fechou a caixa, selou-a novamente e enfiou-a embaixo da cama. Não tinha como encarar aquilo. Não tinha como encarar aquilo de jeito nenhum.

Pulou da cama e deu uma olhada geral no quarto. Gervase tinha se mudado oficialmente naquela manhã mas, apesar de as coisas dele não estarem mais lá, ainda não era a mesma coisa. Havia um cheiro desagradável impregnado no quarto, manchas no carpete que não estavam lá antes e Ned nem conseguia olhar para a pia no canto, desde que tinha visto Gervase vomitar nela na manhã anterior.

Ned abriu uma janela, arregaçou as mangas e resolveu dedicar-se a alguma atividade para parar de pensar na caixa embaixo da cama e na ex-namorada louca e *careca* do outro lado do mundo. Trocou o colchão pelo velho e empelotado do quarto de Sean, apesar de ele ter um certo cheiro de umidade e não ser tão confortável quanto o seu. Ficava de estômago revirado só de pensar na perspectiva de dormir no mesmo colchão que Gervase estivera usando. Não que Gervase cheirasse mal nem nada. O problema era pensar que ele se masturbava em cima dele.

Pegou um balde, um frasco de líquido de limpeza, um monte de panos e uma esponja grande e limpou o quarto de cima a baixo: rodapés, janelas, maçanetas, em cima das coisas, embaixo das coisas, em volta e atrás das coisas. Colocou alvejante na pia e deixou de molho durante dez minutos antes de esfregá-la ao ponto da obsessão. Passou aspirador no sofá, nas cortinas, em cada centímetro de carpete, até em pedaços de carpete que não viam a luz do dia havia mais de duas décadas. Borrifou o quarto com uma fragrância para quarto chamada Tranquility, esperando que surtisse o mesmo efeito de tranqüilidade sobre ele, abriu a janela e deixou o quarto arejando durante meia hora. Então tirou seu PC do quarto de Tony, ligou-o, restabeleceu todas as conexões e, com o coração firmemente alojado na garganta, entrou em sua conta de Hotmail.

Caramba, ia murmurando para si mesmo enquanto esperava as mensagens aparecerem, tão devagar, tão devagar. Sua caixa de entrada apareceu na tela e ele deu uma olhada no conteúdo rapidamente. Tinha coisas que os amigos de Londres tinham mandado, sem nem saber que ele estava de volta. Um informativo da agência de empregos em Sydney. Coisas da Amazon. E nada mais.

Nada de Mon.

— Ned, cara — ouviu batidinhas leves na porta. — Tudo bem se eu entrar?

Era Gervase.

Ned olhou para ele com uma expressão que se aproximava do alívio.

— Claro — respondeu. — Pode entrar.

— Olha — ele disse, esfregando as mãos. — Posso dar uma sugestão? Hoje é a noite da sua mãe na Beulah, e acho que ela ia ficar feliz de verdade se você fosse lá ver.

— Como assim... vê-la cantar?

— É. Ela ia morrer de tanta alegria.

— Você vai?

— Vou. É o ponto alto da minha semana. Eu nunca perco.

Ned olhou para a tela de computador e para o relógio e pensou em suas opções. Podia a) ficar no quarto a noite inteira, checando o e-mail de maneira obsessiva e enlouquecendo lentamente; ou podia b) ir tomar uma ou duas cervejas, ver a mãe cantar e clarear as idéias.

— Certo — respondeu —, é. Por que não? Que horas?

— Saímos às sete?

— Legal.

Então se viu, meia hora mais tarde, na Taberna Beulah, em uma noite úmida de quarta, assistindo à mãe com um *top* de lantejoulas cor-de-rosa e calça de veludo preta entoando uma versão de "Diamonds Are Forever" de deixar os pelinhos da nuca arrepiados.

Era uma sensação estranha, a de ver a mãe cantar. Ele já a tinha visto cantar antes. Ela cantava para os três garotos quando eram pequenos e ainda gostavam daquilo, e a tinha visto cantar em casamentos de primos e coisas assim. Mas nunca no bar da esquina. As pessoas não tinham ido até lá especialmente para vê-la cantar. Eles não a conheciam. Tinham ido tomar uma cerveja e por acaso ela estava lá. Algumas pessoas a ignoravam completamente, e aquilo incomodava Ned. Muito.

— A gente fica louco da vida, não é mesmo? Com essa gente que não presta atenção?

Ned ficou olhando. Era a primeira interação entre os dois desde que Bernie se levantara para sua apresentação. Ned assentiu com a cabeça, mas na verdade não sabia o que dizer.

— Ela tem mesmo muito talento, a sua mãe. Talento *de verdade.*

Ned assentiu mais uma vez.

— É... ela não é nada má.

— Eu fiquei completamente maravilhado a primeira vez que a vi cantar. Totalmente. Maravilhado. — Cruzou os braços e inclinou o corpo para trás na cadeira, como que para sinalizar que não ia dizer mais nada. Olhava intensamente para Bernie enquanto ela cantava, então se levantou quando ela terminou e bateu palmas e assobiou como se estivesse na fileira de trás de um show no estádio de Wembley. Ned olhou para ele surpreso, depois olhou à sua volta para ver se alguém mais estava pensando que ele era louco, mas ninguém parecia ter reparado.

Gervase sentou-se lentamente, batendo palmas de leve, daí acendeu um cigarro.

— Então — disse —, e você, Ned? Você sabe cantar?

Ned riu.

— Hmm... não. Categoricamente, não.

— Então, qual é o seu PAE?

— O meu o quê?

— O seu PAE: Ponto Alto Exclusivo. A sua mãe sabe cantar, seu pai sabe restaurar coisas, o Sean sabe escrever e o Tony é um empreendedor. E você, o que sabe fazer?

O que ele sabe fazer? Ele não sabia fazer nada. Ele era formado na faculdade... e aquele sempre tinha sido o seu ponto alto. Mas desde que fizera a mãe e o pai chorar no dia da formatura, não houvera mais coisa nenhuma. Só empregos em lojas de roupas, curadorias em galerias de arte e fugas para a Austrália com desconhecidas psicóticas. Deu de ombros.

— Acho que eu sempre ferro com tudo, sei lá — balbuciou.

— Que nada. Você se deu bem, não é mesmo? Se formou na faculdade? Viveu umas aventuras?

— Acho que sim. Mas, sabe como é, eu já estou com 27 anos. Já devia estar levando as coisas um pouco mais a sério.

— Então... qual é a sua idéia?

— Para falar a verdade, nenhuma.

— Bernie disse que você gostava de arte, que trabalhava na casa de leilões Sotheby's ou qualquer coisa assim. Não dá para tentar voltar?

— Não. Não agora. Mas era só um negócio de formatura, não era emprego de verdade.

— Já pensou em trabalhar para o seu pai?

Ned deu de ombros e resmungou.

— Ia meio que ser um passo atrás, não é mesmo? Quer dizer... era isso que eu fazia quando estava na faculdade.

— Mas será que agora você não pode pensar um pouco mais sério na questão? Um conceito bem sério. Entrar nos negócios com ele?

— Como assim... tipo London & Filhos, é isso que você está dizendo? — Ned riu.

— É, e por que não? O seu pai ia ficar realizado.

— Não — respondeu, tomando um gole da cerveja. — Acho que não. Eu não ia conseguir fazer o que o meu pai faz. É preciso amar o ofício de verdade. É uma habilidade. Você sabe.

— E o seu irmão?

— Qual deles?

— O Tony. Ele não pode te arrumar um emprego?

Ned riu.

— O Tony? Você está brincando? Não tem jeito de eu ir trabalhar para ele.

— Por que não? Ele parece ser um cara bem decente.

— É. Ele é mesmo. Mas sabe como é... ele é o meu irmão mais velho. Já passei metade da minha vida recebendo ordens dele. De jeito nenhum. De qualquer forma, ele destruiria o meu cérebro. Ele é um maníaco controlador, sério.

— É — disse Gervase, pensativo —. Ele é engraçado, esse Tony. Acho que ele não gosta muito de mim.

— É mesmo? Por que você acha isso? — Ned devolveu, sem saber que outra coisa dizer.

— Não sei muito bem. Acho que só quer proteger os pais, a mãe. Acho que ele fica se perguntando quem diabo sou eu e que porra estou fazendo aqui.

Ned ficou brincando com o lóbulo da orelha para não se comprometer.

— Mas ele não precisa se preocupar, sabe, Ned. Nenhum de vocês três precisa se preocupar.

— Nós não nos preocupamos.

— Não. É claro que não se preocupam. Mas, sabe como é. Para o caso de estarem preocupados. Está tudo bem.

— É — disse Ned, tentando mascarar a preocupação na voz. Não havia nada mais preocupante do que alguém vir lhe dizer que não precisa se preocupar, quando, para começo de conversa, você não estava nem um pouco preocupado. — É. Claro que está.

Ned deu de ombros de novo. E a partir daí uma coisa estranha de verdade aconteceu. Os olhos de Gervase de repente ficaram muito inquietos, como se a idéia de que Ned poderia se preocupar com ele o magoasse profundamente. Colocou o cigarro no cinzeiro e, antes que Ned tivesse oportunidade de reclamar, agarrou sua mão e olhou-o nos olhos, muito profundamente. Mas a coisa mais esquisita de todas é que Ned meio que gostou daquilo. Fez com que ele se sentisse acalentado e seguro, e seu estômago ficou como uma enorme bola de chocolate derretido. Ned não saberia dizer muito bem quanto tempo aquela coisa de pegar na mão e olhar nos olhos durou, mas só terminou quando a música de Bernie chegou ao fim e o som dos aplausos interrompeu seu subconsciente. Gervase largou a mão de Ned devagar e pegou o cigarro em brasa. Sacudiu a cabeça lentamente.

— Você precisa se resolver, cara.

— Resolver o quê?

— Você sabe.

— Não. Não sei.

Gervase suspirou e se inclinou para perto de Ned.

— Não vai sumir se você ignorar. Você pode fugir, mas não pode se esconder. Você sabe disso, não sabe?

Ned lambeu os lábios. Não estava gostando nada do rumo que aquela conversa estava tomando.

— O quê? O que é que não vai embora?

— O seu probleminha.

Ned franziu o cenho.

— A confusão. A confusão que você deixou para trás.

Ned engoliu em seco.

— Você... você está falando da Austrália?

— Ãh-hã. Ainda tem muita mágoa lá. Você deixou muita mágoa. E eu sei que não é sua culpa, Ned. Eu sei disso. Mas você não pode simplesmente fugir e fingir que não aconteceu. O negócio todo vai cair na sua cabeça, mais cedo ou mais tarde, de um jeito ou de outro. Dê um jeito nisso agora, porque a mágoa só faz aumentar.

— A Mônica? — disse Ned baixinho. — Você está falando da Mônica?

Gervase se afastou dele de repente, como se alguém tivesse cortado o fio que os unia. Fechou os olhos, respirou fundo e virou metade de seu copo.

— Porra, eu é que não sei, não é mesmo?

— Ah — Ned também pegou seu copo. Suas mãos tremiam. E então Gervase de repente bateu o copo na mesa, levantou-se com rapidez e foi direto para o banheiro.

Ned expirou longamente todo o conteúdo frio de seus pulmões e tentou se concentrar na mãe cantando, mas estava muito difícil. Queria ter alguém ali sentado com ele, um amigo ou alguém assim, para que ele pudesse rir e dizer: "Caramba, que negócio foi esse?" Mas do jeito como as coisas estavam, estava preso e com a cabeça cheia com a última coisa que ele queria lá dentro: Mônica. Ned tentou se lembrar exatamente do que Gervase tinha dito: "Você precisa resolver." Deu de ombros. Porque, quer Gervase soubesse ou não do que estava falando, estava certo. Era uma confusão. Mas só porque a confusão estava do outro lado do planeta, não significava que tinha sumido.

Os fios de cabelo na caixa embaixo da cama dele eram testemunho disso.

Tomou mais um pouco de cerveja e tentou jogar o pensamento para segundo plano. E era isso, ele sabia muito bem, tudo o que tinha feito desde que chegara em casa, e não era uma sensação confortável. Era como passar boa parte de uma semana segurando um peido bem grande.

— Então... Ned. De que tipo de música você gosta? — Gervase tinha voltado, cheirando forte, mas não de maneira desagradável, ao sabão líquido que tinha no banheiro.

Ned se sobressaltou um pouquinho de surpresa, tanto com o reaparecimento repentino de Gervase quanto com a tangencialidade crua da pergunta. Soltou o ar.

— Meu Deus. Sei lá. Para falar a verdade, um monte de coisa. Dance music das paradas, sabe como é, Fatboy Slim, Faithless, Moby...

Gervase caçoou dele.

— Porcaria. Tudo isso aí. É música para porras de zumbis.

Ned estava prestes a interromper com algum tipo de defesa, mas Gervase estava animado.

— *Rock-and-roll*. Essa é a única música de verdade.

— O quê, tipo coisa antiga dos anos 1950?

— É. Mais ou menos. Quer dizer, eu costumava gostar de tudo que era *rockabilly*, *psychobilly*, essas coisas, sabe como é, King Kurt e tudo o mais. Mas à medida que eu... *amadureço*, vejo que cada vez gosto mais dos reis. Das coisas de verdade.

— Tipo quem?

— Robert Gordon. Esse é o cara. Um cantor de verdade de *rock-and-roll* que continua na ativa, sabe? Faz ao vivo. Nada da teatralidade do Chuck Berry. Nada de Elvis em Vegas, nada de pedrinhas brilhantes. É só o cara, a banda dele, a guitarra dele e a voz dele. Puro *rock-and-roll* inalterado. Você gosta de *rock-and-roll*, Ned?

— Bom, gosto... de algumas coisas.

— A sua mãe... ela gosta de *rock-and-roll*. O seu pai também.

— É, mas todas as mães e todos os pais gostam de *rock-and-roll*, não gostam? Está nos genes deles. Eles também sempre sabem dançar, não é mesmo? Todos eles adoram *rock-and-roll*. — Ned riu. — Eles são seres humanos completamente normais. Assistem à TV e saem para jantar e reclamam que você ouve música alto demais e daí alguém põe para tocar "Great Balls of Fire" e de repente eles já estão de pé dançando como se estivessem tendo uma porra de um ataque. Fazendo todos os volteios e tudo o mais. Quer dizer... que porra nós vamos fazer para deixar nossos filhos envergonhados em casamentos quando eles estiverem com 12 anos?

Gervase bateu as mãos nas pernas, jogando um pouco de cinza nos *jeans* sem querer.

— Exatamente — disse —, acertou na mosca! Não existe mais nenhuma dança, existe? Nossos avós tinham o *charleston*, os avós deles tinham a valsa. Nossos pais tinham o *rock-and-roll* e o *twist*. Tinha a discoteca nos anos 1970. Mas o que é que a gente tem? Um nadica de nada, é o que temos. É uma tragédia, Ned, uma verdadeira tragédia. Quer dizer, a dança é um negócio tribal, certo? É uma parte integral da maneira como nos expressamos, seja quando enchemos a cara na festa do escritório e dançando um passinho ensaiado ou tomando um monte de drogas chiques e sacudindo os braços para cima e para baixo até as oito da manhã. — Fez um som de desaprovação, sacudiu a cabeça lentamente de um lado para o outro e limpou o catarro. — Vivemos em um mundo triste, Ned, de verdade. Um mundo triste, sem alma e monocromático. É por isso que eu gosto de vir aqui às quartas à noite para ver a sua mãe cantar. Olhe só para ela. — Os dois fizeram uma pausa e olharam para ela. — Ah, se tudo no mundo fosse igual à sua mãe, Ned... E estou dizendo isso com todo o respeito do mundo, de verdade. Mas a sua mãe... ela tem tanta vida. É como aquela casa, a sua casa: sem a sua mãe, ia ser só um lixão. E também estou falando *isso* com todo o respeito. Mas seria mesmo. A sua mãe tem alma. Alma de verdade...

E então ele se virou para observar Bernie e seu pé começou a se mover para cima e para baixo e a conversa, claramente, tinha terminado. Ned ficou olhando para Gervase durante um tempo, para o perfil levemente pontudo, como se tivesse um bico, para a pele com marcas de espinha, o cabelo tingido de preto e o pescoço magro, forte e tatuado, e por uma fração de segundo foi como se estivesse olhando para alguém vindo de outro planeta. Ou talvez simplesmente de outra era.

Ned sentiu uma repentina onda de afeição por aquele homem sem idade e sem raízes e se acomodou na cadeira para assistir ao resto da apresentação de sua mãe com uma apreciação toda nova por seu talento e sua alma.

Romance em Catford

Sean tirou o anel da caixinha e o segurou contra a luz. Era mesmo a coisa mais linda que já vira na vida. Colocou-o de volta em sua fenda, fechou a caixa com um estalo e a guardou na gaveta da mesa.

Aquela seria a grande noite. E não só porque pediria em casamento sua mulher mais velha. Seria também a primeira visita de Millie a seu apartamento. Não era nada deliberado, mas a lei londrina simplesmente estabelecia que, se alguém mora em um apartamento perfeitamente equipado com localização central do lado norte do rio, a idéia de se deslocar até Catford, por qualquer razão que seja, era a mesma coisa que estar com dor de dente e ir até a Índia para consultar-se com um dentista de rua. Nunca parecia haver uma razão boa o bastante para levá-la até a casa dele, por isso, nunca tinha acontecido. Naquela noite, como o acaso ditara, Millie tinha um compromisso em Camberwell no fim da tarde; e, uma vez cruzado o rio, que se dane, o melhor mesmo é deixar-se encalhar por lá. Então, ela sugeriu que ele preparasse um jantar para ela lá. Na verdade, insistiu. Ela queria dar uma bisbilhotada, como disse, desenterrar todos os seus segredos obscuros. E, na verdade, seria perfeito. Ele tinha pensado em levá-la a um restaurante chique, ao Nobu ou ao Dorchester, reservar um quarto de hotel refinado, mas pedir sua mão ali, no apartamento dele, era muito, muito melhor. Seria fantasticamente não-cafona.

Não tinha se dado ao trabalho de arrumar muito o apartamento, só deixara todas as luzes bem fraquinhas e acendera algumas velas para que o estado do lugar não pudesse ser percebido e torceu para que o aroma de pão de alho assando no forno desviasse a atenção. Já tinha avisado a ela a respeito da natureza insalubre de sua casa, portanto, ela tinha uma boa idéia do que esperar pela frente e, de qualquer modo, Millie não ligava para besteiras como aquela. Millie não ligava para nada que não fosse importante, e essa era uma das coisas que ele mais amava nela.

Sean achava que aquele dia nunca chegaria. Pensou que passaria o resto da vida experimentando sistematicamente todas as garotas de Londres com idade entre 20 e 30 anos com meio neurônio e tendência a sair com homens com fobia de compromisso. E então, quando estivesse velho demais para seduzir, calculava, acabaria ficando sozinho, para sempre. E ele costumava se sentir contente quando pensava aquilo, porque sempre preferira sua própria companhia à dos outros. Nunca achou que ia querer se casar com alguém. Nunca achou que conheceria alguém que refletiria a respeito de seus preconceitos em relação ao amor, que lhe daria vontade de ser sociável, carinhoso e forte. Sempre achou que Tony se aquietaria e se casaria, e esperava o mesmo, totalmente, de Ned. Eles seriam os filhos que replicariam o casamento feliz dos pais, providenciariam os netos e a estabilidade. Mas agora, bem, parecia que um terceiro competidor vinha correndo por dentro: ele. Sean tinha caído por um buraco familiar em algum ponto e sempre achava que não se encaixava muito bem. Mas, desde que Tony se divorciara, Ned escapara para a Austrália e *Meio homem* fora lançado, tudo tinha mudado. Agora *ele* era a estrela mais brilhante da família. E agora estava prestes a subir mais um degrau da escada da aprovação dos pais. Ia se casar. E não com qualquer uma, mas com uma mulher incrível e linda que era muita areia para o caminhãozinho dele em todos os aspectos.

Deu uma mexidinha no molho arrabiata no fogo, colocou mais um pouco de pimenta vermelha seca e colocou uma panela de água para ferver. E então a campainha tocou.

— Oi — disse pelo interfone.

— Oi. Aqui é a moça da parte chique da cidade. O rapaz do sul está aí?

Ele sorriu.

— Pode subir — respondeu. — Décimo oitavo andar.

— Droga — ela disse. — Tem certeza de que eu não preciso de equipamento especial de respiração para ir aí?

Abriu a porta lá de baixo para ela e esperou-a à porta do elevador, enxergando através dos olhos dela de modo subconsciente. Não era nada mal, em relação a outros prédios populares de apartamentos. Ficava em um bom imóvel estatal, bem-cuidado e ocupado principalmente por casais. Tinha colocado seu nome na lista de espera de um apartamento quando tinha 20 anos. Na época, achou que nunca se encontraria em posição de comprar um imóvel. E era anti-social demais para dividir o apartamento com alguém. E, sim, já estava na hora de se mudar dali, ele sabia muito bem. Já não precisava mais daquele apartamento. Ocupava um espaço valioso. Dava para enfiar uma família de três pessoas naquele apartamento. E ele se mudaria dali. Logo. Era que ainda não tinha se acostumado àquele negócio de ter dinheiro, não confiava naquilo. Tinha demorado mais de um ano para se sentir à vontade comprando coisas das quais não precisava, e mesmo àquela altura só conseguia gastar aos poucos. A idéia de torrar tudo, sem mais nem menos, era-lhe apavorante. Ele ficaria pobre de novo. Não ia mais poder andar de táxi nem comer fora, ia ficar sozinho, em um apartamento lindo do qual nunca teria dinheiro para sair.

As portas do elevador deslizaram para o lado e Millie saiu lá de dentro. Usava *jeans* com botas de bico fino, um casacão de camurça com gola de pele e tinha o cabelo preso em cima da cabeça. Também usava batom vermelho, como Sean ficou encantado de reparar. Ela nunca tinha usado batom vermelho antes, e aquilo era uma das coisas de que ele mais gostava.

— Oi, bonitão — disse, jogando os braços em volta do pescoço dele e dando-lhe um beijão nos lábios. — Acabei de levar uma cantada.

— Ah é? — disse Sean. — E quem foi que te cantou?

— Um garotinho de dez anos com jeans DKNY. Ele disse que eu era "gostosa" e que tinha gostado das minhas botas.

— Está vendo? Eu disse que você ia gostar daqui.

Abriu a porta e deixou-a entrar. O som do Spiritualized envolvia todo o apartamento, junto com o cheiro de alho e manjericão fresco. As velas que ele espalhara por todos os cantos criavam uma atmosfera quase romântica, e tinha também sua arma secreta.

— Ai, meu Deus — ela passou por ele e foi direto para o fundo da sala. — Isto aqui é demais. — Ela tinha avistado a arma secreta dele: as janelas de vidro do chão até o teto em três lados, que davam vista para praticamente cada centímetro de Londres esparramando-se lá embaixo, como um tapete reluzente. — Ai, meu Deus — disse de novo, apoiando as mãos contra o vidro, boquiaberta. — Olha, o Domo. A London Eye. E o rio. Uau — transferiu-se para a janela que dava para o sul. — Olha só, é o mastro do Crystal Palace.

Ele se juntou a ela à janela, seguindo com a ponta do dedo até o topo piscante do mastro, e deixou o braço escorregar em volta da cintura dela.

— Dá para ver o Crystal Palace quase de qualquer lugar — disse, orgulhoso. — Primrose Hill, Suicide Bridge, Alexandra Palace. Até de Ilford, em um dia limpo. É igual à Estrela Polar.

Ficaram lá durante um tempo, olhando para a luz piscante no horizonte.

— Meu Deus, dá para ver por que você não quer abrir mão deste lugar... é simplesmente fantástico.

— E você ainda nem viu o banheiro.

— Por quê? — perguntou toda animada. — O que dá para ver de lá?

— Nada — respondeu. — Só que é superassustador, só isso.

Ela riu.

— Olha, eu fui criada em um sítio... eu sei tudo a respeito de banheiros assustadores.

E que sítio, pensou consigo mesmo. Ela sempre se referia ao lugar como sítio, mas ele sabia que era uma grande propriedade rural, com escritório de administração e gente contratada para cuidar de coisas como esterco, cadáveres e inseminação artificial. Só o estábulo, com certeza, era maior do que a casa dos pais dele, e o pai dela era um *Sir*.

— Você não vai me mostrar a casa inteira?

Ele deu de ombros.

— É só isto.

— Mas, cadê o quarto?

— É a choça úmida e embolorada que fica por ali — apontou com os cotovelos. Ela tirou o casaco de pele de carneiro e Sean tirou uma garrafa geladíssima de Louis Röederer do compartimento do *freezer* de sua geladeira Smeg, onde a tinha deixado gelando durante a última meia hora.

Sean não era muito dado a gestos românticos. Nenhum dos rapazes da família London era, para falar a verdade: não estava nos genes deles. Seu pai era um homem gentil, um homem afetuoso, um homem apaixonado pela mulher, mas Sean não conseguia se lembrar de nenhuma oportunidade em que ele tivesse comprado flores para a mãe nem que a tivesse levado em uma viagem-surpresa no fim de semana. Gerry mostrava seu amor de outras maneiras: agradando o pescoço de Bernie com o nariz enquanto ela passava aspirador na casa, falando com orgulho das conquistas dela para os amigos, lavando a louça sem fazer comentários e pegando o carro às duas da manhã para ir até Croydon recolher a mulher bêbada de uma casa noturna depois de sua saída mensal com as amigas. Essas tinham sido as lições que os garotos London receberam a respeito do amor.

Millie olhou para a garrafa na mão dele, surpresa.

— Bom — ela disse —, você é mesmo um rapaz de classe.

— O quê? *Isto* aqui? — disse, sacudindo a garrafa de champanhe de 45 libras com desleixo. — Isto aqui não é nada. Espere só para ver o que você vai ganhar quando fizermos *três* meses de namoro.

Ela sorriu e entrou e foi dar uma olhada no quarto dele. Sean levou a garrafa e taças para a sacada. Era meado de abril e Sean começava a sentir o cheiro preguiçoso e mágico do verão de Londres se aproximando. Dava para ouvir a música-tema da novela *East Enders* saindo pelas portas da sacada do apartamento vizinho e o eco distante de crianças no *playground*, dezoito andares para baixo. A primavera estava mesmo no ar. Sean passava horas ali fora, na sacada, durante o verão. Foi ali que escreveu a maior parte de seu primeiro livro, quando ainda tinha o hábito de escrever a mão. Sentiria falta de seu cantinho secreto de Londres quando finalmente tomasse uma atitude e saísse dali. Ele teria muita vontade de encontrar outra vista como aquela, com toneladas de dinheiro ou não. Era irônico: só os muitos pobres ou os muito ricos podiam desfrutar do panorama de Londres.

— Que papel de parede legal — disse Millie em tom jocoso, atrás dele.

— É chocante, não é mesmo? Eu fico sempre falando que vou tomar alguma atitude em relação a isso, mas a gente se acostuma com papel de parede feio depois de um tempo, você não acha?

— Ah... então não foi você quem escolheu?

— O quê? Como você se atreve? Se algum dia eu comprar um apartamento para mim, vai ficar surpresa com a minha noção natural de estilo e de bom gosto, posso garantir.

— Ah, é mesmo? — Pegou uma taça de vinho e segurou no ar, cheia de expectativa. — Então, você vai abrir a garrafa ou não vai?

Sorriu para ela e tentou soltar a rolha da garrafa.

— Caramba — murmurou quando a rolha recusou-se a se mexer.

— Pode deixar que eu abro... sou especialista. — Pegou a garrafa dele e tirou a rolha com facilidade. Os dois assistiram ao projétil desenhar um arco elegante na paisagem londrina, delineando o topo de arranha-céus e de guindastes, acariciando as curvas de Blackheath Common e aterrissando incongruente entre os terrenos cheios de tralhas lá embaixo.

Millie serviu o champanhe e passou uma taça para Sean.

— Saúde — ela disse. — Um brinde ao seu apartamento. Também, já estava na hora. E um brinde à sua família, que eu vou conhecer daqui a três dias — ela deu um sorriso nervoso.

— Você não precisa me acompanhar, você sabe disto. Tudo bem. Eu te dou passe livre. Ninguém vai se importar.

— Não, não. Eu quero ir. Quero mesmo. É só um pouco amedrontador, só isso.

Sean olhou para sua mulher mais velha, então, em pé em sua sacada de Catford, com seu blusão de Portobello e seus brincos herdados, apertando a taça de champanhe na mão e olhando para ele como se estivesse prestes a ser apresentada à família Real, e sentiu uma onda estonteante, enorme de amor por ela, que começou no estômago e percorreu todo o trajeto até seus canais lacrimais.

— Ah, vem aqui — ele disse, abrindo os braços para recebê-la. — Eles vão te adorar, e você sabe muito bem disso. Eles vão te venerar. — Ela sorriu, cheia de carinho, entrou no abraço dele e ele a abraçou bem apertado, inalando seu aroma. Agora, disse uma vozinha dentro de sua cabeça, chegou a hora. Não poderia haver momento melhor do que aquele: uma noite agradável de abril, Londres a seus pés, o sol se pondo lá em cima e uma garrafa inteira de champanhe gelado para beber.

Segurou as mãos dela nas dele e olhou para as marcas cor de gengibre em seus olhos cor de oliva, para os pés-de-galinha que iam aparecendo no canto de seus olhos, para a pequena cicatriz logo acima do lábio superior, para as pequenas imperfeições que tinha aprendido a amar quase mais do que a perfeição dela nas oito semanas anteriores, e enquanto olhava viu que já estava fazendo, dizendo, sem nem ter que pensar sobre o assunto:

— Millie... quer casar comigo?

Ela olhou para ele chocada durante um breve instante, um sorriso tremelicando no canto dos lábios.

— O quê?!

Dessa vez ele se ajoelhou sobre uma perna.

— Eu disse: Millie, eu sei que não faz muito tempo que a gente se conhece, mas nós já nos conhecemos o suficiente para eu saber que quero passar o resto da minha vida com você, então, eu queria saber... você se casaria comigo?

Ele ficou olhando para ela, sentindo-se levemente tolo, mas muito animado, à espera de sua reação. Ela ficou olhando para ele sem expressão por um instante. Então jogou a cabeça para trás e começou a rir.

— Você está me sacaneando? — perguntou, cheia de suspeita. — *Você* quer se casar *comigo*?

— Quero.

Ela riu bem alto.

— Mas *ninguém* quer se casar comigo. Essa é toda a razão da minha existência. Não é possível que você queira se casar comigo.

— Ah, mas eu quero.

— Mas eu sou uma solteirona, eu fiquei para titia. Eu nunca nem *morei* com ninguém. Você tem certeza disso?

— Nunca tive mais certeza na vida.

— E sou seis anos mais velha do que você. Você já percebeu isso?

— Ãh-hã.

— E, não importa o que aconteça neste mundo, eu sempre vou ser seis anos mais velha. Daqui a quatro anos, eu vou ter quarenta. E você só vai ter trinta e quatro.

— Sei.

— Não vou me transformar miraculosamente em uma moça de vinte e três anos quando você tiver sua crise de meia-idade, sabe?

— Ah, pelo amor de Deus, Millie... — Sean sorriu com ironia e se levantou.

— Aah. Desculpe, desculpe, desculpe. Eu simplesmente deveria dizer "Sim" de um jeito enigmático e gracioso, como se eu sempre soubesse que você queria se casar comigo, não é mesmo?

— Bom, é, é assim que...

— Sim! Sim! Duas vezes sim! Eu adoraria me casar com você. Se você estiver certo do que está fazendo e se você pensou mesmo a respeito disso e se você não se importa de andar por aí com uma velha e...

— Millie!

— Desculpe.

— Então, você disse que sim?

— Sim! Ai, meu Deus, sim, com toda certeza.

— Então, você quer o seu anel?

— Ai, meu Deus! Você comprou um anel para mim? — Colocou as mãos na boca e Sean pôde ver lágrimas brilhando em seus olhos.

— Ãh-hã. — Entrou no apartamento para pegar o anel na gaveta, o coração batendo forte de tanta emoção.

Ela engoliu em seco, maravilhada, quando ele a presenteou com a caixinha.

— Você está mesmo falando sério, não está?

Abriu a caixa lentamente, com reverência, e prendeu a respiração quando viu o diamante. E então Sean o colocou no dedo dela e ela caiu no choro.

— Ai, meu Deus — ela fungava em meio a lágrimas e risos. — Eu vou me casar.

Virou-se para encarar o mundo, colocou as mãos em concha ao redor da boca e gritou para toda a Londres ouvir:

— Eu vou me casar!

Então se voltou para Sean e olhou para ele com olhos rajados de lágrimas.

— Eu te amo tanto, Sean London. Nós vamos ser tão inacreditavelmente felizes juntos! Você sabe disso, não sabe?

E Sean sorriu porque sabia.

— Venha aqui — disse, enxugando algumas lágrimas de baixo dos olhos dela. — Vamos entrar na choça úmida e embolorada que é o meu quarto e fazer o fantástico sexo pós-pedido, de futuros noivos.

Ele não precisou falar duas vezes.

Exatamente o que ele sempre quis

— Feliz aniversário, Tony. — Ness entregou-lhe um presente enorme e muito pesado, embrulhado em papel verde holográfico brilhante e arrematado com um laço cor de fúcsia.

— Obrigado.

— Trinta e cinco — ela disse, mais ou menos pela centésima vez naquela noite. — Não acredito que você esteja fazendo trinta e cinco.

Ele sorriu e começou a desembrulhar o papel holográfico. Dentro havia uma caixa de papelão. Tinha impressas as palavras "Abacaxis Orgânicos".

— Legal — disse. — Abacaxis.

Ness lançou um sorriso ansioso para ele.

— Vamos lá — implorou. — Abra.

Ela quase tremia de tanta excitação quando Tony rasgou a fita adesiva da caixa e abriu as abas.

Tony olhou lá dentro. Era algum tipo de coisa eletrônica. Era preta e volumosa. Tirou da caixa e examinou o objeto.

Ness olhava para ele, a ansiedade emanando de seus olhos.

— Você não sabe o que é?

Tony examinou o aparelho mais um pouco.

— Hmm... algum tipo de máquina do tempo?

— Não! É um videocassete Betamax! Para você assistir a todas as suas fitas velhas em Betamax.

— Aaah — disse Tony, começando a compreender. — Aah! Caramba, Ness, que maravilha! É maravilhoso. Obrigado. — Os London tinham um Betamax nos anos 1970, quando era a única tecnologia existente, e Tony tinha gravado todos os programas preferidos, religiosamente, durante alguns anos, até que o VHS dominou o mercado e eles se livraram daquilo. Mas guardou suas fitas Betamax durante todos aqueles anos; determinado a um dia arrumar um videocassete e dar um passeiozinho pela rua das memórias. — Onde diabos você arrumou isso?

— Bom... deu um pouco de trabalho. Para falar a verdade. Comecei a procurar faz uns seis meses e quase comprei um de um cara que tinha um porta-malas cheio de bugigangas para vender, mas estava totalmente detonado, então dei uma olhada na Internet, mas o negócio ficou meio complicado. Então achei este aqui em uma loja de aparelhos elétricos na Church Road. Passei na frente por acaso, entrei, e pronto.

— Caramba, Ness, obrigado — inclinou-se para beijá-la e ela pegou-o pelas bochechas e deu um beijão estalado em seus lábios.

— De nada, amor. — Sorriu para ele toda contente, e Tony teve uma sensação desconfortável arrepiante dentro de si. Ela tinha tido tanto trabalho, preocupara-se tanto com ele, comprara para ele o melhor tipo de presente, aquele presente que a gente quer do fundo do coração, mas não tem consciência de que quer. Um presente que demonstrava que ela o ouvia, que ela se lembrava das coisas que ele dizia, que aquilo que era importante para ele era importante para ela também.

Um presente que mostrava que ela se preocupava com ele.

Demais da conta.

Tony sentiu um caroço de culpa elevando-se em seu peito.

— Vamos lá — disse, olhando para o relógio e colocando o Betamax de volta na caixa de abacaxi. — É melhor a gente andar logo. Vamos nos atrasar.

O pingüim mais solitário

A mãe tinha deixado a sala bem aconchegante: velas, um enorme fogo na lareira, Sinatra tocando no fundo. No momento, eram apenas cinco: a mãe, o pai, Ned, Ness e ele. As mãos entravam e saíam apressadas de tigelinhas de mix de castanhas, o pai jogava as cascas de pistache na lareira, onde chiavam e estalavam, a mãe estava radiante de alegria com a perspectiva de ter toda sua prole junta sob seu teto mais uma vez.

Tony empoleirou-se no braço do sofá e ignorou o toque do braço de Ness quando caiu sobre seu colo e apertou seu joelho com afeição. Aceitou uma taça de vinho tinto da mãe e tomou um golão, fazendo com que rodopiasse dentro da boca, deixando o líquido morno atingir cada reentrância, deixando-o dormente.

O fogo na lareira irradiava calor demais, e Tony se sentia como se estivesse derretendo dentro de seu paletó de lã. Estava prestes a retirá-lo quando a campainha tocou. Caramba. Eram eles. Colocou o paletó de novo, ajeitou o cabelo, aprumou a postura, fez o melhor que pôde para parecer à vontade: o que era praticamente impossível, já que cada nervo de seu corpo chacoalhava de tanta ansiedade.

Olhou para a porta da sala como quem não quer nada, batucando os dedos distraidamente na lateral da taça de vinho. E lá estava ela, parada à porta, logo atrás de Sean. Então, tudo o mais pareceu se apagar: as apresentações, as risadas, o volume cheio de alegria da reunião familiar. Ele estava surdo para tudo aquilo. Só prestava atenção àquela linda pessoa perfeita parada cheia de incerteza à porta, sorrindo para o que acontecia a sua frente, parecendo tão animada quanto todas as outras pessoas na sala, apesar de ser uma estranha.

— Pessoal, esta aqui é a Millie. Millie, este é o pessoal.

— Sean, francamente, que tipo de apresentação é esta? — caçoou Bernie, pegando Millie pela mão e apresentando-a da maneira adequada a todo mundo. Tony mal conseguia respirar. Ela estava ainda mais bonita do que ele se lembrava, com uma saia de camurça bordada, botas de couro e um suéter vermelho justo. O cabelo estava preso para trás com alguns cachos cor de mogno caindo-lhe em volta do rosto. E usava batom vermelho.

— E você já conheceu o Tony e a Ness, não é mesmo?

— Conheci. Claro que sim. Oi de novo — ela olhou com afeição para os dois, então se inclinou na direção de Tony, pegou-o pelo ombro e deu-lhe um beijo na bochecha, da maneira adequada, de modo que ele pôde sentir os sulcos dos lábios dele contra sua pele. — Feliz aniversário!

— Obrigado — ele balbuciou, respirando profundamente. Ela tinha cheiro de ar fresco e de chuva londrina.

Ele ficou observando, estupefato, quando ela se inclinou de novo para dar um beijo em Ness. Tudo continuava lá, bem como ele lembrava: os olhos sarapintados, o cabelo espesso, os lábios carnudos, a pele castanho-amarelada, as unhas quadradas, os anéis de prata... Mas, espere um pouco, um anel prateado a mais do que na última vez. Um anel prateado delicado, a base de um diamante grande, no terceiro dedo da mão esquerda. O mesmo dedo no qual ele usara uma aliança durante oito anos. Uma herança, ele supôs sem interesse, o anel da avó, algo que ela usava em ocasiões especiais, provavelmente no único dedo em que servia.

— Que bom ver você de novo, Ness — ela disse, e o som de seus lábios estalando em contato com a bochecha de Ness reverberou em volta da cabeça de Tony.

Então Sean inclinou-se para abraçá-lo (um tapinha nas costas, Feliz Aniversário, cara, um presente de algum tipo que lhe foi jogado nas mãos), mas ele só tinha consciência de que ela estava no recinto. A mulher com a qual ele fantasiava havia quase duas semanas. Estava sentada bem ali, tomando vinho, as pernas cruzadas na casa de seus pais. E ia ficar lá a noite toda.

Alguém fez uma piada sobre o estado de Goldie.

— Ah, não — disse Millie, acariciando-o furiosamente. — Acho que ele é um amor. — Goldie rolou e ofereceu a Millie sua barriga velha horrorosa, em que Millie fez cócegas com carinho, e Tony nunca imaginara que chegaria o dia em que ele teria vontade de ser, mais do que tudo no mundo, um golden retriever senil e malcheiroso.

— Pelo menos ele já passou da idade da emergência peniana involuntária — disse Sean, e todo mundo riu.

Tony riu também, mas parou abruptamente quando vislumbrou seu reflexo nas portas de vidro de uma cristaleira e quase não se reconheceu. E foi então que se lembrou: era assim que ele era agora, um homem gordo, bem próximo da meia-idade, suando um pouco dentro de roupas demais, as bochechas avermelhadas por causa do fogo e do vinho, o cabelo desarrumado e encaracolado no lugar por onde tinha passado a camiseta por cima da cabeça quando se arrumara.

O pai circulava pela sala com uma garrafa de vinho, um cigarro enrolado pendurado no canto da boca.

— Posso encher? — perguntou a Tony.

— Claro, por favor. — Deixou que o pai enchesse sua taça até a borda e então tomou um golão.

— Tony?

— O quê? — Saiu de seu transe quando sentiu Ness batendo em seu joelho.

— É engraçado, não é?

— O quê?

— O cartão?

— Que cartão?

Ness revirou os olhos.

— Acorde, acorde! — brincou. — A Millie acabou de dizer que o primeiro cartão que comprou para o Sean era da sua empresa.

— Que coisa! Qual era?

Millie aprumou-se no sofá e se preparou para descrever o cartão para ele.

— Era mais ou menos deste formato — explicou, descrevendo um retângulo fino. — E tinha um desenho de um pingüim na frente, um pingüinzinho bem pequenininho — indicou o tamanho entre o polegar e o indicador — com uma expressão triste no rosto, sentado sozinho em uma geleira, sem nada por quilômetros e quilômetros de distância, e dizia...

— Estou me sentindo sozinho — Terminou Tony.

— É — ela disse —, isso mesmo. Mas não foi porque eu estivesse me sentindo solitária nem nada, só porque gostei mesmo da expressão na cara do pingüinzinho. Ele simplesmente... me pegou. Foi você quem desenhou, Tony?

— Não — respondeu Tony, desejando mais do que tudo que tivesse desenhado. — Mas fui eu quem encomendou. Para falar a verdade, foi uma mulher quem desenhou, ela se chamava... se chamava... — estalou os dedos, tentando lembrar-se desesperadamente do nome da ilustradora. — Sybil? Algo assim. Algum nome francês. Começando com S... — Escarafunchou o cérebro com tanta força que quase doeu, querendo, precisando, dar a Millie a informação que ela queria, dar-lhe alguma coisa, pelo menos alguma coisinha.

— Ah — ela disse, observando o esforço dele. — Não se preocupe... deve estar escrito atrás do cartão. Vou olhar quando a gente voltar para a casa do Sean.

— Você vai dormir na casa do Sean hoje? — perguntou, surpreso. Simplesmente não conseguia imaginar Millie entrando na casa de Sean, pegando o elevador de alumínio coberto de grafites até o apartamentinho acanhado dele que sempre fedia a roupa de cama suja.

— Vou sim — ela assentiu com a cabeça e sorriu. — Também estive lá na quarta, não foi, Sean? — piscou para ele.

— Com certeza, foi sim, Millie — respondeu, devolvendo a piscadela.

— Será que a gente...? — movimentou as sobrancelhas na direção dele.

— Não sei — ele respondeu. — Você acha?

— Você é quem sabe — disse ela.

— Ah, vamos contar — concluiu ele.

E os dois se deram as mãos e se viraram de frente para todos e parecia que o rosto deles ia se partir no meio de tanta alegria e Sean apertou a mão de Millie e Millie parecia radiante e ele disse:

— Tem uma coisa que gostaríamos de contar para vocês.

— Ah é? — Bernie aprumou-se na cadeira e deu-lhes sua completa atenção.

— Bom — disse Sean, trocando um olhar nauseante de tanta cumplicidade com Millie —, na quarta à noite eu perguntei à Millie se ela queria se casar comigo...

A mãe gritou e ficou rígida, as mãos voaram para o rosto para cobrir a boca.

— ...e ela disse que sim. Nós vamos nos casar!

Durante um segundo, a sala toda ficou em silêncio. Tony olhou à sua volta, nervoso. Parecia um jogo de estátuas musicais.

— Está vendo! — disse Ned, triunfante, apontando o dedo para Tony. — Eu não disse? Não falei?

E então a sala entrou em erupção. Todo mundo levantou-se de um salto para cumprimentá-los e parabenizá-los. A mãe enviou Gerry à loja de bebidas para comprar uma garrafa de champanhe. Ness começou a chorar. Ned subiu para buscar a câmera. Mas ninguém disse: "Espera aí, vocês mal se conhecem... não acham que estão se adiantando um pouquinho?" Ninguém tomou uma atitude responsável. Era patético, aquela busca desesperada por emoções... Aah, que maravilha, alguém vai se casar, isso tira a minha vidinha chata da monotonia por um ou dois minutos, quem se importa se eles estão cometendo o maior erro da vida deles ou não. Meu Deus.

Alguém lhe entregou uma taça de champanhe e ele virou a metade, sem pensar.

— Tony — a mãe entoou. — Espere o brinde, francamente...

Todo mundo começou a falar de datas e de pedidos de casamento e de anéis e de vestidos, Ness passava a mão para cima e para baixo na coxa dele, e a Tony só sobrou olhar para seu reflexo na porta do armário e ficar se perguntando exatamente quando é que sua vida tinha tomado aquele rumo.

Ele é que era o partidão. Ele. Tony. Ele é que era o irmão mais velho, o bonitão, o empresário de sucesso. Era ele que tinha uma mulher bonita e uma casa grande, um jipe e uma conta bancária que nunca entrava no vermelho. Sean era só o irmão mais novo, o malandro, a preocupação da mãe, aquele que não se prendia a nada.

Mas agora Sean era "o escritor", e ser "o escritor" significava que tudo anteriormente considerado negativo a seu respeito meio que tinha se encaixado. Ser "o escritor" significava que um cara preguiçoso e relaxado, com tênis fedidos, que morava em um prédio estatal em Catford podia convencer uma mulher como Millie a se casar com ele. E ser "o escritor" significava que agora ele era o partidão da família, não Tony. Não mais. Credo.

Tony esperou pelo brinde, cabisbaixo, ergueu o copo de má vontade e virou mais um pouco de champanhe goela abaixo. Aquilo não estava certo. Havia padrões na vida, padrões importantes, coisas que o ancoravam ao mundo: coisas como o fato de que nossa mãe sempre nos ama, independentemente de qualquer coisa, e que um dia a gente morre. E que você sempre será, independentemente do que aconteça na vida, o irmão mais velho. Mas Tony já não se sentia mais como o irmão mais velho. Ele se sentia como o irmão mais novo levemente gordo e burro que nunca sairia de casa nem se casaria. Olhou para Sean, que reluzia, triunfante, e para Ned, o amado filhinho pródigo da família. Olhou para Ness de novo, sua "salvadora", que conversava com a mãe, e ocorreu-lhe que a mãe provavelmente escolheria Ness em detrimento dele se algum dia precisasse fazê-lo. E então, como que para compor todas aquelas sensações patéticas de insegurança a respeito de seu antigo posicionamento inquestionável dentro da família, apareceu uma figura esquelética na porta.

— Gervase! Entre, querido, entre. Você chegou bem na hora. Acabamos de receber notícias maravilhosas. Gerry, pegue uma taça de champanhe para o Gervase. Tony, querido, vá um pouquinho para o canto para o Gervase poder se sentar.

Tony foi para o canto e viu que estava bem na beirada de toda aquela reunião. Virou mais um golão de champanhe e quase se afogou em meio a tanto desgosto.

Sentia-se insignificante. Sentia-se desajeitado. Sentia-se solitário, rejeitado e isolado de todo mundo, igual ao pingüinzinho do cartão de Millie.

Não se encaixava mais. Queria recomeçar tudo.

Queria mais uma chance.

Ness não ficou para dormir naquela noite. Realmente não havia como Tony conseguir engolir aquela perspectiva. Ele só queria se deitar na própria cama, sozinho, pensar em Millie e ter pena de si mesmo. Não queria Ness por lá, enrolando suas pernas intermináveis em volta dele, tentando animá-lo, sendo infernalmente otimista... sendo a porra da *salvadora* dele. Ela choramingou um pouco, mas ele fingiu ter uma dor de cabeça arrebatadora e a necessidade de acordar cedo e chamou um táxi e sentiu-se relaxar de alívio quando fechou a porta atrás dela. E, enquanto a observava da janela da sala, dobrando as pernas compridas dentro do táxi, flertando com o motorista, ouvindo a risada rouca dela ecoar pela rua mesmo com as portas do carro fechadas, sentiu-se repentinamente bravo com ela. Mais do que bravo: completamente lívido de tanta fúria. Ness, de repente sentiu, era o problema em tudo. Ela era o símbolo da desintegração de sua vida e do final abrupto de sua juventude. Se desse para traçar uma linha no meio da vida de Tony para dividi-la na "época boa" e na "época ruim", cairia exatamente no ponto em que Ness entrou nela.

Ele ainda era magro quando ele e Jo se separaram, continuava motivado e otimista em relação ao futuro. Então Ness entrou em sua vida e o fez rir. Ela também era motivada: os dois saíam toda noite e bebiam até cair, rindo, comendo, gastando dinheiro. Ela tirou a mente dele de qualquer medo latente que pudesse ter a respeito do futuro de solteiro e fez com que se sentisse bem consigo mesmo. E o sexo tinha sido uma revelação depois de tanto tempo com a mesma mulher. O apetite de Ness por sexo era ainda maior do que seu apetite por comida e bebida, e ela era a fim de tudo. Tony tinha aprendido a gostar dela com o passar dos meses, cada vez com mais vontade de estar com ela. E então, apesar de sua intenção não ter sido transformar aquilo em algo sério, de algum modo, como todos os seus amigos estavam se acertando, os dois acabaram formando um casal. Os amigos se sentiam mais à vontade na companhia de Tony quando ele fazia parte de um casal, e todos adoravam Ness, achavam que ela era mesmo muito boa para

Tony. Então ela passou a fazer parte de um grupo e parte da vida dele. E ninguém nunca tinha perguntado a ele se se importava com aquilo. Todo mundo queria tanto que os dois ficassem juntos, que TonyENess formassem um casal, que a coisa meio que simplesmente aconteceu. E agora pensava que não deveria ter permitido, não deveria ter permitido Ness se entremear tanto na vida dele, porque ela o cegara às possibilidades. A possibilidade de um amor de verdade e de um futuro real. Ele vivia um compromisso havia dez anos, achava que a vida não tinha nada a oferecer além daquilo. Deveria ter aproveitado a oportunidade quando Jo foi embora, exatamente como ela fez, aproveitado a oportunidade para encontrar um amor de verdade, para encontrar o que Sean tinha encontrado, para encontrar Millie, amar Millie, casar-se com Millie. Em vez de ficar apenas sonhando com ela.

Casar-se com Jo não tinha sido um erro, Tony percebeu, e divorciar-se não tinha sido um erro, mas permitir que Ness o amasse tinha sido um dos maiores erros de sua vida.

A notícia inesperada de Millie

— Graças a Deus, terminou — disse Sean no táxi a caminho de casa, voltando do Mickey's, mais para dar a Millie a oportunidade de dizer-lhe que tinha sido um pesadelo e menos porque estava feliz que tudo tivesse terminado. A noite tinha sido excelente para ele. Sempre gostava de sair com a família, principalmente agora que Ned tinha voltado. — Obrigado por passar por tudo isso por mim.

— Caramba, Sean — Millie olhou para ele, incrédula. — Não seja bobo. Foi um verdadeiro prazer. A sua família é fantástica.

Ele se voltou para olhar para ela.

— É mesmo?

— Mesmo. A noite foi ótima. A sua mãe é fantástica. E linda. E o seu pai é adorável. — Millie sorriu e se acomodou no ombro de Sean, aninhando-se em sua axila. — Eu gostaria de conhecê-los melhor. A sua família. Conhecê-los direito. Sabe?

Sean olhou para ela e então beijou o topo da cabeça dela e a amou ainda mais do que amara naquela manhã, mais do que já amara qualquer pessoa em toda sua vida, e era tudo que podia fazer para não começar a pedi-la em casamento de novo.

— Mas não consigo entender como os três irmãos são tão diferentes.

— Como assim?

— Bom, vocês três são bem parecidos em alguns aspectos: todos têm o mesmo queixo, as mesmas orelhas e o mesmo formato de rosto. Mas o Ned tem um jeitão de *hippie* e é muito doce e parece bem mais novo do que é. E o Tony é todo recatado e adulto e parece mais velho do que é. Não dá para acreditar que ele tem mais ou menos a minha idade.

— É. Este é o nosso Tone. Velho antes do tempo.

— Acho que ele é um amor, de verdade. Igual a um ursinho de pelúcia.

— Meu Deus, ele cortaria os pulsos se ouvisse você dizendo isso. Ele se incomoda muito com o peso.

— Por quê? Ele não é gordo.

— É, é sim. Está todo inchadão.

— Meu Deus... como os homens são *grossos* em relação aos outros! Ele não é gordo. Ele só é *cheinho*. Todo cor-de-rosa e fofinho com seu paletó de lã. Para falar a verdade, acho que ele é bem bonitão.

Sean olhou para ela com uma expressão fingindo terror.

— Você está a fim dele ou algo assim?

— Não, claro que não! Não estou a fim de ninguém em toda a galáxia além de você. Meu amor, como você bem sabe. Não... ele é bonito daquele jeito de ursinho de pelúcia dele. Sabe como é. Eu gostei dele de verdade. E gostei da Ness também.

— É, a Ness é legal, não é?

— Mas o Tony não gosta muito dela, não é mesmo?

Sean deu de ombros.

— Não — ele disse. — Provavelmente, não. Não como eu gosto de você, né?

Millie sorriu para ele e se aninhou ainda mais próxima do ombro dele.

— Ninguém nunca gostou de mim igual a você.

— Acho isso difícil de acreditar. — Sean apertou-a com força e respirou fundo, saboreando o gosto do momento e tentando fazer o tempo parar, porque bem naquele instante, sentado no banco de trás de um Peugeot 406 com Millie em uma noite de sábado de abril, Sean sabia que estava experimentando a felicidade completa.

Ouviu-se uma leve batida na porta do banheiro.

— Sean, posso entrar?

— Só estou fazendo xixi, Millie, saio em um minuto.

Sean se sobressaltou um pouco quando ouviu a porta se abrir atrás dele e sentiu a mão de Millie roçar seu suéter.

— Millie!

— Ah, não seja bobo — caçoou. — Nós estamos noivos, porra. Já está na hora de reconhecermos o fato terrível de que vamos ao banheiro, você não acha? De qualquer modo, tem uma coisa que preciso te falar, e se eu não falar agora... — Respirou bem fundo, de modo audível. — Desculpe.

— Desculpe? Por quê, meu Deus? — O xixi de Sean de repente pareceu extremamente barulhento, então ele tentou direcionar o jato para a lateral do vaso.

— Acho que vou dar uma notícia inesperada a você.

Sean sentiu uma necessidade desesperada de se virar e olhar para ela, mas continuava, inexplicavelmente, mijando.

— Tudo bem... mande. — Sean àquela altura já tinha certeza de que aquela era a mijada mais comprida que ele já dera, e não só isso, era bem possivelmente a mais fedida também.

— Tem uma coisa que preciso contar para você. Uma coisa importante. Uma coisa que você provavelmente não está esperando e uma coisa que vai mudar tudo. Para valer.

— Está certo. — Lá vem, ele pensou, ela vai me dar o fora. Enquanto estou mijando. *Literalmente* durante o processo de mijar.

— O negócio é que... e eu ainda não sei bem se é bom ou ruim, mas estou torcendo para você achar que é bom...

Uma coisa boa, pensou Sean, como é que você pode ter coragem de imaginar que me dar o fora enquanto eu estou mijando seja uma coisa boa?

— Sean... estou grávida.

A última gota de xixi finalmente pingou no vaso e soou como uma bomba de fragmentação lançada sobre o Atlântico.

Então o banheiro ficou em silêncio.

Lembranças agradáveis do outro lado do mundo

— Estou *cheio* — disse Ned, jogando-se no sofá e ligando a TV. — Completa e totalmente cheio. — Era a primeira vez desde que voltara para casa que tinha tido apetite e mandara ver no Mickey's naquela noite. *Homus* e *tara* com aproximadamente quatro pães árabes inteiros, algumas coisinhas fritas recheadas de carne de cordeiro moída, uma das folhas de parreira recheadas da mãe, o grelhado isto, que era absolutamente *gigantesco*, sorvete e licores. Isso sem falar nas seis garrafas de cerveja e todo o champanhe que beberam antes de sair de casa. Puxou a camiseta para cima e acariciou a barriga estufada com ternura.

Gerry entrou carregando uma grande caixa de papelão cheia de castiçais de prata esverdeados e seu kit de limpeza. Estendeu alguns jornais, enrolou um cigarro, colocou as luvas de algodão penteado e começou a polir, pegando o cigarro de vez em quando com os dedos cobertos de algodão e tragando de maneira contemplativa.

— Quer me ajudar? — disse a Ned depois de alguns instantes.

Ned olhou para ele de modo a sugerir que ele estava obviamente louco.

— Te dou cincão.

Ned pensou a respeito de sua conta bancária que ia rapidamente definhando.

— Por objeto?

— Está louco? — disse Gerry. — Não... pela metade do serviço.

— Metade? Você deve estar brincando. Tem uns vinte castiçais aí.

— Tudo bem, dez.

— De jeito nenhum... três paus por castiçal. Minha oferta final.

— Um.

— Dois e cinqüenta.

— Um e cinqüenta.

— Dois.

— Combinado.

— Legal.

Ned se desatarraxou do assento e foi se arrastando até onde estava o pai. Ficou remexendo nos castiçais durante um tempo, procurando os que tinham menos ornamentos e volteios, então assumiu sua posição na frente da TV.

— Então, fale mais a respeito da grande surpresa para a mamãe — disse Ned.

— Shhh! — Gerry colocou os dedos nos lábios e olhou sério para Ned.

— Está tudo bem... ela está na cozinha.

— Bem — disse Gerry, inclinando-se na direção de Ned e cochichando —, eu vou dizer a ela que vou levá-la para jantar em um restaurante chique, faço com que ela se arrume toda, passo na frente do Ritz de carro, fico todo meloso, sabe como é, digo que me lembro da primeira vez que saímos juntos, este tipo de coisa. Convenço-a a entrar para tomar um drinque e então... surpresa,

surpresa... tchan-tchan-tchan-tchan! — Esfregou as mãos e piscou para Ned.

— Quem vai?

— Vocês todos, claro. O resto da família. Os amigos da família. Umas cinqüenta pessoas. Recepção com champanhe. Canapés. Coisas com caviar e ovos de codorna. Nada de economia.

— Legal — disse Ned. — Quem vai passar a noite no hotel?

— Só a gente. Nada de folga para os outros... imagine só. Reservei quatro quartos, e o seu é de casal, então é melhor você se apressar e arrumar logo outra namorada. — Gerry sorriu para Ned e se recompôs quando ouviu os passos da mãe vindo pelo corredor. — Shhh — disse de novo —, ela está vindo.

Bernie chegou com uma revista de palavras cruzadas e uma xícara de café. Ned sempre ficava surpreso de ver a mãe beber uma xícara inteira de café colombiano extraforte à meia-noite e, meia hora depois, ir para a cama e cair em um sono profundo e impenetrável. Ned só precisava olhar para um saquinho de chá depois das seis da tarde para garantir que ficaria acordado até de madrugada, ouvindo o coração bater igual a uma locomotiva no peito.

— Aaah! — ela exclamou, fazendo uma parada na frente da lareira para examinar a cena a sua frente. — Olhe só para vocês dois. Polindo metal. Igual a antigamente.

Caiu no sofá ao lado de Ned, encolheu os pés embaixo de si, acariciou a xícara de café com afeição e suspirou com prazer.

— É isso que eu chamo de uma noite agradável. Todos os meus meninos, boa comida, bom vinho e, além do mais, uma notícia maravilhosa para arrematar.

Ned e Gerry grunhiram uma resposta e continuaram a polir e a assistir à TV. Bernie esticou o braço para pegar seus cigarros e acendeu um. Ficou olhando para a revista durante um tempo, mas Ned percebeu que ela não estava se concentrando. Estava prestes a dizer alguma coisa... estava com aquela cara.

— Então — acabou soltando, alguns minutos depois. — O que vocês acham?

— Achamos do quê, querida? — disse Gerry.

— Da novidade? A Millie e o Sean? O que vocês acham?

— Ela é uma garota adorável — disse Gerry, sem refletir sobre o assunto. — É uma garota adorável de verdade.

— Ned? — ela o cutucou de leve com o cotovelo. — E você?

Ned deu de ombros.

— É — respondeu —, gostei dela.

Bernie largou a revista. Ned conseguiu ouvir quando ela tomou fôlego, preparando-se para dizer o que estava pensando de fato.

— Vocês não acham... vocês não acham que é um pouco cedo demais, sabe como é? Que eles estão sendo um tantinho apressados?

Ned pousou o castiçal.

— Bem — respondeu —, acho que é um pouco cedo, sim. Mas eles se gostam de verdade, dá para perceber só de olhar.

— É — disse, Bernie, pensativa. — Mas foi isso que me deixou preocupada. Quer dizer, quando a gente começa a sair com alguém, a gente tem que gostar da pessoa. É o objetivo. A gente fica com todas aquelas substâncias químicas circulando pelo corpo, para assegurar que a gente goste mesmo daquela outra pessoa. O problema é o que acontece depois. Sempre achei que ninguém deve ficar noivo quando acha a outra pessoa perfeita... que é preciso esperar até ver que ela não é, e mesmo assim continuar gostando dela. Quer dizer, não me entendam mal, eu gostei mesmo da Millie... achei que ela é uma moça adorável. Mas ela e o Sean, bom, eles são meio *diferentes*, não são?

— Você está dizendo que ela é a porra da pessoa mais refinada que você já conheceu na vida? — Ned disse com um sorriso torto.

— Bem, é, ela é bem refinada. Mas não é isso. É que ela não é o tipo de garota com quem ele costuma sair, não é mesmo? E depois tem a diferença de idade... ela logo vai querer ter filhos. Você acha que o Seany está pronto para ter um bebê? Gerry?

Gerry olhou para ela através de uma nuvem de fumaça de tabaco.

— Claro que está — respondeu. — Está com trinta anos... eu já tinha três quando estava com a idade dele.

— É, mas os meninos de hoje... eles não crescem rápido. E o Seany sempre foi um pouco... irresponsável. Sabe como é...

— Então já está na hora de ele ter um pouco de responsabilidade, não está? — respondeu Gerry.

Bernie suspirou.

— Talvez ele só esteja se deixando levar pelo romance da coisa... você sabe como ele é.

Ned soltou uma gargalhada jocosa.

— O Sean não é nada romântico — disse.

— Não... mas você sabe do que eu estou falando. Talvez ele só esteja um pouco arrebatado pela idéia de se casar e entrar naquele tipo de *sociedade*.

Ned gargalhou de novo.

— Mãe, basicamente, você está dizendo que o seu filho é um babaca de cabeça oca, um alpinista social que só quer se casar para fazer parte da classe alta.

Por um instante, Bernie pareceu perplexa.

— Não... não é isso que eu estou dizendo.

— Se for algo do tipo, acho que é o contrário — balbuciou Gerry. — Ela deve estar tentando irritar o pai dela se casando com um proletário.

— Ah, sei lá... ela é meio velha para se rebelar contra a família, não é? Além disso, o Seany já não é mais exatamente integrante do proletariado hoje em dia, não é mesmo, Gerry? Ele tem o livro dele e tudo o mais.

— De qualquer jeito — disse Ned —, vocês dois não estão em posição de falar nada, não é mesmo? Um bom rapaz judeu que se casa com uma boa moça católica. E olhe só para o desastre que o casamento de vocês tem sido até hoje, hein?

Bernie e Gerry sorriram um para o outro.

— Você está certo, você está certo — respondeu Bernie. — Mas, além de tudo, tem essa coisa de casamento apressado. Não sei, não tem muito a ver com o Sean, não é mesmo?

Ned assentiu com a cabeça. Isso não dava para discutir. Mas, bom, escrever um best seller, ganhar um caminhão de dinheiro e se transformar no jovem escritor mais desejado da cidade também não tinha muito a ver com Sean.

— Talvez ele só esteja crescendo — disse Ned. — Sabe como é, ele tem trinta anos, já estava em tempo.

— É — respondeu Bernie, cutucando as unhas. — Acho que sim.

— Quer dizer, olhe só para o Tony e a Jo... eles se conheciam fazia anos quando se casaram, pareciam perfeitos um para o outro. E, mesmo assim, deu errado.

— Hmm — disse Bernie, assentindo com a cabeça.

— E eu e a Carly... ficamos juntos durante dez anos e não deu certo.

— É. Eu sei do que você está falando, mas tem alguma coisa que está me deixando preocupada. Acho que o Sean não está emocionalmente preparado para este tipo de compromisso. Se fosse você, digamos, ou o Tony, eu estaria mais tranqüila. Mas o Sean... ele sempre foi tão solitário... Ele sempre fez tudo sozinho, nunca precisou pensar em ninguém mais além dele mesmo, nunca precisou colocar ninguém na frente dele. Não consigo vê-lo dividindo sua vida com alguém.

— Então, você está dizendo que o Sean deveria passar o resto da vida sozinho, é isso?

— Não, não estou dizendo nada disso. Só estou dizendo que eles deviam pelo menos tentar morar juntos um tempo antes de darem um passo tão importante quanto se casar. Só estou dizendo que acho que o Sean ainda não está pronto. Só isso.

— Bem, eu acho — respondeu Ned, sentindo de repente que devia proteger seu irmão mais velho. — Acho que ele está pronto. Acho que vai ser um marido maravilhoso. E algum dia também vai ser um pai maravilhoso. — Ouviu o toque conhecido de seu telefone celular, que estava no bolso do casaco no corredor. Uma mensagem de texto. Quem diabos estaria lhe enviando uma mensagem de texto àquela hora da noite? Um calafrio percorreu-lhe a espinha e ele saiu da sala para pegar o aparelho.

Um pequeno ícone inócuo de um envelope piscava alegremente na tela, tentando convencê-lo de que era o símbolo de alguma coisa boa e legal. Ned pensava o contrário.

Apertou o botão de OK e a mensagem se abriu:

porraporraporraporraporra
porraporraporraporraporra
porraporraporraporraporra
porraporraporraporraporra
porraporraporraporraporra
porraporraporraporraporra

Suspirou, desligou o telefone e voltou para a sala para polir castiçais.

Grávida?

— Grávida?

— Ãh-hã.

Sean arrumou as calças com vagar e se virou para olhar para Millie. Ela olhava para ele como uma menininha que não tinha muita certeza se o mural que tinha pintado na parede da sala com canetinha era algo bom ou ruim.

Sean sentiu alguma coisa congelar dentro dele naquele instante: e era exatamente a mesma parte dele que deveria ter se derretido.

— Como assim, você está grávida?

O rosto de Millie despencou quando ouviu a irritação na voz de Sean.

— Desculpe mesmo, Sean.

— Como foi que aconteceu? Quer dizer, a gente sempre usou camisinha...

— Não sei, Sean, não sei mesmo.

A mente de Sean voltou no tempo em câmera acelerada, a cada trepada de manhã bem cedo com o hálito acre, a cada pegação bêbada tarde da noite, cada rapidinha no sofá e cada maratona divertida das tardes de domingo, até que parou em um ponto, duas semanas antes, quando Millie o impedira de esticar o braço para pegar uma camisinha.

— Ainda não — tinha dito. — Coloque depois. Eu só quero sentir, sabe...

— Não — ele brincou. — O quê?

— Você sabe.

— Não — ele riu. — Não sei, não! Me fale... me fala o que você quer sentir.

— *Você* — ela respondeu. — Eu quero sentir *você*. Direitinho. Dentro de mim. Está certo?

E com certeza estava bem certo. Fantástico. Magnífico. Macio. Quente, suave e feito sob medida para ele. E era um avanço muito, muito bom na relação, na opinião de Sean. Afinal de contas, era aquilo, não era? Uma vez atingido o estágio da camisinha-no-último-minuto, pronto, não tinha como voltar atrás. Tudo fazia parte do clímax natural de uma relação saudável; era o mesmo que deixar uma escova de dente, falar um do outro como namorada e namorado, como dizer “eu te amo”. Era um daqueles rituais de passagem que não tinha mais volta.

— Caramba — ele balbuciou. — É o negócio das camisinhas, não é mesmo? De colocar só no último minuto. *Merda*! Que burrice. Que burrice.

— Sean! Não tem nada a ver com a maneira como a gente usa camisinha. Eu estou de sete semanas. Aconteceu há sete semanas.

— *Sete semanas*? Mas a gente só está junto há oito semanas e meia!

— Eu sei. Eu sei.

— Mas eu não entendo. O que foi que a gente fez?

Millie ergueu as sobrancelhas para ele. Sean sentiu outra onda de aborrecimento.

— Não... pelo amor de Deus... estou querendo saber que noite foi. Onde a gente estava? O que fizemos de diferente?

— Ah, pelo amor de Deus, Sean. Que diferença faz? Eu estou grávida.

— Faz diferença porque... porque... *Eu não entendo!* Eu usei camisinha a vida inteira e nunca engravidei ninguém. Você tem certeza de que é meu?

— O quê?

Sean sabia que tinha passado dos limites. Esticou a mão para pegar no braço dela. Ela recuou.

— Olhe. Desculpa. Não foi isso que eu quis dizer. Mas quem sabe se você não foi para a cama com alguém antes de a gente se conhecer... Sabe como é...

— Sean. Você sabe que eu não fui. A gente já falou disso...

Ele suspirou.

— Vamos sair do banheiro, tá? Vamos conversar sobre isso direito.

Foram para a sala e se sentaram, desconfortáveis, um em cada ponta do sofá. Sean se sentiu tomado pela tristeza quando olhou para o espaço de uma almofada inteira entre eles. Esta era, Sean pensou, todo triste, a primeira briga deles. Nunca achou que ele e Millie brigariam. Jamais. Nunca tinham trocado palavras ríspidas em dois meses. Mas aquilo... aquilo era *pior* do que uma briga. Era um cataclismo. Porque, independentemente do que qualquer um dos dois dissesse, Sean não queria um filho e a única fibra de esperança na qual ele podia se apoiar era a possibilidade de Millie também não querer.

— Então... — Millie rompeu o silêncio.

— Então... — Sean suspirou e dobrou os joelhos.

— O que você acha?

— O que eu acho? — Aquele tom de irritação tremelicou na voz de Sean mais uma vez e ele gargalhou. — Acho que é uma porra de um pesadelo.

— Ah.

Os dois ficaram em silêncio de novo. O maxilar de Sean estava fechado com tanta força que seus ouvidos doíam.

Deu uma olhadela rápida em Millie.

— O que acha?

Ouviu Millie tomar fôlego.

— Não sei. Estou confusa.

— Bom, você *quer*?

— Sean.

Ele se virou para olhar para ela. Lágrimas brilhavam em seus olhos.

— Por que você está agindo dessa maneira?

— Que maneira?

— Com tanta... *frieza*?

— Bom, você não achou que eu ia ficar *contente*, achou?

— Não. Sim. Bem. Só achei que você ia ser mais... gentil. Achei que você ia ser mais *gentil*.

— Eu estou sendo *gentil*. — Cuspiu as palavras, como se estivesse confessando que adorava gatinhos peludos. — Só que fiquei um pouco chocado, só isso. Quer dizer, nós só estamos juntos há uns dois meses. E agora... um bebê. É só que... é...

— Eu sei. Eu também estou chocada. Mas, Sean...

Lá vem, ele pensou, lá vem. A frase de cinco palavras que vai destruir a minha vida para sempre.

— ... eu quero ter o bebê.

Pronto. Sean grunhiu e bateu a palma das mãos nas coxas.

— Eu sabia — disse. — Eu *sabia*.

— Sean, você está reagindo como se eu tivesse feito isso de propósito. Como se eu tivesse engravidado de propósito para estragar a sua vida.

Sean grunhiu de novo. Ela tinha razão. Ele *estava* agindo como se ela tivesse feito alguma coisa errada, mas não conseguia agir de outra maneira. Ela é que tinha o útero, ela é que tinha o poder de decisão, o poder de mudar o rumo de sua vida de maneira irrevogável. Ele se sentia completamente impotente.

— Bom, *eu* não quero, Millie. Eu não quero um bebê. Não quero. Não quero, mas não quero *mesmo*. — Os ouvidos de Sean zumbiam de tanta adrenalina. Esperou pela reação de Millie. O silêncio se estendia.

Afinal, Millie se virou para ele.

— Eu preciso explicar uma coisa para você. Eu tenho trinta e seis anos. E sempre disse que, se algum dia fosse ter filhos, seria mais tarde, porque eu estava me divertindo muito sendo jovem. Achei que era um desperdício da juventude criar filhos quando a gente podia estar tomando tequila em um bar cheio de homens bonitos toda noite. Então, para falar a verdade, nunca pensei muito sobre o assunto. Para ser honesta, nunca tive instinto maternal na vida. E daí eu te conheci e pensei: "A-ha, é isso aqui que a gente pode chamar de momento perfeito, o Homem Certo bem na hora em que eu devia estar pensando nessa bobagem de engravidar." E eu achei que a gente podia ficar junto uns dois anos, aproveitar, se divertir, e daí talvez nos forçar a tentar ter um filho. Mas o negócio é o seguinte, Sean... eu estou grávida agora. Agorinha mesmo. E se isso tivesse acontecido comigo há dez anos, merda, se tivesse acontecido há cinco anos, eu sei muito bem o que teria feito. Eu teria me livrado dele. Mas quando a gente tem trinta e seis anos e está noiva, então não há tantas opções assim, não é verdade?

Sean assoprou dentro da mão fechada. Sua boca estava seca de medo e fedia a champanhe. Levantou-se e foi para a cozinha.

— Aonde é que você vai?

A voz dela já soava diferente a seus ouvidos: mais estridente, mais invasiva.

— Vou pegar um pouco de água. — Prendeu o fôlego. — Quer água?

— Não.

Ela estava olhando para os dedos das mãos quando ele voltou. Ele se sentou em silêncio.

— Por que é que parece que nós estamos brigando, Sean?

— Não sei — ele respondeu, seco.

Millie de repente se levantou e deu meia-volta para ficar de frente para ele.

— Desculpe, Sean! — gritou. — Sinto muito mesmo por você ter me engravidado. E sinto muito mesmo por te amar o bastante para querer ter o seu filho. Sinto muito, porra, sinto muito mesmo, tá?

O arroubo de fúria repentino e nada característico de Millie rompeu as defesas de Sean. Ele se levantou e agarrou os pulsos dela.

— Millie, Millie — tentou acalmá-la. — Desculpe. Desculpe. Eu estou sendo um idiota. Desculpe de verdade. Venha aqui. Venha aqui.

Envolveu-a com um abraço e ela enterrou o rosto no ombro dele, soluçando, e Sean sentiu o cheiro de seu cabelo e tentou desesperadamente lembrar-se de como era sua vida quinze minutos antes.

Um bebê.

Sean não queria ter um bebê. Ele queria Millie. Para si. Ia querer um bebê *algum dia*. Com certeza. Mais do que um bebê, para falar a verdade. Toda uma turma de bebês. Bebês gorduchos e adoráveis espalhados por todos os cantos. Mas não agora. Queria ter tempo com Millie primeiro, queria que fossem só os dois.

Eles só tinham tido dois meses.

Conversaram até as duas da manhã. Sean assegurou-lhe que tudo ia dar certo, que o bebê ficaria bem, que *eles* ficariam bem. Tudo ficaria muito bem. Mas depois que a conversa terminou e a respiração de Millie ficou pesada e regular, Sean passou o dedo pelo ombro dela, beijou seus dedos no lugar em que repousavam em cima da bochecha e ficou acordado até as cinco da manhã. Deitado ali, ficou olhando para as luzes fracas nas janelas dos apartamentos do outro lado, apartamentos onde as pessoas dormiam satisfeitas, onde as pessoas controlavam sua vida e, pela primeira vez na vida, desejou, mais do que tudo, ser outra pessoa.

Notícias boas e notícias ruins

Gervase entrou no quarto de Ned na manhã de segunda e disse:

— Tem uma moça chamada Carly no telefone para você.

Ned nunca tinha saído da cama com tanta rapidez em toda a vida. Saiu correndo pelo corredor, jogou-se na cama dos pais e agarrou o telefone da mesinha-de-cabeceira de Gerry.

— Alô — disse, sem fôlego.

— Bem, oi — falou lentamente uma voz ridícula de tão sexy.

— Carly?

— Ned?

— É.

— Nossa! Ned. Não parecia você.

— Nem você. Não parecia você. Meu Deus. Carly. Como é que você sabia que eu estava em casa?

— Esbarrei com o Mac no Soho ontem à noite. Ele me disse. Olhe, Ned, estou no trabalho agora, então não posso falar muito. Mas ia ser bom te ver. Vamos nos encontrar. Tá?

Combinaram a saída, despediram-se, e Ned colocou o telefone no gancho.

— Isso! — Deu um soco no ar e se jogou em cima dos travesseiros amarfanhados da mãe e do pai. Finalmente. A primeira coisa boa que acontecia com ele desde que chegara em casa. Graças a Deus. Ele e Carly. De volta. Tinha que ser. Só eram nove horas... ela só ficara sabendo que ele estava de volta na noite anterior e a primeira coisa que fizera tinha sido ligar para ele. Ela estava ansiosa. E iam se encontrar na semana seguinte. Fantástico.

Uniu os dedos por trás da cabeça e ficou olhando para o teto durante um tempinho. Um sorriso brincou em seu rosto quando ele imaginou a cena toda do reencontro. Ficou se perguntando quanto tempo demoraria até que as coisas entrassem nos eixos de novo entre eles, quanto tempo demoraria até que voltassem ao normal. Meu Deus, ele não agüentava mais esperar as coisas voltarem ao normal.

— Ned! — ouviu Gervase chamando do andar de baixo.

— O quê?

— Tem um pacote para você!

E foi aí que ele se deu conta. A vida estava longe de voltar ao normal. A vida estava a uma longa viagem de trem de distância do normal.

Ned sentiu um calafrio descer pela espinha e enrolou o edredom dos pais nos ombros, absorvendo o cheiro do corpo noturno deles para se confortar. Fez de si mesmo uma panqueca de edredom e fechou os olhos, fazendo uma lenta contagem regressiva a partir de dez. E então desceu as escadas.

Lá estava. Outra caixa. Menor do que a primeira. Esta tinha sido mandada por via aérea e, de acordo com a etiqueta verde da alfândega, tinha sido enviada por alguém chamado Tallulah d'Oignon, de Chrispee Towers, em Sydney.

Ned suspirou. Pelo menos ela não tinha perdido o senso de humor.

Rasgou o papel pardo da embalagem e tirou lá de dentro uma caixinha de papelão, que mais uma vez vinha adornada com a palavra "PORRA" em pincel atômico, desta vez escrita de modo entusiasmado por toda a caixa, como se fosse um papel de embrulho de um produto proibido para menores. Com o coração pesado, abriu. Dentro havia um saquinho de plástico transparente, do tipo que se usa para guardar baseado. No começo parecia não conter nada, mas daí ele o segurou contra a luz e percebeu que estava cheio de pelinhos pretos minúsculos, com cerca de meio centímetro de comprimento. Pelinhos em forma de meia-lua.

Fez um montinho na palma da mão e olhou para eles. Cílios.

As porras dos cílios de Mon.

Ai meu Deus. Colocou os cílios de volta no saquinho, colocou o saquinho de volta na caixa e fechou.

— Mon — balbuciou para si mesmo —, que porra você está me aprontando? — Ficou imaginando-a lá em Sydney, sem cabelo, sem cílios. Ai, meu Deus. Ela estava desmoronando. Ele sabia... ele sabia que ela não iria, de jeito nenhum, tirar proveito de sua partida. Ela não iria simplesmente sair para beber com as amigas, chorar até dormir e perder muito peso, como qualquer mulher normal.

Pensou em ligar para ela. Deveria mesmo ligar. Kate e Jamie estavam no apartamento com ela, mas ela não era amiga deles. Ned era a única pessoa que de fato a conhecia. Devia ligar para ela, falar com ela.

Mas não... era exatamente o que ela queria, pensou. Se ele ligasse, ela venceria, como sempre vencia. Aquilo tudo era uma armação, Ned pensou, uma armação para deixá-lo preocupado. Ela era viciada em deixá-lo preocupado com ela... e era tudo culpa dele. Tinha permitido que ficasse dependente dele durante os três anos que passaram juntos. Cada vez que chegavam perto de terminar, mesmo depois de *terem* terminado, ela o atraía de volta com a loucura dela. Ele quis escapar antes de as coisas se complicarem, mas nunca achava que dava, sempre se sentia enormemente responsável por Mônica. Se ele não estivesse lá para tomar conta dela, quem o faria? Ned ignorou a vozinha irritante no fundo de sua mente dizendo: "Quem é que vai cuidar dela, Ned? Quem é que vai se certificar de que ela está bem?" Não, ele pensou, Mônica não era idiota; era, na verdade, extremamente inteligente. Sabia muito bem o que estava fazendo. Estava fazendo joguinho com ele. Aquilo não era um conjunto inteiro de cílios, e fazia um tempão que ela disse que cortaria o cabelo.

Fechou a boca e reembalou a caixa. Levou-a para o quarto e enfiou embaixo da cama com o cabelo dela e desceu de novo para tomar o café-da-manhã.

Gervase estava comendo um sanduíche na cozinha. Um sanduíche com a aparência correta, cortado na diagonal como sua mãe faria se você pedisse a ela. Estava comendo em um prato com um pedaço dobrado de papel-toalha sobre ele. Gervase era muito limpinho, Ned tinha notado. Cobria o bule depois de fazer chá, atendia ao telefone como uma senhora e agora esse negócio do sanduíche. Era completamente dissonante da aparência dele. E era estranhamente cativante.

— Bom dia, Ned.

— Tudo bem com você?

— Tudo certo. E você?

— Fan-tástico. Estou muito feliz.

— Ah, é mesmo? O que foi?

— O sol está brilhando. Tenho o dia de folga. E os meus ingressos para o Robert Gordon chegaram pelo correio hoje.

— Robert quem?

— Gordon. Lembra? Aquele cara de quem eu te falei no bar na semana passada?

— Ah, sei. O cara do *rock-and-roll*. Certo.

— Tenho um sobrando, aliás. Quer vir comigo?

— Hmm...

— É na sexta. Lá em Wood Green. Mas tudo bem.. o meu amigo Bud vai de carro.

— Você tem um amigo chamado Bud?

— Tenho. O Bud. Ele é um cara bacana, o Bud. Então... o que você acha?

Ned estava prestes a entrar no modo inventar-uma-desculpa-que-parecesse-convincente quando Gervase de repente se levantou, com muita rapidez, veio em sua direção e colocou as mãos em seus ombros. E então aquela coisa com jeito de chocolate aconteceu de novo no estômago de Ned e Gervase começou a encará-lo.

— Você não tomou nenhuma providência, não é mesmo? — disse, sem largar os ombros de Ned.

— O quê?

— O seu problema. A confusão que você deixou para trás. Ainda está te incomodando, não é?

— Caramba — disse Ned. — Do que é que você está falando?

— Não sei do que eu estou falando, Ned. Só você pode saber do que eu estou falando. Eu só posso dizer o que sinto.

— E você é o quê? — perguntou Ned. — Algum tipo de leitor de mentes?

— Não, eu sou mais um leitor de vibrações, Ned. Posso sentir a sua dor.

— A minha dor?

— É, a sua dor. É como se você estivesse vestindo um casaco invisível. Mas eu consigo enxergá-lo.

— Bom, e qual é a aparência desse casaco?

— Bem, não é bem um casaco. É mais uma capa, para falar a verdade.

— Sei, sei. Tanto faz. Qual é a aparência?

— Parece... *amedrontada.*

— Minha capa parece amedrontada?

— É. Amedrontada e confusa — relaxou o apertão no ombro de Ned. — Quer conversar sobre isso?

— Sobre a minha capa amedrontada e confusa?

— É.

— Não, para falar a verdade, não.

— Que bom. Eu não sou muito bom de conversar sobre essas coisas.

— Então por que é que você fica falando delas?

— Sei lá. Não consigo evitar. Eu simplesmente enxergo as coisas, e é difícil ignorar. Sabe do que eu estou falando? — Recostou-se na cadeira, olhou através da janela durante um segundo e então começou a comer a segunda metade do sanduíche. — Tem um belo pedaço de presunto na geladeira, se você estiver a fim. — Apontou com a cabeça para a geladeira.

Ned olhou para ele, estupefato. Realmente, era a pessoa mais esquisita que ele conhecia. Era o tipo de sujeito que geralmente a gente só via em algum bar chinfrim depois de fumar um baseado e com quem se tinha alguma conversa totalmente surreal. Só que Gervase não era uma lembrança enevoada e chapada de algum bar estranho... estava tomando seu café-da-manhã na cozinha de Ned.

— Então — disse Gervase —, essa Carly. Quem é?

— Você não sabe? — respondeu de maneira jocosa. — Não estou usando nenhum *chapéu* invisível?

— Não. Não tem chapéu nenhum. Mas você saiu da cama como um raio. Ela obviamente é alguém *importante.*

Ned sentiu que estava começando a amolecer, então se sentou e se serviu de uma xícara de chá do bule.

— É. É mesmo. É a minha ex.

— Aaah. — Gervase assentiu com a cabeça.

— É. Namoramos dez anos e daí eu dei o pé na bunda dela e fugi para a Austrália com a Mon.

— E você se arrepende?

— Me arrependo. Muito. Mas acho que ainda pode dar certo.

— Que bom, que bom. Desejo sorte para você, cara.

— Obrigado.

Baixou um silêncio e Ned mexeu o chá.

— Então — começou —, e você? Tem alguém especial na sua vida?

Gervase pousou o sanduíche no prato e refletiu sobre a pergunta.

— Que nada — acabou dizendo. — Não de verdade. Tem umas mulheres, sabe? Mas nada de especial.

Ned assentiu com a cabeça e examinou o desenho de sua xícara.

— De onde você é?

— De nenhum lugar em especial. Nasci em alguma parte de Londres. Morei aqui e ali. Terminei aqui.

— Onde é que você estava morando antes de terminar aqui?

Gervase limpou o catarro da garganta com muito barulho e engoliu todo o conteúdo. Ned tentou fingir que ele não tinha feito aquilo.

— Em Vauxhall. Com um passarinho.

Um passarinho. Ned tinha gostado daquilo... fazia muito tempo que ele não ouvia um homem referir-se a uma mulher como um passarinho. Fez com que ele lembrasse de sua infância, de um jeito brilhante, misturado com Pac-Man.

— É, achei que ela era a mulher para mim. Ela tinha tudo, sabe, tudo que a gente pode querer em uma mulher.

Ned ficou imaginando que o que Gervase queria em uma mulher e o que ele queria em uma mulher deveriam ser coisas completamente diferentes.

— Inteligente. Limpa. Um apartamento legal. Sem filhos. Você sabe.

É, pensou Ned, coisas inteiramente diferentes.

— Mesmo assim. Ficava no quarto andar.

— O que ficava no quarto andar?

— O apartamento dela. Sem elevador.

Ned assentiu de novo e resolveu que estava batendo a cabeça contra uma parede de tijolos. Levantou-se e se serviu de uma tigela de cereal matinal Shreddies.

— Mas, bem, não adianta nada ficar vivendo no passado, Ned. Viva o dia de hoje, é o que eu sempre digo. E é exatamente o que eu pretendo fazer hoje. Vou cortar o cabelo, depois vou até Camden Town comprar umas roupas novas, depois vou me encontrar com uns amigos na zona leste, tomar umas cervejas, ver um *show*. Vou me divertir. — Limpou a boca com o papel-toalha dobrado e colocou o prato no lava-louças. — Quer vir comigo?

— Hã?

— Bem, você só vai ficar aqui sem fazer nada o dia inteiro, se sentindo incomodado por causa de uma coisa qualquer. Por que não sai comigo?

Por mais que Ned tivesse vontade de testemunhar a arte secreta por trás do corte de cabelo extraordinário de Gervase e quisesse descobrir onde ele comprava suas camisetas velhas e puídas, a idéia de passar o dia inteiro com ele era esquisita demais para ser levada em conta.

— Hmm, não, obrigado, cara. Eu, hã, prometi fazer umas coisas para o meu pai hoje.

— Tudo bem, então. E o *show* do Robert Gordon? Hein?

— Hmm, está bem. Claro. Por que não?

Ned não fazia idéia de onde aquilo tinha saído. Era um truque, obviamente. Gervase tinha lhe dado a opção menos palatável primeiro para que, quando apresentasse a segunda, ele dissesse que sim sem pensar duas vezes. Merda.

— Legal — disse Gervase, passando os dedos por seu cabelo à escovinha. — A gente se vê mais tarde.

E então saiu da cozinha caminhando com leveza, com as mãos no bolso, assobiando "The Wonder of You", imitando o Fonz de Happy Days.

Devem ser os hormônios

O London College of Art and Design ficava em um prédio imponente, em arquitetura *art-déco*, em Woburn Place, e Tony provavelmente já tinha passado por lá uma centena de vezes na vida e nunca tinha reparado. Encontrou o departamento de decoração e ficou vagando por lá durante um tempo, olhando as maquetes do trabalho dos alunos em vitrinas até que esbarrou em alguém que parecia ser mais velho do que ele e perguntou se sabia onde poderia encontrar Millie. De acordo com a mulher muito prestativa, ela tinha dado uma saidinha para almoçar, mas voltava dali a alguns minutos. Quando disse à mulher muito prestativa que era o irmão do namorado de Millie, o rosto dela se iluminou.

— Ah — disse, toda radiante. — Você quer dizer que é irmão do *noivo* dela?

— É — balbuciou. — É isso aí.

— Muito bem. Por que você não espera na sala dela, então?

Ela o levou até o fim de um corredor e o deixou em uma sala que tinha o nome de Millie na porta. Tony sentou-se um instante em uma cadeira de tubos de aço com aparência cara, mas levantou-se quase imediatamente para dar uma olhada no lugar. Então, pensou Tony, era isso: a sala de Millie. E que sala mais adorável era aquela. Tony sentou-se um instante na cadeira dela, saboreando a sensação de suas nádegas acariciando as reentrâncias feitas pelas dela no estofamento. Ficou folheando a papelada dela sem prestar atenção... provas, horários, fotografias de cadeiras e cortinas, chato, chato, chato. E então um pequeno porta-retratos brilhante chamou sua atenção. Pegou-o e examinou o objeto. Tinha uma foto de Millie e Sean, Sean na frente, sorrindo igual a um idiota, Millie logo atrás dele com os braços em volta de seu pescoço e a bochecha encostada na dele, parecendo uma deusa. Deixou o porta-retratos cair, tristonho.

— Irmão do noivo — murmurou para si mesmo. — Faça-me o favor.

— Tony!

Ele pulou da cadeira.

— Millie!

— Hmm... oi.

Ela usava uma saia de feltro vermelho na altura do joelho, uma malha preta de *mohair* com bordados e botas de zíper justas. O cabelo estava preso para trás e dividido no meio. E usava óculos. Para Tony, os óculos deram o toque final, totalmente. Mais ainda do que as botas justas de couro.

— Bom — disse ela, com um leve sorriso. — Que surpresa agradável... O que você está fazendo aqui? — Colocou um saco de papel sobre a mesa e se inclinou para dar-lhe um beijão daqueles bem sinceros na bochecha. Um daqueles beijos que dá para sentir de verdade.

— Eu, hmm... — ele sorriu de modo idiota. — ... Hmm... eu queria te dar uma coisa. — Abanou um grande envelope de papelão. — Não dá para confiar muito no correio e eu estava passando por aqui, então...

Millie sorriu para ele, um sorriso carinhoso, relaxado, demonstrando que não achava a presença dele tão desconcertante quanto deveria achar.

— Então — esticou o dedo para arrumar os óculos em cima do nariz fino. — O que é?

— O que é o quê?

— Essa coisa. Para mim? — Apontou para o envelope.

— Ah. Ah! Claro. Óbvio. — Entregou-lhe a embalagem.

— Uau — remexeu um pouco o envelope nas mãos. — Será que eu... posso abrir?

— Ah, pelo amor de Deus. Claro que sim.

Tony ficou observando-a com atenção. Sem querer perder nenhuma nuance. Ela tirou a gravura e a examinou: era uma ilustração de um pingüinzinho solitário em uma geleira, montada sobre uma placa de madeira. 250 libras. E valia cada centavo.

— Ha! Não dá para acreditar. É para mim? Mesmo?

— Ãh-hã.

— Ah... isto é tão... tão... gentil, Tony. É mesmo inacreditavelmente adorável da sua parte. Não dá para acreditar que você se deu a este trabalho. Eu não sei o que dizer. Eu... eu...

E então o rosto dela de repente se desfez e ela começou a chorar.

— Caramba, Millie. Desculpe. Eu não tinha intenção...

Millie sacudiu a cabeça e ergueu os óculos para enxugar as lágrimas de baixo dos olhos.

— Não é você, Tony. Não é mesmo. É que... é que... ai, meu Deus, que vergonha. Não acredito que estou fazendo isso.

— Pronto — disse Tony, pegando-a pelo cotovelo e levando-a com todo o cuidado até uma *chaise-longue* de veludo. — Sente-se um pouco. — Revirou os bolsos inutilmente, à procura do grande lenço branco que nunca teve na vida. — Tudo bem com você? Posso fazer alguma coisa?

— Ãh-hã — respondeu ela. — Me arranja uma vida nova, por favor.

Tony olhou para ela, surpreso.

— O quê?

— Nada — respondeu ela, afundando a cabeça entre as mãos. — Nada.

— Millie. Está tudo bem?

Ela assentiu com a cabeça, sacudiu-a, assentiu de novo.

— Converse comigo, Millie. Por favor. Diga o que está errado.

— Não posso — respondeu. — Não posso conversar com você, droga.

— Por que não?

— Porque... porque é tudo uma porcaria de um enorme segredo e tem a ver com o seu irmão blablablá.

— Olhe — disse Tony, virando as mãos em um gesto de imparcialidade. — Eu sou neutro. Falando sério. Pode confiar em mim. Qualquer coisa que você disser, não sai daqui. Prometo.

— Você tem que jurar, principalmente, que não vai dizer nada para o Sean.

— Juro, principalmente — respondeu.

— Estou grávida — disse ela.

O mundo todo pareceu se transformar em um buraco, de repente, e todo o sangue de Tony subiu-lhe à cabeça.

— O quê? — disse, largando os braços ao lado do corpo.

— Estou grávida — disse ela mais uma vez. — Ainda parece muito estranho dizer isto. E eu acabei de me acostumar a dizer que estou noiva. Para falar a verdade, não sei o que é mais esquisito....

— Grávida? — disse Tony mais uma vez.

— É. Que maravilha, não é mesmo? Trinta e seis anos, achei que ia terminar sozinha e sem filhos, e consegui ficar noiva e grávida no decorrer de dois meses. Eu deveria ser uma inspiração para todas as Bridget Jones do mundo.

— Mas... de quem é? — No minuto que a pergunta deixou os lábios de Tony, ele desejou engoli-la de volta. Claro que ele sabia de quem era o filho. Só que era... *Sean*. Eca. Era nojento, de certo modo, a prova incontestável de que ele e Millie tinham... e que Sean era capaz de... E com uma mulher tão magnífica quanto Millie. Ou com qualquer mulher, aliás. Sentiu-se levemente nauseado na medida em que a verdade foi percorrendo seu corpo. Olhou para a barriga de Millie e tentou imaginar o que estaria acontecendo lá dentro, as células e os genes de seu irmão se duplicando e se duplicando e fazendo um pequeno Sean. Dentro de Millie. Meu Deus. Que coisa asquerosa.

— Bem — disse Tony, procurando a resposta bem-educada para uma notícia tão chocante. — Isso é muito... Meu Deus, que ótimo. *Parabéns.* — Pronto, lá estava a palavra que ele procurava.

— Obrigada — fungou ela.

— Então, para quando é?

— Primeiro de dezembro.

— É o aniversário da mamãe.

— Eu sei — respondeu ela. — Que coincidência, não é mesmo? Mas eu não deveria ter contado para ninguém por enquanto. Queria esperar até completar três meses. Sabe como é, para garantir. Então, você tem que prometer que não vai falar nada, por mais que tenha vontade.

A cabeça de Tony rodopiava. Sean. Pai? Não parecia possível. Já tinha sido bem difícil acostumar-se com a idéia de que Sean viria a ser marido.

— E então. O Sean... está animado?

Ela deu de ombros.

— Está — respondeu. — Acho que sim. Quer dizer, acho que ele está um pouco chocado, para falar a verdade. Não é exatamente o que ele tinha planejado. Mas ele vai acabar aceitando a idéia.

Tony não tinha gostado nada do som daquilo. A noiva linda de Sean, areia demais para o caminhãozinho dele, estava grávida dele. O quê, exatamente, ele tinha que aceitar?

— Então — disse Tony, segurando para fazer a pergunta da maneira mais gentil possivel —, qual é o motivo das...? — Percorreu a bochecha com a ponta dos dedos para indicar as lágrimas dela.

— Meu Deus. Sei lá. Devem ser os hormônios.

— Mas ele quer que você tenha o filho dele, não quer?

Millie deu de ombros e fungou e começou a chorar de novo,

— Ele diz que quer, mas eu não sei... ele parece um pouco... um pouco... nada.

— Um pouco nada?

— Olhe... eu prefiro mesmo não falar sobre isso, Tony, se você não se importa. — Colocou a mão na dele e olhou para ele, de maneira suplicante. — Parece que eu estou fazendo uma traição. Você sabe como o Sean é... *intensamente reservado*, acho que é o termo mais adequado.

— Você quer que eu fale com ele para você?

— Não! De jeito nenhum.

— Olhe, Millie, não importa o que esteja acontecendo, tenho certeza de que, lá no fundo, o Sean está muito emocionado com tudo isso. — Apontou para a barriga dela. — Quer dizer, se fosse eu, eu estaria louco de felicidade, contente da vida. Não dá para acreditar que ele pode ter algum sentimento negativo a respeito de uma coisa tão maravilhosa.

— Ah, Tony... você é mesmo um amor, não é? — disse, rindo. — Você é mesmo um cara adorável.

— Acho que sou bacana — disse, resistindo à tentação de tirar um fio de cabelo da bochecha dela.

— Olhe — ela disse —, será que você pode se esquecer completamente desta conversa? Eu não deveria ter dito nada. No final das contas, a decisão é minha. Minha e do Sean. Tenho certeza de que ele vai acabar aceitando... Mas, obrigada.

— Por quê?

— Por ter aparecido aqui sem avisar e deixar eu soltar um pouco da pressão. Eu estava mesmo precisando. Ah... e obrigada pelo pingüim, também. — Fez um gesto na direção da gravura na mesa. — Foi mesmo muita consideração da sua parte.

Ele deu de ombros.

— Você já almoçou? — perguntou ela.

— Hmm, para falar a verdade, não.

— Quer dividir este *panini* comigo? Queijo emmenthal e presunto?

Tony deu uma olhada no saco de papel suado que continuava em cima da mesa dela.

— É grande? — perguntou.

— Enorme. Grande demais para mim.

— Tudo bem, então — disse ele, apesar de não estar com fome e apesar de não gostar especialmente de emmenthal. Ficou observando enquanto ela tirava o sanduíche do saco e o dividia com os dedos. Os mesmos dedos com que ele sonhava toda noite, deslizando por dentro de suas calças de linho, pegando no pau dele, acariciando-o. Ficou observando enquanto ela partia o sanduíche, transfigurado por um instante. Meu Jesus Cristinho. Ela era incrível. Era de verdade. Era diferente e forte e linda e engraçada e vulnerável e sexy. Era tudo que ele sempre quis em uma mulher.

E estava noiva de seu irmão e grávida dele.

Mastigou uma ponta do *panini* morno mas, quando tentou engolir, o pedaço ficou entalado em sua garganta.

O papagaio psicótico de Sean

Na sexta à noite, Sean e Millie foram ao restaurante italiano mais badalado do bairro para jantar. Sean comeu *prosciutto* e figos seguidos de *papardelle* com fígado de frango. Millie comeu risoto de cogumelo selvagem com uma enorme salada de rúcula e parmesão de acompanhamento e *tagliatelle* com lombo defumado, creme e vagens. Dividiram uma enorme *panna cotta* na sobremesa, mas, para falar a verdade, Millie ficou com setenta e cinco por cento do doce. Além da refeição, ela comeu três fatias de *ciabatta* (com muita) manteiga sem sal e, além do *biscotti* que veio equilibrado na borda de sua xícara de café, ficou com o de Sean também. Alegou ter desejo insaciável por carboidratos e segurou a barriga inchada com as mãos enquanto esperavam a conta chegar.

Sean não conseguiu evitar a preocupação com o apetite repentinamente dobrado da namorada. Certamente não era normal para uma mulher, mesmo que estivesse grávida, comer aquilo tudo, era?

— Então — disse, desviando o olhar da barriga inflada dela e tomando o restinho do vinho. — Para onde vamos agora? Paradise Paul's?

Paradise Paul's era uma casa noturna subterrânea que abria tarde e era semilegalizada, onde se serviam bebidas na Brewer Street, cujo dono era um senhor de seus cinqüenta anos, com olhos inquietos e cabelos tingidos que de fato se chamava Paradise Paul (tinha entrado com processo aos vinte e um anos para trocar de nome). Aparentemente, a primeira vez que Millie tinha entrado no bar, na década de 1980, era uma adolescente de cabelo cor-de-rosa, e na época Paradise Paul era um sujeito interessante, vigoroso e excêntrico, mas agora estava um tanto desbotado, como uma fotografia deixada no sol durante um longo período. Ele nunca dizia nada que fizesse algum sentido e cheirava um pouco a colarinho de camisa encardido, mas gerenciava um bar fantástico e cheio de carisma que ficava aberto até bem tarde e Sean adorava ir lá.

Às vezes, davam um pulo lá depois do jantar, tomavam algumas cervejas e batiam um papo surreal com Paradise Paul e depois iam embora. Outras vezes, encontravam cerca de uma dúzia de integrantes do círculo de amizades aparentemente infinito de Millie e ficavam lá até de madrugada, bebendo rum, uísque e champanhe e, quando Ruth, amiga de Millie, estava lá, uma ou duas carreiras de coca também. Era um mundo genuinamente boêmio, cheio de personagens únicos e encontros levemente estranhos e, como Sean nunca tinha ido lá sóbrio e com certeza só tinha memórias um tanto enevoadas de sair dali, às vezes ficava se perguntando se o bar de fato existia, então ficou incrivelmente surpreso ao tropeçar nele certo dia, na hora do almoço, quando pegou um caminho alternativo para o escritório de seu agente. Acontece que, durante o dia, o lugar não passava de um porão com cara de abandono, cheio de entulho e sem nenhum tipo de placa. Isso deu a Sean uma sensação de deslocamento, parecida com a vez em que ele esbarrou no diretor da escola de macacão vermelho no *shopping center* Whitgift, em Croydon.

As noites de sexta no Paradise Paul's eram um ritual para Sean e Millie e, sem elas, a noção de Sean a respeito da psique humana seria formada inteiramente por sua família, o apresentador de TV Robert Kilroy-Silk e o cara da banca de jornal do bairro. Era um elemento de sua vida que ia formando camadas de nostalgia, dava para sentir, mesmo enquanto a ação se desenrolava: ele já ouvia as conversas que ele e Millie teriam no futuro. Lembra do Paradise Paul's, diriam um ao outro, como a gente se divertia lá. E os dois ficariam com aquele olhar nostálgico e distante, lembrando-se daqueles dias mágicos quando a relação ainda era novidade e o mundo era brilhante e perfeito.

Mas, olhando para Millie do outro lado da mesa agora, bocejando de modo dramático por trás da mão, sombras cinzentas embaixo dos olhos e uma taça de vinho intocada à sua frente, Sean teve a sensação exata de que uma esticada ao Paradise Paul's certamente não estava nos planos.

Sean olhou para o relógio, distraído. Eram oito e quarenta e cinco. Tinha passado a semana toda sozinho, olhando pela janela de Millie, só esperando-a voltar e aliviar seu isolamento. Ele não ia conseguir ir para casa naquela hora, para assistir televisão e ir se deitar cedo; e, por mais que soubesse que agora precisava colocar as necessidades e os sentimentos de Millie na frente dos seus; na verdade, não queria fazê-lo. Ela tinha se sentido exausta a semana toda, disse que só queria "dormir, dormir, dormir". Chegou às sete na segunda, descartou a sugestão de Sean para que fossem ver um filme no cinema e se enfiou embaixo das cobertas às oito e meia, afirmando que nunca se sentira tão cansada na vida. As reservas de compaixão de Sean tinham se esgotado rapidamente. Quer dizer, como é que podia ser tão cansativo assim carregar um montinho de células dentro de si? A barriga dela nem tinha começado a aparecer, então, por que caralho ela se sentia tão cansada o tempo todo?

Como se estivesse lendo a mente dele, Millie bocejou de novo.

— Estou tããão acabada... Você se importa se a gente for para casa?

Uma versão de sete anos de Sean veio à tona e fez cara de emburrado para ela.

— O quê? *Mesmo*?

— É, Sean, mesmo. Estou pronta para ir para a cama.

Olhou para a expressão exausta dela e para seus olhos inchados e sentiu uma enorme onda de raiva. Forçou um sorriso agradável.

— Bom, eu não estou — disse. — Estou exalando o excesso de energia. — Juntou as mãos fazendo barulho para demonstrar a energia que exalava. — E se a gente der uma passada rapidinha?

— Ah, Sean...

— Vamos lá. Vai ser legal. Só uma passadinha. A gente vai estar em casa à meia-noite. Prometo.

— Meia-noite?! Eu estava planejando estar na cama às dez.

— Ah, Millie — choramingou. — Por favor. Eu fiquei dentro de casa a semana inteira. Preciso de um pouco de vida.

— Sean — disse ela, com um tom bem distinto de exasperação na voz. — Eu não vou ao Paradise Paul's... nem a nenhum outro lugar, aliás. Estou completamente exausta, o cheiro de cigarro me dá ânsia de vômito e eu nem posso beber. Vou me sentir a última das últimas.

— Ah... então as coisas agora são assim? A gente não vai mais sair durante os próximos oito meses?

— Sete meses.

— Tanto faz... A gente simplesmente vai parar de sair?

— Não. Claro que não. Só que agora não, não enquanto eu estiver me sentindo assim tão cansada.

— Mas por quê? — choramingou Sean, consciente de estar jogando fluido de isqueiro em uma churrasqueira já acesa, mas não pôde se conter. — Por que você está tão cansada? Não consigo entender.

— Ah, pelo amor de Deus, Sean, eu estou grá-vi-da — falou as sílabas bem devagar, bem separadas. — Estou ocupada criando um ser humano aqui dentro — apontou para a barriga —, caso você não tenha reparado.

— Eu sei, mas por que é que isso te deixa tão cansada? — Estava tomando o caminho direto para a autodestruição, mas já tinha passado do ponto de se importar.

— Não sei, Sean. Não faço a menor idéia. Nunca fiquei grávida antes. É uma porra de um mistério para mim também.

Ele respirou fundo, esfregou a mão no queixo e se preparou para lançar o míssil Exocet, a pergunta que estivera com vontade de fazer durante toda a semana.

— Você tem certeza de que todo este cansaço não está na sua cabeça... Sabe como é, não é psicossomático?

Millie deixou o queixo cair e ficou olhando boquiaberta para ele, igual a uma carpa.

— Sean — disse, a voz gelada e cortante —, qual é a porra do seu problema?

— Meu problema — respondeu Sean — é que eu quero ir ao Paradise Paul's na sexta à noite com a minha namorada, tomar uns drinques, dar umas risadas e voltar para casa, mas não posso, por causa desse suposto cansaço que parece ter tomado conta da sua vida.

— Vou te dizer uma coisa, Sean — falou Millie, empurrando a cadeira para trás e jogando o guardanapo em cima da mesa. — Por que você não vai ao Paul's, hein? Vá sozinho e se divirta. Só me prometa uma coisa: não se dê ao trabalho de voltar para casa até você crescer... seu criançāo.

Então ela pegou o casaco das costas da cadeira, jogou uma nota de 20 libras em cima dele e saiu do restaurante batendo o pé.

Sean ficou lá parado um tempo depois de ela ir embora, avaliando seus sentimentos.

Alívio: um pouquinho, sim. Tinha passado a semana toda querendo perguntar a Millie a respeito daquele "cansaço", convencido de que fazia parte de algum joguinho feminino para "parecer" grávida e ser paparicada.

Remorso: um pouco. Tinha estragado a noite e deixado Millie voltar para casa sozinha. Tinha sido insensível e egoísta. Mas também era a vida dele. Tinha o direito de questionar as coisas, não tinha? Não queria aceitar todas as mudanças que aquela gravidez impunha a sua vida. *Ele* ainda contava, apesar do ser que crescia dentro de sua namorada ter outras idéias.

Confusão: muita. Todos os seus instintos naturais diziam-lhe que ele deveria estar mudando, transformando-se em uma pessoa mais altruísta. Mas ele tinha uma porra de um papagaio psicótico empoleirado em seu ombro, gritando "Preserve a si mesmo! Preserve a si mesmo!" de manhã, de tarde, à noite. Tinha muito apreço pela vida que levava e se incomodava muito com a idéia de que uma coisa sobre a qual não tinha o mínimo controle iria bagunçar tudo.

Frustração: extrema. Porque, em última instância, ele não podia fazer nada para refrear aquele processo amedrontador e incontrolável.

Tristeza: muita. Só fazia uma semana desde que Millie dera sua notícia inesperada e a relação deles já tinha mudado, se tornado irreconhecível. Se alguém tivesse lhe dito, uma semana antes, que ele e Millie teriam uma enorme discussão em seu restaurante italiano preferido, que terminaria com Millie indo embora brava, e ele permitindo, ele teria tido um ataque de riso na cara dessa pessoa. De jeito nenhum, ele teria dito, isso não acontece comigo e a Millie. A gente se dá tão bem. A gente nunca discute. E a noite de sexta é a nossa preferida...

Sean sentiu um abalo emocional sísmico percorrer seu corpo ao pensar no que tinham feito uma semana antes naquele mesmo horário e fechou os dentes com força para segurar as lágrimas que de repente surgiram do nada.

Limpou a garganta, pegou a conta e a nota de 20 libras de Millie e pensou em procurar uma banca de revistas, pegar um saco grande de balas Haribo e algumas revistas vagabundas, voltar caminhando até a casa de Millie, massagear-lhe os pés e a cabeça, deixar aquela noite para trás e começar tudo de novo.

Mas aí o papagaio grande e feio começou a berrar de novo (Preserve a si mesmo, Sean, preserve a si mesmo... não deixe que ele vença!). E, cinco minutos depois, ele estava no banco traseiro de um táxi, indo em direção a Brewer Street.

Comendo queijo ao luar

No começo, Tony achou que fazia parte de seu sonho. E estava tendo um sonho especialmente bom com Millie: dessa vez não tinha cavalo nenhum, só ele e Millie deitados em uma rede, Millie pegando pedacinhos de comida e dando na boca dele ao mesmo tempo que massageava a virilha dele com... a terceira mão? Bem, com alguma coisa. Um lagarto grande tinha aparecido e sorrido para eles. Tinha um dente de ouro e começou a fazer um barulho estranho, igual a um telefone tocando. No começo, tinham dado risada daquele lagarto grande e de seus barulhos estranhos de campainha de telefone, até que começou a ficar chato. Então ele esticou o braço para calar a boca do lagarto e o lagarto ficou se esquivando dele, abaixando e mergulhando e sorrindo para ele. Então Tony acordou e percebeu que o telefone estava tocando.

Olhou para o rádio-relógio — 3:58 da madrugada.

Caramba.

Puxou o fone em sua direção.

— Alô.

— Doby — disse uma voz estrangulada. — É a Mewell.

— Desculpe — ele respondeu. — Acho que você ligou para o número errado.

— Não! Não... sou eu, a Millie.

— Millie! — Ele se sentou ereto na cama e passou a mão no cabelo. — Está tudo bem com você? Está com algum problema?

— Tudo bem. Não. Eu... eu... — Ela fungava. — Você está sozinho?

Tony deu uma checada no travesseiro ao lado do seu, só para garantir.

— Estou. Sozinho. Totalmente. Qual é o problema?

— Desculpe mesmo por te acordar, Tony. De verdade. Eu sei que está tarde, mas eu estou em um estado... e não tinha mais ninguém com quem conversar. Eu posso desligar se você quiser...

— Nãonãonão. Não desligue. Não vá embora. Converse comigo. Diga o que há de errado.

— Desculpe, Tony. Só que eu fiquei agitada demais. Agitada demais para dormir. E não posso tomar um remédio para dormir por causa do bebê. E... merda. Eu estou mesmo muito confusa.

— O que aconteceu, Millie? Qual é o problema?

— Eu e o Sean brigamos. Eu fui embora brava e agora ele se enfiou em algum lugar e ainda não voltou para casa.

— Uma briga? Por quê?

— Meu Deus... eu nem sei por onde começar. É que ele... é que ele... é tão *criançāo*, Tony.

— Bom, é mesmo — respondeu Tony. — O Sean às vezes é meio infantil.

— É esse negócio de estar grávida. Ele diz que está contente, mas parece estar incomodado comigo. Sabe como é: "Você me meteu nesta confusão, não vá ficar achando que eu vou te dar mole." Sabe, é como se eu tivesse saído no frio sem casaco, pegado uma gripe e não tivesse ninguém para culpar além de mim mesma.

Tony fez um som de desaprovação e sacudiu a cabeça.

— Caramba — disse. — Que imbecil. Não dá para acreditar que ele está agindo desta forma. Você quer que eu converse com ele para você? Hein? Quer que eu diga alguma coisa?

— Não! De jeito nenhum. Ele é problema meu e eu vou dar um jeito nisso, Tony. Mas o negócio é que, sabe, o Sean entrou na minha vida do nada... percebe? Não tenho um contexto para encaixá-lo. Não sei nada sobre ele, para falar a verdade. Quer dizer, ele me disse que nunca teve nenhum relacionamento sério, mas eu também nunca tive, não de verdade, e isso não quer dizer que eu seja incapaz de levar um em frente. E eu fiquei aqui pensando, sabe, que talvez você possa me contar umas coisas a respeito dele, umas coisas, sei lá, tipo, como eram as ex-namoradas dele e por que os relacionamentos acabaram e o tipo de coisa que ele costuma dizer a respeito de filhos. Esse tipo de coisa. Mas só se isso não fizer você se sentir horrivelmente desleal.

— Desleal? — perguntou Tony. — Não. De jeito nenhum. Posso contar tudo que você quiser saber.

E foi o que ele fez. Contou a ela a respeito do complexo de filho do meio de Sean e como ele sempre tinha necessidade de ser o centro das atenções e entrava em pânico quando achava que não estava recebendo quantidade bastante de alguma coisa, fosse peixe frito ou amor maternal. Contou a ela a respeito das loiras e das lágrimas e dos corações partidos. Contou a ela como toda a família tinha ficado surpresa ao saber que Sean tinha encontrado alguém que amava o suficiente para se comprometer com essa pessoa, porque parecia que iria terminar sozinho. Também disse a ela que Sean tinha um quezinho de misoginia em si, era impaciente, egoísta e míope. Como nunca tinha se desenvolvido emocionalmente e era provável que não estivesse paramentado para lidar com as complexidades de um relacionamento adulto adequado.

— Ele é mimado — disse, concluindo. — Esse é o problema do Sean. Nunca precisou se esforçar por nada. Aluga um apartamento do governo que conseguiu com facilidade. Tem mulher fazendo fila na porta dele. E é claro que a mamãe e o papai nunca se incomodaram com nada de errado que ele fez, pagaram as contas dele, lavaram a roupa dele, levaram-no em viagens de férias, nunca perguntaram que porra ele estava fazendo com a vida dele. E agora ele escreveu aquele livro e ganhou aquele monte de dinheiro e virou um rapaz de sucesso, bem...

Millie fungou na outra ponta da linha.

— Então, você está dizendo que o meu noivo é um aleijado emocional?

— Não, não chega a ser aleijado. Mas manca um pouco no aspecto emocional, digamos assim.

— Mas, e filhos, Tony, ele nunca falou nada sobre filhos?

Tony pensou seriamente na questão.

— Não — acabou por dizer. — Nunca ouvi ele falar nada de filhos, nem coisas boas, nem coisas ruins.

— Ah — disse Millie, parecendo levemente decepcionada. — Mas por que é que ele iria me pedir em casamento se não quisesse ter filhos? Quer dizer, qual é o objetivo de se casar?

— Bem — respondeu Tony —, eu teria pensado a mesma coisa.

— Ah, meu Deus, Tony. Eu... eu simplesmente não consigo entender. Não sei o que está se passando na cabeça dele.

— Olhe — disse Tony —, o Sean é um cara complexo. Acho que ninguém consegue entendê-lo muito bem. Mas você não pode deixar barato, certo? Não deixe ele ficar pensando que pode agir assim. Ele é um pirralho mimado e precisa ser disciplinado. Precisa perceber que virou adulto agora, que tem responsabilidades.

— Ah, eu não tenho intenção nenhuma de deixar nada barato, posso garantir, não é da minha natureza.

— Que bom para você.

— E vou te dizer uma coisa com toda a certeza: não importa o que aconteça, hoje, ele não vem para a minha cama. De jeito nenhum.

— Você está absolutamente certa — respondeu Tony. — Não deixe que ele nem chegue perto de você.

Houve uma longa pausa antes que Millie voltasse a falar, e Tony ouviu o som da respiração cheia de catarro dela pelo telefone, e sentiu-se inacreditavelmente próximo dela. Havia alguma coisa incrivelmente íntima em falar com alguém no telefone no meio da madrugada, no escuro, todo pelado e enrolado em plumas de ganso e em algodão, como um bebê.

— Bem, Tony. Era isso. Eu só precisava de um pouco de *contexto*. Pode voltar a dormir.

— Não... não. Falando sério. Está tudo bem. Agora estou bem acordado.

— Meu Deus... desculpe. Eu não queria estragar a sua noite de sono...

— Falando sério, Millie, não precisa pedir desculpas. Eu nunca durmo muito bem mesmo. Com certeza ia ter acordado dali a uns dez minutos. É o que geralmente acontece. É legal ter alguém para conversar para variar. Na verdade — disse, quando uma idéia lhe ocorreu de repente —, espera só um pouquinho. Não saia daí. Vou pegar o outro telefone.

Colocou o fone no gancho, vestiu o chambre e caminhou sobre o carpete macio cor de creme em direção à sala, onde pegou o aparelho sem fio.

— Oi — disse.

— Oi. Do que é mesmo que a gente estava falando?

— Do Sean.

— Ah, é. Do Sean. Não quero mais falar do Sean. Enjoei de falar do Sean. Ele é um idiota de marca maior e pronto.

— Então... do que é que a gente vai falar?

— Hmm... — respondeu Millie, com uma voz meio miada, meio escorregadia, que fez Tony imaginá-la nua sobre lençóis de seda com o cabelo todo desgrenhado. — Nomes de bebês?

— Hã?

— Eu gosto de Nat para menino. Ou talvez Theo. E se for menina, gosto de Mathilda. E também gosto de Lois, mas Lois London soa meio esquisito, não é mesmo?

— Acho que sim.

— De que nomes você gosta?

— Meu Deus — passou a mão no cabelo. — Nunca parei para pensar nesse assunto. David?

— David? A gente não pode colocar o nome de David em um bebê. Todo mundo vai acabar chamando ele de Dave, e ele vai ter espinhas e cabelo engordurado. E para meninas?

— Hmm... não sei. Amanda?

— Amanda! Eu costumava *adorar* o nome Amanda quando era pequena. *Amanda...* — ela arrastou as sílabas. — Amanda London. Hmm, quer saber? Eu meio que gostei. Tem um certo charme pós-moderno, não tem?

— Hmm — disse Tony, desejando que eles estivessem conversando a respeito de alguma coisa sobre a qual ele tivesse alguma opinião. Entrou na cozinha enquanto Millie continuava falando sobre nomes de bebês, e abriu a geladeira distraído. Um pedação de queijo cheddar curado piscou para ele e ele o pegou, tirou uma faca de uma gaveta e começou a cortar lascas de queijo, que ia colocando na boca e deixando derreter na língua. Levou o pedaço de queijo e um copo de suco de laranja para a sala e deitou no sofá enquanto batiam papo. Através do vidro colocado no teto acima dele, enxergava o céu começando a passar de preto para um azul-marinho tingido de âmbar à medida que o sol começou sua lenta ascensão em algum lugar além do horizonte. A lua estava grande e gorda lá em cima e a voz de Millie era um mel em seu ouvido, enquanto ia recitando nomes de bebê de um livro: Albert, Amber, Anastasia, Archie, Astrid... Tony respondia com "hmms" e "nãos" e "bem legais" e ficava olhando para a lua enquanto Millie entoava: Bathsheba, Bella, Boris, Bruce e Bryony. Nomes de bebês nunca pareceram uma coisa tão *sexy*.

— Você está comendo? — Millie perguntou de repente.

— Hm-hm — disse Tony, tentando desalojar uma lasca de queijo pastoso da língua. — Só estou tomando um pouco de suco de laranja.

— Caramba... você faz isso?

— Faço o quê?

— Levanta no meio da noite para assaltar a geladeira?

— Às vezes.

— Ah. Sempre achei que as pessoas só faziam isso em filmes americanos. Então... o que mais você está fazendo?

— Nada. Só estou aqui deitado no sofá. Bebendo suco. Conversando com você.

— Como é a sua casa?

— A minha casa?

— Rã-hã. Descreva para mim.

— Bom. Para falar a verdade, é um apartamento dúplex. Fica em um condomínio fechado. É da incorporadora Barratt, mas é bem legal, sabe. Projetado por arquitetos e tudo o mais...

— Projetado por arquitetos, é? Diferentemente de uma casa projetada por uma banqueteira?

— Rá-rá-rá.

— Me fale do seu sofá.

— O quê?

— Olhe... eu sou decoradora. Preciso conhecer o sofá de alguém para poder conhecer a pessoa de verdade.

— Bem, o que você quer saber?

— A cor. O tecido. As dimensões. O estofamento.

— Bem, é uma cor meio cremosa de limão. E uma espécie de tecido de algodão *sulcado*. É um sofá grande de três lugares com encosto baixo e muitas almofadas.

— De onde?

— Da Ikea.

— Da *Ikea*?

— Isso é ruim?

— É horrível, Tony, absolutamente pavoroso. Meu Deus, você mora em um apartamento da Barratt e tem um sofá da Ikea. Você não tem muito a ver com os seus pais, não é mesmo?

— Não, acho que não. Não agüento coisas amontoadas.

— Então, quantos móveis você comprou na Ikea, falando sério?

— Hmm... tudo que eu tenho?

— Ah, Tony.

— Bem... os móveis são legais e ficam bem juntos.

— Você está dizendo que eles combinam?

— É, combinam.

— Tony, mobília não foi feita para *combinar*. Tem que *evoluir* e inspirar e passar uma mensagem. Tem que dizer aos outros quem você é.

— Bom, talvez diga. Talvez eu seja o tipo de cara que gosta de combinar.

— Então... as suas calças e as suas meias, elas...

Tony riu.

— Em certas ocasiões — respondeu —, mas nunca na estampa. Mas olhe — falou quando uma idéia bem animadora lhe veio à mente —, eu nunca fiz muita coisa com o meu apartamento, e o lugar é bem legal, mesmo. Tem muito potencial. Será que você consideraria um serviço na selva do sul de Londres?

— Onde é que você mora?

— Em Anerley.

— Anerley? Onde diabos fica isso?

— Do outro lado do Crystal Palace Park. Perto da casa dos meus pais.

— Hmm, vou dar uma pensada. Mas antes de me arrastar até Twin Peaks, eu preciso dar uma olhada em umas fotos... Ah, oi, Pud?

— Como?

— O meu gato acabou de entrar no quarto. Oi, meu lindo...

— Você tem um gato?

— Para falar a verdade, tenho quatro gatos. Eu tinha te dito, não tinha? Sou a solteirona clássica. Tenho tomado todas as providências básicas para o meu destino inevitavelmente solitário. Até já tinha um amigo *gay* escalado quando o Sean veio com o anel de noivado e o esperma de perfurar borracha dele.

Tony riu de novo.

— Então — disse —, se mulheres solteiras que já passaram dos trinta têm gatos em casa e melhores amigos *gays*, o que é que os solteirões têm?

— Muito boa pergunta — respondeu Millie. — Carros esportivos e melhores amigas mulheres, acho.

— Droga — disse Tony, batendo na testa. — Você me pegou. Nas duas.

— É, mas não conta, porque você não é solteiro.

— Sou sim.

— Hmm... então, quem é aquela moça loira muito simpática com pernas maravilhosas que vai a tudo que é lugar com você?

Ah é. Ele tinha se esquecido dela.

Ness.

Só a idéia fez com que um calafrio o percorresse. Ele tinha feito todo o possível para evitar Ness durante as semanas anteriores. Tinha tido muita enxaqueca e serões no escritório e compromissos de família. Devia terminar tudo com Ness logo, Tony sabia muito bem. Deveria sentar-se com ela, como um adulto, e segurar sua mão, olhá-la nos olhos e dizer: "Ness, você é uma mulher legal de verdade, e nós passamos bons momentos juntos, mas..." e depois lidar com as conseqüências. Só que ele simplesmente não era capaz de fazer aquilo. Ele estava, supunha, inconscientemente esperando que ela fizesse algo tão errado a ponto de ele poder usar como desculpa perfeitamente aceitável para dar o fora nela. Mas ela nunca fazia. Tony estava percebendo, bem lentamente, que Ness era perfeita. Ela era a namorada perfeita. Mas Ness tinha um grande defeito. Um defeito enorme e insuperável.

Ela não era Millie.

— Merda — disse Millie.

— O que foi?

— A porta da frente acabou de abrir. Ele voltou — ela cochichou. — Preciso desligar agora.

— Ah — disse Tony, desinflando. — Tudo bem.

— Obrigada mesmo pela conversa. Foi um amor da sua parte.

— Imagine. Foi um prazer.

— Você conseguiu mesmo me acalmar. Não sei o que teria feito sem você. Obrigada.

— Sempre que você quiser. Sempre mesmo. Só me prometa uma coisa.

— Pois não.

— Não deixe barato, tá?

— Ah, pode deixar comigo, Tony. Eu não vou deixar nada barato. Merda. Ele está vindo. Durma bem, Tony.

— Certo... e você também. Durma bem.

Mas já era tarde demais. Ela já tinha desligado.

Tony desligou o telefone e foi como se tivesse desligado o aparelho de respiração em uma UTI ou algo assim. Tentou imaginar o que estava acontecendo no quarto de Millie naquele instante. Será que Millie estava gritando com Sean, jogando travesseiros em cima dele? Ou será que estava chorando de novo, e Sean a confortava? Queria que fosse ele que estivesse lá. Afagaria o cabelo dela e enxugaria suas lágrimas e diria que tudo ia ficar bem, que os dois seriam os melhores pais do mundo. Então ele escorregaria para baixo das cobertas com ela e ela se encaixaria no abraço dele e ele ficaria a noite inteira contando-lhe histórias a respeito de como a vida deles seria ótima.

Suspirou e apertou o telefone no peito ao mesmo tempo em que olhou através do vidro de novo. Observou a lua até ela desaparecer de seu campo de visão e ser substituída pelo sol da manhã e, quando voltou para a cama, já era dia claro e ele tinha comido mais de duzentos gramas de queijo.

O Paradise Paul's sem Millie, Sean logo percebeu, era só um bar de porão apertado e superlotado, cheio de inúteis barulhentos e trincados. Paul mal olhou para ele duas vezes e os amigos de Millie pareciam desconhecidos inalcançáveis sem ela lá para fazer a conexão entre eles. Para compensar sua distância de todas as outras pessoas, Sean bebeu meia garrafa de rum e cheirou três carreiras bem gordas de coca e só voltou para a casa de Millie às 4h30 da madrugada.

No sofá da sala havia um edredom extra, três gatos e um bilhetão em que se lia, escrito a mão: "Sua Cama."

— Certo — murmurou para si mesmo.

Agradou os gatos, pegou o bilhete e foi até o quarto na ponta dos pés. Millie estava deitada encolhidinha de lado, abraçando seu quarto gato, o preferido, com as pernas. O gato olhou para cima quando ouviu Sean entrar e olhou para ele com desdém, como se dissesse: "Se você acha que vai chegar perto da minha querida dona adormecida, pode mudar de idéia."

Ignorou o gato e caminhou com suavidade até a cama. O rosto de Millie estava meio coberto por seu cabelo e seu braço nu brilhava cor de oliva com a luz do corredor. Olhou para a boca adorável dela, toda apertada, igual à de uma menininha, e por um instante sentiu algo como uma pontada paternal quando imaginou como Millie seria se Millie tivesse uma menina. Será que ela herdaria o narizinho arrebitado da mãe, sua pele que dava vontade de comer de tão linda e aquela boquinha carnuda e teimosa? Ficou imaginando-se entrando em um quarto de criança depois de uma noitada, olhando para sua linda filha de pele morena, arrumando o cobertor dela, imaginando quais seriam seus sonhos. É, ele pensou, conseguia ver tudo aquilo. Sorriu carinhosamente e esticou a mão para tirar o cabelo da bochecha de Millie.

— Vai se foder.

A mão dele se retraiu, ele deu meia-volta e saiu do quarto.

Cidade da duplicidade

— Tone, sou eu.

— Sean! — Tony não estava acostumado a receber telefonemas de seu irmão mais novo, principalmente não às dez da manhã de um sábado.

— Olhe. Não posso falar muito. Estou no celular, indo ao supermercado comprar um suco de cranberry para a Millie.

— Ah. Tá.

— Olhe. Eu preciso falar com você. Aconteceu uma coisa.

Ai meu Deus, pensou Tony. Cidade da Duplicidade, aí vamos nós.

— Só que é totalmente confidencial, certo? Você precisa prometer que não vai contar para ninguém. Nem para a mamãe, nem para ninguém.

— Tudo bem.

— A Millie está grávida.

Tony balbuciou todos os seus poderes limitados de expressão artística para parecer surpreso com a notícia.

— É, é meio que um choque para mim, para falar a verdade. A gente não programou nem nada... é, claro que não planejamos. Quer dizer, só estamos juntos há algumas semanas. Mas o problema é que ela quer ter o bebê.

— Problema? — disse Tony.

— É. Quer dizer, eu até entendo por quê, entendo mesmo. Ela está com trinta e seis anos, é aquela idade, sabe como é. E eu quero ficar feliz de verdade com tudo isso e me transformar em um Novo Homem e compreender. Mas não consigo.

— Por quê?

— Não estou pronto. Não estou pronto para dividi-la. Não estou pronto para abrir mão da minha liberdade. Não estou pronto para vê-la mudar.

— Mudar?

— É. Sabe como é, parar de beber, de fumar, não ter vontade de sair. A gente levava uma vida maravilhosa, e tudo era novidade, era fresco, e agora parece que eu estou morando com a porra da Geri Halliwell, sabe, aquela das Spice Girls. Ela só quer ficar em casa e dormir e agora eu me sinto um anormal por ter saído para beber um pouco. Sabe como é, não tem nada pior do que estar totalmente detonado e conversar com uma pessoa sóbria... bom, eu a deixei louca da vida de verdade ontem à noite.

— Caramba... não é de surpreender, se foi assim que você agiu. O que aconteceu?

— Bem, eu queria sair depois do jantar e ela disse que estava cansada e queria ir para casa. Então eu disse a ela o que eu pensava daquilo e ela saiu batendo o pé. Sem mais nem menos. E daí eu saí sozinho...

— O quê? Você deixou a Millie voltar para casa sozinha?

— É. Eu sei. Eu sou um canalha. Mas eu estava me sentindo tão... impotente. Eu sei que parece uma idiotice, mas eu achei que, se fosse para casa com ela, significaria que ele tinha vencido.

— Quem teria vencido?

— O bebê. O bebê teria vencido.

— Sean, não se trata de uma competição, sabe? É o seu filho que ela está carregando.

— Eu sei, eu sei que é. Mas eu não o conheço. Não está crescendo dentro de mim. É o bebê dela. Sabe, se tivesse sido programado, se estivéssemos juntos há alguns anos e tivéssemos parado de usar métodos contraceptivos de verdade e daí ela tivesse ficado grávida, tudo seria diferente. A gente teria feito junto. Eu ia conseguir aceitar. Mas isto... isto simplesmente parece ser um alienígena que se alojou dentro da minha namorada. Como se não tivesse nada a ver comigo. Nada mesmo. Você entende o que estou dizendo?

E, de um jeito engraçado, Tony entendia sim. Mas de jeito nenhum diria aquilo ao irmão. Estava do lado de Millie. Completamente.

— Olhe, Sean — disse. — Eu sei que isso deve ser um verdadeiro choque para você, a última coisa que você achava que ia acontecer. Mas você pediu a Millie em casamento... não se esqueça disso. Você já se comprometeu com ela e será que você pensou que *ela* também pode estar assustada? Hein? Que talvez ela esteja chocada. Que talvez ela achasse melhor esperar?

— Bem, ela disse mesmo que ficaria mais feliz se isso acontecesse daqui a uns anos.

— Exatamente. Olhe. Você tem uma mulher incrível aí com você. Ela é muita areia para o seu caminhãozinho, e você sabe muito bem disso. Ela está grávida. Você é o pai. Você é um homem crescido, então pare de agir como um punheteiro, compre umas flores para ela e comece a aceitar a situação. Porque se for demais para você agüentar, é melhor você sair fora logo, enquanto ela ainda tem algumas opções.

— O quê?

— Quer dizer... se você não quiser que ela tenha o seu filho, então não deve mais ficar com ela. Pelo menos assim ela pode resolver abortar, se quiser, e seguir em frente. Mas se você vai ficar incomodando e fazendo com que ela se sinta culpada, então você não estará ajudando nada. Ou você enfrenta ou sai fora. Certo?

— Certo — disse Sean, em tom de quem estava começando a compreender. — Você está certo. Eu sei que está. Só que é muito difícil. Quer dizer, a Millie é a pessoa mais importante do mundo para mim. Não quero perdê-la. Mas estou confuso demais e apesar de eu saber o que *deveria* fazer, acho mesmo muito difícil. Caramba, Tone...

— Estou falando sério, Sean. Você simplesmente vai ter que crescer. Tome uma decisão, seja ela qual for.

— É. É. Olhe. Estou no caixa. Vou ter que desligar agora. Mas obrigado, Tony. Vou tentar de verdade aceitar essa situação a partir de agora.

— Você precisa pensar muito seriamente sobre o assunto.

— Preciso sim. E vou pensar. Obrigado. Obrigado por me escutar. E lembre: não diga nada para ninguém. Certo?

— Certo. Ah... só mais uma coisa. Só porque estou curioso. Por que foi que você ligou para mim? Não estou dizendo que não gostei de você ter ligado. Mas você não costuma me telefonar em busca de conselhos.

— Bom, acho que eu geralmente não preciso disso. E, além disso, você é o meu irmão mais velho... para quem mais eu poderia ligar?

Tony colocou o fone no gancho depois que Sean desligou e ficou olhando para os pés por um instante, enquanto se sentia culpado, falso e exultante, tudo ao mesmo tempo.

Sofás roxos, mojitos e capas de celular de oncinha

Na segunda-feira, às oito da noite, Ned se viu em um bar muito barulhento, quase completamente roxo, bem pertinho de Oxford Street. No começo, teve plena certeza de que tinha errado o endereço. O lugar era cheio de sofás curvilíneos, iluminação cromada e o tipo de gente que ele tentou evitar durante os três anos que passara em Sydney. Homens com gel no cabelo usando camisa com gravata da mesma cor. Mulheres de calças justas e tops de *lycra* assimétricos. Pessoas que tinham aparência de trabalhar nos escalões mais baixos da mídia. Iluminação fraca, criando uma semipenumbra. Música alta. Drinques caros. A antítese completa de tudo que agradava a Carly. Ela gostava de bares tradicionais e de cafés e de lugares que serviam cervejas com nomes engraçados e pelo menos quatro tipos de batatinhas Walkers. Lugares onde dava para sentar e ouvir os próprios pensamentos. Certamente ela estava percorrendo o caminho inverso. O mais adequado era começar pelos lugares com sofás roxos berrantes e ir passando para os bares de velhos à medida que ia chegando perto dos trinta anos.

Deu uma olhada geral no lugar, à procura de Carly, mas não a enxergou, então pediu para si uma garrafa de cerveja enormemente cara e tentou encontrar algum lugar para sentar. Estava prestes a se instalar no canto de um sofá roxo enorme quando uma moça levemente alaranjada, com uma folha de cabelos louros tingidos, usando uma gola alta fúcsia, lhe deu um olhar do tipo "A minha vida seria perfeita se você não existisse" e disse:

— Você não pode se sentar aí.

— Perdão?

— Você. Não. Pode. Se. Sentar. Aí.

— Por que não?

— Está ocupado.

E então ela se virou de maneira a sugerir que já tinha sacrificado parte suficiente de seu tempo tão precioso com ele. Estava claro que não lhe ocorrera que talvez ele não seguisse suas instruções.

E ela estava certa, claro. Ned pegou sua garrafa de cerveja e saiu de fininho, sentindo-se como se tivesse piolhos e dentes amarelos.

Imagine só, pensou consigo mesmo enquanto procurava um canto para se esconder, se você fosse o tipo de cara que de fato gostasse de garotas daquele *tipo*, aquelas garotas com folhas de cabelos loiros, aquelas garotas do tipo você-me-entedia, aquelas garotas que só querem o melhor de tudo, do tipo você-acha-que-eu-vou-andar-de-*ônibus*? Como seria destrutivo para a alma ter que passar a vida inteira tentando agradar a alguém impossível de agradar só para andar com uma coisinha bonitinha pendurada no braço.

Ficou brincando com o cabelo enquanto esperava. Lá dentro estava extraordinariamente quente e sua barba coçava. E o cabelo dele também, aliás. Sentiu uma necessidade repentina e irrefreável de pentear todo o corpo.

Foi então que chamou sua atenção uma moça bonita que acabara de entrar no bar. Tinha cabelo ondulado meio aloirado até os ombros, bochechas rosadas, casaco vermelho, mochila e sapatos de fivela, como se fosse uma enorme menininha de quatro anos.

Parou na entrada e tirou as luvas listradas, dedo por dedo, enquanto os olhos varriam o local. Então seus olhos caíram sobre Ned e ela olhou para ele, radiante. Foi então que Ned percebeu. Era *Carly*! Largou a cerveja e se dirigiu para ela.

— Carly. Oi.

— Ned.

Os dois se abraçaram, Ned com seu cavanhaque e seus óculos, Carly com seu casaco vermelho e sua mochila, e Ned compreendeu imediatamente que tudo tinha mudado. Ela tinha um cheiro diferente, Ned reparou. Sempre cheirava a cereja e a talco. Agora tinha o cheiro de algum perfume de verdade, mas não desagradável.

— Olhe só para você — ela disse, segurando as mãos dele e examinando-o de cima a baixo. — Adorei a barba.

— É mesmo? — Ned passou a mão pelo tufo macio e sentiu uma onda de prazer com o primeiro elogio que seu cavanhaque recebera desde que voltara para casa.

— É, combina com você. Faz você parecer mais... interessante.

— Você está dizendo que antes eu parecia monótono?

— De matar, fofinho.

Fofinho? Carly não dizia coisas como *fofinho*.

— E você — disse ele, apontando para o cabelo aloirado e o casaco bacana. — Você está maravilhosa.

Ela sorriu e movimentou a cabeça para cima e para baixo.

— Obrigada.

Os dois foram até o balcão.

— O que você quer? — perguntou Ned. — Uma cerveja?

— Não — respondeu distraída, pegando o cardápio de drinques e dando uma olhada. — Vou tomar um... um... mojito.

— Mesmo? — disse ele, a voz tão cheia de preocupação que parecia que ela tinha acabado de pedir um copo de leite de gambá.

— É.

Quando os vinte limões que o drinque de Carly parecia exigir tinham sido cortados e esmagados, uma mesa foi liberada no fundo do bar e eles carregaram as bebidas até lá e se sentaram.

— Então — disse Carly, apoiando-se na mesa com mãos glamourosas com unhas compridas e feitas e mostrando um decote bem polpudo para ele. — É mesmo muito bom ver você.

E Ned pensou: Isto aqui é *tão* esquisito... tão inacreditavelmente esquisito... Aquela era Carly, com certeza, daquilo ele estava certo; mas, ao mesmo tempo, não era. Tratava-se de Carly Deluxe. Carly com maquiagem e unhas brilhantes e decote e auto-estima exalando de todos os poros como ouro líquido. Ela estava um pouco *assustadora.*

— Então, nossa... *você*! — Ele de repente soou como um apresentador de *game show*. — Vamos falar de você. Quer dizer, emprego novo, cabelo novo, tudo novo. Parece que as coisas estão indo bem mesmo para você. Conte tudo.

Carly sorriu e ficou brincando com o zíper da mochila enquanto falava.

Depois que Ned fora embora, ela tinha feito uma viagem. Limpou a poupança, alugou o apartamento e ficou fora um ano, e nunca tinha se divertido tanto na vida. O Amazonas (*fabuloso*). Os Palácios Astecas (*incríveis*). Um apartamento *estonteante* nas Bahamas, onde cuidou de um *shih-tzu* de um milionário. São Francisco (*a* melhor cidade do mundo, sem dúvida). Foi terrível voltar para casa, poderia ter ficado fora para sempre. Fizera tantos amigos novos, tivera tantas experiências. E os *caras*. Caras, caras, caras. Loiros de tatuagem e bermuda. Morenos com vespas e lanchas. Americanos, dinamarqueses, australianos. Devia ter feito isso muitos anos antes. Reforçou a auto-estima dela *sem medida*, todo aquele flerte e paquera. Mas, afinal, ser jovem era assim mesmo. Quer dizer, se a gente não consegue fazer isso quando é jovem, quando é que vai fazer, hein? Fora *tããããão* deprimente voltar para casa, o clima, o céu cinzento, a sujeira de Londres e todos aqueles rostos pastosos horrorosos. Eca.

Mas, de qualquer modo, algum dia ela precisava voltar à vida real. Fez alguns serviços temporários, ficou na casa dos pais, vendeu o apartamento, ganhou uma fortuna, um *dinheirão*, comprou um apartamento estonteante de um quarto em Brixton. Claro, Brixton agora está tão bacana, cheio de bares e restaurantes fabulosos... está mesmo com tudo. O apartamento dela já valorizou trinta por cento em apenas um ano e meio. Entããããão... ela tinha um emprego temporário em uma empresa bacana em Eastcastle Street, bem ali pertinho, e tinha como chefe uma mulher superlegal chamada Marty (tinha quarenta e três anos, mas cara de trinta), e as duas simplesmente se encaixaram. Era esquisito, mesmo, como se se conhecessem a vida inteira. E, um dia, Marty se virara para ela e dissera: "Precisei mandar embora uma modelista sênior... o emprego é seu." E é tããããão maravilhoso... Muito dinheiro, muitas amostras grátis, roupas bacanas de verdade; ela não fazia idéia como tinha conseguido sobreviver no meio de todo aquele tergal na Dorothy Day durante taaaanto tempo. E é tão bom agora ela ser tamanho 40, todas as amostras servem... até a usavam para modelo base de vez em quando. Então, ela tinha um trabalho fantástico e um apartamento fantástico e um corpo fantástico e então Marty apresentou-a a seu primo Drew. E o Drew é tããããão lindo: olhos azuis, azuis; cabelos escuros, escuros; rico... e a faz flutuar. Jantares, férias: ah, já tinham ido para Maiorca, para as ilhas Maurício e para Zanzibar, e só estavam juntos havia dez meses. Ele é maravilhoso. E a vida de Carly é perfeita. Simplesmente perfeita. Igual a uma porra de um enorme conto de fadas.

Ned assentiu com a cabeça e deu um sorriso sombrio, quase paralisado de tanto tédio e amargor.

— Que maravilha — disse, rangendo os dentes com tanta força que quase soltou faísca. — Isto é mesmo uma maravilha. Fico muito contente de saber que tudo deu tão certo para você.

— É — respondeu Carly. — Eu tive mesmo muita sorte. A minha vida está tão boa neste momento. E você?

— Bem, sabe como é, não faz muito tempo que eu voltei.

— O que você está fazendo? Está trabalhando?

— Estou. Estou. Quer dizer... mais ou menos. Tenho feito umas coisas para o meu pai.

— Ah — disse Carly, com cara de aeromoça durante uma turbulência pesada. — Certo. Que bom.

— Bem, não, para falar a verdade, não é não. E eu estou a fim de tomar uma atitude. — E, quando disse isso, sua mandíbula se apertou porque, apesar de ele estar brincando com a idéia suavemente na cabeça desde que tinha voltado, agora estava absolutamente, cem por cento determinado a levá-la adiante. Um emprego. Sim. Definitivamente. Ia arrumar um desses. E um bom, também. Com um bom salário. Isso mesmo.

— Você ainda está na casa dos seus pais?

— Ãh-hã. Estou sim.

— Mas é uma coisa... temporária, ou...?

— É — respondeu abruptamente. — É. Eu vou, hmm... procurar alguma coisa assim que eu me estabelecer, resolver tudo, sabe como é...

Carly assentiu com a cabeça e os dois ficaram em silêncio. Ned contemplou sua garrafa de cerveja vazia e percebeu que aquela era possivelmente a primeira vez que os dois ficaram em um silêncio constrangedor. E ele sabia por quê. Porque agora havia um abismo entre os dois que nunca teve oportunidade de se desenvolver enquanto estavam juntos. Carly tinha seguido em frente. E em frente. E em frente. Ela tinha se afastado tanto dele que agora não passava de um pontinho na paisagem.

Ele engoliu em seco e se sentiu triste, assustado e muito sozinho. Porque Carly não era a única que o deixara para trás no decorrer daqueles últimos três anos. O mesmo acontecera com seus outros amigos. Tinham começado a morar com os parceiros, a fazer financiamentos imobiliários... alguns tinham até empregados. E essa era a coisa mais esquisita de todas, de certo modo; se não, pelo menos era a mais inesperada. Seus amigos tinham *funcionários*, contratavam e demitiam, presidiam reuniões, gerenciavam departamentos, eram assunto de conversas desgostosas no bar depois do expediente. E tudo tinha acontecido tão rápido. Parecia que ele só tinha saído durante cinco minutos, mas, naqueles cinco minutos, Mac tinha perdido quarenta por cento do cabelo, Sarah tinha dado o fora em Colin, ido para a cama com Mac e ido morar com John (seja lá quem fosse esse tal de John). Mike tinha sido promovido a gerente de área, Rob tinha pedido Sam em casamento e Michelle tinha se casado seis semanas depois de conhecer alguém chamado Tizer, teve dois abortos espontâneos, divorciou-se dois anos depois e tinha envelhecido uns dez anos.

E Carly... Carly tinha se metamorfoseado naquela pessoa glamourosa, levemente *loira*, a respeito de quem ele não tinha absolutamente nada a dizer.

— Quer outra bebida?

— Hm-hm — assentiu ela com a cabeça e virou o restinho de mojito. — Obrigada.

Quando Ned voltou com mais drinques, Carly estava ao telefone. O celular dela tinha capa de oncinha. Ned sentiu um calafrio.

— Tudo bem, *fofinho* — estava dizendo. — Certo. Não. Não sei muito bem que hora vou chegar em casa. Tudo bem. Está bem. Não, ótimo, meia-noite está ótimo — ela riu —, mais do que ótimo. Ótimo mesmo. Certo... Completa e fantasticamente ótimo. Ah, você! Tudo bem. Certo. Eu também te amo — disse, então suspirou de um jeito incomodado e desligou o telefone. Ainda estava sorrindo quando ergueu os olhos para Ned. — Então — disse, pegando o drinque e o esticando na direção da cerveja dele. — Um brinde à vida e ao destino e a seguir em frente. Saúde.

Os dois fizeram tintim com os copos.

— É tão esquisito — ela prosseguiu. — Imagine só se você não tivesse conhecido a Mônica naquele bar, daí você nunca teria ido embora e eu nunca teria saído da Dorothy Day e ido viajar e conhecido a Marty e mudado para Brixton e conhecido o Drew e tudo seria completamente diferente. Que mundo engraçado, não é mesmo?

Ela parecia completamente siderada a respeito de como o mundo era engraçado, e Ned engoliu em seco. Imagine só, ele pensou, se eu nunca tivesse conhecido a Mônica naquele bar, eu nunca teria ido para Sidney para morar com a mulher mais infeliz do mundo e voltado para casa três anos depois para descobrir que todos os meus amigos tinham me deixado para trás e que minha adorável ex-namorada e ex-melhor amiga é loira, do tipo de garota que tem celular de oncinha, um namorado chamado Drew e uma queda por drinques sul-americanos da moda... Onde é que a Carly de verdade estava, pensou? O que tinha acontecido com aquela moça rechonchuda, com bochechas de maçã, que só colocava maquiagem para ir a festas e nunca raspava as axilas no inverno?

Atravessaram a noite juntos na melhor das tradições: ficando completamente bêbados. Ned acabou se rendendo a Carly e começou a beber mojitos também. E gostou. Tinham gosto de limonada à moda antiga e o deixaram bem alto em tempo recorde. Depois de uns dois, soltou a língua e, apesar de Carly não ter chegado a retomar a relação que tinham antes, encontraram algumas coisas sobre as quais conversar: amigos em comum, principalmente. Ned atualizou-a a respeito de todas as fofocas que sabia e ela fez o mesmo. Às dez, os dois já estavam rindo juntos e, apesar de não ter nada a ver com os velhos tempos, se Ned tivesse fechado os olhos e fingido que estava tomando um drinque com uma pessoa completamente diferente (com uma garota com quem costumava sair nos tempos de escola e com quem esbarrou em um ônibus, digamos), teria que reconhecer que a noite estava sendo perfeitamente agradável. Às onze, ou por aí, colocaram o casaco e as luvas e saíram para o ar úmido da noite.

— Então — disse Ned, enfiando as mãos nos bolsos do casaco.

— Então — disse Carly, apertando o cachecol mais um pouco em volta do pescoço.

— Vou pegar o ônibus.

— O número 3?

— É. O bom e velho número 3. E você?

— Ah, eu vou de metrô. É mais rápido.

— Ah. Está certo. Tem certeza?

— Ãh-hã. Tenho sim — ela olhou para baixo. — Eu, hmm, combinei com o Drew de me encontrar com ele no meu apartamento à meia-noite. Não quero me atrasar.

— Certo. Não. Claro que não.

— Então, obrigada por esta noite adorável.

— E você. E você. Foi legal mesmo.

— É. Foi sim. Certo, então — esticou-se na ponta dos pés para dar um beijo nele, só um roçar breve de sua bochecha na dele, rápido demais para que Ned respondesse ou devolvesse de alguma maneira. — Tchau. Eu ligo para você.

— É. Ligue mesmo. Vai ser ótimo.

E então ela sorriu para ele, um sorriso do tipo apertado e inescrutável, acenou para ele de uma maneira rígida e foi embora. O que foi uma bobagem, para falar a verdade, porque a estação de metrô e a parada de ônibus ficavam na mesma direção. Mas teria sido muito embaraçoso, Ned achou, começar a andar atrás dela, então deu uma volta de 180 graus e começou a andar na direção oposta. E enquanto andava, sentiu uma coisa estranha de verdade acontecendo dentro dele. Começou como uma dor nas entranhas, transformou-se em dor aguda no fundo da garganta e depois em um formigamento nos olhos. Lágrimas. Ele tinha lágrimas nos olhos. Engoliu com força, tentando engoli-las. E então ouviu alguma coisa.

— Ned!

Virou-se. Carly estava parada na esquina da Great Portland Street com as mãos em concha em volta da boca.

— O quê?

— Eu... eu...

— O quê?

Então ela deixou as mãos caírem e as enfiou nos bolsos.

— Nada — gritou. — Nada. Só... bem-vindo de volta.

Ned deu de ombros e gritou:

— Obrigado.

Então Carly se virou de novo e desapareceu na esquina.

Quando chegou em casa, tinha outro pacote de Mônica a sua espera.

Nem se deu ao trabalho de abri-lo.

www.remedioscontraenjoomatinal.com

— Ah. Oi. Por favor, a Millie está?

— É ela.

— Millie. É o Tony. Você parece péssima. Tudo bem?

— Não. Estou péssima.

— O quê? Qual é o problema?

— Ah, é só que a fase agradabilíssima do enjôo matinal acabou de começar.

— Ah, Millie — disse Tony. — Você já vomitou?

— Não. Ainda não. Só fico com aquela ânsia de vômito Passei da fase de comer igual a um cavalo bulímico para não comer absolutamente nada. Tudo que eu engulo só me faz sentir pior.

— Droga. Será que tem alguma coisa que você pode tomar? Um remédio ou qualquer coisa assim?

— Infelizmente, não tem. Tentaram fazer isso com a talidomida, mas não deu muito certo. Não... é só mais um aspecto maravilhoso da gravidez que a gente só percebe quando já é tarde demais. Quer dizer, a gente sabe que vai ter que parar de beber e de fumar e de tomar drogas para diversão. Mas ninguém fala das outras coisas que a gente de repente não vai mais poder ingerir. Tipo maionese, pelo amor de Deus. E queijo cremoso e ovos de gema mole e sushi e carne malpassada e *caranguejo*. Caranguejo, imagine só, Tony: *sete meses* sem comer patinha de caranguejo. É trágico. E daí tem toda a coisa farmacêutica. Nada de Nurofen, nada de paracetamol, nada de remédio para rinite nem para resfriado nem para tosse: não posso nem chupar uma pastilha para dor de garganta, bosta. Tenho só que ranger os dentes e encarar tudo feito homem.

— Caralho — disse Tony, que já ia direto para a farmácia ao menor sinal de dor ou desconforto. — Você não pode tomar absolutamente nada?

— Não. Vou dizer uma coisa, é irônico. A gente tem tanto trabalho para garantir que o bebê que ainda nem nasceu não seja afetado por nada levemente químico ou pouco saudável, para colocá-lo no mundo inteiro e perfeito, só para ele passar a vida inteira mandando para dentro toda porcaria que encontra pela frente. Não sei por que nos preocupamos com isso. Talvez já devêssemos colocá-los à exposição de tudo desde o começo.

Tony riu, nervoso.

— Meu Deus... olhe só o que eu estou dizendo — falou ela. — Eu pareço uma desajustada. Você provavelmente vai chamar o serviço social para dar um jeito em mim.

— Não — disse Tony. — Mas você não parece mesmo muito gentil.

— Desculpe — respondeu ela. — É que eu estou muito cansada e muito enjoada e muito cheia de tudo isso. E essas porras de mudanças de humor... são mesmo muito chatas.

— Por que você não vai para casa, Millie. Durma um pouco.

— Hmm. Não sei. Tenho uma aula daqui a meia hora. Minha idéia é tentar sobreviver até lá e ver o que faço.

— Quem sabe o Sean não vai te buscar? — Tony arriscou e, pensou, com uma certa perspicácia.

— Umpft — respondeu Millie. — Como é que ele vem me buscar? Com a bicicleta dele? E, de qualquer jeito, ele é a última pessoa que eu quero ver agora.

— É mesmo? Então vocês não resolveram as coisas no sábado?

— Hmm, não. Não exatamente. Naquela manhã, ele foi todo superamoroso durante um tempo. Todo fofinho, indo ao mercado para mim para me trazer chá e eu estava sendo a rainha do gelo...

— Ele pediu desculpas?

— Ãh-hã. Disse que era um idiota egoísta, que não me merecia, começou a discutir nomes de bebês, falar do casamento, ser todo, sabe como é, *fofo*. Mas, só de olhar para ele, dava para ver que ele estava tendo muita dificuldade mesmo para fingir qualquer tipo de entusiasmo, que estava representando o papel de futuro pai. Então, na segunda, quando eu comecei a me sentir enjoada e não quis ir ao cinema com ele, começou a falar merda de novo. Sabe como é, ele voltou para o apartamento dele ontem de manhã para lavar roupa e essas coisas e devia voltar à noite. Mas ele não estava lá quando eu voltei, então liguei para a casa dele e ele estava todo desprevenido e disse: "Ah, desculpa, eu não achei que você queria que eu voltasse." Disse que tinha começado a escrever e tinha se envolvido no trabalho. O que é muito bom, sabe, obviamente eu compreendo que é o trabalho dele. Mas é que ele conseguiu ficar tão absorto e tão distante de mim e acontece que ele está se esquecendo de nós. De mim. De tudo. E... urgh...

— O quê? Tudo bem com você?

— Urgh. Desculpe. É só mais uma onda envolvente de enjôo. Olhe. Desculpe. Eu não queria ficar reclamando na sua orelha desse jeito. Quer dizer, parece que é única coisa que eu faço ultimamente... fico enchendo a sua cabeça. E eu sei que ele é seu irmão. Devo estar colocando você em uma posição bem desagradável...

— Não, não, não — disse Tony. — De jeito nenhum.

— ...Mas não tem nenhuma outra pessoa com quem eu possa falar, sabe? Quer dizer, meus hormônios estão lá em cima e o Sean está sendo péssimo e eu realmente preciso descarregar.

— Tudo bem, Millie. Sério. Eu não ligo mesmo.

Millie suspirou profundamente.

— Bem, mas de qualquer jeito... olhe, acho que é melhor eu ir. Preciso me preparar para a aula.

— Ah, certo — disse Tony, que estava começando a entrar no clima daquele negócio de falar mal do irmão. — Bem, eu só queria mesmo ver se estava tudo bem com você.

— Obrigada, Tony. Você é mesmo um amor. Não sei o que eu faria sem você.

— Estou à disposição. Para tudo que você precisar. Você sabe onde eu estou.

— Com certeza, Tony.

— Bem, então tchau.

— Tchau, Tony. Muitos beijos para você.

— E para você também.

Tony colocou o fone no gancho e sorriu, sentindo-se todo aquecido por dentro. Então se virou para o computador, discou a conexão com a Internet e digitou "remédios contra enjôo matinal" na caixa de pesquisa. Clicou em um *site* chamado www.remedioscontraenjoomatinal.com e pensou consigo mesmo, não pela primeira vez, que a Internet era mesmo uma coisa maravilhosa. Deu uma lida rápida nos conselhos do *site*. Muita soneca. Locais frescos. Nada de comida temperada. Blablablá. Então entrou na sala de chat, cheia de mulheres chamadas Kimberley e Teena, de lugares perdidos nos EUA.

"Estou grávida de 9 sem.", dizia Ilena, de Berkeley, na Califórnia

"e estou sofrendo de enjôo matinal o dia inteiro, todo dia. Na semana passada, meu marido foi à loja de produtos naturais e recomendaram a ele um remédio homeopático em gotas chamado Newton. Coloquei seis gotas na minha língua quando os sintomas ficaram muito fortes e, cerca de uma hora depois, tinham ido embora. Mas em fiquei um pouco preocupada quando vi que os ingredientes continham 15% de álcool. Então, eu só vou tomar esse remédio quando for de fato necessário."

Ai, pelo amor de Deus, pensou Tony. Seis gotas. *Seis gotas*, quinze por cento de álcool. Você teria mais álcool no organismo se enfiasse a língua em um copo de cerveja com soda, credo. Não era para menos que ter filhos hoje em dia era algo tão estressante, com as pessoas se preocupando com uma gotinha minúscula de álcool. Ele conseguia enxergar Ilena de Berkeley na cabeça. Uma magricela neurótica, tudo bem dobradinho e passadinho, o marido proibido de falar palavrão, tira os sapatos assim que entra em casa, faz sexo com as luzes apagadas. Anotou o remédio homeopático em gotas Newton para enjôo matinal em algum lugar da agenda, apesar do perigo que representava para o bem-estar do filho de Millie que ainda não tinha nascido, e desceu a página em busca de uma pessoa mais sensata.

"Biscoitos de gengibre", dizia Jackie L. de Cherry Hill, Nova Jersey.

"Chupe um limão", sugeria Tannita, do Havaí.

"Coma um biscoito de água e sal quando acordar", dizia Sherri, de Milwaukee.

Tony ia anotando coisas à medida que lia. Chá de gengibre. Vitamina B6. Óleo essencial de limão. Chá de hortelã. Vinagre de maçã e mel. Gengibre fresco. Casca de limão.

E então, à uma hora, em vez de mandar Anne Marie à sanduicheria da esquina comprar sua baguete com ovo e bacon de sempre, saiu caminhando pela rua até a loja mais próxima de produtos naturais e passou quase uma hora inteira examinando os corredores com atenção, em busca de todos os itens de sua lista, como um pretendente em potencial que tivesse recebido uma tarefa completamente impossível antes de ser considerado merecedor da mão de uma linda princesa medieval.

A diatribe de Sean

Sean olhou as horas no *laptop*: 17:35. Esticou as mãos atrás da cabeça e sentiu todos os seus músculos gritarem de dor. Estava debruçado em cima do computador desde as onze daquela manhã. Não tinha parado para almoçar e só tinha levantado da cadeira duas vezes, para fazer xixi. Deu uma olhada no documento todo e sorriu para si mesmo. Trinta e cinco páginas de texto. Trinta e cinco páginas grandes, gordas e adoráveis. Moveu o cursor para "Ferramentas" e clicou em "Contar palavras":

Páginas	35
Palavras	8.485
Caracteres (sem espaços)	38.401
Caracteres (com espaços)	46.544
Parágrafos	153
Linhas	680

Um dos quadros de estatísticas mais adoráveis sobre o qual Sean já tinha pousado os olhos. Finalmente. Ele tinha conseguido. Derrubara a parede de tijolos na qual vinha batendo a cabeça fazia três meses. As coisas finalmente estavam saindo de sua cabeça para o teclado. E tratava-se de coisas boas. Coisas que pareciam estar levando-o a algum lugar.

Ele tinha voltado para o apartamento no dia anterior, na hora do almoço, com o intuito de lavar um pouco de roupa mas, principalmente, e na realidade, para ficar a certa distância de Millie. Tinha aceitado o conselho de Tony no sábado, tinha se esforçado para se mostrar otimista em relação a tudo, dar segurança a Millie, mimá-la um pouco. Mas então, no domingo à noite, tinham assistido a um pouco de drama televisivo com montes de crianças na trama e os dois ficaram em um silêncio desconfortável enquanto as crianças corriam pela tela, como se os dois tivessem parado de respirar. O que ia na cabeça dos dois era bem óbvio: esses daí logo vamos ser nós; nós vamos ser iguais a esse pessoal da TV com crianças incontroláveis e bagunça e brinquedos e discussões. Tinha ido para a cama naquela noite e mal fechara os olhos, enquanto todas as suas boas intenções de entrar na seara dos pais fugiram-lhe da mente. Ele não ia conseguir, pensou, simplesmente não ia conseguir.

Na segunda à noite, tinha tentado sugerir um passeio até o cinema, achou que talvez Millie gostaria de assistir a *O diário de Bridget Jones*, achou que estava sendo atencioso e altruísta. Mas ela reagiu como se ele tivesse sugerido uma noitada em uma boca de crack. Então, resolveu que precisava de um tempinho para si, pegou a escova de dentes, a espuma de barbear e foi para casa.

O sol brilhava quando ele chegou, então levou um bloco de notas para a sacada, igual quando tinha começado *Meio homem*. Só estava pensando em fazer alguns exercícios de aquecimento, brincar um pouco, fazer algumas anotações, fazer *alguma coisa*. E de repente a idéia lhe veio. Uma história totalmente nova. Novos personagens. Um novo enredo. Tudo. Tinha passado tantas semanas cogitando e ruminando sobre o mesmo material túrgido e morto; e, como o primeiro livro tinha começado quase do mesmo jeito como tinha acabado, nunca lhe ocorrera abrir mão do conceito original. *Meio homem* tinha sido uma obra de pura ficção. Um romance de suspense, que não dá para largar, a respeito de pessoas e situações que tinham surgido inteiramente das plantações alagadas de sua imaginação. O segundo livro, decidira, seria diferente. Seria autobiográfico.

Seria a respeito de um homem cuja namorada fica grávida logo depois de se conhecerem e ela insiste em ter o bebê apesar de o homem ainda não estar preparado. Seria uma ode aos homens do mundo todo, aos escravos do poder da mulher de se reproduzir e, por conseguinte, tomar as decisões mais importantes do mundo. As mulheres se lamentavam porque os homens tomavam decisões que davam início a guerras e levavam à morte e à destruição, mas quem é que decidia colocar os idiotas que empunhavam Uzis no mundo, para começo de conversa, hein? É, isso mesmo: as mulheres. Uma decisão unilateral levava inexoravelmente a outra. Obviamente, ainda havia mulheres no mundo que não tinham escolha, que não podiam abortar nem adiar nem evitar, que não tinham outra escolha além de procriar. Mas as mulheres do mundo ocidental industrializado, as mesmas mulheres que mais reclamavam a respeito da opressão masculina, a respeito de direitos iguais, a respeito de "justiça", eram também as que mais afirmavam seu direito de resolver ou não colocar um filho na relação e no mundo. A única decisão que restava ao homem era resolver se ia ficar por lá ou não. Ótimo. Ficar por lá enquanto uma outra pessoa resolvia o rumo que sua vida tomaria durante os próximos dezesseis anos, ou dar o fora, ser tachado de canalha e passar o resto da vida atormentado pela idéia de uma criança que mal o conhece. Que escolha.

Sean acreditava muito em destino. Sua abordagem da vida consistia em acomodar-se, abrir uma cerveja, relaxar e ver o que acontecia, e descobrira que aquela atitude de *laissez-faire* a respeito de seu próprio destino lhe fornecia alimento existencial. Trazia-lhe garotas e experiências e diversão e agora lhe trouxera sucesso, dinheiro e amor verdadeiro também. Sean não considerava os capítulos menos idílicos de sua vida resultado de "erros". Ele não acreditava em erros. Acreditava em um caminho preestabelecido, e até então cada ponto desse caminho tinha parecido adequado. Cada relacionamento ruim tinha parecido certo, cada emprego de merda tinha parecido certo... porque ele os tinha escolhido.

Mas isso... este negócio de bebê. Alguém de fora estava bagunçando seu caminho, seu tempo natural de fazer as coisas, e não parecia certo. Millie tinha-lhe retirado o poder de deixar a vida se desdobrar de modo agradável e responder apenas por si mesmo e nunca tinha se sentido tão fora de controle em toda a vida.

Então, iria recuperar um pouco do controle com aquele livro. Fornecer uma perspectiva aos homens. Esperava-se dos homens que fossem verdadeiramente receptivos nestes tempos. Todas aquelas fotos nos jornais o tempo todo, de panacas-celebridades contentes com os filhos presos no peito, como se fosse uma imitação pálida de uma mulher grávida. Atualmente, os homens precisavam compartilhar toda a experiência, fazer curso pré-natal, ler livros, *identificar-se*. É engraçado, ninguém esperava que você se identificasse com sua mulher quando ela estava menstruada; não precisava conhecer toda a mecânica da coisa; nem saber como aqueles pedaços de algodão, as tiras, as abas, como tudo aquilo *funcionava* na realidade. As mulheres simplesmente cuidavam daquilo sozinhas e, na posição de homem, você só precisava abaixar a cabeça e evitar dizer coisas idiotas. Se quisesse, você até podia demonstrar interesse ativo, mas, se não o fizesse, ninguém o chamaria de Neandertal insensível.

E o mesmo valia para outras coisas de *mulher*: vibradores, irmãs, noitadas femininas, choro em comerciais, sapatos complicados, corrimento, secreções, remoção de pêlos e cirurgia no seio. Na posição de homem, você sabia que essas coisas existiam e que ocasionalmente penetravam, às vezes de maneira positiva, às vezes não, na sua vida, mas você não tinha que *participar*. Nenhuma mulher reclamaria se você não tivesse idéia de como ligar o vibrador dela ou se recusasse a acompanhá-la e segurar sua mão durante a seção de depilação na virilha. Mas gravidez e parto... você tinha que estar lá, em todas as etapas do processo, para acalmar, compreender, demonstrar solidariedade... *participar*.

Os homens da geração do seu pai é que eram felizes. Um pouco de cavalheirismo, erguendo coisas pesadas e carregando sacolas durante a gravidez da mulher e alguns copos de cerveja no bar enquanto ela botava para fora. Você chegava na ala da maternidade cheio de cerveja e fumaça de charuto e entregavam-lhe um bebezinho rosado, em oposição a uma coisa cheia de meleca amarela e pedaços de placenta por cima. E daí a sua vida voltava ao normal.

"Estamos grávidos", dizia o homem contemporâneo. E esse era o problema. Eles não estavam grávidos coisa nenhuma, porra. Eram as parceiras que estavam. Estar grávida era algo que acontecia às mulheres e só às mulheres, e junto com o desconforto físico vinha a experiência mais fantástica que um ser humano jamais poderia viver, o milagre de criar a vida dentro de seu próprio corpo, de estabelecer aquela conexão incomparável com outro ser humano, uma experiência que os homens jamais seriam capazes de compreender totalmente, por mais aulas de pré-natal de que participassem. As mulheres tinham o monopólio de toda aquela experiência: elas que tomavam a decisão, experimentavam o milagre, faziam a conexão máxima. Os homens só podiam assumir sua posição patética de segurar-lhe a mão, esfregar as costas, agir como *voyeurs* cuja única contribuição real à criação da vida tinha sido o lançamento bem-sucedido de um espermatozóide solitário e determinado.

Só depois que a criança nascia, choramingava e andava que o pai podia começar a compartilhar de maneira igualitária a experiência com a mãe. A certa altura do desenvolvimento infantil, o pai podia começar a exercer influência e, naquele ponto, Sean poderia estar pronto para comprometer seu estilo de vida. Mas no momento era a gravidez de Millie. O corpo dela tinha sido invadido por um estranho que Sean nunca tinha pedido para conhecer e que estava estragando a relação deles seriamente. Millie tinha escolhido seguir este caminho (era decisão dela) e, ao passo que Sean se sentia feliz de ministrar massagens nos pés dela, esfregar-lhe as costas e trazer-lhe baldes de espaguete à bolonhesa, não estava pronto para deixar a condição de Millie assumir precedência sobre sua própria existência.

E este livro... escrever este livro era uma sensação ótima. Era bom estar de volta à sua casa, sentado em sua mesa, olhando através de sua janela e escrevendo a respeito de seus sentimentos. Sentia-se um homem mais uma vez: e, ainda melhor, sentia-se um *escritor* mais uma vez.

Levantou-se, esticou-se na ponta dos pés e abriu os braços. Aumentou o som da compilação do Café del Mar que estava ouvindo e foi um pouco para a sacada. O céu era de um azul-turquesa intenso e não havia nenhuma nuvem à vista, literalmente. O ar estava fresco e frio, mas os raios de sol corajosos da primavera esquentaram a pele de sua testa e de suas bochechas. O verão com certeza estava a caminho; Sean podia senti-lo e cheirá-lo.

Olhou toda a sua cidade e, por alguns segundos, aproveitou aquela sensação comum de ansiedade às vésperas de sua época preferida do ano. Visualizou as cadeiras dobráveis no Green Park, café em mesinhas na calçada, táxis com a janela aberta, cerveja gelada em bares ao ar livre e jogo de *softball* no jardim dos pais. Mas logo se sentiu desinflar quando o golpe fatal a todas essas fantasias lhe ocorreu: todas elas incluíam ele e Millie, como casal. Eles tinham tudo a ver com ser jovens e apaixonados em Londres no verão. Mas aquele não seria um verão despreocupado para ele e Millie. Seria um verão de roupas de maternidade e visitas ao hospital, sem sexo nem bebida. Seu primeiro verão com a mulher de seus sonhos seria passado esperando, reflexivo, até que sua vida mudasse da noite para o dia. Teria tudo a ver com Millie e sua gravidez.

Merda.

Ele queria se sentar no pátio de Millie, iluminado a luz de velas, bebendo cerveja à meia-noite enquanto observavam as estrelas, queria dividir um baseado com ela em sua sacada, usando camisetas de manga curta, ouvindo música bem alto e olhando para a cidade lá embaixo, fantástica e emocionante, enquanto exalava potencial de diversão e noitadas sem fim, lugares para beber, gente para conhecer, drogas para tomar, experiências para viver. Ele queria tudo, toda aquela coisa mágica do verão-na-cidade, e queria aquilo junto com Millie.

O bebê era para dezembro. No verão seguinte, o bebê teria seis, sete meses, e eles seriam pais. Estariam amarrados. Sua liberdade não mais existiria, lhes teria sido arrancada e só seria devolvida quando estivessem na meia-idade.

Caramba.

Era tão injusto.

Sean chutou a parede da sacada de tanta frustração.

Merda de vida.

Merda de bebês.

Merda de camisinhas.

Merda de Millie.

Que merda.

Sean olhou para baixo, para alguma coisa que brilhava a seus pés, algo que brilhava ao sol. No começo, pareceu um pedaço de folha dourada. Depois percebeu que era a cobertura do gargalo de uma garrafa de champanhe. Da garrafa de Louis Röederer que ele abrira na noite que a pedira em casamento, para ser mais preciso. Manuseou-a com tristeza, alisando as partes amassadas, e lembrou-se daquela noite, apenas duas semanas antes. Na ocasião Millie era uma pessoa diferente, um monte de energia excêntrico e com o coração terno, uma mulher incrível, imprevisível, de espírito livre. Ela o tinha feito rir, o tinha deixado excitado, fez com que ele se sentisse nervoso, como se fosse uma linda pipa colorida que ele não tinha muito como segurar. Sean tinha ficado maravilhado com ela, apavorado com o fato de que ela poderia simplesmente ir embora se ele afrouxasse um pouco.

Na ocasião ela tinha significado tudo, absolutamente tudo.

E agora... bem, agora ela só estava grávida.

Sean fez uma bola com o pequeno pedaço de papel-alumínio dourado usando o indicador e o polegar, colocou na mureta da sacada e deu um peteleco triste, enviando-a para uma queda livre.

Então entrou em casa e escreveu um capítulo inteiro a respeito da sensação de perder todo o verão porque a namorada estava grávida.

O reino encantado de Millie

Era uma tarde bonita quando Tony saiu de seu táxi em Gloucester Terrace, e o sol refletia nas casas estucadas que ladeavam a rua. Tony tinha passado por aquelas ruas de casas gigantescas, imponentes e brancas muitas vezes na vida, mas nunca lhe ocorrera que tinha gente de verdade *morando* nelas.

A casa de Millie era uma das mais chiques do conjunto; acabara de ter sido pintada e tinha maçanetas e aldravas brilhantes e cortinas esvoaçantes penduradas nas janelas. Tony de repente se sentiu muito suburbano em face de tal sofisticação escancarada. Olhou para os sapatos e desejou que fossem mocassins italianos de couro de novilho feitos a mão, e não seus sapatos de 69,99 meio surrados da Jones the Bootmaker.

Millie atendeu à porta usando uma blusa larga de algodão bordada com gola aberta que lembrou a Tony uma bata que sua mãe costumava usar no verão na década de setenta. O cabelo estava solto e desgrenhado, como na primeira vez que a vira, e usava chinelos de dedos baixinhos, que revelavam pés pequenos e morenos, com esmalte lascado e o início de um calo.

— Tony — disse ela. — O que você está fazendo aqui?

Havia um tom de desconforto na voz dela e Tony estremeceu um pouco. Tinha estragado tudo. Aquilo era demais. Era invasão demais. Era intenso demais. Ele não devia ter ido até lá.

— Eu, hmm, trouxe umas coisas para você. — Esticou a sacola da Holland & Barrett e adotou a linguagem corporal de um homem que está de saída.

— Coisas? — disse Millie, pegando a sacola de suas mãos e dando uma olhada dentro. — Que tipo de coisas?

— Umas coisas para enjôo matinal. — Tirou um pacote de biscoitos. — Bolacha de gengibre. Parece que gengibre funciona bem nesse caso. E limão... — tirou um leque de pirulitos de limão. — Você também pode usar o óleo essencial, é só colocar em um lencinho de papel e cheirar. Tem também um negócio homeopático aqui, em algum lugar... — revirou a sacola, procurando o frasquinho. — Mas você precisa tomar muito cuidado com ele, parece, porque contém quinze por cento de álcool. — Sorriu para ela e ficou grato de ver um sorrisinho se abrir em seu rosto estupefato. — Quer dizer, não sei se essas coisas vão servir para algo, mas achei que valia a pena tentar. — Colocou as mãos nos bolsos e lançou outro sorriso cafona para ela.

Ela olhou para ele e depois de novo para a sacola de produtos.

— De qualquer modo — ele disse —, você parece exausta. Então já vou indo. Vou deixar você descansar...

— Não — respondeu Millie, colocando o cabelo despenteado atrás da orelha. — Não vá embora. Quer dizer, você teve tanto trabalho... O mínimo que posso fazer é oferecer uma xícara de café. Ou talvez... — tirou um pacote da sacola — uma boa caneca de chá de limão e gengibre orgânico. — Ela sorriu. — Isto é, se você tiver tempo.

Tony olhou para o relógio e depois olhou para ela. Agora parecia mais relaxada. Redimiu-se.

— Hmm, tudo bem — disse. — Com certeza. Não preciso voltar ainda.

— Legal. — Millie sorriu e segurou a porta para ele entrar. O coração de Tony ficou leve quando ele cruzou o batente da porta:

sentiu-se como se tivesse ganhado permissão para entrar em algum reino encantado.

— Desculpe — disse Millie, recebendo-o no apartamento. — Está tudo meio bagunçado. Eu só me dou ao trabalho de arrumar um pouco quando estou esperando visita.

Tony olhou em volta, para o apartamento que não estava nem um pouquinho bagunçado, boquiaberto. O pé-direito era alto e as janelas iam do chão ao teto, com venezianas pintadas. As paredes não pareciam normais; pareciam ter saído de dentro de algum palácio italiano antigo. A sala era uma arca do tesouro de lindos objetos: candelabros de cristal colorido, mobília francesa antiga, assoalho de madeira, uma manta de seda bordada, abajures vitorianos com franjas, uma *chaise longue* estonteante de veludo cor de groselha, tapetes felpudos afegãos, fotografias em sépia emolduradas, um pufe de camurça marrom. Millie tinha misturado objetos, arte e móveis de todos os continentes e todos os períodos históricos em todos os tons concebíveis de cor-de-rosa, marrom, dourado, creme e ébano. Mas tudo funcionava lindamente, porque cada item do apartamento tinha sido escolhido com alguma coisa que Tony reconheceu não ter, nem um pouco: bom gosto.

— Aqui estão os meus garotos — disse ela, apontando para quatro gatos sonolentos enrolados artisticamente em volta do sofá de veludo esfarrapado em peles complementares cor de creme, cinza e champanhe. Até os gatos eram de bom gosto.

— Este aqui é o Dorian, porque ele é cinza, igual ao Dorian Gray do Oscar Wilde. Este aqui é o Eric, porque é creme. Sabe o Eric Clapton, que tocava no Cream, entendeu? Este aqui é o Barry, porque é branco, Barry White. E este é o Brando, porque é um canalha grande e gordo, como o Marlon Brando. Ele é o meu preferido. Ou eu sou a preferida dele. Não sei muito bem. Mas, bom, quer um chá? Um café?

— Café, por favor — respondeu Tony. — Com leite e pouco açúcar. — Ficou caminhando pela sala enquanto ela preparava o café e se sentia como se estivesse em um sonho, ou esmagado entre as páginas de *Elle Decoration*. — Este lugar é lindo — gritou para Millie, pegando um pedaço maravilhoso e completamente inútil de vidro cor de turquesa retorcido e examinando-o à luz.

— Não é feminino demais para você?

— Não... de jeito nenhum. Quer dizer, eu não teria escolhido para mim a maior parte das coisas aqui. Mas do jeito como você colocou tudo junto... ficou mesmo muito bonito.

— Obrigada — ela respondeu, colocando um par de canecas em cima da mesinha de centro e se aninhando em uma poltrona estufada. — Então, Tony. Como foi que você descobriu onde eu morava?

Tony ficou encarando-a de leve.

— Ah — respondeu com leveza. — A faculdade me deu o seu endereço.

— A faculdade? — Ela parecia amedrontada.

— É — gaguejou Tony, nervoso. — Eu ia deixar estas coisas para você lá, mas telefonei e me disseram que você estava doente em casa. A mulher com quem eu falei disse que não tinha o seu telefone, só o endereço.

— Caramba — balbuciou ela. — Não dá para acreditar que eles podem ter dado o meu endereço assim sem mais nem menos pelo telefone para qualquer um...

Tony prendeu a respiração, na tentativa de ficar bem, bem pequenininho.

— Desculpe — sussurrou.

— Não, não, não. — Millie colocou a mão no peito e olhou para Tony. — Não foi isso que eu quis dizer. *Você* não é qualquer um, claro. Mas poderia ser. Sabe?

Tony assentiu com a cabeça, pensativo.

— Olhe, Millie — disse. — Espero que você não ache que eu estou te enchendo nem algo assim. É só que eu estou mesmo preocupado com você. Você está grávida e o meu irmão está te decepcionando e eu me sinto, de algum modo... responsável. Você entende o que eu quero dizer? Se você preferir, eu paro de me intrometer...?

— Não — respondeu Millie. — Não. Não mesmo. Eu não quero que você pare de se intrometer. Eu preciso de você. Quer dizer, eu sei que parece estranho, mas você é a única conexão com o Sean que me restou. O único modo que tenho de compreendê-lo. E não posso nem dizer como fiquei feliz com tudo que você fez por mim. Estou tão confusa com tudo que é mesmo muito reconfortante saber que tem alguém pensando em mim.

Tony sorriu.

— Que bom — disse. — Isso me deixa muito feliz.

Ficaram em silêncio. Tony bebericou o café. Millie bebericou o chá de gengibre e limão.

— O Sean sabe? — Tony terminou por dizer. — Ele sabe que a gente conversa?

Millie sacudiu a cabeça. Um movimento pequenininho, que mal dava para perceber.

— Não — respondeu. — Não sabe.

Tony assentiu laconicamente com a cabeça e ficou se perguntando o que aquilo queria dizer.

— Então — disse ele —, como estão as coisas?

— Péssimas — respondeu ela. — Minha vida é uma farsa. Não vejo o pai do meu filho desde a terça de manhã.

— O quê?

— Ele está acampado permanentemente em Catford agora... disse que trabalha melhor lá. — Ergueu as sobrancelhas para ele de modo a sugerir que ela achava que tinha mais do que um pouquinho de tolice nesta afirmação.

— Você está dizendo que nem se encontraram?

— Não.

— E você vai se encontrar com ele hoje à noite?

Ela deu de ombros.

— Duvido muito.

— Caralho. O que está acontecendo?

Ela deu de ombros de novo.

— Eu estou grávida. Ele está criando. Parece que os dois processos são incompatíveis.

Pela primeira vez na vida, Tony desejou não ter responsabilidades, queria poder simplesmente desligar o celular, abrir uma garrafa de vinho e passar a tarde lá com Millie, conversando sobre como seu irmão era um merda. Como é que ele ia conseguir voltar para o escritório naquele momento e fingir que se interessava pela lei de direitos autorais, quando podia ficar sentado ali, envolvido pelo casulo do calor de Millie? Ele queria se enrodilhar com ela, como um dos gatos dela. Queria acariciar seus cabelos, massagear seus pés, aninhar-se nela. Meu Deus, que coisa mais patética. Mas era o que ele queria. Queria que a vida fosse uma longa tarde de domingo com Millie e ele no sofá da casa dela. Queria ser absorvido pelo mundo dela, completamente, a ponto de excluir tudo o mais que existia em sua vida: trabalho, família, amigos. Só ele, Millie e o bebê... Como é que Sean podia não querer estar ali? Não fazia o menor sentido para Tony.

Sacudiu a cabeça, incrédulo.

— Caramba. Ele deveria estar aqui. Ele deveria estar com você. Quer dizer, você está carregando o filho dele, pelo amor de Deus.

— Eu sei disso e você sabe disso, mas o Sean, parece, não tem noção do que é responsabilidade paterna. Não posso nem mais me dar ao trabalho de pensar nisso, sabe? Estou tão cansada, e acho que prefiro guardar o pouco de energia que tenho para esta bolhinha aqui dentro. — Acariciou a barriga, cheia de afeição.

— Como vai a bolhinha? — Tony perguntou, alegrando-se com o conceito da vida nova.

— Bom, tirando o fato de que está me fazendo vomitar minhas entranhas a cada hora e chorar duas vezes por dia, é uma delícia completa. — Deu um sorriso irônico e acariciou a barriga novamente.

Os dois ficaram sem assunto de novo, e Tony se viu pensando que talvez tivesse imaginado a outra noite quando conversaram com tanta facilidade durante a madrugada. E então lembrou qual era a outra razão que tinha para passar lá.

— Aah — disse, agarrando a pasta e puxando em sua direção. — Quase esqueci. Trouxe umas fotos para você. Da minha casa. Achei que você ia querer dar uma olhada antes de resolver se aceita ou não o trabalho.

— Ambientes! Excelente — disse Millie, colocando a caneca de chá na mesa e batendo palmas com entusiasmo. — Vamos dar uma olhada.

Ele lhe entregou as fotos e, durante a hora seguinte, conversaram sobre decoração. Millie bebericava o chá de gengibre e limão e conduzia Tony por suas idéias: linhas arredondadas, azuis, cinza clarinho, destaques vermelhos, clima náutico com um toque de casa de praia da Nova Inglaterra, tinha um depósito ótimo de objetos náuticos em Rotherhithe, carpete felpudo em vez do assoalho falso de laminado que ele tinha.

Algumas coisas pareciam ótimas, outras, interessantes, e outras, completamente fora de contexto. Mas Tony não ligava... estava transfixado só de assistir às mãos cheias de anéis de Millie rabiscando formas e linhas, subindo e descendo de sua enorme caneca de chá e passando no cabelo espesso. Tony achou um tanto emocionante discutir o tamanho de sua cama, a cor de sua colcha, com ela. Na verdade, ele achou toda a experiência de passar uma tarde de quinta-feira na sala de Millie tão emocionante que se esqueceu completamente de que era o diretor-gerente de sua pró pria empresa e que tinha uma reunião às três da tarde, e ficou chocado de verdade quando seu celular tocou às quinze para as três e Anne-Marie estava na outra ponta perguntando-se que sala de reunião ele gostaria de usar.

— Merda — disse, quando desligou o telefone. — Preciso ir.

— Bem — disse Millie, fechando a caneta esferográfica. — O que você acha? Consegui o trabalho?

— O quê? — disse Tony, surpreso. — Você aceita?

— Claro. Por que não? Mas vou ter que demorar um pouco para começar... provavelmente até as férias de verão.

— As férias de verão... Quando é mesmo que elas começam?

— Em junho.

Ele assentiu com a cabeça.

— Junho está bom. Junho está ótimo. Com certeza.

— Excelente! Toque aqui! — ela esticou a mão para fecharem o negócio e ele a pegou com vontade. Era quente e seca e firme e ele não queria largar. Nunca mais.

— Negócio fechado.

Millie sorriu e abriu a porta da casa para ele.

Ela se esticou para dar-lhe um beijo na bochecha. Os lábios dela tocaram na pele dele, como sempre acontecia, mas dessa vez ela jogou o braço em volta do ombro dele e puxou-o para perto de si. Tony se viu com o nariz enfiado no cabelo dela e de repente perdeu o controle dos braços. Encontrou um lugar para a mão esquerda no meio das costas dela e a apertou contra si, brevemente.

— E muito obrigada por todo o gengibre e todo o limão. Para falar a verdade, já estou me sentindo um pouco melhor. Isso foi mesmo muito gentil e adorável da sua parte.

— De nada.

— Você é mesmo um homem fantástico, Tony. Você tem certeza de que é parente do seu irmão?

— Não... acho que há boa chance de os bebês terem sido trocados no hospital.

Millie sorriu, e então fez careta.

— Meu Deus, Tony, eu realmente não precisava disso tudo. Sabe?

— Sei — respondeu Tony, fazendo uma breve pausa, sem saber muito bem se deveria dizer o que estava prestes a dizer ou não. — Millie — começou, testando o terreno. — Aconteça o que acontecer, sabe, você sabe que pode se afastar. Existem pessoas que vão apoiá-la, que vão lhe dar força... você não iria ficar sozinha. Você entende o que eu estou dizendo?

Millie torceu o nariz e apertou os olhos para examiná-lo. Zombando dele. Tony não se importou.

— Acho que não vai chegar a esse ponto, Tony, mas ouvi bem o que você disse. Obrigada. — Apertou o braço dele de novo. — Eu ligo para você — disse. — Para a gente combinar de eu ir ver a sua casa. Quem sabe na semana que vem?

— Na semana que vem está ótimo.

Um táxi se aproximava, então Tony deu um salto dos degraus para a rua para chamá-lo. Deu meia-volta para ver se Millie continuava à porta, mas ela já estava se fechando atrás dela.

Jogou-se no banco de trás do táxi e observou pela janela traseira à medida que o mundo encantado de Millie ia se afastando atrás dele.

Um homem maravilhoso.

Millie achava que ele era um Homem Maravilhoso.

E no momento achava que o irmão mais novo dele não passava de um desperdício de espaço. Como diabos será que aquele irmão preguiçoso, egoísta e largado tinha conseguido colocar as mãos em uma mulher com tanta classe? Para começar, o que ele tinha para agradar a uma mulher como Millie? Tudo bem, ele tinha escrito um livro, mas aquilo não o transformava fundamentalmente como pessoa e Millie claramente não era alguma caçadora de celebridades superficial, que se emocionava por sair com um escritor com um livro publicado. Obviamente havia algo mais que a atraía em Sean. O visual? Possivelmente: ele era um cara bonitão, mas havia caras mais bonitos por aí, se por acaso o interesse dela fosse esse.

Talvez fosse o tal do instinto maternal: talvez sua incompetência de moleque despertasse seus instintos maternais. Ou talvez fosse apenas uma daquelas atrações completamente inexplicáveis que a gente vê na vida de vez em quando: uma colisão química improvável entre duas pessoas que não tinham nada em comum além de algum feromônio que por acaso correspondeu com o feromônio de outra pessoa em algum momento fugaz no tempo. Aquilo parecia mais provável, e também explicaria a frieza repentina de Sean com a perspectiva de se comprometer com Millie a tão longo prazo. Casamento era uma coisa: um casamento podia ser providenciado no clímax da colisão química e desfeito quando os feromônios supracitados abandonassem a cena. O divórcio era amigo do casamento impulsivo. A perspectiva de alguma coisa tão irreversível quanto um filho, por outro lado, podia fazer com que os feromônio fugissem imediatamente, gritando e agitando as mãos de pavor. Obviamente não havia substância bastante nos sentimentos de Sean por Millie para sustentar uma vida de verdade juntos. Então, ele estava fazendo o que Sean sempre fazia: estava dando para trás. Dando para trás e esperando a garota ficar tão perturbada e brava e magoada a ponto de mandá-lo embora. Mas ele não ia conseguir se safar com aquela abordagem dessa vez. Dessa vez ia ter que crescer e encarar os fatos.

Tony passou a mão na barriga e olhou para seus sapatos comprados em uma loja qualquer. Ia mesmo ter que cuidar da aparência se queria ter uma chance em um milhão de atrair Millie. Não sair muito com Ness nos últimos tempos estava ajudando: ele já não bebia tanto e todas as suas roupas estavam um pouco folgadas. Mas se ele quisesse que Millie olhasse para ele como algo além do irmão mais velho bem mais legal de Sean, ia ter que se esforçar muito mais.

Revirou os bolsos do casaco e achou o que estava procurando: o folheto do programa de Perda de Peso Natural que tinha pegado semanas antes.

Pegou o celular, telefonou para o número do folheto e marcou uma consulta para a semana seguinte.

Topetões e carrinhos

A semana tinha sido muito longa para Ned. Além de sua noitada desastrosa com Carly, tinha tido o prazer de receber dezoito mensagens de texto adoráveis de Mônica, um envelope cheio de aparas das unhas dos pés dela, um pacote contendo tiras de cera com os pêlos púbicos dela grudados e, então, a *pièce de résistance* naquela manhã. Um frasquinho com o sangue dela. Era bem pequenininho: ela tinha usado um daqueles tubinhos de plástico que vêm com *shoyu* em entregas de comida japonesa em casa. Mas a verdade é que, quanto mais encomendas e mensagens de texto ela mandava, menos ele ficava preocupado. Tinha começado a achar aquilo tudo meio reconfortante: significava que ela não estava morta, que não estava em um avião em direção a Londres e que não estava piorando. A escala da nojeira de suas "partes do corpo" tinha decaído, e não chegado a um clímax; ela não tinha mandado dedos cortados nem pedaços de carne. E quando as aparas de unha chegaram na terça, Ned soltou de fato um suspiro de alívio. Pedaços de unha não eram desconcertantes: só eram sombrios. Agora ela só queria incomodar, não mais assustar.

O sangue já tinha mais um pouco a ver com o tempo do cabelo e dos cílios, mas não era difícil tirar aquele tantinho de sangue de si mesmo: talvez nem fosse sangue, talvez ela tivesse comprado em uma loja de mágicas ou algo assim.

Não... a menos que Mônica subisse seus padrões e começasse a enviar-lhe polegares e globos oculares, ele não deixaria que aquilo o afetasse. Já tinha coisas suficientes com que se preocupar sem precisar ficar pensando em Mônica e seus joguinhos ridículos.

Como naquela noite, por exemplo.

Naquele momento estava sentado na sala, assistindo a *Os Simpsons* no canal Sky One, comendo bolinhos Jaffa de uma espécie de coisa de lata dentada, esperando Gervase voltar do trabalho. Estava à espera de Gervase porque naquela noite ele, Ned London, iria sair com ele. Que esquisito. Vasculhou sua mente, em busca da desculpa perfeita para se safar, mas não conseguiu inventar nada. O fato de morarem na mesma casa significava que, para fabricar a desculpa perfeita, ele precisaria mesmo ter algum compromisso de verdade e, infelizmente, não tinha. O ritual das sextas à noite com os amigos parecia ter desaparecido tão rápido quanto o cabelo de Mac depois que Ned deixara o país.

"Ninguém mais tem o costume de sair", Simon lhe dissera, com tristeza. "Todo mundo está casado. Agora, na sexta à noite, a gente só fica assistindo a *Friends* e a *Frasier*, pede uma comida tailandesa pelo telefone e pronto. A menos que seja aniversário de alguém... ainda saímos para comemorar aniversários."

Mesmo assim, tinha dado alguns telefonemas na noite anterior, em busca de um álibi de última hora na forma de um compromisso social alternativo, e descobriu que todo mundo ia ficar em casa porque estava exausto (patético), trabalhar até tarde no escritório (trágico) e jantar com os pais (quase nojento). Até mesmo Simon, o outro único solteiro da turma, tinha planos para a noite: um torneio de boliche em Streatham. Convidou Ned para ir também e lhe dar um pouco de apoio moral, mas quando Ned parou para avaliar as opções, ir ver algum cantor de *rock* velho e ensebado em Wood Green com Gervase ganhou por pouco da possibilidade de passar a noite inteira vendo seu amigo jogando uma bola brilhante em uma pista.

Quando Gervase chegou em casa, foi direto para o andar de cima para se preparar. Quando desceu meia hora depois, usava muita loção pós-barba e uma jaqueta de couro desgastada com franjas e tachas por toda parte. Também usava uma camisa de um roxo violento, aberta quase até o umbigo, e botas de bico muito fino com um pequeno salto. Ned nunca tinha visto Gervase "arrumado" antes, e se viu momentaneamente entre soltar uma gargalhada e maravilhar-se em silêncio. Ele parecia completamente ridículo e meio bacana ao mesmo tempo.

No mesmo instante em que Gervase entrou na sala, uma buzina tocou na rua e Gervase bateu palmas.

— Tudo certo. É o Bud. Vamos lá.

Ned correu até a cozinha, pegou quatro latas de cerveja Kronenburg da geladeira, pegou o casaco e foi atrás de Gervase. Estacionado na rua estava um carrinho amarelo brilhante, com chamas vermelhas pintadas na lateral. À direção estava um homem de jaqueta de couro vermelha com um topete loiro-oxigenado gigante, que ocupava quase o carro inteiro.

Ned engoliu em seco.

— Certo — disse Gervase quando o cara de topete saiu do carro e apertou sua mão. Em pé, revelou-se que o cara de topete tinha mais ou menos um metro e sessenta de altura e era tão magro que Calista Flockheart provavelmente se recusaria a ficar do lado dele, para não correr o risco de a acharem gorda. Ele tinha olhos intensamente azuis e um rosto pontudo, de roedor, com dois dentinhos afiados de rato.

— Bud, este aqui é o Ned... ele é filho da minha senhoria.

— Tudo certo, Ned — disse Bud, esmagando a mão dele.

— Tudo certo.

— Que carro legal esse aí. — Indicou a garagem dos pais com um movimento da cabeça. Ned olhou para a perua Transit antiga de seu pai e para o sedã Vauxhall Cavalier ainda mais antigo da mãe e voltou-se para Bud:

— Qual dos dois?

— O Isettinha.

— O o quê?

— O Romisetta. Adorável. De que ano é? 68? 69?

Ned virou-se e olhou para o carro infeliz que já estava tão integrado ao quintal que nem mais reparava nele.

— Não faço a menor idéia — respondeu. — O Tony ganhou quando fez dezessete anos.

— Adorável. É mesmo um carrinho adorável. — Bud ficou olhando para o carro coberto de limo com amor e assentiu com a cabeça, apreciando a imagem.

— O Bud gosta de carros pequenos — disse Gervase.

— Ah — respondeu Ned. — Certo.

Então se virou para entrar no carrinho de Bud. O banco de trás era tão pequenininho que parecia mais adequado para uma lancheira do que para um homem de um metro e oitenta, e ele percebeu que simplesmente não seria possível entrar no carro e se sentar. Seria necessário algum tipo de estratégia. Tentou entrar primeiro com o pé direito e depois usou uma espécie de torção de 180 graus no resto do corpo, mas não deu certo. Tentou se abaixar, primeiro a bunda, o que significava que pelo menos oitenta por cento de seu corpo se encontravam dentro do carro, mas não conseguiu achar lugar para colocar a perna esquerda nem a cabeça. Deslizou a bunda pelo assentinho e conseguiu acomodar a perna esquerda, mas a cabeça ainda estava dobrada por cima do peito. Gervase e Bud conversavam na calçada enquanto Ned encenava seu tributo a Houdini e Ned ficou com vontade de dizer: "Sabe o quê, Gervase, você é uns dez centímetros menor do que eu... por que não vai atrás?", mas aí percebeu que aquilo ia contra a etiqueta dos caronistas, que ditava, obviamente, que o melhor amigo/a namorada/a mulher do motorista ficava no banco da frente e o desconhecido, no de trás, independentemente da forma física ou do tamanho.

Com alguns ajustes extras, Ned conseguiu erguer a cabeça uns cinco centímetros do peito, mas aí Gervase colocou o banco do passageiro para trás, o que efetivamente acabou com um lado inteiro da traseira do carro, de modo que Ned não teve outra escolha além de se enrolar em uma bolinha subfetal, com os braços em volta dos joelhos e os ossos do traseiro sofrendo contra o banco com estofamento ralo.

— Tudo bem aí atrás? — perguntou Bud, que tinha proporções mais adequadas ao veículo.

— Tudo — respondeu Ned. — Ótimo.

O carro fez um barulho borbulhante quando Bud virou a chave e eles partiram.

Foi o trajeto de carro mais longo da vida de Ned. Parecia que o carro não chegou a deslanchar durante todo o caminho (como se nunca saísse da primeira marcha) e cada buraquinho ou pedregulho da rua enviava pontadas dolorosas por sua espinha através dos ossos do traseiro. No meio do caminho, começou a sentir que ia desmaiar, então se virou de lado e colocou as pernas por sobre o encosto, deixando-as pender dentro do porta-malas.

Na frente, Bud e Gervase conversavam sobre música, fumando um cigarro atrás do outro, tomando as cervejas de Ned e cantarolando de vez em quando. Gervase falava quase sozinho, acompanhado por intromissões de "É isso aí", "Isso é demais" e "Caralho, cara" da parte de Bud de vez em quando, e rindo como se alguém estivesse fazendo cócegas em seu pé com uma pena. Ned não tinha muita noção a respeito das coisas que eles estavam falando e não ligava a mínima. Só estava preocupado com o iminente fim da viagem e pensava em sair daquela lata de sardinhas com três rodas.

Quando afinal chegaram a Wood Green, já estava escuro e Ned achou que deveria estar morto de verdade. Bud e Gervase saíram do carro sem dificuldade, viçosos como florezinhas do campo, e Ned se desenrolou lentamente do aparelho de tortura, enquanto cada músculo e cada osso de seu corpo reclamava com toda a força. A primeira coisa que fez quando saiu do carro foi checar a carteira para ver quanto dinheiro tinha. Não importava o quanto fosse custar, ele tomaria um táxi para voltar para casa.

À medida que iam se aproximando da porta do Old White Horse, Bud e Gervase iam ficando cada vez mais animados. Começaram a cantar de novo e Bud começou a tocar guitarra no ar, ao estilo de Buddy Holly, seu topetão, que mais parecia um enorme suspiro em cima de um bolo, balançando para cima e para baixo, como se ele fosse um poodle excitado. Ned seguiu-os horrorizado até o interior do bar e ficou esperando nos fundos enquanto Gervase e Bud entravam na longa fila das bebidas. Olhou em volta de si enquanto esperava. À sua esquerda havia um homem-baleia usando uma jaqueta de aviador feita para alguém com a metade de seu tamanho. A cabeça era completamente raspada, à exceção de um tufo ruivo solitário na frente, que ele tinha penteado em um topetinho que se parecia com o rabo de um coelho. À sua direita estava um roqueiro vestido de couro preto dos pés à cabeça, com a pele cheia de marcas e cabelo preto azeviche. A franja tinha sido transformada em um rolinho ensebado que lhe cobria a testa e fazia cócegas na pontinha do nariz.

As garotas daquele novo mundo ainda por descobrir pareciam se dividir em duas variedades principais. As oxigenadas de rabo-de-cavalo e jaqueta de couro, no geral com cara de quem comeu e não gostou, cujas enormes sobrancelhas de taturana não ajudavam em nada. A outra alternativa era a variedade mais feminina, de cabelos com cachinhos e roupas de época com saias rodadas e saltos agulha.

Ned acariciou seu cavanhaque felpudo e olhou para seus tênis Nike e se sentiu gigantesca e enormemente deslocado.

De onde é que toda aquela gente tinha vindo? Ned nunca tinha visto pessoas como aquelas em Beulah Hill, nem no metrô, nem no aeroporto, nem na TV. Onde é que elas moravam? O que faziam quando não estavam em um *show* de Robert Gordon em Wood Green? Como todas elas ganhavam a vida? Tinham família? Filhos? Abaixavam o topete e colocavam as jaquetas de couro na naftalina quando chegavam em casa?

Ned se lembrava de que Tony tinha passado por uma breve fase *rockabilly* na adolescência. Passava brilhantina no cabelo para fazer topete e usava camisa xadrez desbotada da Flip e sapatos de camurça com solado de borracha da Robot. Mas tinha sido só uma fase: tinha passado e, quando estava com dezenove anos, Tony já era um *yuppie* completo, com ternos de Cecil Gee. Mas aquelas pessoas não eram adolescentes passando por uma fase: respiravam e realizavam aquilo, viviam e *acreditavam* naquilo.

— Prontinho, cara. — Gervase apareceu no meio da turba do bar segurando dois copos de plástico de cerveja. Bud vinha atrás com um copo de suco de laranja e limonada com um canudinho, parecendo um garotinho em idade escolar um pouco bem penteado demais. Ned virou a cerveja de plástico em cerca de dez goles, enquanto conversava com Bud e Gervase de pé.

— Então, Bud — disse, na esperança de conseguir obter um vislumbre da cena roqueira de idade avançada. — Com o que você trabalha?

— Sou funcionário público.

— É mesmo?

— É. Sou executivo-chefe de clipes. E vice-presidente de canetas retráteis.

— Ele trabalha para o Departamento de Planejamento Urbano de Croydon — disse Gervase, tentando ajudar. — É gerente de material de escritório.

Bud assentiu com a cabeça, cheio de entusiasmo.

— Estou lá há doze anos — disse, todo orgulhoso. Enquanto conversavam, Bud deixou escapar que morava em uma casa de três quartos em Shirley com a mulher e os três filhos (um dos quais era adolescente). Depois de pagar a parcela de financiamento da casa, usava todo o dinheiro que sobrava para incrementar o carro e comprar roupas e era, como Ned percebeu enquanto conversavam, verdadeiramente feliz com o que tinha, e não se sentia nem um pouco culpado.

— Vou dizer uma coisa — disse. — Se eu ganhasse na Loteria, eu ia ficar com uns, digamos cinqüenta, sessenta mil. Só o suficiente para quitar a casa, tirar umas férias decentes. Então eu distribuiria o resto. Não ia querer ficar com nada. Podia *estragar* tudo, sabe como é?

Ned assentiu, sem saber, mas desejando mais do que tudo compreender aquilo. Não conseguia nem começar a imaginar que tipo de felicidade podia ser potencialmente "estragada" por três milhões de libras.

Mas os pais dele compreenderiam, ele pensou. Eles tinham alcançado os níveis de satisfação de Bud. Ambos adoravam tudo a respeito de sua vida. Adoravam sua enorme casa bagunçada, seu trabalho, seus filhos, *um ao outro*. E seus irmãos estavam a caminho do nirvana existencial também. Os dois tinham satisfação no trabalho, auto-estima, namoradas ótimas. Até Gervase parecia contente com o que tinha, de seu próprio jeito esquisito. E agora que todos os amigos de Ned estavam casando e subindo na escala do trabalho, onde é que ele ficava? Vinte e sete anos, sem emprego, sem casa, sem namorada.

Qual era o problema dele? Se aquele baixinho do Bud com seus dentinhos de rato e seu gosto estranho por carros era capaz de encontrar a verdadeira felicidade, então por que é que ele não podia fazer o mesmo? Ned era mais bonito do que Bud, era mais alto, era mais jovem, tinha mais estudo, era menos esquisito, e no entanto Bud tinha tudo e Ned não tinha nada... além das aparas das unhas dos pés da ex-namorada.

Ned suspirou e olhou para baixo, para o fundo do copo de plástico vazio. E então pensou na segunda à noite, em seu encontro com Carly. Ah sim... que experiência mais deprimente. Caramba. Agora ele estava mesmo completamente sozinho. Não tinha ninguém a quem recorrer para fazer com que se sentisse melhor a respeito de tudo. Não tinha mais o apoio confortável de Carly, não tinha mais sua turma de amigos sempre disponível... nem sua família parecia se reunir com tanta freqüência quanto antes. Como é que a gente faz para começar tudo de novo aos 27 anos? Era o que ele se perguntava. Como recomeçar do zero? Talvez não fosse possível. Caramba, que pensamento mais pavoroso. Ele tinha estragado tudo. Nunca ia ter o que Bud e Sean e Tony tinham. Ia se transformar em um esquisitão recluso. Ia acabar ansioso para assistir a Simon participando de seu torneio de boliche em Streatham em uma noite de sexta. Caramba... provavelmente ia terminar tendo Gervase como seu melhor amigo. Quem sabe até ia cortar o cabelo com topete e... Ai meu Deus. Por que diabos ele tinha resolvido ir para a Austrália? Por que não tinha simplesmente ficado, como qualquer ser humano normal, e dado continuidade a sua vida?

Ned marchou até o bar e pediu mais uma rodada de bebidas. Estava começando a entrar em pânico e ficar sentimental. Precisava ficar bêbado. Muito bêbado. Bêbado de dar vexame. Virou o copo antes de se afastar do balcão e pediu outro e, quando afinal se aproximaram do palquinho no fundo do bar, onde o *show* aconteceria, Ned estava decididamente desequilibrado.

Bud desapareceu depois de alguns minutos para ir conversar com alguns amigos e Ned e Gervase ficaram lá parados em um silêncio amigável, no fundo do salão, assistindo à banda de abertura. Havia algo estranhamente tranqüilizante na atmosfera daquele lugar, no fato de estar ali com Gervase no meio daquela gente estranha, assistindo a uma banda, sentindo-se bêbado. Ned virou-se para observar Gervase de perfil, com sua camisa roxo-berrante, seu cabelo bem aparado a navalha e suas botas de bico fino, e sentiu uma vontade repentina e irrefreável de abraçá-lo. Gervase virou-se para olhar para ele.

— Tudo bem com você?

— Ãh-hã. — Ned virou-se para o outro lado bruscamente e olhou para a banda.

Ele queria mesmo conversar com Gervase. Estava com aquela sensação de chocolate no estômago de novo e tinha tanta coisa na cabeça... Hesitou um instante antes de se virar de novo para Gervase.

— Será que... — começou — Será que eu estou usando capa hoje?

Gervase sorriu e examinou-o de cima a baixo.

— Está sim.

— Bom, e como é que você não disse nada?

— Achei que era melhor te dar uma folga. Dava para ver que eu estava te irritando.

— O que é que você está vendo?

— Que você está se sentindo assustado e patético.

Ned assentiu com a cabeça, concordando. Era exatamente aquilo que ele estava sentindo.

— Quer conversar sobre isso? — disse Gervase, fazendo uma careta ao dar a última tragada em um cigarro e o jogar no chão.

— Achei que você tinha dito que não gostava de conversar sobre essas coisas.

— Eu não disse que não gostava... disse que não era muito bom nisso. Diferença sutil, Ned. Mas eu sei ouvir. Eu sou um bom ouvinte. Você quer me contar o que está te deixando com tanto medo?

Ned olhou para ele pensativo e então assentiu com a cabeça.

— Mas você tem que prometer que não vai contar para ninguém. Nem para a minha mãe, nem para o meu pai, nem para os meus irmãos. Promete?

Gervase prometeu com a mão no coração.

— Eu sou a própria alma da discrição — respondeu. — Eu sou assim.

Então, com a boca a três centímetros da orelha de Gervase, para que ele pudesse escutar apesar da música ao vivo, Ned contou-lhe tudo. Falou de Carly e da noitada desastrosa dos dois, como ele sentia saudade dela e como tinha ficado assustado ao ver que estava perdendo o bonde, que todo mundo o estava deixando para trás. Falou de Mônica e de como ele tinha fugido e como agora estava sendo infernizado por mensagens de texto mal-educadas e partes nada saborosas da pessoa dela. Contou como tudo aquilo o deixara bravo mas, mesmo assim, não conseguia deixar de se sentir culpado nem de se preocupar com ela, como ela sempre estava na cabeça dele, como ele sentia que, apesar de ela estar do outro lado do planeta, não conseguia escapar dela. E conforme Ned ia falando, ia sentindo seus medos mais profundos se dissolverem em um monte de adubo quente, como se ele estivesse emocionalmente constipado e a orelha de Gervase fosse um copão de suco de ameixa. Ele nunca tinha se sentido daquela maneira antes, nunca tinha tido aquela sensação de honestidade total e completa e, mais importante, de ter alguém para escutá-lo de verdade. Era como se houvesse algum tipo de fiação de telégrafo invisível entre a boca dele e o ouvido de Gervase e seus pensamentos estivessem sendo transmitidos diretamente para dentro da cabeça de Gervase sem a falta de jeito de precisar transformá-los primeiramente em palavras carregadas. Ele se sentia como se sua boca e a orelha de Gervase estivessem sozinhas na sala, seladas hermeticamente em uma bolha quente e cor-de-rosa. Era como ter tomado uma pastilha de ecstasy, mas cem vezes melhor.

— Bom — disse Gervase, pensativo, quando Ned finalmente terminou de falar. — Muito bem, muito bem, muito bem. — Tirou um cigarro Chesterfield do bolso e acendeu. — Está se sentindo um pouco melhor agora?

— Hmm... estou. — Ned respondeu. — Com certeza.

— Que bom — disse Gervase, dando tapinhas em seu ombro. — Que bom.

Ned esperou um pouco, achando que Gervase fosse dizer algo, comentar a ladainha ridícula de humanidade que tinha despejado em cima dele. Mas ele não disse nada. Só ficou lá parado, fumando seu cigarro, assistindo ao *show*.

Ned sentiu-se desinflar um pouco. Mas daí Gervase virou-se e olhou para ele.

— A Mônica — disse —, ela não é sua responsabilidade, certo?

— É, mas *parece* que é. O tempo todo. Durante três anos, e até hoje. Não consigo me livrar dela.

— O que você deseja fazer, Ned, é *delegar*. Passar o bastão. Certo?

— Não. Do que é que você está falando?

— Estou dizendo o seguinte: você quer colocar a responsabilidade mas mãos de outra pessoa. A família dela, por exemplo. Dê uma ligada para eles. Diga que você está preocupado. Conte o que ela anda fazendo. Daí eles vão poder se preocupar, em vez de você. Você já fez a sua parte, Ned. Chegou a hora de passar o bastão.

Ned assentiu entusiasmado. Claro, pensou, os pais dela. Ele tinha o endereço deles em sua caderneta, em casa. Era o que ele tinha que fazer. Com certeza.

— E vou te dizer outra coisa, Ned. Você precisa tentar ser mais *filosófico* a respeito das coisas.

— Como assim? Refletir mais a respeito de tudo?

— Não, Ned. Pense *menos* a respeito de tudo. As coisas acontecem por alguma razão, Ned. Sei que isso é um clichê, mas é verdade. Existe um padrão na vida e se você simplesmente parar de se preocupar e de se estressar, se você conseguir relaxar um pouco, vai conseguir enxergar isso.

— O quê?

— O padrão, Ned... a merda do padrão. E você vai ver, se você for bonzinho, tudo vai dar certo no final. Deixe as coisas rolar, cara. Pare de tentar controlar tudo, solte-se, deixe a vida te levar. Você é um bom homem. Coisas boas vão acontecer com você. Relaxe.

Ned assentiu, mudo. Então a banda de abertura terminou seu show e Gervase foi para o bar pegar mais uma rodada e Ned ficou lá balançando levemente naquele mar de humanidade suada, ébria e levemente esquisita, sentindo-se completamente chocado. *Relaxe*, pensou, *deixe a vida te levar*. Mas não era exatamente o que ele vinha fazendo a vida toda? Aquela não era a História de Ned? Tudo que ele tinha feito nos últimos vinte e tantos anos tinha sido relaxar... e veja bem onde foi que a vida o levara: à merda de Wood Green.

— Tudo bem?

Ned olhou em volta e depois para baixo, para Bud.

— Tudo.

— Você está gostando?

— Estou — respondeu Ned. — É diferente. Mas estou gostando.

Bud sorriu para ele.

— Então — disse —, há quanto tempo você conhece o Gervase?

Ned deu de ombros.

— Há algumas semanas.

Bud pareceu um pouco surpreso.

— Ah — respondeu. — Certo.

— E você? — disse Ned, esperando Bud dizer que os dois se conheciam desde criança.

— Igual.

— O quê? Você está dizendo que acabaram de se conhecer?

— É. A gente se conheceu em uma feira de discos em Addington. Começamos a falar de música. Engraçado... tive a impressão de que vocês se conheciam há mais tempo. Que ele era algum tipo de amigo da família, sabe como é?

— Não — disse Ned. — Ele conheceu a minha mãe em um bar há três meses e ela alugou um quarto para ele. A gente só se conhece desde que eu voltei da Austrália. Engraçado... eu também achei que vocês já se conheciam há mais tempo. Vocês parecem se dar muito bem.

Bud assentiu com a cabeça.

— É, é isso aí! Acertou na mosca! — disse. — Nós funcionamos na mesma sintonia. — Agitou os dedos a partir da testa para demonstrar a sintonia. — É incrível, cara. Parece que a gente se conhece a vida inteira. — Bud então aprumou o corpo e alisou o topete, obviamente achando que tinha sido um pouco aberto demais a respeito de seus sentimentos por outro homem. — Mas ele é um cara legal, aquele lá. Diamante. Ouro puro. — Limpou a garganta e se virou para observar os *roadies* colocando o equipamento no palco, e Ned ficou lá pensando mais do que nunca quem diabos era Gervase e por que de repente parecia que ele o amava.

Esterco de cavalo em Beulah Hill

Ned acabou bebendo algo em torno de oito copos de cerveja naquela noite. Podem ter sido mais, ele não conseguia lembrar. Estava tão bêbado que tinha conseguido entrar no carro de Bud com facilidade no fim da noite e não sentiu nenhum desconforto no trajeto de volta. Só se lembrava de ter sido largado em Beulah Hill em algum horário não-especificado da madrugada e de ter caído diretamente em uma pilha que no começo pareceu ser de lama mas que logo se identificou como esterco de cavalo. *Esterco de cavalo.* Em Beulah Hill. No meio da noite. Puta que o pariu.

Precisou tomar um banho antes de dormir. Também não se lembrava muito daquilo, mas tinha a sensação desagradável de que Gervase talvez o tivesse ajudado a se despir. Tinha acordado de manhã completamente nu com o cabelo bem esquisito nos lugares que tinha secado encostado no travesseiro durante a noite.

Também tinha acordado com uma das piores ressacas de que se lembrava desde o tempo da faculdade. Fazia tanto tempo que ele não tinha uma ressaca daquelas que já estava começando a achar que não ficava mais de ressaca. Achou que tinha se acostumado a beber e metabolizar seu álcool como um homem de verdade. Mas o que percebeu enquanto contemplava a extensão de seu mal-estar naquela manhã é que simplesmente não costumava mais beber tanto quanto no tempo da faculdade. E também não bebia mais coisas que continham Pernod. Com o tempo, tinha estabelecido um teto subconsciente (que girava em torno de cinco copos), depois disso começava a tomar água ou ia para casa. Mas tinha se sentido tão intratável na noite anterior, tão sozinho e sem chão, que perdeu de vista seu limite costumeiro. E, de fato, por pior que estivesse se sentindo naquele momento, de certo modo estava feliz por ter perdido o controle. A noite tinha sido ótima, ótima de verdade.

Tomou outro banho, tentou dar um jeito no cabelo esquisito, vestiu-se e desceu para a cozinha. Era pouco depois do meio-dia e a casa parecia vazia. Deu uma olhada na geladeira, na esperança de avistar um pacote de bacon e quem sabe um ou dois ovos, não achou nada adequado, então desistiu e resolveu ir ao Crystal Palace mais tarde para um café-da-manhã reforçado. Levou uma xícara de café para a sala e mal acreditou no que viu.

Ness estava sentada na frente da TV, assistindo ao *Football Focus*, usando uma saia bem curta.

— Ness!

— Oi, Ned. — Virou-se e sorriu para ele, dando-lhe uma olhada rápida de cima a baixo. — A noite foi difícil?

Ned olhou para ela e por algum motivo sentiu o corpo todo corar, como em uma explosão. Ela estava sem sapatos e tinha enfiado uma das pernas compridas embaixo do corpo. O cabelo dela estava todo desgrenhado e desarrumado e, apesar de não ter uma beleza clássica, tinha alguma coisa inacreditavelmente *sexy* nela: a maneira como olhava para ele, como se ele fosse um mau aluno e ela, a professora gostosa de biologia. Os olhos dela eram verdes e cintilantes. Ela tinha cara de quem era fantástica na cama, alguém com quem dava para se divertir muito e uma ouvinte, tudo empacotado em uma pessoa só.

— Hmm, é. Dá para dizer isso. — Ele olhou em volta da sala e atrás de si. — O Tony está aqui?

— Não. Só euzinha.

— Desculpa, eu não percebi que você estava aqui... se não, teria te oferecido um café.

— Tudo bem — ela disse, apontando para uma caneca à sua frente. — A Bernie já me ofereceu um.

— Cadê a minha mãe?

— Está lá em cima, se arrumando.

— Vocês vão a algum lugar?

— Ãh-hã... é a nossa tradicional extravagância de compras no dia seguinte ao pagamento. Nós vamos a Bromley.

— Como assim? Vocês fazem isso todo mês?

— Fazemos. Nós duas recebemos no mesmo dia, todo mês, então a gente vai até a cidade fazer uns buracos nos nossos cartões de crédito.

— Legal — disse Ned, que era o único membro da família, fora o pai, que nunca tinha conseguido compreender a graça da terapia do *shopping*. Gastar dinheiro simplesmente era algo que o deixava estressado. Provavelmente porque ele nunca tinha nenhum.

— Então... o que você aprontou na noite passada, hein?

— Para falar a verdade, saí com o Gervase.

— É mesmo? — Ela sorriu para ele, surpresa. — E que tipo de lugar o misterioso Gervase freqüenta?

Ned sentiu o vermelhão ficar alguns tons mais forte sob o olhar interessado dela. Ela era mesmo completamente maravilhosa. Estava usando uma espécie de cardigã de lã sem, aparentemente, absolutamente nada por baixo. Os peitos dela, pelo que podia averiguar sem ficar boquiaberto, pareciam ser do tipo pequeno mas com formato perfeito, e havia mais do que a insinuação de um mamilo eriçado ali.

— Hmm, perdão? — soltou.

— Você e o Gervase... Aonde vocês foram?

Ele contou a ela a respeito de Robert Gordon e de Bud e de ir até Wood Green no carrinho apertado dele. Falou a respeito de cerveja e do esterco de cavalo e do banho no meio da madrugada e ela riu alto como se aquela fosse a coisa mais engraçada que já tinha ouvido na vida. Quanto mais ria, mais Ned rebuscava a história, até que no final ficou tão animado que se esqueceu que estava de ressaca.

— Meu Deus — disse ela, enxugando lágrimas dos olhos. — Que engraçado. De onde diabos veio o tal cocô de cavalo?

— Não faço a menor idéia. Talvez tenha caído de um avião. Sabe como é. Carregado de cavalos...

Ela teve um ataque de riso histérico de novo e Ned sorriu contente.

— Parece que vocês dois estão se divertindo — disse a mãe, entrando na sala, já de casaco.

— Bernie — disse Ness, levantando-se e mostrando toda a extensão vertiginosa de suas pernas. — O Ned caiu de cara no cocô de cavalo ontem à noite... logo ali. — Apontou pela janela para Beulah Hill, roncando de tanto gargalhar. — De onde você acha que veio?

Bernie olhou para a janela, surpresa.

— O quê? Bem ali na rua?

— É.

— Não faço a menor idéia — disse, começando a rir. — Mas pode ter certeza que tinha que ser o Ned para achar, hein?

Ela bagunçou o cabelo dele e ele fugiu de seu alcance.

— Certo — disse pegando a bolsa. — Vamos atacar as lojas.

Ness vestiu uma jaqueta castanho-amarelada que tinha exatamente o mesmo tom de seu cabelo e foi até o espelho quebrado em cima da lareira. Ned observou-a enquanto ela examinava os dentes e ajeitava o cabelo, torcendo-o para cima e enfiando alguma coisa no coque para fazê-lo ficar lá. Puxou algumas mechas que emolduraram seu rosto, ajustou o cardigã e a saia com um puxão e então pegou a bolsa. Engraçado, pensou Ned, mas Ness parecia pertencer àquele lugar de alguma forma. Ela se encaixava no ambiente com seu cabelo desgrenhado e suas roupas que não combinavam muito bem. Tinha o mesmo calor que aquela casa, passava a mesma sensação de aconchego e boas-vindas.

— Então, quais são os seus planos para hoje? — perguntou Bernie, tirando as chaves do carro da bolsa.

— Não sei bem. Acho que vou tomar um café-da-manhã aqui perto. Talvez vá cortar o cabelo...

— Ah, não vá cortar o cabelo — disse Ness, inesperadamente. — O seu cabelo é ótimo.

Ned corou e colocou a mão no cabelo.

— Você acha?

— Acho. É lindo. É engraçado, porque eu geralmente não gosto de cabelo comprido para homem, mas o seu combina mesmo com você. Não corte.

— Hmm, está bem — gaguejou Ned. — Não corto.

— Mas você devia pensar em acabar com o fungo — disse, repentinamente esticando a mão em direção ao queixo dele e passando os dedos por sua barba. Ned estava abismado demais para dizer qualquer coisa.

— Bem, divirta-se. E tome cuidado com o cocô.

Ela sorriu para ele e saiu da sala e Ned ficou lá sentado, sentindo-se levemente atordoado. Estava todo confuso e suado e nervoso. Tinha gostado da namorada do irmão. Tinha mesmo. Pelo amor de Deus... será que não era contra a lei gostar da namorada do irmão?

A buzina do carro da mãe tocou na entrada e Ned foi até a janela. Ness estava parada na rua, acenando para ele e apontando para o chão. Ned ficou se perguntando o que ela estava fazendo, até que apertou o nariz com os dedos e abanou a outra mão para expulsar um cheiro imaginário. Então ela jogou a cabeça para trás e riu e se acomodou no banco do passageiro do carro da mãe dele. Ned ficou observando enquanto o veículo dava ré na entrada e saía à rua. Ned ficou observando enquanto Ness colocava o cinto de segurança, conversava com sua mãe, ajeitava o cabelo com a ponta dos dedos, ria. Meu Deus. Ela era ótima. Ela tinha toda a certeza e a iniciativa que ele admirara em Mônica quando eles se conheceram, mas sem o lado negro. Dava para ver que o sol brilhava na alma dela: ela não parecia ter nem um osso obscuro ou cético no corpo. Ficou imaginando quantos anos ela teria. Achou que devia ter a idade de Tony, porque saía com ele, mas, na verdade, à luz do dia e fora de contexto, ela parecia bem nova... talvez na casa dos vinte. Talvez mais ou menos da idade dele...

Merda. Ele se sentiu ficar todo vermelho de novo. Estava chocado consigo mesmo. Nunca tinha ficado a fim de nenhuma das namoradas dos irmãos, nem as belezas estonteantes que Sean costumava levar para casa. Sempre achou que existia algum tipo de gene que impedia o interesse sexual em alguém que estivesse envolvido com outro integrante da família, isso era algo que só acontecia com gente esquisita em programas de TV de baixezas como *Jerry Springer*, que tinha vontade de fazer sexo com alguém que algum parente já tinha transado.

Pensou consigo mesmo: como é que funcionava aquele negócio de gostar da namorada do irmão? E o que aconteceria se Tony e Ness se separassem... será que ele teria o direito de ficar com ela sob essa condição ou será que ela ficaria fora do alcance dele para sempre? Por Deus, o que é que ele estava *pensando*?

Levantou-se e saiu pela casa procurando Goldie. Acabou encontrando o cachorro na área de serviço, em cima de uma pilha de lençóis limpos, e o arrastou até ficar em pé.

— Venha aqui, amigo. Vamos dar uma volta.

Goldie ganiu e assobiou e acabou conseguindo ficar em pé, deixando que Ned colocasse a coleira sem oferecer resistência.

Ned caminhou até o centro comercial, gostando da garoa fina que salpicava sua pele e umedecia suas roupas. Caminhava incrivelmente rápido, quase como se estivesse tentando queimar seus sentimentos a respeito de Ness. Caminhava com tanta rapidez, com a cabeça tão cheia de pensamentos estranhos e alheios, que pela primeira vez desde que voltara da Austrália conseguiu esquecer Mônica completamente. Ela poderia estar montada nos ombros dele com um chicote na mão, gritando "eia cavalinho", que ele nem teria notado. Seus pensamentos estavam dispersos, imaginando como daria à mãe a notícia de que estava saindo com Ness; como apertaria a mão de Tony e ele diria: "Muito bem, o melhor venceu"; como faria a mala e abandonaria Beulah Hill para sempre, como a família toda reunida na entrada, com expressão paralisada e braços cruzados; como seria fazer sexo com Ness; como seria quando Ness e Tony transavam, como seria ter filhos com Ness, se o pau dele era do mesmo tamanho do de Tony, se ele seria tão bom quanto ele na cama.

Amarrou Goldie na porta do café e mandou goela abaixo um café-da-manhã inglês completo, com uma xícara de chá adoçado, observando a rua lá fora através da janela embaçada enquanto pensava a respeito do fato de que Tony tinha um apartamento reluzente, um carro esportivo e sua própria empresa, ao passo que Ned tinha cabelo bacana, barriga achatada e diploma de faculdade. Ficou imaginando qual seria o tipo de apartamento em que Ness morava e se ele gostaria de viver em Beckenham ou não. Até se viu pensando a respeito do trajeto do metrô até lá e quanto tempo levaria do centro até Beckenham Junction e se ele conseguiria viver sem o ônibus 68.

Limpou o prato com um pedaço de torrada, saiu do café, desamarrou Goldie e começou o trajeto de volta para casa.

E, quando chegou, foi direto para o banheiro e raspou a barba.

Uma proposta aterradora

Como Ness ia fazer compras com Bernie em Bromley no sábado, e como naquela noite iriam jantar na casa de Rob e Trisha, Tony disse que a pegaria em Beulah Hill às sete.

O carro da mãe não estava na garagem quando ele chegou, então achou que as duas ainda estavam perdidas no nirvana do varejo em algum lugar, e usou suas chaves para entrar.

Foi direto para a geladeira, como sempre fazia quando chegava em casa, e deu uma olhada. Pacotes de presunto, potes de nata, frutas frescas, cinco tipos diferentes de queijo, restos de torta. Nham-nham. Resistiu à tentação de preparar para si um sanduíche enorme de queijo e maionese com o pão cortado em fatias grossas que estava na cesta de pão e, em vez disso, mordiscou um cacho de uvas.

Pegou o *Guardian* do pai e deu uma volta pela casa, outra coisa que ele sempre fazia. Caramba, não fazia a menor idéia de como eles conseguiam viver daquele jeito. E a coisa ia ficando pior conforme iam ficando mais velhos. Na verdade, ele se preocupava com eles... por enquanto eram jovens, estavam com a cabeça boa; mas o que aconteceria quando ficassem mais velhos, quando Ned não estivesse mais em casa para ficar de olho neles? A casa agora era esquisita, excêntrica... as coisas iam se empilhando e se acumulando, a louça era ignorada na pia, passar aspirador era um evento mensal, quando o carpete estava com sorte. Mas, mesmo assim, era aconchegante, confortável e relativamente limpo. E podia ser que não ficasse sempre assim. Havia um limite muito tênue entre coisas amontoadas e imundície. O que aconteceria se tudo ficasse nojento e anti-higiênico? O que aconteceria com mamãe e papai, então? Meu Deus, eles iriam acabar igual àqueles loucos que se vê em documentários, que têm ratazanas do tamanho de cocker spaniels vivendo dentro do colchão e os vizinhos mandam chamar o serviço social para dar um jeito neles. Caramba, eles iam se transformar em *ameaça à saúde pública*.

Tony deixou essas preocupaçõezinhas triviais de lado e foi para a sala. Onde encontrou Gervase esticado no sofá, todo vestido, de boca aberta, roncando bem alto com Goldie sentado em cima de suas pernas, babando.

Que beleza, pensou Tony, isso é mesmo uma beleza.

— Goldie! — ele ficou bravo, entrando na sala. — Saia já daí! — Bateu no quadril do cachorro com o *Guardian* até que ele finalmente arrastou sua carcaça velha e fedorenta da mobília para o chão.

Gervase se mexeu um pouco e fez um barulho de ronco desconcertante.

— Tony — disse ele, erguendo-se sobre um cotovelo e esticando o braço para pegar os cigarros. — Desculpe, cara. Não vi você entrar. Estava aqui tirando uma soneca. — Pigarreou, limpou o nariz com as costas da mão e acendeu um cigarro.

— É — respondeu Tony. — Eu reparei.

— Não era a minha intenção cair no sono desse jeito. A última coisa de que eu me lembro é de assistir à corrida. — Apontou para a TV, que estava exibindo um programa de calouros, *Stars in Their Eyes*. — A noite passada foi meio pesada. — Revirou-se no sofá, alcançou o controle remoto e desligou a TV. — Eu detesto esse idiota — disse, para dar uma explicação. — Então, você veio visitar a sua mãe, hein? Acho que ela saiu para fazer compras.

— É. Eu sei. Ela saiu com a Ness. Eu vim buscá-la.

— Que legal — disse Gervase, respirando fundo e ajeitando o topo do penteado à escovinha com a palma da mão. — Você vai levá-la a algum lugar legal?

— Quem?

— A Ness.

— Não. Não exatamente. A gente só vai jantar na casa de uns amigos.

— Bom... isso é legal, não é? Jantar na casa de uns amigos? Acho que eu ia gostar.

Tony ficou olhando para ele, pensando por um instante que Gervase estava se convidando, e então relaxou quando percebeu que não.

— E então, Tony. Tudo bem com você?

— Tudo bem. Tudo certo.

Houve um breve silêncio, durante o qual Tony sentiu o peso das convenções sociais forçando-o a perguntar como Gervase ia.

— E você?

— Eu? Eu estou ótimo. Especialmente agora que tirei um cochilo. Você está em forma. — Gervase o olhou de cima a baixo.

— É mesmo? — Tony deu tapinhas na barriga. — Você acha?

Gervase apertou os olhos para examiná-lo melhor.

— É, com certeza. Principalmente nesta região — apertou as próprias bochechas — do rosto. Você está de regime?

Encorajado pelo elogio inesperado, Tony relaxou um pouco e se jogou na poltrona na frente de Gervase.

— Não. Não é bem um regime. Só estou tomando cuidado com o que como. Sabe como é.

Gervase assentiu com a cabeça, dando força.

— Mas eu, hmm... — Tony fez uma pausa, perguntando-se por que estava prestes a dizer aquilo a Gervase, mas dizendo mesmo assim. — Para falar a verdade, entrei para um clube de emagrecimento.

— Ah é?

— É. A primeira aula é na segunda.

— É? Eu ouvi dizer que esses clubes de emagrecimento funcionam. Que bom para você. — Gervase deu-lhe um de seus sorrisos rígidos e desajeitados e Tony sentiu-se desproporcionalmente contente.

— Mas não vá contar para a minha mãe, tá? — disse ele. — Ela vai ficar toda preocupada. Você sabe como as mães são. E não conte para o Ned. Ele vai ficar tirando sarro de mim.

— Claro que não. Seu segredo está a salvo comigo. Os segredos de todo mundo estão a salvo comigo...

— Como assim?

— Nada, cara, nada. É só que eu sou um homem muito discreto. Eu sou a verdadeira *alma* da discrição.

Ficaram em silêncio por um instante. Tony examinou as unhas e ergueu os olhos para ver que Gervase o estava encarando com toda a atenção, com uma expressão muito preocupada no rosto.

— Tudo bem com você, Tony?

— Tudo. Eu estou ótimo — respondeu, seco.

E então Gervase se levantou do sofá repentinamente, o cigarro pendurado no canto da boca, caminhou na direção de Tony e colocou a mão no topo da cabeça dele. Tony queria reagir de alguma maneira, reclamar, mas havia algo no toque de Gervase que o deixava todo líquido e ineficiente. Era como se Gervase estivesse retirando toda a negatividade dele e o deixando só com as raspas e restos de coisas boas que ele ainda tinha boiando em algum lugar lá dentro.

Ouviu Gervase tomar fôlego.

— Caramba, Tony, você precisa parar com isso!

— Parar com o quê?

— Com essa loucura. Não vai dar certo.

— O quê? O clube de emagrecimento?

— Não. Não é o clube de emagrecimento. O clube de emagrecimento é uma ótima idéia, Tony. Falando sério. Não... você precisa parar com essa obsessão. Tirar isto da cabeça.

Tony se encolheu.

— Não sonhe alto demais, cara. Desse jeito, a única pessoa que vai se magoar é você, sabe?

— Do que é que você está falando?

— Não sei do que estou falando. Só sei que estou certo. O que eu estou dizendo é certo. Você é que tem que saber de que merda eu estou falando. Certo?

— Certo. — Tony ficou impressionado, incapaz de responder ou de reagir de qualquer maneira.

— Olhe em volta de si, cara. Olhe para o que é de verdade. Você tem tudo. Não tem?

— Tenho.

— Você tem mais do que a maior parte das pessoas. Não precisa de mais nada.

E então Gervase de repente retirou as mãos da cabeça de Tony e começou a dar tapas nela.

— Merda... desculpa, cara... caiu um pouco de cinza aí. Mas está tudo bem... não está saindo fumaça nem nada.

Deu uns tapinhas nas costas de Tony e voltou para o sofá. Tony passou os dedos no cabelo com força e estremeceu.

Antes de ter a oportunidade de interrogar Gervase a respeito daquela coisa bizarra que tinha acabado de acontecer, houve uma comoção na porta da frente e gritinhos estridentes animados e femininos. A mãe e Ness.

— Olá, rapazes — disse a mãe, entrando na sala com umas dez sacolas de compras e um corado de vinho tinto nas bochechas. — Oi, querido — abaixou-se para dar um beijo no topo da cabeça de Tony. Deu uma boa cheirada no cabelo dele. — Ah, Tony, você não voltou a fumar, não é, querido?

— Não — balbuciou. — Não voltei.

Ness entrou depois da mãe, com aproximadamente o dobro de sacolas do que ela e um corado de um vinho tinto ainda mais forte. Jogou os braços em volta do pescoço dele e lhe deu um beijão estalado nos lábios.

— Oi, bonitão.

Ela cheirava a vinho e alho e ele resistiu à tentação de lhe lançar um olhar de escárnio.

— Oi — murmurou.

— Alguém quer café? — perguntou a mãe.

— Quero sim, por favor — respondeu Ness. — Desculpe pelo atraso. A Bernie me arrastou para o All Bar One e me forçou a beber vinho.

— Ah, sei, e até parece que eu precisei insistir muito — disse Bernie, rindo e desaparecendo no corredor.

— Então, acho que hoje quem dirige sou eu, hein? — disse Tony, de maneira um tanto desnecessária, uma vez que já tinha se oferecido para dirigir naquela mesma manhã.

— Ninguém pediu para você dirigir, Tony — disse Ness, chutando os sapatos para longe e se sentando ao lado de Gervase. — Eu disse que não me importo em pagar o táxi. Oi para você — disse, inclinando-se para dar um beijo em Gervase. — Espero que o seu humor esteja melhor do que o do velho rabugento aqui.

— Eu sempre fico de bom humor quando vejo você, lindona. Uau!

— Ui! — respondeu Ness, sorrindo e dando-lhe um abraço rápido.

Ah, pelo amor de Deus. Tony não conseguia agüentar aquilo. Que porra, esse Gervase. O que tinha sido aquela coisa de colocar a mão na cabeça dele e todos aqueles avisos idiotas? E Ness, bêbada de novo e toda amiguinha da mãe. E se jogando para cima de Gervase. Olhe só para ela. O que é que aquele fulano tinha? Extraía confidências dele, tomava conta da casa de seus pais, flertava com sua namorada?

Ficou observando os dois todo incomodado, dando risadinhas, Os olhos de Gervase desviando para as pernas longas e bem torneadas em intervalos de poucos segundos. Por algum motivo inexplicável, Tony de repente sentiu-se consumido pelo ciúme.

— Vamos lá — disse ele levantando-se abruptamente. — Vamos sair.

— O quê? — disse Ness, olhando para o relógio. — Mas ainda temos meia hora antes do horário marcado.

Tony respirou fundo.

— Não faz mal. Eu vou devagar. Vamos sair daqui.

Ness trocou um olhar com Gervase e se levantou.

— Sim *senhor* — respondeu, levantando-se em posição de sentido. — Mas deixa eu me trocar primeiro... quero colocar minha saia nova.

Tony suspirou e se sentou.

— Tudo bem. Mas ande logo.

Ness agarrou uma de suas inúmeras sacolas e foi para o banheiro do andar de cima. Gervase ficou olhando para Tony, pensativo.

— O que é? — perguntou Tony.

— Ela é uma boa moça, a sua Ness. Você devia ser um pouco mais legal com ela. Você vai perdê-la se não tomar cuidado.

— *Caramba!* — disse Tony, finalmente perdendo a paciência e sentindo todo o sangue subir-lhe à cabeça de tanta raiva. — Qual é o seu problema, hein? Você não tem a sua própria vida com que se preocupar? Hein? Não tem família para infernizar? Quer dizer, que negócio foi esse agora mesmo, com a... *cabeça* e tudo o mais? — Agarrou os cabelos, exasperado. — E que diabos está acontecendo entre você e a Ness, hein? Sempre fica se jogando para cima dela, e esse negócio de "lindona". E não fique achando que eu não vi como você olha para as pernas dela. Cara. Quer dizer... só... *o quê*?! Qual é o seu problema? *Quem diabos você é*?!

— Tony! — disse a mãe, entrando na sala, segurando duas canecas de café. — O que é que está acontecendo aqui?

— Nada — disse Tony, abandonando sua pose-de-homem-assustador e se jogando com petulância em sua poltrona. — Nada. Só... só. Nada.

— Acho que o Tony estava querendo saber qual é a minha, para falar a verdade, Bern. Mas quem pode julgá-lo? É uma pergunta que eu mesmo me faço. O tempo todo.

— Estou pronta — disse Ness, entrando na sala usando uma saia ainda mais curta do que a que usava antes, o que era um grande feito. — Vamos.

— Você vai mesmo sair assim? — perguntou Tony, olhando estupefato para as pernas dela.

— Vou. Por quê?

— É que... bem... é meio *curta*, não é?

— Ah, Tony, fale sério. Olhe só para estas pernas — disse Bernie. — São incríveis. A Ness devia mesmo exibi-las.

— Quem sabe há dez anos — murmurou ele baixinho.

— Ai, meu Deus, Tony. — Ness ergueu as sobrancelhas para o teto. — Você está mesmo com um humor dos infernos hoje à noite, hein? Está certo — disse, virando-se para Bernie e Gervase. — Vou tirar este idiota infeliz daqui. A gente se vê em breve. Vamos lá, seu velho rabugento.

Ela fez um gesto para Tony e ele se levantou da poltrona com um gemido.

Foram até a casa de Rob e Trisha quase em silêncio total. Tony sabia que tinha agido como um idiota completo e sua mente estava cheia de desculpas, mas parecia impossível transmiti-las para a boca. Ele detestava a maneira como Ness fazia aquilo com ele. Não importa o que ele dizia ou o que sentia ou o quão ridículo era, ela simplesmente ignorava. Ela era como Tefal humano: ele simplesmente deslizava por cima dela. Se pelo menos ela ficasse brava. Se pelo menos ela ficasse magoada. Se pelo menos ela dissesse: "Meu Deus, Tony, eu não mereço ser tratada dessa maneira, estou indo embora." Mas ela não fazia nada disso, só afagava o cabelo dele e dizia que era rabugento e fazia com que ele se sentisse como um ser humano normal.

E era provavelmente por isso que eles ainda estavam juntos. Qualquer mulher normal já teria caído fora há séculos. Mas não Ness. Ness só continuava a amá-lo, sem cessar. Ela tinha uma reserva infinita de amor. E não só por ele. Por qualquer pessoa. Os pais dele, motoristas de táxi, animais amarrados na frente de supermercados, gente na TV, *Gervase*. Ela era uma enorme máquina de exalar amor. E ah, pelo amor de Deus, ele bem que podia dispensar aquilo, ele podia dispensar *Ness*.

Ele não queria uma enorme máquina de exalar amor. Ele queria uma mulher que não agüentasse todo o mau humor dele, que não o forçasse a se comportar como uma pessoa adequada e decente. Ele queria uma namorada de mau humor, pele cor de mel, grávida, com o apartamento cheio de coisas lindas. Se ele estivesse com Millie, pensou, seria magro, usaria roupas bacanas, e por mais de mau humor que estivesse, por pior que tivesse sido o dia dele, com certeza ia ficar feliz ao chegar em casa porque Millie estava lá. Se ele estivesse com Millie, seria uma pessoa diferente. Tudo nele seria diferente. Tudo nele seria melhor. Só o fato de estar na presença dela já fazia com que se sentisse alguém completamente novo.

Estar na presença de Ness fazia com que ele se sentisse o maior panaca que já existiu na humanidade.

— Tony — disse Ness, rompendo o silêncio. — Eu sei que este não é provavelmente o melhor momento para tocar neste assunto. Eu sei que você está de mau humor, mas, vamos encarar, se eu fosse esperar você ficar de bom humor para conversar sobre qualquer coisa, a gente nunca mais ia se falar. Mas andei pensando. Você reparou que a gente não tem saído muito ultimamente? E que você tem andado mesmo muito ocupado no serviço? Bem, eu estou sentindo muito a sua falta, mesmo. Sabe-se lá por quê, mas sinto. E eu estava pensando que a gente já está junto há quase um ano e talvez esteja na hora de a gente pensar em, talvez, sabe como é, *morar junto*?

Tony absorveu a pergunta, lenta e cuidadosamente, digerindo-a como um enorme pedaço de carne bem borrachuda. Certo, pensou, não entre em pânico. Só não entre em pânico. Apenas assinta com a cabeça, lentamente, faça o sinal, fique com cara de quem vai pensar no assunto e não diga nada.

— Então... o que você acha? Quer dizer, eu cansei de viver carregando uma mala. E daí a gente não ia precisar se esforçar muito para se ver. A gente meio que simplesmente ia estar lá. A nossa vida ficaria muito mais fácil...

Tony assentiu com a cabeça lentamente mais uma vez, resistindo à tentação de abrir a porta e se jogar do carro em movimento.

— Hmm — conseguiu resmungar. — Deixe eu pensar um pouco sobre isso.

Ness sorriu para ele e apertou sua coxa.

— Pense sobre o assunto. Demore o quanto quiser.

Tony sorriu tristonho e desejou estar morto.

Passando o bastão

Ned dobrou o cabelo de Mônica dentro de um envelope pardo e o fechou. Então pegou uma folha de papel de carta chique da mãe e escreveu a seguinte mensagem:

Segunda-feira, 30 de abril

Caros senhor e senhora Riley,
Oi, aqui é o Ned, o namorado da Mônica. Bem, ex-namorado, para ser mais preciso. As coisas não deram muito certo entre a gente, infelizmente. Como vocês sabem, a Mônica teve muitos problemas para se ajustar à vida na Austrália e, bem, à vida de maneira geral, e isso exerceu certa pressão sobre o nosso relacionamento. Então eu acabei com o namoro há algumas semanas e voltei para a Inglaterra. Ainda estou me sentindo muito culpado e muito mal. A Mônica é uma pessoa instável e estou mesmo muito preocupado com ela. Ela não tem muitos amigos na Austrália — tem alguns, mas ninguém que esteja preparado para cuidar dela de todo o coração, e ela pode dar um pouco de trabalho, como vocês bem sabem.

Mas agora eu estou ainda mais preocupado. Desde que voltei para casa, a Mon fica me mandando umas encomendas.

Umas encomendas bem esquisitas. Cabelos, cílios, outros pedaços do corpo (não carne). E ela fica me infernizando com mensagens de texto incrivelmente cruéis. Parece que isso nunca vai parar e, apesar de uma parte de mim ter mesmo muita vontade de ligar para ela e conversar e tentar resolver tudo, eu sei que isto só pioraria as coisas. Ela depende mesmo muito de mim e ligar para ela vai significar apenas dar-lhe um pouco do que está fazendo falta na vida dela: a minha atenção.

Então, achei que talvez fosse melhor se vocês tomassem conta do assunto. Ela respeita muito vocês dois, eu sei disso, e ela ficaria chocada de verdade se soubesse que vocês estão cientes do comportamento dela. Para ser honesto, acho que a melhor coisa para ela seria voltar para casa e passar um tempo com a família.

Bem, mas eu acho que vocês não precisam de mim para dizer o que vocês devem fazer. Ela filha e responsabilidade de vocês. Vocês farão o que é mais adequado.

Espero de verdade que tudo dê certo para a Mônica. Ela é uma garota ótima e eu a adoro.

Coloquei junto um envelope com o cabelo dela. Achei que ia ficar melhor com vocês do que jogado embaixo da minha cama.

Sinceramente,

Ned London

Ned dobrou a carta, colocou em um envelope e colocou dentro de um envelope maior junto com o cabelo. Fechou o envelope grande e enfiou na mochila. Colocou o casaco, saiu de casa e jogou o envelope na primeira caixa de correio por que passou. Deu um suspiro de alívio quando o envelope caiu pelo buraco negro para a escuridão lá embaixo.

Ela tinha ido embora.

Mon tinha ido embora. Ela e toda sua raiva, suas neuroses e sua paranóia pertenciam a outras pessoas agora. Às pessoas que a tinham criado. E, pela primeira vez desde que colocara os olhos nela, em Leicester Square, tantos anos antes, Ned estava livre.

Colocou a mochila de novo no ombro e foi até o ponto do ônibus 68. Caminhava quase saltitante. Sentia-se leve. Sentia-se eufórico.

Estava indo para o centro, para uma reunião em uma agência de empregos que Tony recomendara. Estava indo em direção a seu futuro brilhante, novo, sem Mônica. Já estava na hora de colocar a vida de volta nos trilhos.

Testes de digitação e origami

— Então — disse a moça com blusa decotada e cheia de babados, que se chamava Emma e parecia ter uns treze anos de idade —, fale a respeito da sua experiência.

Ned se remexeu na cadeira. Experiência. Bem, pensou, aquilo podia querer dizer muitas coisas diferentes. Eu podia, por exemplo, contar a respeito da minha noitada de sexta com um punhado de *rockabillies* na casa dos quarenta, quando fiquei tão bêbado que caí do banco de trás de um carrinho minúsculo e aterrissei de cara em uma pilha de cocô.

Ou então podia falar a respeito de morar com um estranho catarrento e tatuado que fuma um cigarro atrás do outro, que consegue enxergar meus medos mais particulares e parece ser a única pessoa no mundo inteiro que me entende de verdade.

Podia também contar a respeito do fato que, hoje de manhã, abri um pacote que continha um absorvente interno usado da minha ex-namorada. Foi superlegal.

Ou então, podia falar da noite em que saí com a minha ainda mais ex-namorada para descobrir que ela estava apaixonada por um cara chamado Drew que a leva para passar feriados em Zanzibar.

E o que você acha de eu gostar tanto da namorada do meu irmão que comecei a me masturbar pensando nela umas três vezes por dia e fantasiar a respeito de morar em Beckenham. *Hmm, será que essas experiências bastam para você?* era o que ele queria dizer. *Será que está bom?*

— Hmm — coçou a cabeça, percebeu que aquilo não parecia nada profissional e transformou o gesto em uma alisada no cabelo. — Bom, eu trabalhei na Sotheby's uns meses depois de me formar.

Emma e seus seios assentiram, pensativos.

Ned sentiu seus olhos começarem a se desviar levemente enquanto pensava em alguma coisa de peso para dizer.

— E depois eu parti para uma carreira no varejo.

— Ãh-hã. Que tipo de varejo?

— Bem. — Ele abriu as câmaras de sua mente e tentou extrair a informação relevante. — Música. Hmm, alimentação. Vestuário. Arte. Mobiliário. Ah, é, e antiguidades. Passei um bom tempo trabalhando com, hmm, antiguidades.

Emma ergueu uma sobrancelha para ele e então olhou para o currículo dele.

— Estou vendo — disse. — E isso seria para o Sr. G. London.

— É. Isso mesmo. O meu pai.

Ela deu um sorriso incentivador para ele.

— E daí você foi para a Austrália, sei.

— É. Em 98.

— E que tipo de coisa você fez na Austrália?

— Bom, hmm, *varejo*. Principalmente.

Ele sorriu para ele e assentiu com a cabeça.

— Equipamento esportivo. Arte. Alimentação. Um pouco de trabalho com bebidas. E, antes de ir embora, eu estava trabalhando havia uns meses em um cyber café.

— E que tipo de posição você ocupou junto a esses diversos varejistas?

Caramba, ele pensou. Aquilo era um pesadelo. Um pesadelo completo. Tinha achado que o currículo bastaria. Estava tudo lá, achou, cada mínimo detalhe patético de sua carreira retardada. Por que é que ela precisava lhe fazer todas aquelas perguntas? Percorreu freneticamente todas as facetas de sua carreira no varejo tentando encontrar aquela única ocasião em que ele tinha se erguido acima das fileiras do "cara que ficava lá seis meses e caía fora antes de as coisas começarem a ficar sérias".

— Ah, principalmente com consultoria — respondeu, fazendo sinais furiosos com a cabeça. — Eu prefiro ficar no nível básico. Gosto daquela conexão cara a cara com o consumidor. Bem... gostava. Gostava. Claro que, agora que passei um tempo fora, estou em busca de algo mais, hmm... substancial. Sabe como é. — Esfregou o queixo recém-barbeado e apertou os olhos para examiná-la melhor.

— Sei, claro que sei — respondeu. — Estou vendo que você está disposto a seguir em frente. E qual é o tipo de progressão na carreira que você tem em mente?

— Bom, de uma maneira *ideal*, eu gostaria de sair do varejo e passar para algo um pouco mais... — *Adulto*, era o que ele tinha vontade de dizer. *Um emprego de homem, com caminhões de dinheiro e secretárias e viagens de negócios. Por favor.* — Algo um pouco mais... Bem, vamos colocar da seguinte maneira: minha ambição não é assumir uma posição de gerência no varejo. Não que haja alguma coisa errada na posição de gerência. Mas sabe como é, tantas chaves, trabalhar aos sábados, é meio... — Obrigou-se a fazer uma pausa e respirou fundo. — Estou procurando um trabalho em escritório. Algo assim.

— Certo. — Ela rabiscou alguma coisa em um pedaço de papel. — E que tipo de experiência você tem que pode ser relevante para o ambiente de escritório?

— Bem, eu sei mexer no computador.

— Tem experiência com assistência técnica?

— Tenho. Eu sei mexer no computador.

— Você levaria em consideração um emprego na área de assistência técnica de informática?

Assistência técnica de informática... não eram aqueles caras convencidos sem namorada que detestavam qualquer pessoa que não soubesse tanto sobre computadores quanto eles? Os caras que eram pagos para dizer a secretárias apavoradas para dar um *boot* no computador sempre que alguma coisa dava errado? Hmm, não, pensou Ned. Não, muito obrigado.

— É — disse, tentando parecer otimista. — Eu com certeza levaria em consideração.

— Que bom. E você é bom na digitação?

— Bem, eu consigo digitar. Não fiz aula de datilografia nem nada, mas sou bem rápido.

Ela sorriu com o que pareceu ser deleite genuíno.

— Que maravilha! Então vamos fazer um testezinho com você, pode ser?

— Um teste?!

— É. Nada com que se preocupar. Só demora uns minutos.

Ned engoliu em seco. Por que é que o estavam obrigando a fazer um teste? Ele não queria *ser* secretário... ele queria *ter* uma secretária.

Emma se levantou e ficou olhando para ele, radiante, e o conduziu através dos escritórios chiques até uma salinha pequena e meio funesta que continha uma mesa, uma cadeira e um computador solitário. Ned sentiu a garganta apertar e começou a entrar em pânico. Aquilo era como lhe pedirem para prestar vestibular sem ter estudado antes. Um teste. Merda. Além dos exames da universidade, ele não se lembrava qual tinha sido a última vez que tinha feito uma prova... talvez o exame de direção quando tinha dezessete anos, e aquela tinha sido a experiência mais apavorante de toda a sua vida. Na verdade, quando Ned pensava a respeito daquilo, achava que a melhor coisa a respeito de ficar mais velho provavelmente fosse não precisar mais fazer testes.

Emma usou o *mouse* para abrir um programa chamado "Teste de Digitação de Trish", que era conduzido por uma mulher em desenho animado com óculos de chifre e covinhas desenhadas e cabelo tigelinha.

— Oi — ela disse com um sotaque eletroamericano. — O meu nome é Trish. Bem-vindo ao meu teste. Por favor, acomode-se.

— Certo — disse Emma. — Vou deixar você fazer o teste. É só seguir as instruções na tela. E não se preocupe se você fizer alguma coisa errada. É só reabrir o programa. Certo? — Exibiu os dentes para ele e ele fez o mesmo, em resposta.

Depois que ela deixou a sala, ele estudou a tela e estalou os dedos. Certo, pensou, um teste de digitação. Trish sorriu para ele de um jeito enervante e apareceu com um texto, dizendo-lhe em um tom de voz verdadeiramente irritante e arrogante para relaxar, não se preocupar e não voltar para corrigir os erros conforme ia avançando. Um reloginho começou a fazer seu tique-taque marcando os segundos e Ned sentiu suas entranhas se apertarem em pavor completo. Respirou fundo e começou a digitar.

No meio do caminho, xingou e enxugou uma camada de suor da parte de cima do lábio. Aquilo estava péssimo, pensou, absolutamente péssimo. Suas mãos tinham ficado rígidas e não obedeciam a seu comando. Seu cérebro parou de interagir com elas a certa altura e ele só ficou lá, com os dedos pairando inutilmente sobre o teclado esperando instruções da central de controle da missão. Tentou memorizar frases inteiras para não precisar ficar olhando a caixa de texto e manter os olhos apenas no teclado, mas nunca conseguia guardar mais de três palavras por vez.

Depois de cinco minutos, eis o que estava em sua tela:

Atualemhte, o mundo doas aromas está sendo redescoberto. Os exploradores de casada e pioneiros foram os precursore da onda. Foram os primeros a perseber que o sentido do olfato podia ser teriando pata ser receptivo a parezeres e experiências assim como podemos fazer cin no ssos outros sentidos. Aprenderam a colocar ao seu redor cheiros em escala que o mundo ocidental n~çao via havia centenas, talvez miulhares de anos. Usadam os cheiros com a mesma liberdae que as pessoas de algumas civilizações antidas usavam muoiro antes do mascimento de Jesus Cristoi. Mas eles tinham uma vantagem sobrfe esse pobos antigos; Vivemndo ba segunda metade do século 2-0, eram capaxes de doispor de produtos aromáticops em uma variedade cunca nates conhecida.

Cinco minutos... para digitar 120 palavras. Aquilo era... aquilo era... uma merda. Ele podia dar um jeito naquilo, mas era patético demais. Respirou fundo, olhou torto para Trish e recomeçou. Dessa vez, demorou cinco minutos e vinte segundos. A terceira tentativa demorou seis minutos e onze segundos e estava prestes a fazer sua quarta tentativa quando Emma entrou de novo na sala.

— Então — ela disse, olhando para ele como se estivesse botando muita fé em sua capacidade de digitar. — Como foi?

Ned coçou a cabeça.

— Hmm, acho que não muito bom...

Emma sentou-se e, estoicamente, não alterou a expressão frente aos resultados pobres, examinando-os com ar de quem estava pronta a acreditar que, secretamente, talvez Ned fosse um ás da digitação.

— Bem — disse ela, rabiscando alguma coisa e sorrindo para ele. — Dá uma média, levando em conta que é o seu primeiro teste, de umas vinte e cinco palavras por minuto. E eu sei como esse tipo de teste pode ser decepcionante. Então, vamos colocar aqui que você digita trinta e cinco palavras por minuto?

— Pode ser — respondeu Ned, querendo cair de joelhos, enfiar a cabeça entre as pernas dela e não soltá-la nunca mais. — É. Seria ótimo.

— Que bom. — Ela se levantou. — Certo. Vamos voltar para o meu escritório e ver se a gente arruma alguma coisa para você.

Duas horas depois, Ned se viu sentado na recepção de uma empresa fonográfica nas proximidades de Soho Square. Emma tinha mesmo conseguido achar "alguma coisa" para ele; mas, por mais que Ned tivesse usado todas as suas forças para encontrar alguma espécie de emprego proveitoso, dar um salto na escala da carreira e dar prosseguimento ao restante de sua vida, não estava exatamente preparado para começar naquele mesmo dia. Não estava mentalmente preparado para dar início ao resto de sua vida por enquanto. Queria mais um dia para vagar por aí sem fazer nada. Ou quem sabe dois.

Teria se vestido de outro jeito se achasse que ia começar a trabalhar naquele dia, teria colocado cuecas diferentes, provavelmente, sapatos diferentes. No entanto, pensou, eram 8,50 por hora. Disso não dava para reclamar. E era só durante uma semana. Talvez na sexta eles já não tivessem mais trabalho para ele e ele ia poder esticar o fim de semana.

— Ned London? — Um homem de uns quarenta anos com corte de cabelo mais comprido na parte de trás, vestido dos pés à cabeça em Diesel, entrou na recepção com ar de completa e total indiferença. Ned suspeitou de que receber funcionários temporários devia ser uma das coisas que ele mais detestava no mundo. — Você veio da agência, certo?

— É. Da agência. Oi. — Ned se levantou e estendeu a mão.

— Oi. Certo. Já está na hora do almoço. Tem um monte de coisa para fazer, merda. Você vai ter que se matar. Por aqui.

Caramba, pensou Ned, seguindo-o através de corredores cobertos de discos de ouro e de pôsteres, o que há de errado com esse cara? Não é minha culpa se já está quase na hora do almoço. Não é minha culpa se ele não se organizou para arrumar alguém para de manhã cedo.

A única coisa que Emma tinha lhe dito a respeito do trabalho é que ele ficaria no departamento de relações públicas, ajudando em um "projeto muito importante". Ned imaginou um enorme escritório aberto, cheio de garotas bonitas da indústria fonográfica atendendo ao telefone e falando com jornalistas da *Q* e do *NME*. Imaginou-se recebendo uma lista de jornalistas, ligando para todos eles para falar de alguma banda nova, bacana, e tentando marcar entrevistas e sessões de fotos.

— Certo — disse o homem do cabelo comprido, que ainda nem tinha se apresentado. — É aqui que você vai trabalhar nesta semana. — Abriu a porta do que parecia ser algum tipo de armário de suprimentos e acendeu a luz... para revelar algo que indiscutivelmente era um depósito. — Certo. Temos três grandes lançamentos para o fim de junho. Um álbum, dois *singles*. Os kits de imprensa precisam estar na mesa dos jornalistas até segunda, no máximo, se não estamos fodidos. Certo? Então... — levou Ned até um canto do depósito, abriu uma caixa de papelão com um estilete e tirou um pedaço de papel-cartão azul-escuro com o logotipo da empresa impresso. — Comece montando as pastas. — Dobrou com desenvoltura aquele pedaço de papel-cartão transformando-o em uma pasta. — Estão todos aqui nestas caixas. Tem que ter mil. Avise alguém imediatamente se você achar que falta algum. Daí você precisa anexar as informações à imprensa. — Abriu outra caixa de papelão e tirou uma enorme caixa da Kodak cheia de fotografias de algum moleque de doze anos usando gel no cabelo e bijuterias. — A biografia vai embaixo, o *release* vem depois, daí você coloca uma foto, um CD e um cartão de visitas. Precisa grampear o cartão de visitas aqui nesta aba. Certo? — Fechou a pasta com um estrondo e lançou um olhar acusatório para Ned, como se estivesse esperando que ele dissesse que não, que não estava nada certo, que a foto devia ir no meio.

Ned deu de ombros e assentiu com a cabeça.

— Certo — respondeu.

— Muito bem. Que bom. Depois que você terminar aqui, venha falar *comigo.* — Apontou para si mesmo para o caso de Ned ter alguma dúvida a respeito da pessoa sobre quem ele estava falando. — Eu fico na sala do corredor. Certo? A máquina de fotocópia também fica lá, para o caso de faltarem *releases.* A máquina de café fica ali no canto, à esquerda. O banheiro fica no *hall* por onde a gente acabou de passar. Certo?

— Certo.

— Então está bem. — O cabelinho comprido olhou para Ned de um jeito desconfortável, como se tivesse acabado de perceber que ele era um ser senciente, enfiou as mãos nos bolsos de suas calças descoladas e saiu da sala.

Ned olhou em volta de si, desconsolado. Que lugar mais horroroso. Nem tinha janela. E lá fora o dia estava lindo de verdade, aquele tipo de dia que tenta introduzir a primavera e que dá vontade de abrir todas as janelas e sentir o sol na pele. E ele estava enfiado naquela sala cheia de caixas de papelão para montar mil kits de imprensa para algum idiota constipado com um corte de cabelo que seria adequado para alguém com dez anos a menos do que ele. Ótimo. Será que as pessoas que trabalhavam nas agências de serviços temporários faziam alguma idéia de como eram os lugares para onde elas mandavam gente? Elas ficavam o dia inteiro em seus escritórios confortáveis, todas sorridentes e simpáticas. Ludibriavam os candidatos em uma espécie de noção de fazer parte daquilo, lhes davam segurança, e depois os colocavam na rua, para trabalhar em lugares hostis cheios de pessoas antipáticas, para ser a representação mais baixa de todas as formas de vida: um funcionário temporário.

Pegou uma pasta de papel-cartão da caixa, estudou-a por um instante e a dobrou no formato exigido. Merda... nem era difícil. Era canja. Ele nem ia ter o desafio de dominar alguma técnica de dobradura em forma de origami enquanto estivesse lá. Sentou-se no chão e deixou a cabeça cair entre os joelhos. Então, lá estava ele. O primeiro dia da grande vida de adulto de Ned London e ele estava enfiado em um depósito, dobrando coisas, igualzinho a quando trabalhava na Benetton, em 1995.

Levantou-se e tentou pensar de maneira positiva. Pense no seu currículo, pensava, pense em colocar a Electogram Records lá. Nunca se sabe com quem você vai topar na máquina de café. Alguém pode ir com a sua cara e oferecer um trabalho de verdade, com uma mesa. E janelas. Nunca se sabe. É um começo, pensou com seus botões, é uma merda, mas pelo menos é um começo.

Foi até a máquina de café e pegou um chocolate quente e voltou e dobrou mais uma pasta, imaginando onde diabos aquele capítulo particularmente lúgubre de sua vida o levaria. Sua mente vagava enquanto ele fazia mais algumas dobraduras e ele começou a imaginar a vida que tanto o tinha petrificado na noite de sexta em Wood Green, a vida de ficar assistindo ao torneio de boliche de Simon e de acompanhar Gervase em um corte de cabelo. Agora ele podia ficar sentado sozinho em uma sala sem janelas dobrando pedaços de papel-cartão o dia inteiro, por causa daquele seu vislumbre insípido do futuro.

Suspirou, fungou e dobrou outra pasta.

Noventa e sete quilos

— Certo, Tony. Por favor, tire os sapatos e suba na balança.

Tony se abaixou para desamarrar os sapatos e ficou pensando se não devia aproveitar sua posição de largada para sair correndo pela porta e só parar de correr quando chegasse em casa.

Tirou os sapatos e lentamente subiu na balança. Pronto. Ele não se pesava desde a última vez que tinha estado na academia, um ano e meio antes. Na ocasião, pesava pouco mais de setenta e nove quilos. Em sua cabeça, tinha ido para uns noventa e cinco desde que conhecera Ness, mas depois dos comentários de Gervase no sábado, estava esperançoso de estar em algo por volta dos oitenta e nove ou noventa e dois quilos.

Respirou fundo e colocou o segundo pé na balança. Jan fez pesinhos deslizarem numa barra de metal até que a barra se equilibrou.

E lá estava, a verdade sombria, olhando para ele, cheia de maldade, bem nos olhos.

Noventa e sete quilos.

Noventa e sete quilos.

Tony sentiu o sangue subir-lhe à cabeça com o choque. Aquilo significava que ele devia estar bem acima dos noventa e oito quando começou a perder peso. Meu Deus, ele estava absolutamente *enorme*.

— Então — disse Jan, ignorando o trauma de Tony. — Noventa e sete quilos. — Anotou aquele número vexaminoso em um formulário que estava preenchendo. — E qual é o peso a que você quer chegar?

— Bom — ele respondeu, descendo da balança com o coração pesado. — Há um ano eu tinha uns setenta e nove quilos. Ficaria contente em voltar a isso.

— Certo — ela rabiscou aquilo também. — Isso me parece um objetivo perfeitamente saudável e realista. Levando em conta sua altura e constituição física.

— Já perdi alguns quilos — disse, tentando injetar algo de positivo naquilo que estava se transformando em uma experiência lúgubre. — Cortei a bebida e parei de comer muito fora, esse tipo de coisa.

— Muito bem! — Ela lhe deu um sorriso encorajador. — Agora, por favor, pode calçar os sapatos e vir preencher alguns formulários.

Tony preencheu os formulários com rapidez... já tinha preenchido muitas coisas parecidas àquela altura da vida. Não tinha diabetes. Nem alergias. Nem problemas cardíacos (bom, pelo menos não que soubesse). Nenhuma operação séria. Blablablá.

— Certo, Tony. A reunião já vai começar. Você está pronto para se juntar a nós?

— Hmm, estou. Claro.

— E não fique nervoso por ser homem, Tony. Agora a gente recebe vários meninos no grupo... desde que colocamos o Bryan nos nossos cartazes. Para falar a verdade, temos um agora mesmo.

Tony sorriu para ela, nervoso.

— E, depois da reunião, se você quiser, pode ficar mais um pouco. Para bater um papo. Eu sempre gosto de bater um papo com os participantes na primeira semana. Saber um pouco mais sobre as motivações das pessoas. E você também vai poder saber um pouco mais sobre a gente. Certo?

— Claro — respondeu Tony. — Sem problema.

Jan abriu uma porta e lá estava. O grupo. Ai, meu Deus. Eram cerca de uma dúzia de integrantes. Todos gordos. Todos conversando como se se conhecessem a vida toda. Um homem particularmente repulsivo de moletom vermelho olhou para cima e sorriu para ele, todo alegre.

— Aleluia — disse, em voz extremamente alta, em um tom que sugeria que ele sempre falava tudo em voz extremamente alta.

— Um cara — ribombou. — Alá seja louvado. É a minha salvação. É a minha salvação de todas estas mulheres insuportáveis.

Todas as mulheres insuportáveis olharam para o cara de moletom vermelho como se estivessem acostumadas com o exagero e a atitude desagradável dele.

O moletom vermelho deu uns tapinhas na cadeira a seu lado.

— Venha sentar aqui — disse. — Nós, os homens, precisamos nos unir.

Tony olhou para Jan com olhos suplicantes, como que dizendo: "Por favor, não me faça sentar ao lado desse homem horroroso e exagerado, tia Jan, por favor." Mas tia Jan só ficou olhando para ele, radiante, e colocou a mão em seu ombro.

— Pessoal, este aqui é o Tony. O Tony é o nosso novo integrante desta semana, então vamos dar as boas-vindas para ele, certo?

E então ela o direcionou para a cadeira vazia ao lado do moletom vermelho. Tony fez uma careta e atravessou o grupo até a cadeira.

— Kelvin — disse o homem, esticando a mão carnuda. — Prazer em conhecê-lo, Tony.

— Prazer. — Tony cumprimentou-o e então Kelvin chegou bem pertinho de seu ouvido.

— Um monte de hipopótamos. Olhe só para elas. Coitadinhas.

Tony deu uma geral no grupo de mulheres acima do peso e depois se voltou para Kelvin, o mais pesado de todos.

— Mas vou dizer para você o que eu gosto nos hipopótamos — disse, chiando um pouco. — Elas sempre ficam mesmo muito agradecidas.

Tony olhou para ele, assustado.

— Você não está aqui para perder peso?

— Não. Claro que não. Estou aqui por causa das mulherezzz bonitazzz.

— E você... você já *saiu* com alguma delas?

Kelvin deu de ombros com seu corpanzil.

— Não, ainda não. Mas estou trabalhando na gostosa da Tonia. — Apontou uma loira muito glamourosa com unhas incrivelmente compridas.

Tony caiu em silêncio e ficou se perguntando se devia fazer a coisa certa e dizer a Kelvin que Tonia era bem bonita e que ele não tinha nem uma chance, mas daí Jan começou a falar e deu início à sessão.

Com toda honestidade, Tony achou a experiência toda bastante fascinante, como um programa ruim de TV. Como ele ainda não estava participando do programa, podia tratar a sessão como uma espécie de entretenimento leve. Ficou fascinado ao ouvir a experiência de Tonia em uma despedida de solteira no fim de semana anterior, quando tinha ido ao TFI Friday's com as amigas e esteve *pertinho* de comer tudo que tinha no cardápio, porque o TFI era absolutamente seu preferido, e como a única coisa que a impediu de fazer aquilo tinha sido a lembrança do grupo e toda a fé que tinham nela. Ficou comovido com o fato de Arabella ter conseguido passar a semana em que sua mãe idosa morrera sem quebrar a dieta, nem mesmo depois do enterro, com todos os canapés que serviram. Jenny tinha passado maus bocados, aparentemente.

Tinha comido boa parte de uma perna de cordeiro, fatia a fatia, com pão e manteiga, no decurso da semana. Tony simpatizou com ela enormemente... teria feito exatamente a mesma coisa se tivesse uma perna de cordeiro ao alcance da mão. Jan assegurou-lhe que uma semana ruim não a transformava em uma pessoa má, que todo mundo escorregava de vez em quando e que talvez da próxima vez ela devesse dar a carne que sobrara do almoço de domingo diretamente para o cachorro.

O grupo se apoiava de maneira incrível e ninguém julgava ninguém por nada. À exceção do asqueroso Kelvin, aquele era um grupo de pessoas verdadeiramente agradável e caloroso. Tony estava esperando um monte de deslocados e ficou agradavelmente surpreso por se sentir tão à vontade ali, entre aquelas pessoas com grande apetite e uma quedinha para o exagero. E, apesar de refletirem as partes de si mesmo de que não gostava, ele não sentia repulsa por *elas*. Era estranhamente tranqüilizante e calmante saber que não estava sozinho, saber que não era a única pessoa no mundo que avançaria sistematicamente em um pedaço de ovelha que fosse deixada à sua disposição.

Depois da reunião, que durou cerca de meia hora, ele e Jan foram para o consultório dela e "bateram aquele papo" a que ela tinha se referido antes. Ela fez perguntas a respeito de sua vida pessoal, se morava ou não sozinho, para quem podia ligar quando precisava de apoio, seu padrão geral de alimentação, que tipo de exercício fazia. Então lhe entregou algumas fotocópias de diretrizes e de receitas e lhe disse que estava ansiosa para vê-lo na semana seguinte, e Tony teve que se segurar para não abraçá-la e dizer-lhe o quanto era fantástica, porque ela era. Aquilo era mais do que apenas um emprego para Jan; era um trabalho feito com amor. Ela fazia aquilo porque a deixava feliz.

Tony folheou as anotações e as receitas e sentiu o coração palpitar de animação. Sentia-se evangelizado, energizado, entusiasmado.

Ele conseguiria fazer aquilo, pensou ao vestir o casaco e se dirigir para a saída, ele conseguiria perder peso. Poderia ser magro e jovial de novo. Ele conseguiria, e sabia disso. Aquilo era exatamente o que ele precisava. Sabia que devia ter uma razão para ele pegar aquele folheto tantas semanas antes. Tinha encontrado seu destino. Tudo em sua vida podia ser uma confusão, mas aquilo era algo, na verdade, a única coisa sobre a qual ele podia exercer algum controle.

Ainda estava com a proposta de Ness pairando e sim, parecia simples, não parecia? Só dar uma ligada para ela e dizer: "Bem, andei pensando e, bem, *não*, eu não quero morar com você." *Parecia* simples, mas a vida *não era* simples. Não era simples porque, por alguma razão inexplicável, ele e Ness tinham passado um fim de semana juntos verdadeiramente agradável. Não por algum motivo em particular, mas tinha sido um daqueles fins de semana legais, desencanados, sem preocupações. O jantar na casa de Rob e Trisha tinha sido surpreendentemente prazeroso e depois tinham acordado na manhã de domingo com um dia todo ensolarado e primaveril, então tinham feito sexo muito agradável e dado um passeio até Dulwich para almoçar em um bar (Tony comeu um sanduíche torrado em vez do assado completo do domingo que normalmente pedia). Então saíram para uma caminhada e Ness tinha sido... bom, *ela mesma*, Tony supunha. Mas, por alguma razão, ela não o tinha irritado e Tony tinha se permitido desfrutar de sua companhia na ocasião. Era uma daquelas coisas estranhas e insondáveis. Mas, por mais agradável que tenha sido, no fundo não mudava nada. Ele continuava sem vontade de morar com ela. Ele continuava sem vontade de ficar com ela. Ele continuava com vontade de ficar com Millie. Na verdade, tinha passado uma boa parte do fim de semana imaginando Millie olhando para ele e pensando como era divertido ser a namorada dele.

Mas ele também não estava pronto para terminar tudo. Os relacionamentos, na experiência de Tony, ficavam com um certo cheiro quando seu tempo se esgotava. Era impossível apontar o momento exato em que uma relação entornava, mas quando se tenta colocar fim a um relacionamento antes de acabar, de um jeito desprezível, tudo sempre dá errado e as pessoas acabam voltando e se separando de novo mais para a frente, padrão que, na pior das hipóteses, poderia se repetir *ad infinitum*. Não, Tony estava bem certo, era preciso esperar até que a relação se transformasse em uma carcaça podre e fedorenta antes de dar o fora; assim todos os envolvidos podiam simplesmente ir embora sem o desejo de dar meia-volta para dar mais uma olhadinha. Sua relação com Jo tinha começado a feder alguns meses antes de ela abandoná-lo. Os dois estavam cientes do fato e os dois o ignoraram educadamente, até que Jo fez a coisa mais decente e se apaixonou por uma outra pessoa. Mas a relação com Ness ainda não tinha chegado no ponto da carcaça apodrecida.

Podia-se argumentar que Tony estava sendo injusto com Ness, enrolando-a daquela maneira. Ela estava com vinte e nove anos, quase trinta. Estava em busca de estabilidade, de um futuro seguro e de filhos e cada dia que passava com Tony era um dia perdido na busca de sua própria felicidade. Mas, para falar a verdade, a culpa era só dela. Tony nunca tinha lhe dado a menor indicação de que gostaria de morar com ela. Ele era grosso com ela, não a levava em consideração e nunca se preocupava com ela. Não dizia que a amava, não lhe dava presentes nem conversava com ela sobre bebês nem casamentos. Ela era uma mulher inteligente e era por livre escolha que ficava com ele enquanto sua juventude ia embora. Talvez ela também estivesse, inconscientemente, esperando pelo fedor, Tony ponderava. Talvez ela estivesse em uma espécie de contagem regressiva invisível, talvez a sugestão de que fossem morar juntos tivesse sido uma espécie de ultimato disfarçado. Talvez ela fosse terminar tudo se ele dissesse não. E era exatamente por isso que ele não podia dizer não. Porque ele não estava preparado para terminar tudo. Não estava preparado para fins de semana vazios e para ir a casamentos e compromissos sociais sozinho. Não estava preparado para ser visto como um solteiro, nem por Millie nem por qualquer outra pessoa. Não estava na hora. Ainda não.

Algumas das pessoas do grupo estavam circulando pela calçada na frente do local de reunião. Kelvin, que estava ocupado paquerando Tonia, ergueu os olhos quando viu Tony sair do prédio.

— Estamos indo para o bar. Quer tomar um drinque conosco?

Tony olhou para o relógio.

— Vamos — disse Tonia, com desespero no olhar.

— Tudo bem — disse, achando que podia dar uma de herói só por aquela noite, ajudando Tonia a se livrar da atenção nojenta de Kelvin. — Só um pouquinho.

Foram a um bar com paredes de lambri bicolor chamado Bubbles (Tony achava que já não existiam mais bares chamados Bubbles, pensou que todos tinham desaparecido com a quebra da economia no início da década de noventa). Aquilo o relembrou a época que tinha seus vinte e poucos anos, quando a empresa começara a decolar, ele se casara com Jo, era jovem e mais rico do que jamais ousara sonhar. Lembrou-se de quando usava ternos de Hugo Boss e saía para jantar toda noite com Jo em restaurantes badalados, cheios de homens com ternos de Hugo Boss e recebia porções de comida microscópicas. Lembrou-se de como sua vida costumava ser e de quanta coisa tinha perdido.

Depois de alguns minutos, Tony percebeu que Tonia estava flertando com ele e, apesar de ver que ela era uma mulher extremamente atraente e absurdamente charmosa, a percepção não surtiu absolutamente impacto nenhum sobre ele. Bebericou o vinho e fez perguntas automáticas a Tonia a respeito de sua vida (ela tinha trinta e três anos, morava em Balham, trabalhava com teatro, gostava de comida típicas, não gostava de fazer regime etc. etc.) e sentiu um enorme desânimo tomar conta dele. Como foi que ele tinha ido parar ali? Como é que sua vida dourada tinha se tornado tão fosca?

Mas daí ele se lembrou de que aquele era apenas o primeiro passo na direção de volta ao sol e à diversão. Era por isso que estava ali. Porque a única pessoa no mundo todo que poderia oferecer-lhe o brilho que ele tanto desejava estava sentada sozinha em um lindo apartamento em Paddington, sendo arrastada para a sarjeta por seu irmão mais novo egoísta. Porque os dois juntos poderiam tomar conta do mundo e fazer com que tudo voltasse a ser dourado. E não havia maneira de ela o amar antes de ele amar a si mesmo, e aquilo era impossível naquele estado. Ele tinha que emagrecer. Era o único jeito.

Deu mais um golinho no vinho e perguntou a Tonia educadamente se ela tinha saído de férias naquele ano.

Nachos com Ned

Às sete da noite de terça, o *mouse* de Sean pairou sobre "contar palavras". Prendeu a respiração e clicou:

Páginas	123
Palavras	28.981
Caracteres (sem espaços)	130.544
Caracteres (com espaços)	159.300
Parágrafos	724
Linhas	2.445

Quase 30.000 palavras. Aquilo era quase um terço de um livro, dava até para ser metade de um livro se ele não complicasse demais as coisas. Merda. Ele ia ter que conseguir. Ele ia terminar aquele livro. Tinha recebido um e-mailzinho tímido de seu agente na manhã do dia anterior, perguntando a respeito de seu manuscrito, sobre quando o enviaria. Se Sean tivesse recebido aquele e-mail uma semana antes, teria entrado em um paroxismo de pavor e perdido o fôlego. Mas, naquele dia, ele tinha sorrido para si mesmo e calmamente redigido uma resposta informando a seu agente que, apesar de ele provavelmente não conseguir cumprir o prazo,

as coisas estavam progredindo muito bem e ele deveria receber a obra até julho. Ele estivera trabalhando sem parar, fazia uma semana que não via Millie, fazia uma semana que não via *ninguém*. Trabalhava até de madrugada, ia para cama quando já era quase de manhã, acordava tarde e recomeçava todo o processo. Nem à TV ele assistia mais.

Millie, obviamente, não tinha ficado feliz com aquela mudança na rotina, mas ela que se danasse, para ser mais exato. Ele já tinha colocado sua carreira de molho por causa dela, tinha colocado sua vida inteira de molho por causa dela. Tinha lhe explicado exatamente as coisas por que estava passando, que tinha entrado no embalo e que, se saísse do lugar em que estava naquele momento, tudo poderia empacar de novo. Ela dissera que compreendia, claro, em um tom de voz indicativo de que, na verdade, não compreendia coisa nenhuma. "Quando é que a gente vai se ver de novo?", ela dissera em seu inglês educado e correto. "Não sei", ele respondera, "quando eu achar que cheguei a um intervalo natural." Quase dava para ouvir o texto sublinear na voz dela: "Mas eu estou grávida, o que no mundo poderia ser mais importante do que o milagre da vida?"

Mas, naquele momento, isto *era* mais importante. Era mais importante do que bebês e do que relacionamentos e do que fazer três refeições por dia. Era mais importante do que tudo. E ele, é claro, tinha seu próprio texto sublinear. Não tinha a ver só com o livro, não tinha a ver só com cumprir o prazo: tinha a ver com ficar longe dela. Estava fazendo bem para ele. Redescobrir suas antigas rotinas e seus velhos hábitos, tomar chá vagabundo, ir para a cama na porra da hora que quisesse, não ter que levar em conta as preferências de ninguém mais. Ele não fazia a menor idéia se estaria se sentindo daquela maneira se ela não estivesse grávida, mas suspeitava que não. A Millie não-grávida era imprevisível e estimulante; ele tinha vontade de estar com ela e aceitar suas preferências porque nunca sabia aonde aquilo tudo o levaria e sempre havia alguma espécie de recompensa, fosse ela uma maravilhosa noitada, um encontro surreal ou a descoberta de alguma coisa nova e excitante. A Millie grávida era um saco, para ser sincero. Já não existia mais nenhuma promessa pelo inesperado. Ele achava verdadeiramente difícil conectar-se com ela naquela situação. Era como se ela tivesse encontrado Jesus ou qualquer coisa assim.

Ele continuava pensando a respeito do que Tony lhe dissera e sabia que ele tinha razão. Ele precisava tomar decisões. Ele precisava mesmo pensar sobre o futuro, mas o problema é que não tinha espaço na cabeça para pensar naquilo naquele momento. Ele ainda amava Millie; claro que amava. Mas ele não sabia o que achava, na verdade, de casamentos e de filhos e do futuro. Cada vez que tentava liberar um pouco de espaço de disco mental para considerar a situação, sua mente dava pau e, em vez disso, começava a pensar no livro. Millie, seu apartamento, todos os seus gatos, tudo aquilo parecia um mundo longínquo e perdido, como se fosse algo de seu passado.

Olhou para a hora na tela do computador de novo. Sete e dez. Releu o último trecho que tinha escrito e percebeu, com certa surpresa, que tinha chegado a um "intervalo natural". Poderia facilmente pular em um metrô, ir até Paddington, passar a noite com Millie. Mas não estava com vontade. Nem a mínima. Mas sentiu uma necessidade repentina de sair do apartamento e conversar com outro ser humano.

Pensou a respeito do assunto durante um ou dois instantes e então pegou o telefone e ligou para Ned.

Quarenta minutos mais tarde, Sean estava instalado no sofá em Beulah Hill assistindo a *Buffy, a Caça-vampiros* com uma cerveja em uma mão e o controle remoto na outra. A mãe estava na cozinha toda contente, preparando um pratão de nachos para os seus garotos, Ned estava deitado no outro sofá, lendo uma revista e cutucando o nariz, e Goldie estava deitado na frente da TV com as patas da frente erguidas, roncando alegremente. Sean soltou um suspiro de alívio. Aquilo era gostoso, pensou, aquilo era correto. Estava de volta ao lugar a que pertencia.

Tinha conseguido se desviar de todas as perguntas da mãe a respeito de Millie e ele. Não, não tinham marcado data; não, provavelmente não seria um casamento no verão; não, ele não fazia a menor idéia se ia ser no religioso ou no civil. Tinha dito que ele e Millie ficariam noivos durante um bom tempo e a mãe tinha sorrido e parecido mais do que satisfeita com aquilo.

— Que bom — ela dissera. — Não há necessidade de se apressar, não é mesmo?

Ele ainda não fazia a menor idéia de quando iria contar à família que Millie estava, de fato, grávida. Por sorte, ela estava sendo cuidadosa com aquilo, queria esperar até completar doze semanas, até ficar "garantida". Tinha contado para a irmã e para alguns amigos mais próximos, e Sean tinha contado para Tony mas, fora isso, ninguém no mundo sabia daquilo e Sean achava muito bom. Se outras pessoas soubessem, Millie não ia ficar mais grávida do que já estava naquele momento, mas seria mais difícil para ele fingir que tudo aquilo não estava acontecendo.

— Como vai o livro? — perguntou Ned, largando a revista.

— Maravilha! — respondeu Sean, apreciando a intromissão inocente de Ned, que fez seus pensamentos se desviarem das áreas mais problemáticas de sua vida. — É... foi meio difícil começar, mas agora está indo muito bem.

— Sobre o que é?

— Bom, é sobre um cara que se apaixona por uma mulher...

— O quê? Você está escrevendo uma *história de amor*? — Ned parecia estupefato.

— Não, não, não... ele se apaixona por uma mulher, certo, acha que ela é a pessoa certa para ele, e daí ela fica grávida. — Olhou para Ned, à espera de uma reação.

— Certo. E daí?

— Bom, ela fica grávida e quer ter o filho, e o livro fala da perspectiva do cara a respeito da situação.

— Ah — disse Ned, parecendo levemente confuso. — Certo. E qual é a graça?

— Não tem graça. É só que, sabe como é, as mulheres têm tanto poder sobre os homens, elas tomam as decisões a respeito de filhos e tudo o mais, e os homens só têm que aceitar. E não são só os filhos, sabe, é tudo. Todas aquelas propagandas de TV que passam o tempo todo com algum sujeito "idiota" instalando prateleiras ou colocando o rádio do carro ou contratando um seguro ou limpando a merda da banheira, sempre com a esposa ensinando como fazer. Esse negócio me deixa louco da vida. Tem uma atitude neste país... e ela não é perpetuada apenas pelas mulheres, são os homens também... todo mundo acha que os homens são criaturas grandes, burras e inúteis que entendem tudo errado... como se a gente só estivesse um degrau acima da porra do Goldie na escala evolutiva. E as mulheres são seres celestiais cheios de sabedoria e de compreensão e da porra da inteligência emocional. Isso é protecionismo, porra.

— Então, o que é que ele faz, o cara com a namorada grávida?

Ele deu de ombros.

— Não sei — respondi. — Ainda não resolvi.

— Ele vai *matar* a garota? — disse Ned, com o rosto iluminado diante da perspectiva.

— Não.

— Então, ele vai matar todas as mulheres grávidas? Sabe, tipo um defensor do aborto em série ou algo assim?

— Não. Não tem nada a ver com o primeiro livro. Ninguém vai morrer.

— Ah — disse Ned, parecendo um pouco decepcionado. — Tudo bem.

Nenhum dos dois falou durante um tempo e Sean aproveitou o intervalo para dar uma girada nos canais.

— De onde é que você tira as suas idéias? — Ned disse de repente.

— Que idéias?

— Sabe como é. Tipo *Meio homem*. De onde foi que você tirou todas aquelas coisas a respeito de gêmeos?

Sean olhou para ele. A idéia tinha surgido da separação entre ele e Ned quando ele fora para a Austrália. Sean tinha ficado tão atônito com a partida repentina de Ned e seu desaparecimento de sua vida que começara a pensar: imagine se um dos irmãos de fato *morresse*... como é que alguém poderia se recuperar de tal perda? Os irmãos eram as únicas pessoas da sua vida que estavam lá desde o início e que sabiam como tinha sido sua infância da mesma perspectiva que você. Um dia os dois participam de confrontos físicos regulares, no outro estão em um bar bebendo uma cerveja juntos e apreciando a companhia um do outro, e daí um deles desaparece para o outro lado do planeta, possivelmente para sempre. Sean não conseguia imaginar perda maior do que a de um irmão ou de uma irmã, e tinha extrapolado a idéia para um livro a respeito de irmãos gêmeos.

— Você — respondeu, observando a reação de Ned. — Você ter ido para a Austrália. Fez com que pensasse como seria se você tivesse morrido. Ou o Tony — completou.

O rosto de Ned se acendeu.

— Quer dizer que fui eu quem inspirou o seu livro?

— Ãh-hã.

— Caralho! — Sorriu timidamente e pareceu contente. — Que legal! Então, por que você não dedicou o livro para mim, seu sacana?

Bernie chegou com nachos e cerveja e colocou tudo na frente dos garotos. Os dois se lançaram por sobre a travessa como um par de filhotinhos famintos, e Sean ficou se perguntando por que não fazia aquilo com mais freqüência. Ele tinha perdido aquele hábito depois que Ned fora embora. Por mais que amasse a mãe e o pai e adorasse estar naquela casa, parecia um pouco triste ir lá sem o irmão por perto. Na verdade, pensando melhor, devia seu livro e seu sucesso a Ned, em diversos aspectos. Se Ned não tivesse ido para a Austrália, Sean provavelmente nunca teria começado a escrever o livro, para começo de conversa.

— Você ouviu isso, mãe? — Ned perguntou a Bernie. — Fui eu quem inspirou o livro do Sean.

— Ah, é mesmo? Então quer dizer que você é assassino em série?

— Não... quando eu fui para a Austrália. Fez com que ele pensasse como seria se eu tivesse morrido.

Sean deu uma olhada no rosto animado de Ned e sentiu seu estômago se encolher igual a um gato. Seu irmãozinho. A única pessoa no mundo que realmente o "sacava", que não fazia ele se sentir como se fosse uma aberração. E a única pessoa em cuja companhia Sean sempre se sentia à vontade. Antes de Millie, quer dizer. Ele o negligenciara naquelas semanas desde que tinha voltado. Tinha estado tão envolvido com Millie e noivados e gravidezes, isso sem falar no trabalho, que mal tinha dedicado um instante a Ned. Mas aquilo iria mudar, resolveu, tudo iria mudar. Fosse o que fosse que acontecesse entre ele e Millie, se ficassem juntos ou não, se casassem ou não, ou se tivessem um filho juntos ou não, as coisas iriam mudar. Ele tinha permitido que ela o absorvesse completamente em seu mundo, o atraíra com sua mobília esquisita, seus bares badalados e sua imprevisibilidade. Mas ele não pertencia ao mundo dela... era este o lugar ao qual ele pertencia, e estas eram as pessoas junto às quais ele pertencia. Sua família.

Suspirou contente e enfiou outro punhado de nachos embebidos em creme azedo na boca.

Às dez, vestiu o casaco, deu um beijo de despedida na mãe, deu um abraço abrutalhado porém carinhoso em Ned e conduziu a bicicleta até a rua. Era uma noite limpa e fresca, bem iluminada pela lua quase cheia. Tinha acabado de subir na bicicleta quando viu uma silhueta fumando cigarro dobrando a esquina.

— Tudo certo, Sean? Como vão as coisas?

— Ah. Oi, Gervase — respondeu Sean, sentindo-se repentinamente acanhado. Ele nunca tinha ficado sozinho com Gervase antes, e se sentiu pouco à vontade. — Vou bem, obrigado.

— Veio visitar a sua mãe?

— É. E o Ned.

Gervase assentiu com a cabeça, em sinal de aprovação.

— Que bom — disse. — Ele tem sentido a sua falta.

— É mesmo? Por quê? Ele disse alguma coisa?

— Para falar a verdade, ele não disse nada. É só uma sensação que eu tenho. Vocês dois são muito chegados, não são?

Sean deu de ombros e assentiu com a cabeça.

— É. Acho que somos.

— Isso é legal — disse Gervase, dando uma tragada profunda no cigarro. — É legal ter um irmão assim... é legal ter esse tipo de relação.

— É — respondeu Sean, assentindo com a cabeça e sentindo-se estranhamente compelido a continuar conversando, apesar de estar precariamente equilibrado sobre a bicicleta e estar morrendo de vontade de chegar em casa para trabalhar mais um pouco.

Os dois ficaram em silêncio por um instante, Sean se balançando para frente e para trás em cima da bicicleta, Gervase se balançando um pouco em cima dos saltos.

— Eu li o seu livro outro dia — disse Gervase, de repente.

— Ah é? — disse Sean, sentindo-se levemente surpreso: Gervase não parecia o tipo de pessoa que lia livros.

— É. Eu não sou muito de ler, mas achei que, sabe como é, morando na sua casa e tudo, me pareceu um bom motivo para ler. — Fez uma pausa silenciosa, aquele silêncio que Sean sempre detestava... achava que as pessoas faziam de propósito, para exasperá-lo.

— Bom — terminou Sean por dizer —, o que você achou?

— Fantástico — respondeu Gervase, esfregando as mãos. — Li em um dia... não dá mesmo para largar.

— Obrigado — disse Sean, sentindo-se estranhamente comovido com a declaração.

— Não sei como vocês, escritores, conseguem. De onde vocês tiram tanta inspiração. E tanta disciplina.

— É — reconheceu Sean, inconscientemente descendo da bicicleta e apoiando-a no muro do jardim. — Às vezes é difícil. Este segundo foi um pesadelo.

— Ah é? Sofreu um pouco com o bloqueio de escritor?

— É. Eu não estava conseguindo escrever nem uma palavra. Não sei se foram as circunstâncias ou as substâncias químicas no meu cérebro, mas simplesmente não aconteceu nada... durante um tempão.

Gervase inspirou entre dentes.

— Que merda, deve ser muito assustador mesmo.

— E é. A gente se sente completamente impotente. Como se o seu livro fosse uma mulher linda, linda demais, deitada na cama, nua, de perna aberta, só te esperando, e você não consegue ficar de pau duro. Às vezes você fica lá horas tentando ter uma ereção, outras vezes simplesmente desiste e veste as calças imediatamente.

Gervase riu com a analogia de Sean.

— Pena que não exista algum tipo de Viagra para escritores, hein?

Sean assentiu com a cabeça e riu.

— É.

— Então, o que foi que acabou com o seu bloqueio, hein? O que foi o seu "Viagra"?

Sean hesitou. Abriu a boca, prestes a dizer alguma coisa, e então deu uma olhada em si mesmo e deu de ombros.

— Não tenho muita certeza — respondeu. — Foi uma certa mudança de estilo de vida.

E então uma coisa muito estranha aconteceu. Gervase de repente agarrou os braços de Sean e começou a olhar verdadeiramente fundo em seus olhos. Quando fez isso, Sean sentiu-se todo mole e solto e sentiu um redemoinho no estômago, como se alguém lhe tivesse feito um elogio muito simpático.

— O quê? — disse, olhando para Gervase, assustado.

— Você está em negação — disse, escorregando as mãos pelos braços de Sean e segurando-lhe as mãos.

— A respeito do quê?

— Não sei. Mas você só está se enganando. Representando um papel. Construindo muros em volta de si.

— Do que é que você está falando?

— Eu já disse... não sei. Só estou dizendo o que vejo. E o que vejo é um homem assustado tentando fingir que não se importa com alguém. E seja quem for... você se importa, sim. E se você não mostrar para essa pessoa que se importa...

Sean parou de respirar e olhou nos olhos de Gervase.

— ...vai ser a mesma coisa que desistir de viver. Você está se equilibrando na beira do precipício do inferno, cara... você vai estragar a sua vida inteira. Olhe para dentro de si. Olhe para a sua família. Esse não é você. Pare de representar. Derrube os muros. Seja homem.

E ele de repente largou as mãos de Sean, deu um passo atrás e limpou o catarro da garganta.

— Bom — disse —, acho melhor eu deixar você ir embora. Legal conversar com você, Sean. E, hmm... espero te ver por aqui com mais freqüência, hein? Quem sabe você não vai ver a sua mãe cantando na Taberna uma hora dessas?

— Hmm... é — respondeu Sean, coçando a cabeça e se sentindo meio tonto.

— Legal — disse Gervase. — Quem sabe amanhã?

— É — disse Sean. — Talvez.

Então Gervase jogou o cigarro no chão, apagou com o salto da bota e percorreu a entrada de cascalho até a porta do número 114.

Sean ficou lá parado um momento, absorvendo a experiência, tentando encontrar algum sentido no que acabara de acontecer.

Ele é louco, pensou, olhando para o grande círculo da lua e sacudindo a cabeça, obviamente, louco como uma lebre no cio. Mas, quando virou a bicicleta, apontando-a na direção de Catford, percebeu que não conseguia se livrar da sensação de que Gervase fizera alguma coisa com ele. Tinha sido uma experiência tão intensa, como se ele e Gervase houvessem se *conjugado* de alguma forma. Não tinha sido como se um louco tivesse dito besteiras para uma pessoa sã... tinha existido alguma espécie de *fusão*.

Pare de representar, pensou, enquanto subia de novo na bicicleta, seja homem.

Que representação? pensou. Ele não estava representando. Estava sendo, existindo, dando prosseguimento à vida da melhor maneira que lhe era possível. Seja homem. Era o que Tony tinha lhe dito. E Millie também. Mas ele *era* homem... e aquilo era o resumo da ópera, não era? Fazer sucesso, controlar o próprio destino de certa forma, ser fiel a si mesmo. Ele tinha sido o cachorrinho de Millie desde que se conheceram, tinha ido atrás dela a tudo quanto era lugar, tinha feito as coisas do jeito dela, tinha deixado seu trabalho escorregar, tinha feito todo o esforço. Até tinha comprado uma porra de um anel de noivado para ela.

E era só agora que estava começando a se sentir homem de novo.

Pedalou bem rápido por Westwood Hill na direção de Forest Hill, expulsando os comentários de Gervase de sua consciência a cada volta dos pedais.

A resposta dos Riley

Quando Ned voltou de sua dobradura de pastas na quarta, havia uma carta a sua espera. A caligrafia era desconhecida, mas o envelope tinha carimbo do correio inglês, então Ned sabia que não era de Mônica. Sentou-se na escada e ficou acariciando a cabeça de Goldie, distraído, enquanto lia:

Terça-feira, 1º de maio

Caro Ned,

Seu pacote e sua carta chegaram hoje de manhã. Como você pode imaginar, ficamos os dois horrorizados com o conteúdo de ambos, mas queríamos agradecer muitíssimo por você nos ter enviado tudo isso. Você está certo. A Mônica não é mais sua responsabilidade. Nós dois sabemos como você se esforçou para fazê-la feliz e também sabemos como ela dificultou tudo para você. Ligamos para ela hoje, e ela está muito para baixo. Ela diz que não consegue enxergar razão em nada. Não soube explicar por que o está infernizando desta maneira tão peculiar. Mas achamos que você deve ter razão. Ela deve estar querendo chamar a atenção. Então, reservamos as passagens e vamos passar uma temporada com ela em Sydney, para ver se conseguimos convencê-la a voltar pelo menos por um período. Já estávamos devendo essa visita há muito tempo. Você é um rapaz muito forte com um coração muito grande, e sempre nos fiamos ao fato de você estar com ela e achamos que tomaria conta dela. Sinto que a negligenciamos horrivelmente.

Então, Ned, muito obrigado por todo o cuidado e apoio que você deu a ela nesses anos. Sabemos que você nunca teria magoado a Mônica deliberadamente. E podemos garantir que você não vai mais receber pacotes macabros nem mensagens de texto obscenas.

Desejamos a você toda a sorte do mundo, naquilo que você desejar fazer.

Agradecemos mais uma vez,

Ann e Geoffrey Riley

Ned releu a carta duas vezes, com um sorrisinho se espalhando por seu rosto, depois a dobrou, colocou de volta no envelope e foi para a cozinha tomar uma cerveja bem gelada.

Jantar na casa do Tony

— Meu Deus, eu adoro o programa de culinária da Nigella Lawson — disse Ness, separando algum tipo de verdura com as mãos e jogando dentro de uma panela antes de se virar, pegar uma enorme taça de vinho branco, e beber um golão. Pegou um pedaço de chocolate de uma tábua de corte e enfiou na boca. — Quer chocolate? — disse, lançando um olhar inquisidor a Tony.

Ele sacudiu a cabeça.

— Não, obrigado.

Já era bem ruim Ness estar em sua cozinha preparando uma comida torturante de tão gordurosa e que ele não poderia deixar de comer; ela ficar tentando-o com pedações desnecessários de chocolate era ainda pior.

Olhou para o relógio em cima do fogão. Seis e vinte. Eles iam chegar dali a quarenta minutos, "eles" eram Sean e Millie. É, Sean e Millie vinham jantar. Era tudo culpa de Ness. Bem... na verdade, a culpa era dos intestinos dele. Ele estava no banheiro na noite anterior quando o telefone tocou no momento preciso em que era mais do que impossível ele sair dali, então ele gritou para que Ness atendesse. E era Millie, claro. *Típico.* Passou horas e horas sem estar sentado na privada, capaz de atender ao telefone. Horas e horas em que atender ao telefone teria sido a coisa mais fácil do mundo. Aliás, quanto tempo mesmo ele passava na privada? Cinco minutos por dia? Meia hora, no máximo. E Millie, de alguma forma, tinha escolhido exatamente aquela pequena janela de inoportunidade para fazer a ligação que ele esperava pacientemente havia cinco dias.

— Era a Millie ao telefone — disse Ness quando ele saiu do banheiro, alguns minutos depois. — Ela disse que conversou com você sobre a decoração do apartamento... eu não sabia que você estava a fim de mudar a decoração; que idéia brilhante! Bem, mas ela disse que você a tinha convidado para dar uma olhada e eu pensei, bem, seria uma pena se ela viesse até aqui só para dar uma olhada. Então, convidei-a para jantar. E o Sean também, claro. Ela pareceu feliz de verdade!

Ele tinha ligado para Millie no trabalho naquela manhã para conferir se ela tinha ficado mesmo "feliz de verdade" (Ness era aquele tipo de pessoa que achava que todo mundo estava feliz com tudo o tempo todo), mas parecia que ela estava mesmo. Ela estivera maquinando uma visita a seu namorado relutante na zona sul, e desse jeito ia parecer menos uma invasão de domicílio e mais um evento social bacana.

Saiu da cozinha e deu uma olhada geral no apartamento. Que merda, estava um horror. Ele devia ter comprado umas flores, alguma coisa para ficar com cara de algo menos *estéril.* Andou de um lado para o outro durante um tempo, rearranjando as almofadas, trocando mesas e cadeiras de lugar, abrindo cortinas, fechando cortinas, escondendo objetos que de repente, sob a perspectiva de que seriam vistos por Millie, pareceram vulgares e feios; aí olhou para o relógio, percebeu que eram quinze para as sete e ele ainda estava com suas roupas de trabalho.

Saiu correndo para o andar de cima, para o banheiro, tomou banho em três exatos minutos e então passou dez minutos horrorosos tentando achar alguma coisa legal para vestir, sem conseguir. Depois de perder alguns quilos, ele fora bobo o bastante para achar que encontraria algum item antigo e adorável no fundo do armário e perdera minutos preciosos colocando e tirando calças pequenas demais e dando voltinhas na frente do espelho antes de reconhecer a derrota e colocar suas calças de sarja de sempre com um suéter azul. O cabelo parecia ter muito pouco interesse em ficar alinhado, mas ele não tinha mais tempo para se preocupar com aquilo. Já eram sete horas. E o interfone tocou.

Desceu as escadas de dois em dois degraus.

— Eu atendo — gritou para Ness na cozinha. Então parou só um momento e ficou olhando para a telazinha de vídeo. Lá estava ela. Lá estava Millie. Estava parada logo atrás de Sean, arrumando o cabelo, com o rosto rígido. A iluminação da rua e a imagem borrada em preto-e-branco do monitor faziam com que ela parecesse uma linda e trágica atriz da década de 1920. Tony respirou fundo, arrumou o cabelo, apertou o botão e abriu a porta para eles.

Tony não tinha intenção de ficar bêbado naquela noite, mas às oito horas já tinha bebido boa parte de uma garrafa de vinho. Estava, realmente, bebendo mais rápido do que Ness, o que era um grande feito, e com toda certeza era a pessoa mais bêbada à mesa. Sean bebericava uma cerveja lentamente, dizendo que precisava pegar leve porque não conseguia escrever de ressaca. Millie, é claro, ia fazer uma taça de vinho durar a noite toda, e Ness estava mandando ver como sempre, mas ela tinha tanta resistência ao álcool que nunca parecia estar tão bêbada assim, por mais que bebesse. Tony, por outro lado, não tinha bebido quantidades expressivas havia quase uma quinzena, e não tinha comido absolutamente nada o dia inteiro, de modo que estava se aproximando em velocidade vertiginosa da embriaguez em larga escala. Deu uma olhada para Millie, que estava fresca e sóbria, e desejou que houvesse alguma maneira de reverter o processo, mas já era tarde demais. Estava completamente ébrio.

Ness se levantou para tirar os pratos da entrada e Millie imediatamente deu um salto para ajudá-la. Tony se levantou e trocou a música. Tirou o CD de Macy Gray que estavam ouvindo e trocou por *White Ladder*, de David Gray.

— Estou vendo que o seu gosto musical, como sempre, está à frente do seu tempo, Tony — disse Sean, de um jeito tão cheio de sarcasmo que fez os pelinhos da nuca de Tony se eriçarem.

Tony comprava cerca de três CDs novos todo ano, e eram sempre os mesmos três CDs que o restante da população britânica comprava. Tony não acompanhava música, nunca tinha acompanhado, pelo menos desde a época da adolescência. Tinha conhecimento tênue a respeito de coisas como Steps, Eminem, Kylie e as pessoas que tinham vencido *o Pop Stars*, mas só porque sempre estavam no jornal. Não era muito de se preocupar com música, e era desnecessário, ele achava, Sean ressaltar aquilo e tirar sarro. Sua resposta imediata foi escolher um assunto sobre o qual Sean provavelmente não queria conversar.

— Então — disse, acomodando-se na cadeira. — Como é que estão as coisas entre você e a Millie e o... — Colocou a mão em concha sobre a barriga para indicar o filho de Sean que ainda não tinha nascido.

Os olhos de Sean se dirigiram preocupados para a cozinha.

— Vão bem — respondeu —, nada mal.

— Então você já resolveu tudo?

— Bem. Mais ou menos. Sabe como é.

— Não, não sei... Como assim?

— Bem, eu estou *cuidando* do assunto.

Tony pensou a respeito do comportamento acentuadamente infeliz de Millie e deu de ombros.

— Não foi bem isso que a Millie disse.

— O que foi que a Millie disse? Você está dizendo que ela anda conversando sobre esse assunto com você?

Tony pegou um pedaço de alface de cima da mesa e ficou brincando com ele.

— Não exatamente... mas ela disse que não te vê há um tempo.

— O que é isso? — disse Sean, começando a ficar um pouco irritado. — E, aliás, por que é que você anda ligando para a Millie assim de repente?

Tony deixou o pedaço de alface cair sobre seu jogo americano e limpou as mãos demoradamente no guardanapo.

— Não ando ligando para a Millie "assim de repente" — começou, calmamente. — Só resolvi que o apartamento precisa de uma certa repaginação, lembrei que a Millie era decoradora, liguei para ela e por acaso ela comentou que não te via havia um tempinho. E dadas as circunstâncias — colocou a mão em concha na barriga de novo —, achei que era meio estranho. Só isso. Não precisa se irritar.

A sala ficou em silêncio, à exceção das risadas de Ness e de Millie que vinham da cozinha.

— Então — disse Tony. — O que está acontecendo?

Sean levantou a cabeça e se remexeu na cadeira.

— As coisas no momento estão um pouco esquisitas, só isso.

Tony lançou-lhe um olhar do tipo me-conta-mais.

— É o meu livro. Olha... eu não comentei com ninguém na época, mas fiquei completamente travado durante umas semanas, certo? Não conseguia escrever nem uma merda de uma palavra. E daí fui para casa na semana passada para lavar umas roupas e me deu um estalo. — Estalou os dedos. — A coisa simplesmente começou a fluir. E eu percebi que era a Millie a causa do bloqueio... era estar na casa da Millie, longe do meu ambiente costumeiro. E, em resumo, é o seguinte: Tenho dois meses para terminar este livro, e não consigo escrever na casa da Millie. Nada pessoal. — Virou as mãos para cima, em um gesto de futilidade.

— Bom, mas você não pode dar uma passada por lá à noite, então? Depois que você termina de escrever?

— Não tem essa de "terminar" de escrever, Tony. Não é igual a um emprego, sabe? Não dá para simplesmente fechar a pasta às cinco e meia e ir para casa. Às vezes eu só entro no clima às seis da tarde. Fico trabalhando até bem depois da meia-noite quase todo dia.

Os dois pararam de falar e ergueram os olhos quando perceberam que Millie estava na sala.

— Estão discutindo o caso do meu namorado ausente? — disse, voltando a se instalar na cadeira e enchendo a taça de vinho.

— É — disse Sean. — Eu estava tentando explicar para o Tony como é escrever, como é um pouco diferente de brincar com cartões de Natal o dia inteiro e depois ir para casa às cinco e meia.

— Olha — disse Tony —, isso não é da minha conta... o problema de vocês e tudo o mais. Mas agora que eu já sei mesmo, será que a Ness — fez um gesto na direção da cozinha — também pode saber?

Sean deu de ombros.

— Tanto faz — respondeu. — Parece que, de todo modo, vamos fazer o grande comunicado na festa da mamãe...

— Eu já falei que não me importava. — Millie assobiou entre dentes. — Foi só uma sugestão, só isso. — Pegou a taça de vinho e deu um gole bravo e grande. Sean e Tony ficaram olhando para ela, mas não disseram nada.

— Todo mundo pronto para o prato principal? — chilreou Ness, entrando na sala de jantar com um facão na mão.

— Eu ajudo você — disse Millie.

— Não, não, não — disse Ness, fazendo gestos para que ela ficasse sentada. — Tudo certo. Pode relaxar.

Saiu da sala, e o sorriso aberto, causado por Ness, abandonou os rostos.

— Então — disse Tony, servindo-se de mais uma taça de vinho. — Como é que você está se sentindo, Millie?

— Ah, está tudo uma beleza — disse, virando mais vinho. — Estou exausta, com humor instável e me sinto enjoada o tempo todo. Toda manhã, acordo, vomito, vou para o trabalho, vomito, consigo passar o dia de algum modo, volto direto para casa porque me sinto acabada demais para socializar, espero algumas horas até meu namorado me ligar, percebo que ele não vai se dar ao trabalho, telefono para ele e descubro que está mergulhado nas profundezas do prazer criativo e que não tem a menor intenção de vir me visitar, desligo, choro durante uma hora e daí vou para a cama, louca por um cigarrinho. Daí, acordo no dia seguinte, completamente sozinha, vomito, vou para o trabalho e recomeço todo o processo. É uma maravilha... — Ficou olhando radiante para eles, mostrando seus dentões brancos. — Nunca me senti melhor. Obrigada por perguntar.

— Caralho, Millie! — Sean explodiu. — Eu já te expliquei cem vezes. Isto é só uma coisa temporária. Assim que eu terminar o livro, as coisas vão voltar ao normal, prometo...

— Normal? Que porra é o normal, Sean? Você está dizendo que vai voltar a ficar se lamentando pelos cantos porque eu não sou mais tão divertida quanto era antes? Ou talvez esteja querendo dizer que vai ficar acordado a noite inteira cheirando pó com os meus amigos enquanto eu estou na cama, me matando de tanta preocupação com você? Não tem mais essa de "normal", Sean. Não até que você aceite esta gravidez e comece a encarar os fatos.

Sean olhou desesperadamente para Tony e depois para Millie.

— Olhe, a gente precisa mesmo falar disso aqui e agora? Será que a gente não pode conversar mais tarde...?

— Ah, para que se dar ao trabalho, Sean? Aliás, o Tony já sabe de tudo.

— Sabe do quê?

— Bom, para começo de conversa, ele sabe como se trata uma mulher grávida.

— Grávida? — Ness estava à porta segurando uma enorme travessa contendo o que parecia ser meio boi com doze cabeças de alho e uma árvore de Natal por cima. — Quem está grávida?

Millie revirou os olhos para o teto e suspirou.

— Eu estou — respondeu.

— Ah, meu Deus! — Ness deixou a travessa cair na mesa. — Ah, meu Deus! — Deu a volta correndo na mesa e abraçou Millie, que estava atônita. — Ah, mas que maravilha! Quanto tempo faz?

— Nove semanas... quase dez.

— Ah, meu Deus! Sean... venha aqui! — Puxou-o, obrigando-o a se levantar e abraçou-o tão forte que o deixou sem fôlego. Ele sorriu, sombrio. — Mas essa é a melhor coisa do mundo. Ah, meu Deus... o casamento. O que é que vocês vão fazer com o casamento? Vai casar de barrigão? Ou talvez vocês prefiram esperar até o bebê ficar maiorzinho. Ah, se for menina pode ser uma daminha, se for menino pode ser pajem. Meu Deus... um bebê... não dá para acreditar! Isso pede um pouco de champanhe. Tony, tem uma Mumm na geladeira... será que a gente pode...?

Tony assentiu e Ness voltou correndo para a cozinha. Sean se voltou imediatamente para olhar para Millie.

— O que você quis dizer, exatamente, com o seu último comentário?

— Que comentário? — perguntou Millie, impaciente.

— Ah, quando você disse que o Tony sabe como tratar uma mulher grávida. Que história é essa?

— Nada — disse Tony, imediatamente desejando ter ficado de boca fechada.

— O quê? — Sean lhe deu um olhar torto.

Millie revirou os olhos para o teto.

— Olha, por acaso eu mencionei ao Tony que eu estava sofrendo com uns enjôos matinais terríveis, e ele foi muito gentil de ir até o Holland & Barrett e comprar para mim uns paliativos.

— Paliativos?

— É. Gengibre e limão e essas coisas.

— E...?

— E ele deixou tudo no meu apartamento.

— O Tony foi ao seu apartamento? Você foi ao apartamento dela? — Ele se virou e olhou para Tony.

Um tilintar de taças indicou a volta de Ness com o champanhe.

— Prontinho — disse. — Tony, por favor, abra espaço. Você serve o champanhe, Tony... eu sirvo a comida. Não dá para acreditar, vocês dois — disse, cortando a carne, empilhando-a no prato de cada um e derramando um molho viscoso por cima. — Primeiro vocês anunciam que vão se casar e agora você está grávida... quer alcachofra, Millie? Quanto tempo mesmo faz que vocês estão juntos?

— Quase três meses — balbuciou Millie, enxugando sua taça de vinho.

— Impressionante — disse Ness. — E pensar que tem gente que passa anos junto antes de ir morar na mesma casa. — Lançou um olhar torto de brincadeira para Tony, que ele preferiu ignorar. — Então, quanto tempo faz que vocês sabem?

— Umas duas semanas — respondeu Millie.

— Você sabia? — perguntou a Tony, distribuindo os pratos pela mesa.

— Sabia — respondeu ele, enchendo a última taça de champanhe. — O Sean me contou... na semana passada.

— E você não disse nada... seu velhaco safado. Como foi que você conseguiu guardar segredo?

— Eu jurei que não ia contar para ninguém — respondeu, distribuindo as taças de champanhe.

— É — disse Millie —, nós não queríamos contar para ninguém antes do primeiro ultra-som.

— Claro — disse Ness. — Então, é confidencial?

— É... só mais umas duas semanas.

— Meu Deus, a Bernie vai ficar *exultante*! O primeiro neto. Um brinde — ela ergueu a taça. — Ao Sean e à Millie... e à barriguinha da Millie.

Todos pegaram os copos e fizeram tintim, sem nenhum entusiasmo.

— À barriguinha da Millie — entoaram. — Saúde.

— Certo — disse Ness, acomodando-se em sua cadeira e colocando o cabelo atrás da orelha. — Bom... não tenham medo do alho. Eu sei que parece muito, mas a Nigella disse que, quando se assa por tanto tempo assim, ele perde a força... então ninguém vai ficar com bafo, eu prometo...

Tony cutucou a comida com o garfo e olhou para o outro lado da mesa, para Sean e Millie. Ness tinha prendido Millie em uma conversa sobre gravidez que Millie tinha agarrado como um cão faminto a quem se oferece um osso. Sean mastigava um pedaço de carne, cheio de ressentimento, com os olhos fixos em algum ponto vazio.

Pareciam desconhecidos, pensou consigo mesmo, como se fosse uma tentativa frustrada de jantar para apresentar pessoas como futuros namorados.

Conseguiram chegar ao fim do jantar de modo civilizado, conversando a respeito de bebês e de trabalho e de família e de todos os assuntos além daquele que realmente tinham vontade de discutir. Millie terminou seu champanhe e esticou a taça quando a garrafa circulou para a segunda rodada. Ness abriu uma terceira garrafa de vinho a certa altura e então, depois de uma musse de chocolate extremamente encorpada que quase acabou com Tony, ela trouxe o licor. Bom, cada bebedor tem um ponto fraco: aquela bebida a que não conseguem resistir nem quando sabem que não precisam dela, aquela bebida que os leva a um patamar da escala de embriaguez como nenhum outro; para Tony, essa bebida era o licor. Era a bebida de que ele mais gostava entre todas, mas que sempre o deixava meio louco: e não louco como tequila, de um jeito bacana, mas louco como um velho ranzinza. E quando Ness e Millie foram para a cozinha arrumar tudo, ele já tinha tomado três doses do negócio.

Sean olhou seco para Tony do outro lado da mesa.

— O que é que você foi fazer na casa da Millie? — sibilou entre dentes.

— Caramba, Sean... você ainda está martelando isso aí?

— O que você foi fazer lá?

— Olhe — disse Tony, inclinando-se na direção do irmão e abaixando a voz. — Não foi nada. A Millie comentou que estava se sentindo muito enjoada, por acaso eu estava na Holland & Barrett, senti pena dela, comprei umas coisas... só isso.

— Mas você foi até a casa dela... até a casa da *Millie*.

— É, eu sei. Como é que eu podia entregar as coisas para ela? Eu estava na cidade, estava passando por ali, deixei uma sacola lá. Nada demais.

— Mas por que foi que você não me disse nada? Não entendo.

— Não tinha nada para dizer, Sean. Eu comprei umas coisas para ela. Deixei lá. Pelo menos eu *fiz* alguma coisa.

— O que você quer dizer com isso?

— Quero dizer que ela estava se sentindo mal, e você estava sendo uma porra de um inútil. Não foi preciso me esforçar muito, sabe? Você poderia ter feito a mesma coisa se pensasse em alguém além de você durante um minuto... — A voz de Tony estava ficando mais alta e Ness enfiou a cabeça na porta para ver o que estava acontecendo.

— O que vocês estão fofocando aí? — perguntou.

— Nada — respondeu Tony —, nada. É coisa de irmão.

Ness, que era filha única, achava que qualquer coisa entre irmãos era encantada de algum modo, por isso só sorriu para eles de maneira indulgente e voltou para a cozinha para conversar sobre bebês com Millie.

— Não dá para acreditar que você foi até a casa da minha namorada e não me contou. Imagine se eu fosse visitar a Ness e não comentasse com você... Você não ia achar esquisito?

— Não. Para falar a verdade, não.

— Bem, eu acharia.

— Bem, então me desculpe. Da próxima vez que eu fizer uma coisa legal com alguém que você está tratando mal, vou lembrar de lhe avisar.

O rosto de Sean começou a ficar vermelho.

— Caramba — disse ele. — Eu liguei para você *uma vez*, a única vez na minha vida que eu fui te pedir conselho, achando que você ia me dar uma força e me entender, e em vez disso você usou isso como desculpa para infernizar a minha namorada e me deixar parecendo um canalha.

— Eu não precisei deixar você parecendo nada... você fez tudo sozinho. Olhe, você me ligou pedindo conselho e eu te dei um conselho. E, desde então, você não fez nada além de ignorá-lo. Então, pare de jogar a culpa em mim. Você está fodendo com tudo sozinho e sabe muito bem disso.

— Poxa! Não dá para acreditar, você fica aí todo santificado, de braços cruzados, olhando para mim como se eu fosse um merda. Você também não transformou a sua vida exatamente em um sucesso brilhante, não foi, Tone? A sua própria mulher acabou ficando com outro cara e você simplesmente a deixou ir embora.

— Epa! — disse Tony, já nem mais tentando baixar a voz. — Você fala bonito. Droga. Só porque escreveu uma porra de um livro e todos os jornais ficam correndo em volta de você e dizendo: "Aaaah, Sean, você é um puta escritor", você acha que pode se safar de qualquer coisa. Você acha que não importa o fato de você ter sido um bundão inútil durante os primeiros vinte e oito anos da sua vida, que nunca fez nada digno de nota. Você é mimado, essa é a porra do seu problema, seu menininho mimado. Nunca precisou trabalhar para ter nada na vida, recebeu tudo de bandeja... apartamento do governo, dinheiro, jantar na casa da mamãe toda noite...

— Ha! — Sean se levantou e apontou para Tony, enlouquecidamente. — *Eu*? Mimado?! Eu?! Isso é tão engraçado, caralho, que eu acho que minha barriga vai explodir de tanto rir. Quem foi que te emprestou dinheiro para abrir a sua empresa, hein? E por acaso você já pagou o empréstimo? Hmm, não... acho que não. E todas aquelas reuniõezinhas aconchegantes de "negócios" que você e o papai faziam. Quem caralho é que se sentava comigo, hein? Quem é que algum dia veio me perguntar o que eu queria fazer? Quem foi que *me* ofereceu dinheiro e *me* ensinou tudo que sabia? Você só tinha que espirrar e a mamãe mandava enquadrar o catarro e dizia que você era um gênio. Você sempre foi moldado para ser uma porra de um garoto *de ouro*, incapaz de fazer qualquer coisa errada.

— Eu *trabalhei* por tudo que eu tenho, Sean. É verdade, o papai me emprestou um pouco de dinheiro e não, eu ainda não paguei... mas pago se for para te deixar feliz. Vou fazer um cheque para ele agora mesmo, se você quiser. E se você demonstrasse um mínimo de interesse em alguma coisa... por menor que fosse... o papai iria ter te dado tudo que você quisesse. Mas você não demonstrou. Você só se interessava em assistir à TV com o Ned e em sair para dançar com ele e tomar drogas de veado e passar o dia seguinte inteiro na cama... enquanto eu estava lá ganhando o meu sustento e fazendo alguma coisa com a minha vida.

— Você acha que ter uma porcaria de uma empresinha de cartões é fazer alguma coisa com a sua vida? Caramba, como os seus horizontes são restritos, Anthony...

Uma pequenina bola roxa de luz entrou em erupção na cabeça de Tony naquele momento, como um cogumelo atômico em miniatura de pura fúria. Sua visão se borrou e uma emoção incontrolável tomou conta de sua consciência: ódio. Era uma emoção que ele tinha feito de tudo para evitar reconhecer nas semanas anteriores, mas agora não tinha mais como fugir dela. Ele odiava Sean. Odiava sim. Odiava tudo nele, desde o caralho de seu livro idiota até seus tênis bacanas ridículos e a maneira como estava tratando a namorada grávida.

— Ah — ele disse, erguendo-se e inflando o corpo —, e imagino que você ache que publicar um livro de sucesso vá dar jeito na sua vida, não é mesmo? Você ainda não provou nada, Sean, nadinha de nada. Pode até ser só "uma porcaria de uma empresinha de cartões", mas é uma porcaria de uma empresinha de cartões que está aí há quinze anos, que tem renome, que vai pagar minhas contas quando eu estiver velho e grisalho. Você teve uma porra de uma sorte, cara... você ainda precisa provar muita coisa antes de poder se sentar aqui e me dizer que é um sucesso. E é verdade, meu casamento pode ter despencado, mas eu me esforcei de verdade para que desse certo... ficamos juntos durante dez anos, isso é um caralho de uma vida inteira hoje em dia. Você... você passou anos indo para a cama com um monte de vagabundas com morte cerebral e daí no minuto que achou alguém decente, fodeu com tudo. Quer dizer, que caralho foi aquela história de pedir a Millie em casamento, para começo de conversa? Hein? Que merda foi aquela?

— Essa, Tony, é uma pergunta *incrivelmente* interessante — disse Millie, aparecendo na porta com mais uma taça de vinho em uma mão e a outra mão na cintura. — É, Sean — disse ela —, por que foi que você me pediu em casamento? Hein?

Sean largou a cabeça nas mãos e respirou fundo.

— Millie — disse —, agora não. Aqui não. Por favor. Será que não dá para esperar até a gente chegar em casa?

— Não — disse Millie, jogando-se na cadeira e encarando Sean. — Não... não vai dar para esperar até a gente chegar em casa. Eu quero ter esta conversa agora mesmo.

— Mas isto é pessoal, Millie...

— Ah, fale sério — disse ela. — O Tony é seu irmão. Ele é da *família*, Sean. A gente pode falar na frente dele. E, de todo modo, pode ser que você aprenda algumas lições de vida com ele.

— Hein? — Sean lançou um olhar de desprezo para Millie.

— É... ele é *homem*, Sean. Olhe só para ele. — Ela se levantou e deu a volta na mesa, na direção de Tony. — Olhe, ele tem ombros largos. — Agarrou os ombros dele e os apertou. — Ele é forte, Sean. Ele consegue cuidar da empresa dele *e* ter casa própria *e* ter carro *e* manter uma relação e *ainda* achar tempo para pensar nos outros. Você poderia aprender muito com ele, sabe?

— Desde quando você liga para coisas como carros e apartamentos, Millie? Achei que você era uma moça bacana e fosse ideais desprovidos de socialistas, que achava que *status* e dinheiro e imóveis não importassem. Mas você não é nada disso, não é verdade? Você é igual a qualquer outra mulher... você só quer um homem para cuidar de você...

— Eu *não* quero um homem para cuidar de mim, Sean. Eu só quero um *homem*. Só isso. Não um garoto que entra em pânico ao primeiro indício de responsabilidade. Que acha que as mulheres grávidas têm algum tipo de doença psicossomática. Quer dizer, será que já lhe ocorreu, Sean, que eu estou assustada, que talvez eu esteja tão apavorada a respeito de ter um filho quanto você? Só porque eu sou mulher, não significa que vim pré-programada para saber como lidar com isso. Estou apavorada, Sean. Minha identidade está sendo extirpada a cada dia que passa. Você acha que eu estou *gostando* de estar grávida? Você acha que eu estou gostando de ver o meu corpo tomado por uma coisa?

— Bem, então por que é que você vai ter o filho, Millie? Por que, caralho, você vai ter essa merda deste bebê se você não quer, porra? Hein?

— Eu quero *sim* o bebê, Sean. Eu quero este bebê mais do que qualquer coisa. Só estou dizendo que não é nada fácil estar grávida e que... e que... *eu preciso que você também queira este bebê*. Só isso.

A sala ficou em silêncio absoluto e as últimas palavras de Millie ficaram flutuando no ar como uma campainha sem atender.

Millie ficou olhando para Sean com ar suplicante. Sean olhava para o teto, batucando na mesa com os dedos. Tony olhava para as unhas e tentava não se movimentar muito, para evitar que Millie largasse seus ombros.

— Certo — disse Sean, afinal, batendo as mãos na mesa e suspirando. — Já deu. Isso foi demais para mim. Estou saindo fora. — Levantou-se e pegou o casaco do encosto do sofá de Tony.

— Como assim?

— Estou dizendo que cansei de ficar aqui vendo a minha vida pessoal ser dissecada em público e ficar ouvindo que eu não presto. Então, vou embora.

— Bom, então eu vou com você — disse Millie, soltando os ombros de Tony, para a decepção dele.

— Não, Millie, não vai não.

— Vou sim.

Lançou um olhar glacial na direção dela.

— Não, vai não.

— A gente precisa conversar, Sean.

— É. Você está certa. A gente precisa mesmo conversar. Mas não aqui, não agora e não hoje à noite.

— Está bem, então vá se foder. Foda-se. Eu vou ficar aqui com o Tony. O Tony vai cuidar de mim, não vai, Tony?

Ela agarrou os ombros dele de novo e Tony assentiu com a cabeça, com veemência.

— Vou — respondeu. — Claro que sim.

Sean parou um instante e olhou para os dois. Abriu a boca para dizer alguma coisa e então a fechou.

— Tanto faz — disse, jogando as mãos para o alto em sinal de derrota. — Tanto faz.

Virou-se e estava prestes a sair da sala quando parou, virou-se de novo e ficou olhando, não para Millie, mas para Tony. Ficou lá olhando para ele durante o que pareceu ser quinze minutos antes de finalmente apontar para ele e dizer, em uma voz suave que parecia desprovida de raiva e cheia de tristeza:

— Eu achei que você era meu irmão.

Saiu da sala, então, e dez segundos depois, ouviram a porta bater.

— Certo — disse Ness, entrando na sala com uma bandeja cheia de café e chocolates. — Quem quer um café?

Millie caiu em prantos.

Fusão de irmãos

— Pronto — disse Tony, entregando uma xícara grande de chá de hortelã para Millie e se sentando ao lado dela no sofá.

— Desculpe de verdade, Tony.

— Por quê?

— Por fazer você perder a cabeça com o seu irmão, por estragar o jantar, por ser uma sacana completa.

— Ah, não seja boba. Você não estragou nada. As coisas essa noite iam ser difíceis de qualquer maneira.

— É, eu sei, mas eu não devia ter trazido esta confusão para a sua mesa de jantar. A última coisa que eu queria fazer era afastar você do Sean. Eu simplesmente perdi o controle hoje à noite. Droga... não dá para acreditar que eu estou bêbada, Tony. Olhe só para mim, estou *bêbada*, carregando um bebê dentro de mim.

— Ah, bom... — disse Tony, sem saber muito bem o que dizer; encher a cara grávida era uma coisa indesculpável para ele, mas sem querer deixá-la ainda mais chateada. — Tenho certeza de que não vai fazer mal.

— É, eu sei que não vai fazer mal. Mas essa não é a questão. É só que... é que parece mostrar uma tremenda falta de respeito, só isso. Coitadinho. — Ela acariciou a barriga com ternura. — Coitadinha desta coisinha indefesa que mal tem unha e a mamãe e o papai já estão brigando e discutindo e te obrigando a tomar coisas nojentas.

Tony olhou para a barriguinha redonda de Millie e sentiu uma coisa subir dentro dele. Havia um bebê lá dentro, um bebezinho do tamanho de um polegar.

— Então, ele já tem unha, é? — disse, olhando para a barriga, maravilhado.

— Ãh-hã. E também já tem os espacinhos na mandíbula para os dentes crescerem.

— Uau.

— E, nesta semana, parece que ele desenvolveu as cordinhas vocais... assim ele pode começar a fazer barulho lá dentro. Dá para imaginar?

— É maravilhoso — disse Tony. — Posso colocar a mão?

— Claro — respondeu Millie, abrindo um pouco o cardigã.

Tony esticou a mão e envolveu a barriguinha que mais parecia o resultado de uma lauta refeição ou um pouco de gases do que uma gravidez.

— Ainda não dá para sentir nada — ela disse. — O bebê fica se mexendo, mas é pequeno demais para a gente sentir.

— Não. Mas é que... é fantástico, não é? Um serzinho humano aí dentro. Eu só queria... fazer uma *conexão*. Sabe?

Olhou para Millie e sorriu e Millie devolveu o sorriso.

— Sabe de uma coisa? — disse. — O Sean nunca fez isso. Ele nunca tocou o nosso filho.

— Sério? — Tony tirou a mão da barriga de Millie.

— Ãh-hã. Acho que ele nunca nem olhou para ele. Bom, não de propósito, de qualquer jeito. Droga. O que é que eu estou fazendo? O que é que eu estou fazendo, Tony? — Ela olhou para ele com ar de súplica e deixou a cabeça cair entre as mãos. — Merda. Eu vou ser mãe solteira, não vou? Uma mãe solteira mal-humorada, amarga e velha que enche a cara enquanto está grávida. Caramba, provavelmente vou virar alcoólatra e negligenciar a criança. O serviço social vai levar o bebê embora e eu nunca mais vou vê-lo. Ah, meu Deus, Tony... o que eu vou fazer? — Ela começou a soluçar de novo.

— Pronto, pronto — disse Tony, pegando uma mãozinha quente e apertada dela e agradando-a bem de levinho. — Tudo vai dar certo, Millie. Falando sério, vai sim.

— Quer dizer, há algumas semanas tudo na minha vida era perfeito. Eu tinha conhecido o homem dos meus sonhos, ele me pediu em casamento, eu ganhei uma promoção, tudo estava indo tão bem... Cada dia era igual a uma cena de um filme, sabe? Como se eu vivesse em um mundo idílico e dourado que quase sempre parece fora do alcance, que parece sempre acontecer com os outros... mas estava acontecendo *comigo*. Eu não achava sinceramente que a vida podia melhorar. Eu achava que era a mulher mais sortuda e abençoada do mundo inteiro. E agora... e agora... meu namorado me odeia, eu estou no fundo do poço, não tenho vida social, não me divirto... não tenho mais cintura. E agora eu sinto que a minha vida é um documentário deprimente. Sabe, igual àquelas mulheres que a gente vê na TV e pensa: "Como, diabos, você deixou isso acontecer com você? Como é que você pôde ser tão idiota?" Quer dizer, como é que eu pude olhar para o Sean e achar que ele poderia ser um bom pai? Ou até um bom marido, aliás? Será que eu estava desesperada?

— Ele não te merece, Millie — disse Tony. — Ele não merece nenhum de vocês dois.

— Não merece mesmo, merece? Quer dizer, você acha que ele chegou a notar que eu estava bebendo hoje à noite? Hein? Você acha que passou pela cabeça dele o que eu estava fazendo? Meu Deus... quem sabe ele estivesse mentalmente me dando força? Torcendo para eu ter um aborto espontâneo ou qualquer coisa assim?

— Ah, fale sério, Millie... acho que agora você está exagerando um pouco, não?

— Não. Acho que não. Você não sabe como ele consegue ser frio, Tony. Eu nunca tinha visto antes. Ele era sempre igual a um cachorrinho animado... vivia feliz com tudo, o tempo todo. Não dava nem para imaginar o Sean infeliz. E daí eu contei para ele que estava grávida e foi como se uma luz tivesse se apagado em algum lugar dentro dele. Como se umas portas de aço bem pesadas tivessem descido, woosh... — ela demonstrou as portas descendo com as mãos —, e foi a última vez que eu vi o velho Sean. Foi embora. Para sempre. E eu não sei como trazê-lo de volta, Tony. Como é que eu trago ele de volta, hein? Como?

— Não sei, Millie, não sei mesmo. O Sean é... O Sean não sabe dividir as coisas. Ele nunca soube dividir nada. Se ele tinha alguma coisa dele, então ninguém mais podia chegar perto. E se a mamãe o obrigava a dar um de seus brinquedos para outra criança brincar, bem... ele não considerava mais aquilo seu. Dizia que não queria mais. Arrumava um novo... — Tony deu de ombros e olhou para Millie.

— Você está dizendo que o Sean está chateado porque ele vai ter que me dividir com o nosso filho?

— Não sei — respondeu ele. — É uma teoria.

Millie ficou em silêncio e olhou para o chão durante um tempo.

— Merda — disse. — Acho que você tem razão. Acho que é isso mesmo. Meu Deus, Tony... O que eu faria sem você? Estar com você é igual a ter uma versão adulta do Sean. Quer dizer, você se parece com ele e fala igual a ele... até o seu cheiro é um pouco parecido com o dele. Mas você tem inteligência emocional e ele tem deficiência emocional. Eu queria... eu queria poder *fundir* vocês dois. Ai, meu Deus... isso parece esquisito demais?

Tony olhou para ela, tentando esconder a surpresa nos olhos.

— Hmm, não... não mesmo. Mas qual é a parte do Sean que você iria manter nesse processo de fusão?

Millie suspirou e pensou.

— Meu Deus, não sei. Realmente não sei. O... o... *Nada* — acabou por dizer. — Do jeito como eu estou me sentindo neste momento, não tem nada do Sean que eu gostaria de ter.

— Então, essa fusão... seria só eu? — disse Tony, rindo, nervosamente.

— É... acho que sim. — Millie riu também.

— Talvez sem, hmm... a cobertura extra, né? — Deu tapinhas na própria barriga e riu de novo.

— Não — ela disse. — Eu ficaria com a cobertura. Eu gosto da cobertura.

— Gosta?

— Gosto. É fofinho.

Tony digeriu a palavra "fofinho" por um segundo, perguntando a si mesmo se tinha ou não gostado daquilo.

— Lembra daquele dia, Tony... quando você foi à minha casa?

Ele assentiu com a cabeça.

— E você disse aquela coisa... aquela coisa de que se tudo desse errado com o Sean ia ter gente para me ajudar?

— Lembro.

— Bom, acho que pode acontecer, sabe? Acho mesmo que pode dar tudo errado. Quando você falou, eu não pensei nisso... achei que você estava sendo melodramático. Mas agora já não tenho mais tanta certeza. Eu olho para o Sean e não consigo ver nenhuma das coisas por que eu me apaixonei. Elas não estão mais lá. Eu só vejo um *garoto* reclamão e egoísta. E a menos que o velho Sean volte... Acho que eu não quero ficar com ele, Tony. E se isso acontecer... se eu ficar sozinha... sera que você... *se interessaria*?

— Se eu me interessaria? — perguntou Tony. — Claro que eu me interessaria. Eu faria muito mais do que me interessar, Millie... eu faria absolutamente qualquer coisa.

— Faria?

— Claro. Eu iria a qualquer lugar, levaria você a qualquer lugar que você quisesse, eu faria qualquer coisa e tudo por você e o bebê. Eu... meu Deus... dinheiro, tempo, tudo que você quisesse, tudo que você precisasse. Você e o bebê são as coisas mais importantes do mundo.

— Somos? Mesmo?

— Claro que são. Mais importantes do que qualquer coisa. Eu faria qualquer coisa por vocês... qualquer coisa mesmo.

Millie olhou diretamente para Tony e Tony viu seus olhos se encherem de lágrimas.

— Meu Deus, Tony, se você soubesse o quanto eu queria ouvir isso... Sentir que nós somos especiais e importantes.

— Como é que alguma coisa pode ser mais importante do que vocês dois?

— Obrigada, Tony. Você não faz idéia do que isso significa para mim.

— Eu só não consigo acreditar que uma pessoa linda como você e especial como você e *fantástica* como você pode ter ficado com alguém que não a valoriza. Não faz o menor sentido. Você deveria ser adorada e mimada e cuidada e protegida. Você deveria ser tratada como uma rainha.

Millie sorriu para ele e colocou a mão em seu braço.

— Pare com isso — ela riu. — Daqui a pouco eu vou começar a acreditar.

Tony pegou a mão dela.

— Eu quero que você acredite, Millie... você é a mulher mais linda do mundo.

— Obrigada, Tony — respondeu ela. — Muito obrigada.

E então, de repente, jogou os braços em volta dele e o abraçou. Tony fez o mesmo, devolveu o abraço e, durante alguns segundos, parou de respirar.

Ness estava no andar de cima, na cama, a sala só estava iluminada por um abajur fraquinho no canto, o CD de David Gray continuava tocando. Tony estava cheio de licor e de vinho. Millie era quente e forte e tinha cheiro de cabelo limpo e de alecrim. Aquilo parecia um agarramento depois de um encontro amoroso bem-sucedido. Aquilo parecia... *alguma coisa*. Ele se afastou de Millie, lentamente, até ficar cara a cara com ela.

Havia rímel escorrido embaixo dos olhos dela. Limpou com o polegar.

— Você merece muito mais, Millie — disse.

E ela sorriu e assentiu com a cabeça.

— Mereço — respondeu. — Mereço mesmo.

E então, muito, muito lentamente, seus lábios se encontraram e eles se beijaram.

Ressacas de bebê

Foi Tony quem colocou fim ao beijo.

Fez com que terminasse depois de cerca de trinta segundos.

Afinal, alguém precisava tomar uma atitude.

— Isso está errado — disse. — A gente não devia fazer isto. — E não dizia aquilo só para ser educado, estava falando sério. *Era* errado. Muito errado. Tony percebera no meio do beijo, de repente. A relação deles não tinha mais a ver com aquilo. Tinha se transformado. Na verdade, tinha se transformado a partir do momento em que Millie lhe contara que estava grávida, e ele simplesmente não tinha notado.

— Eu sei — disse ela, afastando-se dele, colocando a ponta dos dedos nos lábios. — Eu estou muito bêbada.

— Eu também — disse Tony.

— É só que... — começou ela, as mãos se contorcendo no colo. — Eu ando me sentindo tão...

— Está tudo bem. — Tony interrompeu. — Eu sei. Nós dois estamos confusos. Nós dois estamos bêbados. Nós dois estamos sendo completamente ridículos.

Millie assentiu com a cabeça com veemência, colocando o cabelo atrás da orelha.

— Com certeza — disse, então deu um meio-sorriso para Tony. — Meu Deus... como diabos foi que isso aconteceu?

Tony deu de ombros.

— Quem foi que começou? Meu Deus, será que fui eu? Será que eu me joguei em cima de você com a língua para fora?

Tony sorriu.

— Não — respondeu. — Acho que foi uma iniciativa em duas vias. Sabe como é, meio a meio.

— Que vergonha. Não que eu... bom, você é um homem muito atraente, Tony, é verdade. Mas eu não faço a menor idéia do motivo disto. Não mesmo. Devem ter sido os meus hormônios ou algo assim.

— Os meus também — disse ele, começando a sentir os redemoinhos da risada encabulada em algum lugar dentro do estômago.

— Meu Deus... nós nos agarrando no sofá, que coisa mais adolescente. — Ela cobriu o rosto com as mãos e soltou risadinhas.

Tony olhou para Millie, sentada ali com uma cara de choque paralisado e meio divertido, o cardigã ainda um pouco aberto devido a seus carinhos apaixonados, e uma imagem passou-lhe pela mente, uma imagem dele e Millie se agarrando no sofá. E, por alguma razão, aquela imagem foi a gota d'água e ele começou a gargalhar alto. Millie olhou-o de viés e seu sorriso também se abriu. Tony olhou para ela e gargalhou de novo. E daí os dois tiveram um ataque de riso.

Riram muito e bem alto durante uns cinco minutos, balançando para frente e para trás, segurando a barriga, enxugando as lágrimas dos olhos. Riram tanto que nem conseguiam falar, e tanto que Tony começou a sentir pontos doloridos embaixo do tórax. E riram tanto que a tensão das quatro horas anteriores se dissipou por completo. E quando finalmente pararam, olharam um para o outro e Tony se deu conta de que tinha arranjado uma nova amiga para a vida toda.

Ficaram lá sentados mais um pouco e conversaram a respeito da noite, do bebê e de Sean, e então, quando Millie começou a bocejar mais do que falar, Tony levou-a para o andar de cima e a colocou na cama. Ela deixou que ele a mimasse enquanto mostrava o quarto, o banheiro adjacente ao quarto, entregava-lhe pasta de dentes, uma escova de dentes sobressalente, dava-lhe uma camiseta limpa para dormir. Ela deixou que ele se sentasse na beirada da cama depois que ela ficou pronta e acariciasse seu cabelo e segurasse-lhe a mão. Ela se mostrou complacente e infantil.

— Ah, não — disse de repente, ao se deitar. — Meu bebê... você acha que ele vai ficar de ressaca amanhã, igual a mim?

Tony deu de ombros.

— Ah, coitadinho do meu bebê — disse, esfregando a barriga. — O que foi que eu fiz com você, coitadinho?

Tony então levou mais um pouco de água para ela, para amenizar a ressaca dela e a do bebê.

— Sabe, Tony — disse ela, lutando para manter os olhos abertos quando já ia caindo no sono. — Adoro estar com você. Você é tão forte e tão calmo e tão gentil. Quando estou com você, parece que tudo vai dar certo. Sabe como é?

Tony assentiu com a cabeça e sorriu e ficou observando quando seus olhos se fecharam lentamente e o ritmo de sua respiração mudou, e enquanto estava lá sentado examinando os contornos do rosto de Millie, o modo como seus cílios acariciavam a pele, como sua boca se abria um pouquinho quando ela inspirava e expirava, os assobiozinhos que ela soltava enquanto dormia, de repente foi tomado por uma emoção completamente desconhecida.

Sentiu-se como um pai tomando conta de sua filhinha.

Sentiu-se paternal.

Aquele beijo, agorinha mesmo... tinha sido... *legal.* Tinha sido calmante, reconfortante. Mas não tinha mexido com ele por dentro. E aquilo, foi o que percebeu de repente, era exatamente o resumo de sua relação com Millie. Eles estavam se confortando um ao outro. Ele fazia com que ela se sentisse melhor a respeito do fato de seu namorado rejeitá-la e ela fazia com que ele se sentisse melhor a respeito do fato de ele ter perdido sua noção de identidade.

Não passava de um jogo. Aquilo tudo. Não ia levá-lo a lugar nenhum. Claro que não. Mesmo que Millie e Sean se separassem, será que ele achava mesmo possível se intrometer e criar o filho do irmão? Aquilo era um absurdo. Ele não queria mais derrotar Sean. Sean já estava perdendo sozinho. A competição tinha chegado ao fim. O papel dele ali, percebera, não era lutar com Sean por Millie. Era cuidar de Millie até que Sean se ligasse e assumisse sua responsabilidade.

Ele não era o predador.

Ele não era o amante.

Ele não era o vencedor.

Ele era o irmão mais velho.

Depois de alguns minutos, levantou-se lentamente, apagou o abajur e foi para o quarto.

Ness estava acordada, lendo um livro.

— Como ela está? — sussurrou, dobrando a pontinha da página e colocando o livro na mesinha-de-cabeceira.

— Está dormindo — respondeu Tony, desafivelando o cinto.

— Coitadinha. Que horror. Na hora que a gente mais precisa de harmonia na vida, e tudo desmorona.

— É. É mesmo uma droga.

— Você foi fantástico com ela, Tony — disse, meio que saindo da cama e abraçando o torso dele.

Ele parou, ficou congelado.

— Não dá para acreditar como você foi gentil com ela. Eu fiquei tão orgulhosa de você hoje à noite, Tony. Tão orgulhosa de você ser o meu namorado...

— Bem — respondeu, seco —, ela está grávida. Alguém precisa tomar conta dela.

— Venha aqui — disse ela. — Venha aqui, meu adorado homenzarrão sensível. — Enganchou o dedo em um dos passadores da calça dele e o puxou em sua direção.

— O quê?

— Venha aqui, só isso. Eu estou me sentindo cheia de amor. Eu quero um abraço.

— Ness — ele disse, se afastando dela. — Eu...

— Só venha aqui.

E então ele olhou para Ness lá deitada, nua e cheia de amor, e sentiu uma súbita onda de desejo invadi-lo. Não por Ness, mas sim por contato humano, por intimidade. Ela o puxou para a cama, tirou sua roupa, acariciou-o, e Tony estava tão bêbado e tão confuso e tão cheio de emoção que permitiu. A cabeça dele era um vácuo escuro e confortável. Seu corpo era uma placa-mãe de sentimentos e sensações. Ficou de olhos fechados e quase se perdeu no calor do momento, quase se perdeu no corpo de Ness e no abraço de Ness. Pensamentos iam e vinham de sua cabeça vazia, como uma projeção de *slides* subliminar... Millie, Sean, Ness. Ele não fazia a mínima idéia de quanto tempo aquilo tinha demorado, mas nunca tinha experimentado emoções tão intensas durante o sexo. E terminou por gozar, gozou tanto emocional quanto fisicamente e, com lágrimas nos olhos e um ar de puro maravilhamento no rosto, gritou bem alto: "Eu te amo, Ness, eu te amo tanto, eu te amo tanto, *eu te amo tanto...*". Então a agarrou e lhe deu o abraço mais apertado que já dera em alguém na vida.

E depois disso Ness abraçou-o e chorou lágrimas que umedeceram seus cabelos e seu couro cabeludo.

História de amor em dois atos

Quando Ned chegou ao trabalho na quinta de manhã, era oficialmente o melhor montador de kits para a imprensa do mundo. Tinha dobrado mais de 1.000 pastas, feito fotocópias de mais 500 *releases* de imprensa e esvaziado dez caixas Kodak de fotografias. Até o cara do cabelo compridinho (cujo nome, aparentemente, era Marc; mas Ned só ficara sabendo disso porque ouviu alguém o chamando do outro lado do escritório) estava impressionado com a produtividade de Ned. "Você está progredindo bem", ele tinha dito na noite anterior. "Estou muito satisfeito." E Ned tinha se sentido ridiculamente orgulhoso e tinha ido para casa um pouquinho saltitante.

Era uma linda manhã ensolarada quando Ned atravessou a Soho Square em direção a seu local de trabalho e, apesar de ter plena consciência de que aquele era um dos piores serviços em Londres, ele não podia evitar a sensação agradável de ter um lugar para ir todos os dias, de fazer parte da multidão que lotava as calçadas da melhor cidade do mundo. Aquilo lhe deu algo em que se concentrar e o distanciou de sua antiga vida. Era bom. Era saudável. Era certo.

Digitou o código de segurança na porta do escritório e atravessou a recepção, dando bom dia para Fabiola, a amável recepcionista italiana, no caminho. Deu uma passada na máquina de café no começo do corredor e pegou uma xícara de chá. Enfiou a cabeça pela porta do departamento de imprensa e deu bom dia para as poucas pessoas que circulavam por lá. Então abriu a porta de sua sala e parou de repente.

Tinha uma moça lá dentro.

Uma linda moça com uma blusa cor-de-rosa com manga bufante e jeans velhos desbotados, com uma tatuagem celta que dava a volta em seu antebraço. Ela tinha cabelo loiro com mechas que caía por sobre os ombros com algumas partes presas, e cerca de oito brincos em cada orelha, incluindo os brinquinhos prateados em cima.

— Nid?

— Hmm... é.

— Oi... eu sou a Bicky.

— Bicky?

— É. Me mandaram da mesma agência que você?

— Você veio da Dutch & Dewar?

— Vim, sim. Parece que aquele cara, o...?

— Marc?

— É, esse aí mesmo. Ele queria alguém para te ajudar. Então, aqui estou eu.

— Legal — disse Ned, esfregando as mãos. — Que maravilha. Ele te mostrou tudo? Sabe como é, as pastas e as fotos...

— Mostrou sim. Ãh-hã.

— E a máquina de café? O banheiro?

— Ãh-hã. Mostrou.

— Ótimo. — Pousou a xícara de chá e sorriu para Becky.

— Então — ela disse —, você está trancado aqui sozinho a semana inteira?

— Estou.

— Caramba. Não dá para acreditar que nos obrigam a trabalhar aqui. *Sem janela.* Em dias como hoje. É um crime!

— Eu sei — disse Ned, aliviado por ter alguém de seu nível com quem reclamar. — E até parece que não tem lugar para a gente ali — apontou a sala de relações públicas no corredor. — Você já foi lá? É *enorme*.

— Aquele tal de Marc é o maior punheteiro — disse. — E qual é o problema com o cabelo dele? Ele parece o porco-espinho Sonic do *videogame*. — Ela riu e então parou. — Merda... ouça só o que eu estou dizendo... Já peguei o vírus da reclamação. Estou parecendo uma porra de uma inglesa.

— Então — disse ele. — Austrália ou Nova Zelândia?

— Austrália. Sydney.

— Ah. É mesmo? De onde em Sydney?

— Bronte Beach.

— Não! — disse Ned. — Sério?

— É. Por quê? Você conhece?

— Conheço — respondeu. — Morei lá três anos.

— Em Bronte? Não acredito! Quanto tempo faz?

— Voltei faz três semanas.

— Uau! — disse Becky, enfiando as mãos nos bolsos dos jeans. — Que legal.

E Ned olhou para Becky e achou que sim, era extremamente legal. Era legal ela estar no armário dele, era legal ela ser tão bonitinha e era legal agora ele ter alguém com quem conversar o dia inteiro. E não só isso, mas ainda alguém com quem ele tinha muitas coisas em comum. Enquanto conversavam e dobravam papel-cartão e bebiam um chá horroroso juntos, descobriram que conheciam pessoas em comum, que freqüentavam os mesmos bares e restaurantes, provavelmente estiveram no mesmo lugar, na mesma hora, em mais de uma ocasião. Becky tinha estado no cybercafé onde Ned costumava trabalhar, Ned tinha ido a uma festa no apartamento do ex-namorado de Becky.

Ela tinha vinte e três anos e estava em Londres havia quase seis meses e planejava ficar mais seis meses, depois daria uma volta de algumas semanas pela Europa e voltaria para casa. Dividia um apartamento em Wandsworth com quatro outros australianos e era mesmo muito esquisito para Ned ter aquela conversa com alguém na mesma posição que ele ocupara nos últimos três anos, só que do outro lado do mundo.

À uma hora, hora do almoço, saíram juntos para comprar sanduíches superbaratos no Benjy's, que levaram até Soho Square e comeram no sol. Becky usava óculos de sol cor-de-rosa e sentou-se de pernas cruzadas com as costas retas, puxando folhas de grama e fazendo nós com elas. Ned se esticou sobre o gramado e sentiu a umidade da primavera tomar conta do tecido de seus jeans. O sol estava quente mas temperado por uma brisa fria. A sua volta havia gente como eles, jovens funcionários de escritório aproveitando sua hora de liberdade, absorvendo os preciosos raios de sol, como se pudessem preservar aquele momento para sempre.

Conversaram sobre música e sobre Londres e sobre comida e sobre futebol. Becky gostava de *curry*, comida chinesa, *pizza* e cerveja, apesar de não recusar champanhe se alguém lhe oferecesse. Ia a *shows* pelo menos uma vez por semana (a melhor coisa de se morar em Londres era a música ao vivo) e era torcedora do Chelsea (porque era o time do bairro dela e todos os companheiros de apartamento também torciam por esse time). Sentia falta dos amigos e do cachorro e da mãe e do pai. Conversaram a respeito de estar longe de casa, das emoções contraditórias de estar se divertindo como nunca, mas bem longe das pessoas de quem mais se gosta e que melhor se conhece.

Às duas horas, voltaram para o trabalho e conversaram a tarde inteira. Tiraram sarro de Marc, riram das fotos do *pop star* pré-adolescente cuja carreira estavam auxiliando, e beberam chocolate quente da máquina no fim do corredor. Às cinco horas, os dois já tinham estabelecido uma conexão bastante comum as pessoas que se conheciam desde os cinco anos de idade, de modo que saíram do prédio juntos e como ainda estava sol e como eles ainda estavam conversando, a sugestão de irem tomar um drinque em algum lugar pareceu adequada.

Foram até o Coach and Horses da Greek Street e sentaram-se em banquetas com cobertura de vinil rasgada na calçada, cheia de corpos suados de depois do expediente: entregadores, gente de imprensa e alcoólatras de rosto enrugado. Quando o sol começou a desaparecer atrás dos prédios altos e finos de Soho, o ar ficou frio, mas com uma cerveja dentro de si e uma moça bonita do lado, Ned nem sentia o arrepio em seu braço.

É isso, ele pensou quando ficou olhando Becky entrar no bar para comprar outra rodada, esta é a noite perfeita para mim. Não-planejada e espontânea, uma noite agradável de primavera, cerveja gelada, um bar animado e uma menina linda, engraçada e boazinha. Aquilo é que era ser jovem, livre e solteiro na cidade. E deve ter sido exatamente aquilo que Gervase queria dizer quando falou a respeito do "padrão" de vida. Ned tinha sido bom e boas coisas aconteceram com ele. E já estava na hora, caramba. Sentiu a cerveja se espalhar por dentro de seu corpo, relaxando seus membros e sua mente, e sentiu-se inchar com todo aquele potencial. O verão estava apenas começando, estava em casa, estava livre de Mônica, livre de tudo. Estava tudo ali, pensou, olhando em volta para os restaurantes, as casas noturnas e as pessoas, tudo que ele queria estava bem ali e era lindo. Ele só precisava ter coragem, agarrar a oportunidade, usá-la bem, cuidar dela.

— Aqui está, cara — disse Becky, saindo do bar e colocando dois copos suados na mesa na frente deles. Ned sorriu para ela e ela devolveu o sorriso. Os dentes dela eram lindos e os olhos se espremiam quando ela sorria. Aquilo era tão legal e normal, pensou com seus botões, tão saudável em comparação com a fuga com Mônica Louca ou com as fantasias com a namorada do irmão. Estar com Becky fazia com que ele se sentisse um ser humano adequado, e não como um resto de humanidade deixado de escanteio, alguém que só servia para as mulheres esquisitas, loucas e dos outros.

— Obrigado — disse ele, pegando seu copo e fazendo tim-tim com o de Becky. — Um brinde às... *possibilidades.*

— Com certeza — disse Becky. — Não poderíamos fazer um brinde melhor. Às possibilidades. Saúde.

Ned olhou para Becky e ela olhou para ele. Nenhum dos dois desviou o olhar. Pronto, pensou Ned, estava tudo feito. Trabalho novo, namorada nova. Sua nova vida começava ali.

Manda ver...

Ned acompanhou Becky até Tottenham Court Road depois de o bar fechar. Àquela altura já estava bem frio e eles percorreram a Oxford Street bem juntinhos, os braços nus se tocando para se aquecer. Os dois estavam levemente bêbados e animados enquanto caminhavam, ainda animados e rindo e se dando bem como velhos amigos.

— Então — disse Becky —, de que Oxford Street você gosta mais?

— Merda — disse Ned —, esta é difícil. Acho que a Oxford Street de Sydney... é menos cafona. E a sua?

— Esta Oxford Street aqui... com certeza.

— Por quê?

— Por que é mais comprida. Tem mais lojas. E fica em Londres.

— Então, você prefere Londres a Sydney?

— Não diria exatamente que prefiro. Sydney é um lugar tão fantástico, todos os meus amigos estão lá, a comida, o clima... é uma cidade fantástica... mas estar em Londres é como estar inserida na história. É tipo assim: por todo lugar que a gente anda, a gente sabe que alguém importante provavelmente já pisou no mesmo lugar que você está pisando. Como aqui — ela parou e apontou para o pedaço de chão sobre o qual se encontrava. — Qualquer pessoa pode ter passado aqui: Jimi Hendrix, John Lennon, Laurence Olivier, a princesa Diana... isso sem falar em séculos e séculos atrás... reis e rainhas e exploradores e navegadores. E também tem a noção de identidade. Os ônibus vermelhos, as placas dos carros, as placas das ruas, os policiais... tudo parece ser tão conhecido, sabe, a gente já viu tudo isso um milhão de vezes no cinema e na TV. É disso que eu gosto em Londres: é a noção de estar no epicentro de alguma coisa, não na periferia. Eu adoro. Adoro Londres, de verdade.

Ela sorriu para ele e ele pensou com seus botões que desejava beijá-la mais do que já desejara beijar alguém na vida.

— O meu sobrenome é London, sabe? — disse, sorrindo orgulhoso para ela.

— É mesmo?

— Ãh-hã. Se você se casasse comigo, ia poder ser a senhora London.

— Legal — ela riu. — Rebecca London... gostei.

Ned sorriu para si mesmo e continuaram caminhando.

Pararam no alto das escadas da estação de metrô de Tottenham Court Road.

— Como é que você vai para casa? — Becky perguntou.

— Vou andando até Holborn. Lá eu pego um ônibus.

— Você não vai de metrô?

— Hmm... não — ele riu. — Eu moro em Crystal Palace. Lá não tem metrô. O ônibus me deixa na porta de casa.

— Bem, obrigada por me acompanhar... foi muita gentileza da sua parte.

— Foi um prazer.

— Então, a gente se vê amanhã, certo?

— Com certeza.

— Volte direitinho para casa — disse Becky. — Boa noite,

Então ela se inclinou na direção dele e Ned primeiro pensou que ela ia lhe dar um beijo na bochecha, então tentou virar a bochecha na direção dela, e então o rosto dela se moveu um pouco e ele sentiu seus lábios roçarem contra os dela e foi uma sensação tão boa, e ele estava com tanta vontade de fazer aquilo, tinha passado a noite inteira querendo, que colocou sua boca diretamente em cima da dela e começou a beijá-la. Foi tudo tão confuso que, durante um segundo, ele não percebeu que ela estava tentando se livrar de suas mãos e que estava se sacudindo como uma minhoca.

Quando percebeu, já era tarde demais.

— Nid! — ela disse, quando finalmente conseguiu se libertar do agarrão dele. — O que você está fazendo?

— Merda, Becky, não sei. Eu achei... eu achei que você estava tentando me beijar.

— Na bochecha, cara... na bochecha!

— Desculpe mesmo, Becky. É só que eu estava com vontade de fazer isso a noite inteira e tomei umas cervejas e achei... Droga, desculpe mesmo. Eu estraguei tudo, né?

— Nid — ela disse, colocando as mãos nos antebraços dele. — Não tinha nada para estragar.

— Hein?

— Quer dizer, desculpa se eu passei a impressão errada e tal, mas eu não estou a fim de você.

— Não está?

— Não. Acho que você é completamente adorável. Você é um cara muito amável mesmo. Mas... você não é o meu tipo.

— Ah.

— Olhe, desculpe mesmo. Sinto muito, de verdade. Mas não é nada pessoal, sério. É só que você é um pouco novo demais para mim.

— Novo? Mas eu sou quatro anos mais velho do que você!

— É. Mas não é a sua idade... é você. Eu gosto de homens um pouco mais... *másculos*.

— Você acha que eu não sou másculo?

— Bom, você parece másculo... bom, meio másculo. Mas é toda essa coisa de morar com os pais, de fazer bico. Estou procurando alguém com a vida um pouco mais encaminhada, sabe como é? Tipo alguém que more sozinho, quem sabe, com um emprego fixo? Será que isso me faz parecer fútil?

— Não — respondeu Ned, deixando a cabeça pender e olhando para o chão, à espera de que um enorme buraco se abrisse e o levasse dali. — É muito justo.

— Meu Deus, Nid. Desculpe mesmo. Espero que não tenha sido nada que eu disse nem nada que eu fiz. Espero não ter passado a impressão errada.

— Não — disse Ned, com vontade de sair andando e só parar depois que aquela terrível sensação de humilhação que crescia dentro dele como um tumor tivesse passado. — Não, não foi sua culpa. Fui eu. Eu... hmm... Olhe, estou morrendo de vergonha, então vou embora. Certo?

Becky assentiu com a cabeça e olhou-o com tanta pena que Ned ficou com vontade de vomitar.

— Obrigado, de todo jeito. Obrigado por uma noite muito agradável.

— Eu é que agradeço, Nid.

Ned virou-se e começou a se afastar, consciente do fato de que Becky continuava parada no topo da escada, observando-o se afastar.

— Nid.

Ele se virou.

— Eu só queria dizer uma coisa. Você é um cara ótimo, de verdade. Um dos mais legais que eu conheci desde que cheguei a Londres. Você vai encontrar uma namorada maravilhosa. Sei que vai.

Ned forçou um sorriso e assentiu com a cabeça, então se virou de novo e começou a caminhar lenta e pesadamente em direção a High Holborn e à parada do ônibus número 68, xingando Gervase e seu "padrão" durante todo o trajeto.

Tony tem uma semana boa

— Noventa e cinco quilos, Tony. Muito bem! Você perdeu dois quilos!

Todos no grupo olharam orgulhosos para ele e o aplaudiram com sinceridade.

— Quanto é isso em libras? — cochichou no ouvido de Jan.

— São umas quatro libras e meia.

— Isso é bom?

— É excelente, Tony... significa que você fez um bom progresso. Muito bem!

Noventa e cinco quilos, pensou Tony, com um sorriso brincando nos lábios. Aquilo era fantástico! Ocupou seu lugar no círculo e sorriu para todo o grupo. Todos pareciam estar verdadeiramente felizes por ele e ele sentiu-se inchar de orgulho. Era um vencedor!

Não que sua perda de peso tivesse algo a ver com obediência às recomendações de Jan, contagem de calorias ou exercícios na academia. Não: sua perda de peso se devia inteiramente ao redemoinho emocional que assolava sua vida naquele momento. Depois de passar tantos anos em uma selva emocional, Tony mal conseguia lidar com a variedade e a força de seus sentimentos desde a noite de quarta-feira.

A primeira emoção, a mais arrebatadora, tinha sido a ressaca na manhã seguinte, quando o despertador tocou às seis e meia. Foi praticamente a sensação mais repulsiva de toda sua vida. Sua língua parecia coberta por um camada espessa de licor temperado com alho e sua cabeça parecia ter sido tomada por uma família de besouros gigantes munidos de picaretas que tinham se instalado ali e estavam trincando seu cérebro lentamente. As outras emoções tiveram que fazer fila atrás da ressaca e esperar que ela se dissipasse antes de se fazerem presentes. Depois de tomar banho e beber um pouco de café, tomou consciência de uma estranha sensação de júbilo. Sentiu-se mais leve e mais jovem e cheio de algum tipo de energia ardente.

Ness tinha descido de penhoar e o envolvido em um abraço sonolento, então pegou a caixinha de analgésico Nurofen do armarinho da cozinha e tirou quatro cápsulas (duas para ela e duas para ele) e entregou-lhe em silêncio, com um copo de água. Ele tinha ficado observando enquanto ela se movia pela cozinha, graciosa e fluida, o cabelo cacheado caindo pelas costas, e precisou controlar outra onda de desejo.

Então levou um pouco de chá para Millie, e ela abriu os olhos e sorriu para ele.

— Estou me sentindo um nojo — disse com voz rouca. — Quero morrer.

Ela esfregou os olhos e puxou o cabelo e Tony ficou com vontade de pegá-la no colo e abraçá-la e fazer com que se sentisse melhor. Teve então que sair, deixando Ness e Millie em seu apartamento, as duas despenteadas e doloridas e em estado de seminudez, e seu trajeto de carro até o trabalho pareceu-lhe surreal. Mal conseguia acreditar no que tinha acontecido na noite anterior.

Tinha beijado Millie.

Tinha brigado com Sean.

Tinha dito a Ness que a amava.

E, naquele breve momento, ele tinha falado sério.

Os dias que se seguiram na vida de Tony pareceram estranhamente acelerados, como se ele tivesse tomado anfetamina ou algo assim. Tinha ido trabalhar, foi supereficiente, brincou com os funcionários, tomou decisões, esqueceu-se de comer. No fim de semana, ele e Ness tinham aproveitado para fazer compras, ajeitar a casa, ficar juntos, socializar. Não tinha sentido necessidade de beber muito porque estava embriagado demais com a vida. Tinham pedido emprestado o cachorro de Jo no domingo e ficaram horas passeando em Dulwich Common, e o cachorro ficou cansado antes dele. Sentia-se liberto, jovem outra vez. O mundo de repente parecia ser um enorme caldeirão de possibilidades. Não enxergava problema nenhum, apenas oportunidades.

Mas, o estranho de tudo aquilo é que ele deveria estar sentindo felicidade, mas não sentia. Era algum tipo de emoção completamente diferente. Ele se sentia curiosamente desconectado de tudo, vagamente entorpecido. Sentia-se como se fosse o personagem de um filme, como se tudo seguisse um roteiro e alguma outra pessoa já tivesse resolvido o que ia acontecer, de modo que a única coisa que ele tinha a fazer era relaxar. Idéias a respeito das conseqüências do que estava acontecendo em sua vida passavam por sua mente de vez em quando, mas ele simplesmente as ignorava, quase como se fossem os intervalos comerciais durante o desenrolar da história.

Telefonou para Millie três vezes naquele fim de semana, para ver se ela estava bem, para saber o que tinha acontecido entre ela e Sean, dando-lhe força, garantindo que *tudo ia ficar bem*. Não mencionaram o beijo, mas ele estava lá nas conversas deles, quase como se os dois estivessem esperando o outro tocar no assunto. Mas o fato de ninguém o fazer significava muita coisa. Os dois conheciam o significado real daquele beijo e, de certo modo, ele tinha servido para dissipar a neblina e aproximá-los ainda mais. Em vez disso, falaram de Sean e de como ele continuava em Catford, se Millie iria deixá-lo ou não, e como ela estava se sentindo, e o que iria acontecer com o bebê. Eram conversas gigantescas, enormemente importantes, a respeito da vida, do amor e de tudo que se encontrava entre os dois. Mas, cada vez que ele colocava o telefone no gancho, praticamente esquecia as coisas sobre as quais tinham conversado. Tudo que ele fazia parecia existir em uma bolhinha, independente de tudo mais. Não havia conexão entre qualquer um dos elementos de sua vida, não havia continuidade.

Ele nunca tinha se sentido melhor.

E agora isso. Noventa e cinco quilos. Tudo estava joinha. A vida estava retomando seu lustro dourado.

Olhou radiante para a sala inteira e todo mundo olhou radiante para ele. Sentiu que amava todo mundo ali, até Kelvin. Tony lançou-lhe um sorriso extra-especial e uma piscadela. Ele corou e olhou para os sapatos.

— Então, você gostaria de falar sobre a sua semana, Tony? — disse Jan. — Teve algum problema em particular? Algum triunfo?

— Não — respondeu. — Para falar a verdade, não. Só andei seguindo as regras. Fui um bom garoto.

— Então, você não teve dificuldades?

— Não — sorriu. — Deve ser sorte de principiante.

Ele riu e todo mundo riu junto, e Jan se voltou para a próxima pessoa. Ouviu fascinado as histórias enquanto as pessoas contavam sobre a semana. Fez a soma de quanto peso a turma toda tinha perdido à medida que cada um ia subindo na balança e calculou que os oito juntos tinham emagrecido surpreendentes nove quilos e meio; isso contando com o fato de Kelvin ter engordado quase um quilo e meio. Estava tão animado com sua conquista que, depois da sessão, mal podia esperar para ir ao Bubbles com o grupo. Queria conversar com as pessoas, ser sociável.

Viu-se sentado novamente ao lado de Tonia e dessa vez respondeu a seu flerte.

— Então — disse ela, passando a ponta dos dedos com unhas compridíssimas pela haste da taça, para cima e para baixo. — Perder peso parece ser uma coisa ótima para você.

— Como assim?

— Bem, é só que você parece um pouco mais *animado* do que na semana passada.

— Mesmo?

— É. Na semana passada eu fiquei achando que você estava um pouco distraído... que tinha outras coisas na cabeça. Mas nesta semana, bem, você me parece bem dinâmico.

— Dinâmico, é? — sorriu para ela. — Bem, acho que a minha semana está sendo boa.

— Que bom — sorriu para ele. — Alguma razão em especial?

Ele pensou por um instante e sorriu.

— Não — disse. — É só uma daquelas semanas em que nada parece ser problema, acho; em que a vida de repente parece realmente simples e descomplicada.

— Meu Deus, bem que eu estava precisando de um pouco disso aí — ela riu. — Qual é o seu segredo?

— Não sei — respondeu ele, pensando: *Dizer ao seu irmão o que você realmente acha dele, beijar a namorada dele e logo depois fazer o melhor sexo da sua vida com a sua namorada de muito tempo, esse tipo de coisa.* — Acho que só acordei um dia e não estava mais me preocupando com nada — explicou.

Ela riu e olhou-o nos olhos e ele riu e olhou para dentro da taça de vinho. Ele podia ficar com ela, pensou, triunfante, ele podia ficar com Tonia. Ela era dele. Ela o achava fantástico. Ele só precisava jogar um charminho e podia ter qualquer coisa que desejasse. Se Kylie Minogue entrasse ali agora, ele provavelmente também poderia ficar com ela. E com Tamsin Outhwaite. E com todas as meninas do S Club 7. Ele era invencível.

Mas ele não a queria, aquilo é que era estranho. Ele não sabia o que queria. Não havia lugar em seu cérebro inundado de serotonina para pensar no que ele queria de verdade. Ele só era capaz de fazer: não de planejar, não de pensar; só de reagir.

Terminou a taça de vinho e se despediu de todo mundo. Quando disse adeus a Tonia, ela lhe deu um beijo extra cheio de significado na bochecha, mas ele não entendeu muito bem por quê. Entrou no carro e foi para casa com a capota abaixada, a música tocando no máximo e cantando a plenos pulmões, sem se importar se parecia um punheteiro, nem mesmo *percebendo* que parecia um punheteiro.

Parecia haver mulheres em todos os lugares por que ele passava, hordas delas, todas vestidas naquele estilo de o-verão-está-chegando de que ele tanto gostava: vislumbres de canelas e pés pálidos, barriguinhas e ombros de fora. Logo estaria oficialmente calor e daria para ver pernas e costas e barrigas inteiras, mas de certo modo Tony preferia as revelações tímidas da carne da primavera.

As mulheres se viravam para olhar para ele quando ele passava, mulheres lindas, mulheres jovens. Ele devolvia o olhar para elas, bem desimpedido, seguro com a certeza de que podia ficar com elas, com qualquer uma delas. Só precisava parar o carro, abrir a porta do passageiro, deixá-las entrar.

Estacionou o carro na frente de casa e entrou no prédio assobiando, pegou a correspondência, subiu as escadas dois degraus de cada vez. Ness estava lá quando ele abriu a porta, sentada no sofá, lendo o *Standard*, usando um vestido florido bem legal, com mangas bufantes e decote. Na mesinha na frente dela havia uma garrafa de vinho aberta.

— Oi, lindão — ela sorriu, levantando-se para cumprimentá-lo.

— Adorei o vestido — disse, parando-a a distância de um braço para admirá-lo. — Caiu mesmo muito bem em você.

— É mesmo? — disse ela, distraída, ajeitando a saia. — Você gostou?

— Ãh-hã. Faz você parecer uma garotinha cheia de tesão.

Ela sorriu para ele, cheia de prazer.

— Bem — ela disse —, eu sou assim: jovem e cheia de tesão. Quer uma taça de vinho?

Ele olhou para a garrafa sobre a mesa e sacudiu a cabeça.

— Não — respondeu. — Para falar a verdade, acabei de tomar uma.

— Ah é? — ela disse. — Com quem?

— Ah... foi depois do trabalho. Sabe como é. Era aniversário de alguém.

— Que bom, você *está* ficando sociável depois de velho. Ah, vamos lá. Só uma taça. A gente pode sentar na sacada se você quiser. Está bem gostoso lá fora.

— Tudo bem — disse ele, olhando de novo para a garrafa gelada. — Mas só uma tacinha.

Ness pegou a garrafa e Tony a seguiu pela sala na direção das portas de correr no fundo que conduziam à sacada. As cadeiras de plástico estavam cobertas de folhas secas e de poeira, que ele limpou com as costas da mão antes de sentar. Aproveitando o ar agradável e a sensação de simplicidade de tudo. Ah, se a vida pudesse ser sempre daquele jeito, pensou, se ele pudesse sempre estar flutuando naquela nuvem supercarregada, deslizando pela superfície de tudo, enxergando, compreendendo, mas sem ter que tomar nenhuma atitude. Esticou as pernas, bebericou o vinho e suspirou de alegria.

E então Ness chegou para estragar tudo.

— Tony — disse ela, aproximando sua cadeira da dele e apertando as coxas dele com afeição.

— Pois não?

— Lembra a semana passada, quando a gente estava indo para a casa do Rob e da Trisha? Lembra daquilo que a gente conversou?

Tony sentiu que sua nuvem podia perder um pouco de velocidade, que ia começar a raspar nas pontas da vida um pouco. Pousou a taça de vinho.

— Bem, eu estava aqui pensando se você refletiu a respeito.

Tony respirou fundo e fez uma contagem regressiva a partir de três.

— Hmm, não — acabou respondendo, esfregando a nuca. — Não tive muito tempo. Sabe como é.

— É só que... eu não quero te pressionar nem nada, mas eu mandei avaliar o meu apartamento na semana passada e adivinha quanto vale?

— Não sei — disse Tony, com pesar. — Quanto vale?

— Cento e vinte mil libras! Ganhei cinqüenta mil nele, Tony! Cinqüenta mil libras. E o corretor acha que eu posso conseguir até mais, agora que o verão está chegando. E eu estava aqui pensando em tudo que a gente ia poder fazer com o dinheiro se eu me mudasse para cá. Você podia tirar uma folga, a gente podia viajar para algum lugar por umas semanas, quem sabe alguns meses. Quer dizer, você trabalhou a vida inteira, Tony... você nunca parou para descansar. E eu acho que ia te fazer bem.

Férias, pensou Tony, parar para descansar. Que idéia mais ridícula.

— Você podia alugar este apartamento, quem sabe, e a empresa podia andar sozinha um tempo, você sabe que é possível.

Até parece, pensou Tony. O lugar ia ficar de cabeça para baixo antes de o avião levantar vôo.

— E daí, quando a gente voltasse, a gente podia vender este apartamento e mudar para um lugar maior, sabe, com jardim?

A nuvem começou a esbarrar nas pontas de uma maneira dolorosa mais uma vez.

— Talvez um pouco mais para lá, sabe, para os lados de Bromley.

E então a adorável nuvem macia de Tony bateu em uma enorme pedra pontiaguda e Tony sentiu seu corpo sendo arremessado com toda a força do lugar aconchegante e seguro em que se encontrara naqueles últimos dias. Olhou para Ness, que olhava para ele com seus olhões verdes, um sutiã de renda espiando para fora do lindo vestido florido, o cabelo loiro caindo em mechas, e percebeu que não dava mais para fugir de seu destino.

Fim do jogo.

Estava na hora de assumir o controle.

Era o mínimo que Ness merecia.

— Ness — disse ele —, não.

— Não o quê?

— Não... eu não quero morar com você.

O rosto de Ness desabou.

— Mas, eu achei que...

— Eu sei o que você achou, Ness. Mas é que... olhe, eu sinto muito. Mas realmente não quero passar o resto da minha vida com você, Ness.

Pegou as mãos dela, que estavam desfalecidas em cima de seu joelho, e as apertou.

Os olhos dela se encheram de lágrimas.

— Mas... Tony. Eu não entendo. A gente anda se dando tão bem. Você parecia tão feliz...

— Eu sei. E eu estou feliz. Mas o negócio, Ness, é que... — ele apertou as mãos dela de novo e sentiu lágrimas se formando no fundo da garganta. — Eu não sou o homem certo para você. Você merece alguém muito melhor do que eu. Alguém que te ame de verdade...

— Mas... naquela noite. Você disse que me amava e você estava chorando, Tony. Você estava chorando. Então você me ama mesmo... você disse...

Tony suspirou e olhou para o céu. Como diabos ele poderia explicar para Ness um momento de sua vida que ele próprio não compreendia?

— Claro que eu te amo, Ness. *Todo mundo* te ama. Quem é que *não* te amaria? Você é absolutamente amável. Mas você não é... *aquela pessoa* especial. Você percebe?

— Então, o que é que você está dizendo, Tony? Você está dizendo que... *terminou*?

Tony olhou para Ness de novo e sentiu uma dor física lancinante no peito. Fazia tanto tempo que nada parecia assim tão real... Ele tinha ficado paralisado pela infelicidade e pela decepção durante tanto tempo que tinha se esquecido de como era sentir as coisas de verdade. E então, naqueles últimos dias, ele tinha sido impulsionado com toda a força para a outra ponta do espectro e só agora tinha voltado para um ponto intermediário, no lugar onde não havia espaço para sonhos nem para prevaricações, o lugar em que ele tinha de tomar decisões, mesmo que isso significasse magoar a pessoa mais gentil que ele já conhecera na vida.

— É — respondeu. — Terminou.

Ness recolheu as mãos do colo dele e aprumou o corpo.

— Seu canalha! — disse, dando um abraço em si mesma. — Seu canalha idiota! Depois de tudo por que a gente passou, toda a merda que eu agüentei por sua causa... Caralho! Eu agüentei o seu mau humor e o seu egoísmo e a sua tristeza. Eu te dei força no pior período da sua vida, depois que a Jo foi embora. Eu te amei tanto. E eu fiquei ao seu lado quando qualquer mulher *sã* teria ido embora. E agora... agora, quando finalmente parecia que a gente estava chegando a algum lugar, quando finalmente você estava feliz e era divertido estar com você... você me *dispensa*. Você até disse que me amava, seu canalha. Você sabe há quanto tempo eu estou esperando para ouvir isso? Sabe? Você faz alguma idéia do que isso significava para mim? Foi um dos melhores momentos da minha vida, Tony. Eu achei... eu achei que *finalmente*... finalmente eu tinha conseguido derrubar o muro que você construiu em volta de si depois que a Jo foi embora...

— Que muro?

— Ah, fale sério, Tony... Você sabe muito bem do que eu estou falando. Você estava um caco quando eu te conheci. Mas eu consegui ver o seu eu de verdade lá dentro, espiando para fora. E eu só quis remendar o seu coraçãozinho partido, Tony, deixar as coisas melhores. E agora você está melhor e você não... você não... quer mais... saber de mim...

Ela começou a soluçar e Tony esticou a mão para confortá-la. Ela a empurrou para longe.

— Não, Tony — disse ela, levantando, empurrando a cadeira contra a parede. — Não. Não encoste em mim. Não fale comigo. Só me deixe em paz. Certo?

Ela saiu pisando duro pela sacada e entrou na sala. Tony foi atrás.

— Aonde é que você vai?

— Para casa. Vou para casa.

— Mas a gente não pode conversar?

— Que merda a gente tem para conversar, Tony? Hein? — Pegou a jaqueta jeans e as chaves do carro. — Só me deixe ir embora. E me deixe seguir em frente com a minha vida. Eu nunca, nunquinha, mais quero te ver. — Parou e olhou para ele, lágrimas escorrendo pelo rosto, a mão no peito. — Você... partiu... *meu coração.*

Os dois ficaram se olhando um instante, antes de Ness se virar e caminhar lentamente até a porta da frente e sair do apartamento de Tony.

Tony ficou lá depois que ela foi embora, ouvindo o silêncio ecoar nos ouvidos até que escutou o Golf de Ness dando a partida no estacionamento, os portões de segurança se abrindo e o carro se afastando.

Caminhou entorpecido pelo apartamento depois que ela se foi. Havia sacolas do Sainsbury's na cozinha. Deu uma olhada dentro delas. Duas postas de atum, um saco de rúcula, molho *pesto*, duas musses de chocolate de baixa caloria, um exemplar da revista *OK!*, uma tíquete de loteria. Ela tinha colocado uma frigideira no fogão, lavado as xícaras e os copos que estavam sujos na pia de manhã.

E agora ela tinha ido embora.

Ele abriu a geladeira e tirou um potinho de salada de batata e algumas lingüiças frias. Então levou tudo para a sacada e comeu vendo o sol se pôr, e deu cabo de uma garrafa quase cheia de vinho.

Quando uma porta se fecha...

Ned estava pensando de verdade em bater uma punheta quando a campainha tocou às nove horas daquela noite. Ele estava com a mão dentro das calças e brincava distraído com o prepúcio, de um jeito que era mais reconfortante do que excitante. A mãe e o pai tinham saído para jantar no Mickey's e Gervase tinha ido a algum lugar com Bud. Ele tinha a casa toda para si e parecia um desperdício não aproveitar.

Sua primeira reação ao ouvir a campainha tocar fora tirar a mão de dentro da cueca, sentir uma espécie de medo primordial. Gente normal não saía por aí tocando campainhas às nove da noite em Londres. *Ladrões* e *malucos* saíam por aí tocando campainhas às nove da noite em Londres. Tomou fôlego e ficou achando que deveria ser Gervase, que provavelmente tinha esquecido as chaves ou algo assim, então foi até a entrada com muito cuidado e deu um "Oi" através da porta fechada para ver se obtinha resposta.

— Ned... sou eu, a Ness.

Ness. Merda. Ned deu uma olhada em seu reflexo no espelho do corredor. Estava um horror. O cabelo estava sujo e ele tinha promovido um festival de espremer espinhas no fim da tarde, então seu rosto estava parecendo um prato de carne enlatada.

— Ness — disse ele, fechando o zíper das calças, passando os dedos pelo cabelo desgrenhado e tirando um par de meias particularmente imundas, fazendo uma bolinha com elas e jogando na sala de jantar. — Espere um pouco. Eu... espere. Só um pouquinho.

Abriu a porta e foi recebido por uma Ness de cara amassada, mas ainda decididamente gatinha, parada ali, usando um vestido florido *sexy*, uma jaqueta jeans e com uma expressão estranhamente estóica.

— A... a Bernie está, Ned? — disse em tom rouco e controlado.

— Hmm, não. Não está. Sinto muito. Ela saiu com o meu pai.

— Ah — ela fungou. — Ela volta logo?

Ned olhou para o relógio.

— Daqui a uma meia hora, mais ou menos. Tudo bem com você?

— Tudo — respondeu ela. — Tudo bem.

— Você quer entrar... e esperar?

Ness olhou em volta um instante, olhou para o carro estacionado na rua atrás dela, para o relógio, para o corredor atrás de Ned.

— Quero — respondeu. — Tudo bem, então. Não estou atrapalhando, estou?

— Não... de jeito nenhum. Eu só estava, hmm... Não... *entre.*

Pegou a jaqueta jeans dela, ofereceu-lhe uma bebida, fez com que se sentasse no sofá.

— Então — disse ele, trazendo uma cerveja para ela e se jogando na poltrona a seu lado. — A que você quer assistir? — Abriu a revista e leu as opções.

— Tanto faz — respondeu ela. — Qualquer coisa. — Sua voz se estrangulou na última sílaba e Ned olhou para ela, preocupado.

— Ness — disse —, tem certeza de que está tudo bem?

Ela assentiu com a cabeça, com um movimento curto, rígido e forçado. E então, começou a chorar.

Ned pulou da poltrona e se sentou do lado dela.

— Ness... merda... o que foi? Aconteceu alguma coisa?

— Ãh-hã — ela disse, fazendo sinais com a cabeça. — O Tony acabou de me das um pé na bunda.

— O quê?! Merda... você está de brincadeira. Quer dizer... *quando*?

— Agorinha mesmo. Literalmente. Vim direto da casa dele.

— Caralho — disse Ned. — Caralho. Ness. Sinto muito de verdade. Que horror. O que ele disse? Ele deu alguma razão?

— Disse que eu não era "aquela pessoa especial". — Desenhou aspas no ar com os dedos e sorriu, tristonha.

— Aquela pessoa especial? — Ele quis confirmar. — Que diabos isso quer dizer?

— Não sei — respondeu ela. — Quanto mais penso sobre isso, mais fico imaginando que está saindo com outra.

— Não.

— Ãh-hã. Ele anda todo alegrinho ultimamente, emagreceu bastante. Anda assobiando muito. Está se esforçando muito para ficar bonito.

— Não — disse Ned, sacudindo a cabeça com veemência. — Não o Tony. O Tony não te trairia. O Tony é um cara legal.

— É. Foi o que eu sempre achei. Quer dizer, ele é ranzinza e vive de mau humor, mas eu nunca liguei para isso porque eu sabia que lá no fundo ele era um sujeito decente... que ele não iria me magoar...

— Então, ele só disse isso? Só falou que você não era aquela pessoa especial?

— Ãh-hã. Eu andei falando com ele a respeito de a gente morar junto...

— Ah, bem, então... — disse Ned, batendo as mãos nos joelhos. — Isso explica tudo. Você o assustou. Só isso. Igual quando eu estava com a Carly: nós nos dávamos superbem, superbem mesmo, e eu nunca tinha parado para pensar nos rumos do nosso relacionamento... eu só vivia o momento. Sabe do que eu estou falando? Eu não parava para questionar as coisas. E daí uma noite, do nada, ela disse que queria que a gente se casasse. E eu simplesmente entrei em pânico. Não me pergunte por quê. Eu não sei por quê. Não era que eu não quisesse ficar com ela. Mas tinha alguma coisa... — Ele lutou para encontrar as palavras certas para descrever um episódio de sua vida que ainda não compreendia. — Não sei... era como se eu estivesse rodando havia anos e anos, cuidando da minha vida, e de repente uma outra pessoa estivesse tirando a direção da minha mão, assumindo o controle da minha vida. Eu simplesmente fiquei apavorado. Mesmo.

— E daí que você foi embora com aquela moça do bar?

— Você sabe dessa história?

— Claro que sei. A Bernie me contou. Ela disse que foi um horror.

— Foi mesmo um horror. Foi a pior coisa que eu já fiz na vida.

— Então, que negócio é esse? Algum tipo de gene de fobia ao compromisso que se dissemina pela família London?

— Não! — respondeu Ned, cheio de paixão. — Não. De jeito nenhum. Eu sou um fóbico a compromisso recuperado. Ter largado a Carly... vou te dizer... foi o maior erro que eu cometi na vida. Disso eu tenho certeza. E aprendi a minha lição. O Tony só está assustado. Dê um tempo a ele. Ele vai pensar melhor.

— Você acha.

— Ãh-hã. Com certeza.

— Ah, não sei. Falei com ele sobre a gente ir morar junto há umas duas semanas e ele foi legal de verdade, disse que ia pensar. Na hora, não pareceu assustado. Na verdade, se é que alguma coisa mudou, ele começou a ser mais legal comigo, mais afetuoso, me fazendo elogios. Ele até... ele até disse que me amava uma noite dessas. Por que é que ele iria dizer que me amava se estivesse se sentindo encurralado e assustado? Por que diabos ele demonstraria tanto afeto?

Ned suspirou e esfregou a mão no queixo.

— Não faço a menor idéia, Ness. Mas vou te dizer uma coisa: o cara precisa fazer uns testes de sanidade mental.

— O quê?

— Bom... você... você é... — Ned sentiu o rosto explodir em chamas ardentes de acanhamento que lambiam suas bochechas. — Você é *linda*.

Então ela conseguiu esboçar um sorrisinho.

— E você é adorável. Ele deve estar completamente louco para te dar um pé na bunda.

— Ah, Ned... isso é mesmo um amor, mas você não precisa se esforçar para fazer eu me sentir melhor...

— Não estou querendo fazer você se sentir melhor, Ness. Só estou dizendo que você é linda, engraçada, amável, *sexy*... você é... você é... tipo a *mulher perfeita*. — Ned engoliu em seco. Seu rosto àquela altura estava tão ardente que ele achava que entraria em combustão espontânea.

Ness olhou para ele de um jeito esquisito e começou a rir. Incontrolavelmente. Incontrolavelmente demais para o gosto de Ned. Não era tão engraçado assim. Aliás, não era nem um pouco engraçado.

— Ah, Ned — disse ela, enxugando as lágrimas do canto do olho com um lenço de papel amassado. — Que amor. Você quer se casar comigo?

— Quero — respondeu Ned. — Hmm, quer dizer, não. Talvez. Eu... — Fechou a boca com força para não deixar escapar mais nenhuma palavra ridícula.

Ness olhou para ele, cheia de carinho.

— Você raspou a barba — disse.

— É — disse Ned, esfregando os dedos no queixo nu. — Raspei. É que estava ficando um pouco... sabe como é.

Ele então desejou que ela fosse embora. Aquilo era simplesmente desconcertante.

— Ficou bem melhor — disse ela, assentindo com a cabeça em sinal de aprovação. — Agora dá para ver o seu rostinho lindo.

Tudo bem, pensou, talvez preferisse que ela ficasse.

Então ouviu o barulho da fechadura da porta da frente e o som da risada dos pais flutuando pela casa até a sala. Ness se aprumou no sofá e ficou olhando para a porta com ansiedade.

— Ness! — disse Gerry, entrando na sala. — O que você está fazendo aqui, querida?

Ela sorriu e deu de ombros.

— O Tony acabou de terminar tudo com ela — disse Ned, prestativo.

— Não!

— É, agorinha mesmo.

— Ness. Coitadinha. *Bern*. Bern!

Bernie apareceu à porta, ainda de casaco.

— Ness. O que aconteceu?

— O Tony acabou de terminar tudo com ela — disse Ned, de novo.

— Não!

— É, agorinha mesmo. — Talvez ele devesse mandar fazer uns cartazes, ficou pensando, distraído.

— Mas... mas... *por quê*?

— Não sei, Bernie — respondeu Ness, com a voz começando a tremer. — Eu não sei.

— Ah, venha aqui, querida. — Bernie abriu os braços e Ness caiu dentro deles e começou a soluçar do fundo do coração.

Ned e Gerry olharam um para o outro, saíram da sala e foram se acomodar na cozinha.

— Bom, bom, bom — disse Gerry, enchendo um copo d'água e sentando-se pesadamente à mesa da cozinha. — Ah, sai para lá, seu fedidinho, pelo amor de Deus. — Goldie olhou tristonho para

Gerry durante um instante antes de lentamente se deslocar alguns centímetros pelo chão e então se jogar em outro canto. Gerry ficou olhando para ele e fez um barulhinho de negação. — Acho que ele não vai mais durar muito tempo.

Ned olhou para ele, horrorizado.

— Não diga uma coisa dessas — disse.

— Bem — Gerry falou. — Olhe só para ele.

Os dois olharam para ele.

— Que crueldade.

— Não, não é nada disso — disse Ned. — Ele está ótimo. Olhe para ele. Ele está feliz... ele está sorrindo.

— Sorrindo? — disse Gerry, sacudindo a cabeça e tirando uma pitada de tabaco de um saquinho. — Ele não está sorrindo coisa nenhuma, seu maluco... é que ele não tem mais lábios. Gastou tudo. Igual à laringe, às córneas e aos dentes dele. Coitadinho do infeliz.

— Você também vai ficar assim um dia — disse Ned, indignado. — Você vai estar todo gasto e fedido e sem lábios. Você ia gostar se a gente andasse por aí dizendo *Acho que ele não vai mais durar muito*? Hein? Enquanto o pobrezinho ainda conseguir abanar o rabo, ele fica aí. Não é, cara? — Ele se abaixou para acariciar o traseiro de Goldie e ele deu uma abanada agradecida de seu rabo quase pelado. — Está vendo? Ele está feliz.

— Hmm. — Gerry lambeu a seda do cigarro.

Os dois ficaram em silêncio durante um momento e Ned ficou imaginando o que estava acontecendo na sala ao lado. Como é que Tony podia ter feito aquilo com Ness, ele se perguntava. Como é que ele pode ter olhado para aquele rosto doce, sincero, aquele pedacinho de sutiã rendado aparecendo, e dado o fora nela? Mas daí ele se lembrou de que tinha feito a mesma coisa. Ele tinha feito isso com Carly.

— Então... mais um quarto duplo desperdiçado, hein?

— Hã?

— No Ritz.

— Pai!

— Bom. Essas porras desses quartos duplos são supercaros. Se eu soubesse que todos vocês iam acabar solteiros, ia mandar vocês dividirem um quarto.

— Olhe — disse Ned. — Ainda faltam quase três semanas. Não me exclua ainda.

— A Bern vai ficar tão triste se a Ness não for... Elas são assim — torceu o indicador e o dedo médio. — Não parece correto.

— Mas ela pode ir, não pode? Só porque ela não está mais com o Tony, não significa que ela não vai mais ser amiga da mamãe.

— É — disse Gerry. — Acho que não. Pronto — disse, sorrindo de repente —, ela pode ir com você. O que você acha disto? Você e a Ness. — Riu para si mesmo e acendeu o cigarro.

— Pai. Pare com isso.

— Bem... e por que não? Ela é jovem, livre e desimpedida. E você também. Temos uma cama dupla à disposição. Me parece uma pena desperdiçá-la.

— Pai! Você está passando um pouco dos limites. Eles só se separaram há uns cinco minutos, pelo amor de Deus.

— He, he, he. Acho que ia ser uma coisa para ficar na história, hein?

— Mas acho que ela não vai querer mesmo ir... não com o Tony lá e tudo o mais. Ela vai ficar se sentindo um pouco... *delicada*. Sabe como é.

— O quê? A *Ness*? De jeito nenhum. Essa moça não é nada boba. Ela tem colhão. Ela vai se recuperar a tempo. Além disso, você consegue imaginar a Ness recusando champanhe de graça? — Ele riu de novo. — Ela vai. Pode escrever. E acho que você deveria levá-la. Seria uma coisa legal de se fazer.

— Caralho, pai... o relacionamento deles ainda nem saiu da mesa de autópsia. Dê um tempo.

Gerry riu de novo e Ned fez uma careta para ele.

Mas lá no fundinho tinha uma sementinha germinando. Uma sementinha que parecia ter o potencial de se transformar em uma paixão completa algum dia. Ou até... Não. Ele não podia pensar naquilo. Era uma loucura. Loucura completa. Mas daí ele pensou naquele vislumbre de sutiã rendado, no cabelo desgrenhado, nos olhos verdes, brilhantes, no sorriso fantástico, na risada contagiante.

— Quantos anos... quantos anos você acha que ela tem? A Ness? — perguntou da maneira mais descompromissada que conseguiu.

— Sei lá — disse Gerry. — Vinte e oito. Vinte e nove.

— Certo — disse Ned. — Certo. E o que é que, hmm... ela faz?

— Ela é advogada.

Advogada. Merda. Ele tinha torcido para que o pai dissesse que era estoquista de supermercado ou manicure ou secretária ou qualquer coisa assim. Qualquer coisa com que ele pudesse competir no mesmo nível. Algo que pudesse se comparar a "um cara de vinte e sete anos que monta kits de imprensa e mora com os pais". Mas não. Ela era uma porra de uma advogada. Com um apartamento. E um Volkswagen Golf reluzente.

Típico.

Pronto, pensou consigo mesmo, estava naquela idade. Todas as mulheres que ele conhecesse daqui para a frente teriam alguma porra de um emprego glamouroso, todas seriam iguais a Becky, procurando alguém "com a vida mais encaminhada". Ia ter que começar a mentir sobre a idade, se apresentar como um garotão. Ou simplesmente partir para mulheres mais novas. Mas ele não gostava de mulheres mais novas; gostava de mulheres da sua idade. Não fazia a menor idéia dos assuntos que poderia discutir com uma mulher mais nova nos primeiros estágios da relação se os pontos de referência cultural dos dois fossem todos diferentes e desalinhados. E, de qualquer modo, ele bem que gostaria de se assentar dali a uns dois anos, parar de ser arrastado para casas noturnas e bares barulhentos por alguma garota de vinte anos que provavelmente lhe daria um pé na bunda, quando alguém mais bonito aparecesse, e o deixaria na primeira casa do tabuleiro de novo. Ele queria o que Sean tinha. O que Bud tinha. O que a mãe e o pai tinham. Mas ele tinha ferrado com tudo... em grande estilo. Podia estar casado agora, pensou com seus botões, casado com Carly e já na metade da escada de alguma carreira.

Suspirou e afastou essa ideiazinha inútil da cabeça. Precisava prestar atenção ao conselho de Gervase daquela noite em Wood Green, começar a ser um pouco mais filosófico a respeito da vida, deixar os acontecimentos o conduzirem, esperar pelo melhor. E talvez Ness conseguisse enxergar além da ausência de *status* de Ned, enxergar seu potencial, ou, no mínimo, enxergá-lo como alguém legal para levá-la à festa da mãe e do pai.

O pai estava certo. Seria uma coisa legal de se fazer. Não seria um ato predatório. Seria uma coisa à moda antiga: ele a acompanharia naquela noite, seria seu acompanhante. Forneceria alguém com quem entrar, faria com que ela se sentisse parte da família, e não apenas a ex de Tony, de modo que ela não se sentisse pouco à vontade. É, ele pensou, com certeza.

Ia deixar passar um tempo decente e então a convidaria para ir com ele. Iria convidá-la para ir com ele, passaria uma noite agradável a seu lado e então tentaria aplicar um pouco de filosofia a sua vida.

Um pé na bunda na chuva

— Ned... é o Sean.

— Oi... E aí, tudo bem?

— Acabei de terminar mais um capítulo, pensei em dar uma passada aí... O que você vai fazer hoje à noite?

— Hmm, a gente ia ver a mamãe cantar na Tavern.

— A gente?

— Eu e o Gervase.

— Ah — disse Sean, sentindo-se levemente deixado de escanteio. — Certo. Tudo bem. Então não faz mal.

— Não, não. Por que você não vem também?

— O quê? Com você e o Gervase?

— É... o Gervase é legal, sabe?

— É... ele é sim, mas, não sei...

— Eu sei que você e o Tony não vão muito com a cara dele, mas depois que a gente conhece, vê que ele é um cara bacana de verdade. Você deveria vir.

Sean refletiu um pouco. A idéia de ir a um bar com Gervase era muito esquisita, principalmente depois do que tinha acontecido na frente de casa naquela noite. Mas ele queria mesmo ficar com Ned e, se dividi-lo com Gervase era a única opção, então ele estava pronto para aceitar. Além disso, ia ser bom ver a mãe cantando... ela iria ficar feliz. Não era sempre que encontrava oportunidades de deixar a mãe feliz, então valeria a pena só por isso.

— Tudo bem — ele disse. — Certo. Que horas?
— Lá pelas sete.
— Legal... a gente se vê, então.

Meia hora mais tarde, Sean atravessava Crystal Palace de bicicleta, em direção a Beulah Hill, sob uma chuva torrencial. As calças estavam respingadas de lama, o cabelo estava grudado na testa e ele estava se perguntando por que não tinha simplesmente ficado em casa para trabalhar mais um pouco. Sentiu uma vibração nas calças quando parou em um sinal de trânsito e tirou o celular do bolso.

Millie.

Ele e Millie não tinham se falado desde a noite na casa de Tony. Sim: ele sabia perfeitamente que aquilo era um horror e sabia muito bem como deveria estar se sentindo a respeito daquilo. Mas, para ser sincero, bem que estava gostando daquele espaço para respirar... quase tinha conseguido fingir para si mesmo que não tinha uma namorada grávida, que era um jovem descompromissado cuja única preocupação era a finalização de seu mais recente manuscrito. Também não tinha falado com Tony, e não tinha muita certeza se estava a fim de fazê-lo. Tinha guardado uma imagem daquela noite, a visão de Millie parada com as mãos nos ombros de Tony, dizendo-lhe como era "homem". E Tony lá parado com os braços cruzados, olhando para Sean como se ele fosse um merda... seu próprio irmão.

Ele meio que tinha torcido para Tony ligar no dia seguinte para pedir desculpas ou, pelo menos, para tentar colocar as coisas de volta nos trilhos. Sean tinha dito algumas coisas pesadas para Tony naquela noite, mas nada cancelava o fato de que Tony era seu irmão mais velho e que ele se espelhava nele e o respeitava como qualquer irmão mais novo. Foi pego no meio do caminho entre uma sensação pavorosa de superioridade e uma tristeza muito, muito profunda, em relação ao fato de que, apesar de todo seu sucesso, apesar de ter provado seu valor mais de dez vezes, seu irmão mais velho continuava sem respeitá-lo. Sean estava em rota ascendente: sua vida tinha acabado de começar. A vida de Tony tinha começado e terminado havia anos. A única coisa que tinha pela frente era a meia-idade e uma bunda ainda mais gorda. Tony, Sean afinal percebeu, estava com inveja.

Bem, Tony que se foda... e Millie que se foda também. Essa era a atitude de Sean. Ele sabia que essa atitude não lhe serviria de apoio frente à realidade mas, por enquanto, ia ter que bastar. E o primeiro teste estava prestes a acontecer. Falar com Millie. O polegar pairou sobre o telefone durante alguns segundos, vacilando entre o botão de "atender" e o de "ignorar", até que finalmente lançou suas apostas e aceitou a ligação.

— Millie. — Ensaiou um tom entre "relaxado" e "sensível à situação deles".

— Onde é que você está? — A voz de Millie tinha um tom "inequivocamente puto da vida".

— Estou indo para a casa da minha mãe.

— Ah — disse ela, como alguém que acaba de receber a informação de que seu vôo foi cancelado. Fez uma longa pausa. — Por quê?

Sean de repente percebeu que estava atravessando um campo minado da conversa e mentalmente examinou as inúmeras razões que tinha para ir à casa da mãe, tentando achar aquela que, imaginava, Millie consideraria menos provocativa.

— Vou ver o Ned — respondeu.

— Que legal — disse, seca. — Achei que você deveria estar escrevendo.

— Bem, eu acabei de terminar um capítulo e me pareceu um bom momento para...

— Para passar um tempo com alguém de quem você gosta de fato.

— Millie...

— Olhe. Eu não liguei para discutir, Sean. Na verdade, liguei para pedir desculpas.

Sean se surpreendeu. Era a última coisa que ele esperava ouvir saindo da sua boca.

— Andei pensando desde a noite de quarta... muito. Nós dois dissemos coisas horrorosas... bem, eu com certeza disse umas coisas bem horrorosas. Eu estava bêbada e emotiva demais e foi errado comparar você ao seu irmão. Muito errado. Eu sei como eu me sentiria se alguém algum dia fizesse isso entre mim e a Helena. Eu ia ficar mesmo puta da vida...

Sean sentiu um pedacinho congelado dentro de si começar a derreter.

— Mas a gente precisa resolver esse assunto, Sean. Não posso viver assim. Não faço a menor idéia da importância que eu tenho na sua vida, e não sei como lidar com isso. Uma das coisas em que pensei, mais do que tudo, durante esse fim de semana, é que eu posso me virar sem você. Que *nós* podemos nos virar sem você. Na verdade, que eu *queria* me virar sem você. Na minha cabeça, estava tudo terminado, e foi por isso que eu não liguei. Mas daí eu percebi como deve ser esquisito para você o fato de eu estar grávida, como talvez você esteja pensando que tudo isso está acontecendo comigo e você não consegue encontrar a sua conexão...

Sean parou a bicicleta no meio da rua e ficou escutando Millie com uma crescente sensação de esperança e de afeição. O maior presente que uma mulher podia dar a um homem, de repente percebeu, era compreendê-lo.

— ...e, de certo modo, acho, deve ser parecido com a minha atitude em relação ao seu livro. Eu não faço a menor idéia a respeito das coisas por que você está passando... é uma coisa que existe inteiramente na sua cabeça, igual a este bebê que existe inteiramente dentro do meu corpo. E eu me ofendo com o seu livro igual a você se ofende com o nosso bebê. Isso está se intrometendo entre nós dois. E, de certo modo, estamos os dois grávidos. Foi só uma coincidência infeliz nós dois estarmos grávidos ao mesmo tempo. Então eu estava pensando... a gente precisa fazer um esforço para compreender um ao outro...

Ai, meu Deus, ele pensou, ela vai me obrigar a usar uma daquelas barrigas de amarrar.

— O meu primeiro ultra-som é na semana que vem.

— Ultra-som?

— Ãh-hã. Sabe como é. Aquela melequinha na barriga, o aparelho de ondas magnéticas, a imagem indecifrável do bebê na tela. A parte mais emocionante do processo da gravidez para os pais contentes e ansiosos.

— O que é que eu... eu preciso fazer alguma coisa?

— Não... você só tem que ficar lá segurando a minha mão e se emocionar todo quando a enfermeira apontar os dedinhos do nosso filho. Pode até chorar. Esse tipo de coisa. Mas fica a seu critério.

Pareceu bastante razoável para Sean.

— Certo — disse ele. — Só me diz onde e quando.

— Eu já mandei os detalhes para você por e-mail. E em troca, para completar este exercício de empatia mútua, eu leio o seu livro.

Sean ficou boquiaberto.

— Não! — disse sem nem pensar nas conseqüências.

— O quê?

— Não... ninguém lê o meu livro. Não antes de eu ter terminado. De jeito nenhum.

— Sean, eu não sou uma pessoa qualquer. Eu sou a sua namorada.

— Olhe, você pode ler as provas. Eu te dou as primeiras provas, prometo. Mas você não vai poder ler antes de eu ter terminado. Sério.

— Olhe, eu não sei o que é esta... superstição, mas isto aqui é mais importante do que uma superstição. Eu estou falando de nós. De a gente superar esta crise. De compreender um ao outro.

— Mas é exatamente isso, Millie... este é exatamente o problema. Você *não* me entende. Se você me entendesse de verdade, você nunca me pediria para fazer uma coisa destas. Porque existe uma grande diferença entre eu ir lá ver uma imagem de dentro da sua barriga e você ler o meu livro. Uma coisa é física. A outra é cerebral. Se você quiser vir assistir à minha tomografia cerebral, tudo bem. Isto não me incomodaria. Não me importo de você ver a minha mente... só não quero que você veja os meus *pensamentos*...

— Certo. Então é isso...

Ai, meu Deus, pensou Sean, lá vamos nós.

— Vá se foder. E que se foda o ultra-som. Foda-se o seu livro. Foda-se a nossa relação. Para mim, chega. Eu tentei. Eu me esforcei muito mesmo. Passei uma semana inteira tentando descobrir uma maneira de salvar o nosso relacionamento para que esta coisinha indefesa que está crescendo dentro de mim tivesse algum tipo de chance de crescer com *pai e mãe*... sabe como é, do jeito que aconteceu com você e comigo. Mas agora estou vendo que foi perda de tempo. Você é egoísta, Sean... egoísta até o fundo da alma. Achei que você ainda tinha esperança. Achei que talvez eu o tivesse subestimado, que talvez em algum lugar por baixo de todo o eu-eu-eu houvesse alguém que pudesse compartilhar e se comprometer. Mas o Tony estava certo: você não faz a menor idéia de como dividir. Você é um menininho insuportável que não quer dividir os brinquedos e eu não quero um menininho insuportável. Eu quero um homem. Na verdade, nem um homem eu quero. Eu não quero ninguém. Eu quero ficar sozinha. Só eu e o bebê...

— Millie...

— O que é? O que é, Sean?! Eu não quero mais ouvir as merdas que você fala. Sempre achei que eu era boa para julgar o caráter das pessoas, mas errei feio com você. Achei mesmo que você era especial. Achei mesmo que você era um ser humano decente e bondoso. Mas você não é. Você é um canalha. E eu sou uma tonta. Tchau, Sean.

E então ela desligou.

Sean ficou lá parado alguns segundos, olhando estupefato para o celular, como se o aparelho de repente pudesse lhe dar uma explicação razoável a respeito do que acabara de acontecer. Millie tinha acabado de terminar com ele. Millie, aquela que entrara em sua vida e a virara de cabeça para baixo, que o tinha feito mais feliz do que era possível; Millie, cuja beleza era estonteante, cujo corpo ele cultuava, com quem ele queria passar o resto da vida. Millie das noites mágicas de bacanais no Paradise Paul's, das festas movidas a drogas e dos fins de semana no campo, dos brechós com cheiro de naftalina, dos restaurantes italianos reluzentes com cheiro de trufas no ar e dos lençóis de algodão egípcio de 420 fios. Millie com aquela pele e aqueles lábios e aquele cabelo e aqueles olhos. Millie, que fazia ele sentir que sua vida era um longo filme de Hollywood. Millie, por quem ele se apaixonara tanto que quase acreditara ter enlouquecido. *Aquela* Millie. Ela o abandonara.

E a coisa mais esquisita de todas era que Sean nem ligava.

Não sentiu nada. Nenhum aperto no coração, nenhuma culpa, nenhuma tristeza. Só uma espécie de consciência entorpecida de que sua vida estava entrando em nova fase. Enfiou o telefone de volta no bolso da calça, subiu na bicicleta e foi pedalando lenta e circunspectamente na direção de Beulah Hill.

"The Way You Look Tonight"

Ned olhou para Sean, preocupado.

— Tudo bem com você?

Sean olhou para Gervase de canto de olho e assentiu com a cabeça.

— Tudo, tudo bem. Por quê?

— Sei lá, você só está parecendo um pouco sobressaltado, não sei.

— Está tudo bem — disse ele, e tomou um golão de cerveja. Gervase continuava olhando para ele. Ele o estava olhando de um jeito esquisito desde que chegaram ao bar e se sentaram. Se ele parecia "um pouco sobressaltado", então provavelmente era por causa daquele cara com tatuagem de teia de aranha na nuca que estava fazendo buracos em suas bochechas com os olhos.

Virou-se para olhar para o palco onde a mãe estava, iluminada por dois holofotes piscantes, um azul e outro cor-de-rosa, cantando "Do You Know The Way to San Jose?". Ela estava linda e soava fantástica, mas havia uma partezinha bem lá no fundo dele que se sentia envergonhada de vê-la cantar, como se tivesse doze anos e os amigos estivessem tirando sarro dele.

— Então, Sean — disse Gervase, seu rosto brevemente enquadrado por um anel de fumaça perfeitamente esférico que ele tinha acabado de soprar. — Como vão as coisas?

— Tudo certo. Legal — respondeu.

— E a sua adorável futura noiva?

— Ela vai bem. Está tudo bem.

Gervase apertou os olhos para observá-lo melhor e assentiu com a cabeça, inescrutável.

— Que bom — disse. — Isso é ótimo.

Assentiu com a cabeça de novo e Sean se virou para o outro lado, mas Gervase continuou olhando fixo para ele e não parou até que a mãe terminou de cantar sua música... daí ele se levantou de repente, com o cigarro ainda pendurado na boca, e começou a bater palmas e a assobiar e a gritar.

Sean lançou um olhar para Ned, e Ned deu de ombros.

— Ele sempre faz isso — sussurrou.

Os aplausos começaram a diminuir e a mãe se inclinou sobre o microfone.

— Muito bem, senhoras e senhores. Esta é a minha música preferida — disse. — Foi a primeira dança do meu casamento há, nossa, cem anos. — O público riu educadamente. — "The Way You Look Tonight" — disse, e um murmúrio percorreu todo o bar.

Gervase se inclinou para Sean e cochichou em seu ouvido, de modo autoritário:

— Esta é a porra da música mais romântica que já foi escrita. A mais romântica de todos os tempos.

Os holofotes pararam de se mover e escureceram até ficar roxo e azul-escuro e Sean ajeitou-se na cadeira para vê-la. E enquanto escutava a letra que ela cantava, uma coisa inesperada aconteceu com ele. Começou a pensar em Millie. Imagens dela tiradas dos primeiros dois meses de relacionamento começaram a passar por sua mente: enfiando rúcula na boca na primeira vez que a vira, parada na porta da frente de sua casa com um penhoar bordado de seda esperando a sua volta na primeira vez que saiu do apartamento sem ela, deitada toda enrolada na enorme cama antiga com os gatos, sentada no balcão do Paradise Paul's bebendo cerveja e piscando para ele do outro lado do salão, sentada na sala dos pais dele e agradando Goldie, gritando por sobre a cidade no dia em que ele a pediu em casamento... E então uma outra imagem lhe veio à mente: o rosto dela naquela noite em seu banheiro quando ela lhe dera sua notícia inesperada... nervosa e insegura, mas cheia de esperança. Esperançosa de que Sean ficasse contente com a notícia, que aceitasse a idéia, que a pegasse no colo e a girasse no ar. E, em vez disso, ele a tinha esmagado, como se fosse uma mosca irritante.

E desde então, ele nunca mais vira seu sorriso.

Engoliu em seco e sentiu uma coisa que se pareceu assustadoramente com lágrimas começando a surgir de algum lugar bem no fundo dele. Mas já era tarde demais para tomar uma atitude. Virou-se um pouco quando sentiu uma escapar e escorregar pelo nariz. Enxugou-a disfarçadamente. E daí viu Gervase olhando para ele. Gervase lançou-lhe um olhar inquisitivo e Sean se virou para o outro lado de novo. A mãe terminou a canção e todo mundo aplaudiu. Gervase se inclinou para Sean de novo:

— Eu te disse — falou. — A porra da música mais romântica que já foi escrita. — Deu algumas pancadinhas com o dedo na lateral do nariz e se levantou para aplaudir todo esfuziante mais uma vez.

Sean se levantou para ir ao banheiro. Toda aquela atenção indesejada de Gervase estava fazendo com que se sentisse claustrofóbico e em pânico. Ele atravessou o bar, empurrou a porta do banheiro e desabou sobre a pia. Olhou para seu reflexo no espelho durante um momento. A iluminação era de lâmpadas fluorescentes implacáveis e ele parecia pálido e velho. Havia olheiras sob seus olhos e um ou outro brilho prateado no meio do cabelo escuro. Abriu a torneira de água fria e deixou o líquido gelado escorrer por cima das mãos um pouco.

— Será que acabei de ver um morteiro caindo do seu muro? — Gervase estava parado ao seu lado, falando com seu reflexo.

Sean deu um pulo e agarrou o coração.

— Caralho. Merda.

— Desculpe, cara. Eu não quis te assustar. Achei que você tinha visto quando eu entrei.

— Não — disse. — Não vi.

— Desculpe. É só que, bem... não pude deixar de notar que você parecia um pouco aborrecido ali fora. Um pouco alheio. "The Way You Look Tonight" faz isso com a gente de vez em quando. Fiquei pensando que talvez o seu muro esteja começando a desmoronar.

— Que muro?

— Aquele muro que mencionamos na outra noite. Aquele que você construiu em volta de si. Lembra?

— Lembro. Lembro sim. Mas eu ainda não faço a mínima idéia do que você está falando, cara. Desculpe.

— Ah, você faz sim.

— Como?

— Você sabe muito bem do que eu estou falando. Na semana passada você não sabia. Mas agora sabe. O que aconteceu? Quer conversar?

— Não. Não quero. — Tirou algumas toalhas de papel do suporte e começou a enxugar as mãos, de modo abrutalhado.

E então Gervase tirou o papel dele com gentileza, jogou na lata de lixo e segurou suas mãos. Sean imediatamente ficou com aquela sensação líquida lá no fundo de novo, como se as vigas de metal que o sustentavam estivessem derretendo.

— Você devia conversar com alguém, sabe? Aí você se sentiria melhor. Você está péssimo. — Gervase olhou dentro de seus olhos e Sean sentiu-se todo mole. — Converse comigo, Sean. Você precisa de ajuda. Eu sei que você não pode conversar com a sua família sobre essas coisas... eu sei como são as famílias. Você acha que deve a sua família estar mais animado. Você não quer deixá-los preocupados. Então, me aproveite, que tal? Converse comigo. Não sai daqui. Eu sou a discrição em pessoa.

E eu não sei o que é — disse, soltando uma das mãos de Sean e colocando a sua em cima de seu próprio coração. — Mas estou sentindo uma vibração muito estranha me dizendo que eu posso ajudar.

Sean olhou para Gervase, olhou dentro de seus olhos inescrutáveis e de repente sentiu o cérebro funcionando em sintonia com a boca. Todos os pensamentos que ele tinha guardado para si durante semanas e semanas começaram a emergir através de sua consciência e subir à luz, e então ele começou a falar.

— A Millie acabou de me dar o pé na bunda.

— O quê?

— É... agorinha mesmo, quando eu estava vindo para cá. Pelo telefone. Ela me deu o pé na bunda.

— Caralho. O que aconteceu?

E então Sean contou-lhe tudo, desde o primeiro momento que ele colocou os olhos em cima dela até a noite em que ele a pediu em casamento e a notícia inesperada e tudo o mais. Falou como tinha se sentido encurralado e como estava com medo e como ela queria que ele a deixasse ler o seu livro e como aquilo o deixaria vulnerável, como ele não a compreendia e ela não o compreendia.

E, enquanto ele falava, Gervase só ouvia e assentia com a cabeça. Não interrompeu com perguntas, nem mesmo fez contato visual com Sean, só deixou ele tagarelar e tagarelar... e aquela foi uma das experiências mais libertadoras da vida de Sean. Ele nunca tinha sido muito de se abrir com os outros... gostava de guardar seus pensamentos e sentimentos para si. Assim era mais seguro. Mas havia algo em Gervase, algo em seu toque e seu olhar e sua presença que fazia Sean ter a sensação de que podia dizer qualquer coisa. E não teve problema nenhum em encontrar as palavras: estava articulado e eloqüente, expressando suas emoções e sentimentos de um modo com que só podia sonhar em seus textos.

Parou de falar de maneira tão repentina como tinha começado e tomou consciência do silêncio ressonante no banheiro. Uma torneira pingava ruidosamente e o som da mãe cantando lá fora era um eco distante e fantasmagórico. Gervase largou sua mão e olhou para ele.

— Vocês, rapazes... — disse, sacudindo a cabeça lentamente, de um lado para o outro.

— O quê?

— Nada — respondeu. — Nada. Olhe. Sean. Eu não sou muito de dar conselhos... bom, não conselhos específicos, de todo modo. Geralmente porque eu quase nunca tenho alguma relação com os problemas dos outros... eu só os *sinto*, sabe como é. Mas você... caramba. Não sei o que dizer para você. Eu quero dizer tanta coisa. Mas eu nem sei por onde começar. É só que... olhe, sinto muito por tudo isso, cara.

— O quê?

— Isso. — Gervase pegou na mão de Sean de novo e repentinamente forçou-a contra o próprio coração. Sean pôde sentir as costelas de Gervase, seu mamilo, as batidas de seu coração. E então ele foi tomado pela dor mais intensa e excruciante que jamais sentira na vida. Não era uma dor física, mas uma sensação, como se toda a tristeza e a infelicidade do mundo tivessem vindo buscar abrigo em sua alma, como se estivesse recebendo a pior notícia possível, como se perdesse todas as pessoas que ama, como se estivesse no *inferno*.

Gervase ficou olhando nos olhos dele, segurando sua mão firmemente contra o peito, e Sean queria desesperadamente se desvencilhar de Gervase, mas estava paralisado.

— Pare com isso — conseguiu balbuciar através dos dentes cerrados. Mas Gervase só ficou olhando para ele. E com ele ali olhando, Sean sentiu lágrimas de novo, não lagriminhas de músicas sentimentais desta vez, mas lágrimas enormes e doloridas que tomaram todo o seu corpo. E então ele começou a soluçar como não soluçava desde que tinha quatro anos.

Gervase finalmente afastou a mão dele de seu peito e toda a dor se dissipou imediatamente, deixando Sean apenas com uma sensação incômoda de tristeza e vazio.

Sentou escorado na parede e abraçou os joelhos.

— Caralho.

— É. Sinto muito por isso. — Gervase tirou o maço de Chesterfield do bolso da calça jeans e acendeu um.

— Que merda foi que você fez comigo?

— Eu só estava te dando um vislumbre, cara.

— Vislumbre? De que porra você está falando?

— Eu só lhe dei um vislumbre da minha alma.

— Da sua alma? Mas aquilo era... o inferno.

— É.

— Caramba. — Sean se levantou e foi cambaleando até a pia, onde enxaguou o rosto manchado de lágrimas com água fria.

— Mas não foi a minha alma *inteira*. Não sinta tanta pena de mim. Foi só um cantinho da minha alma. — Deu um trago no cigarro e olhou para Sean. — O cantinho onde o meu filho mora.

— Você tem um filho? — Sean pegou outra toalha de papel do suporte e enxugou o rosto.

— É. O Charlie. Ele tem dezesseis anos.

— Cara, não estou entendendo mais nada. Uma hora você está falando de mim, logo em seguida você... você... Caramba, *sei lá*, e agora você está me falando do seu filho. O que é que isso tem a ver?

— Tudo, Sean. Tudo. Olhe. Quando eu tinha dezoito anos, eu conheci uma garota, certo. O nome dela era Kim. Ela era linda.

Maravilhosa. Tinha umas mãozinhas delicadas. Tinha o rosto mais lindo... parecia um anjinho. Tinha dezessete anos. E ela me amava *de verdade*, sabe como é. Ela foi a primeira pessoa que eu conheci na vida que me amou daquele jeito. Eu era bem convencido naquele tempo, andando por aí, sabe como é, me achando o máximo. Ela não era minha única namorada... tinha mais umas outras. Eu tinha dezoito anos, sabe? O mundo estava cheio de mulheres bonitas... eu achava que devia a elas estar sempre disponível. Só que a Kim não sabia das outras mulheres. Ela era uma moça muito sensível; iria ter ficado chateada. Acho que ela pensava que eu era todo dela. Então, um dia ela chega para mim toda sorridente e diz que está grávida. Bem, eu simplesmente entrei em parafuso. Perdi as estribeiras. Não tinha como encarar aquilo... de jeito nenhum. Parecia que vários dos meus amigos estavam tomando aquele rumo, se amarrando com mulher e filhos, envelhecendo antes do tempo. Então eu caí fora. Simplesmente fui embora. Saí da região e tudo. E daí, um dia, três anos mais tarde, estava na frente de uma lavanderia em Eltham e ouvi uma vozinha: "Gervase?" E olhei para baixo e lá estava minha pequena Kim. Estava empurrando um carrinho com uma criancinha. A criança mais fofa que eu já vi na vida: cabelo preto feito azeviche, enormes olhos azuis, sorrindo para mim. Meu filho. "Este aqui é o Charlie", ela disse. "Fale oi para o Gervase, Charlie." E aquela criancinha que nem sabia falar direito, sabe, bem pequeninha, disse: "Oi, Girafa, oi." *Girafa.* — Ele deu uma risadinha. — Bem, parecia que eu tinha levado um chute no saco, sabe como é. Eu fiquei magnetizado por aquele menininho. Meu filhinho. Só que a Kim foi, sabe... fria. Não como era antes. Lábios apertados, toda eficiente, superocupada. Disse que precisava ir. O *marido* dela estava esperando em casa. Ela simplesmente tinha ido lá e se casado com outra pessoa. E o meu filho, aquela criancinha linda, estava sendo criado por outro homem. *Mick.* Que porra de nome idiota é *Mick*? Aquilo acabou comigo. Então, eu disse: "Olha, Kim, será que tem alguma chance de eu ir te visitar, sabe como é? Você e o menino?" Ela apertou os lábios com mais força ainda, tipo, tipo o cu de um gato. "Não", disse, "não é justo com a criança. O Mick é o pai dele agora. O Mick é o pai dele desde que ele tem seis meses. Você teve a sua chance." E daí ela saiu andando. E eu fiquei lá parado, vendo o meu filho ser levado embora pela Eltham High Street. E eu estou lá olhando para o menino, e ele se vira no carrinho e sorri para mim: um sorrisão grande, lindo, feliz da vida. E dá tchauzinho. E daí eles dobraram a esquina. E acabou. Foi a última vez que eu o vi. E aquela dor que você sentiu agorinha mesmo, aquela é a dor que eu sinto cada vez que penso naquele momento. Cada vez que penso no Charlie. É como se houvesse um enorme buraco em mim que deixa entrar frio e chuva e vento. Sabe como é. Quando eu tomei a decisão de largar a Kim, eu achei que me conhecia... achei que sabia o que era importante, que sabia o que queria. Mas eu não sabia porra nenhuma. Na época, o bebê não parecia de verdade. Eu só conseguia enxergar um problema. Nunca pensei no que de fato significava ter um filho, sabe como é: *a porra de um filho*. Não era de verdade. Achei que ela é que comandava o jogo ou algo assim... era problema dela. Nada a ver comigo. Ela é que tinha que se virar com aquilo. Mas eu só tinha dezoito anos. Mas você, Sean... eu não quero ser rude, mas, droga, você tem trinta anos. Você tem uma caralhada de dinheiro. Se ligue, cara. Falando sério. Eu não quero que você se sinta como eu, que fique andando por aí com um tremendo vazio no lugar onde o seu filho deveria estar, o seu filho e a sua mulher. Sabendo que outro homem está criando o seu filho. Porque outro homem *vai* criar o seu filho, pode escrever. E seria bem feito para você. O que, exatamente, você está esperando? Alguma coisa melhor? Porque se é isso, você vai ficar muito decepcionado. A hora é agora. A Millie. O seu filho. Agora. Tome jeito.

Vá com ela à porra do ultra-som, deixe ela ler a porra do seu livro e depois se case com ela, porra. E pare de fazer merda. Certo?

Sean e Gervase ficaram lá parados, se olhando, sem respirar, durante um ou dois instantes. E daí a porta se abriu e Ned entrou de supetão, parecendo preocupado e confuso.

— Onde é que vocês se meteram? — perguntou.

— A gente só estava aqui — disse Gervase, tragando lentamente seu Chesterfield. — Estávamos batendo um papinho.

— Caramba... achei que tinha acontecido alguma coisa. Faz séculos que vocês saíram. Está tudo bem?

Gervase olhou para Sean, do outro lado.

— Tudo certo aí, Sean? — perguntou.

Sean ergueu os olhos para ele.

— Tudo — respondeu. — Tudo ótimo.

— Que bom — disse Gervase, apagando o cigarro na torneira e se virando para ajeitar o cabelo no espelho. — Muito bem. Agora, vamos voltar lá para assistir ao resto do *show* da mãe de vocês. Certo?

Chá e empatia

O intervalo na infelicidade humana de Tony durou menos de uma semana. A partir do segundo que Ness saiu pela porta e ele ouviu os portões elétricos se fecharem atrás dela, tudo desabou em cima de sua cabeça. Todas as dúvidas, a apatia, a sensação de futilidade total e completa. Só que dessa vez ele reconheceu seus sentimentos. Tinham subido até lá em cima tão lentamente que, quando percebeu que estava desabando, já era tarde demais. Mas dessa vez ele tinha sido arremessado da primeira fileira da harmonia para as profundidades escuras da merda com tanta rapidez que ficou até sem fôlego.

A mãe não tinha ajudado em nada. A primeira coisa que fizera na terça-feira de manhã fora ligar para ele para repreendê-lo por causa de Ness.

— Primeiro a Carly — ela tinha dito. — Agora, a Ness. É como perder filhos, Tony. O que você estava pensando?

— Não sei, mãe, está bem? Só que não estava dando certo.

— Mas aquela moça te *adora*.

— É, mãe, eu sei que ela adora. Mas ela adora você também. E o papai. E os motoristas de táxi. E qualquer pessoa que mencionarmos aqui. Adorar os outros é a especialidade dela.

— Não faço a menor idéia de como você conseguiu fazer isso parecer um *defeito*, Tony. A maior parte dos homens daria o olho esquerdo por uma mulher como a Ness. Uma pessoa carinhosa e fiel e bonita.

— Eu sei, mãe, mas está bem claro que eu não faço parte da maioria dos homens, não é mesmo? Olhe... eu amo a Ness, muito, de verdade. Mas ela não era a mulher certa para mim. Eu estou com trinta e cinco anos. Não tenho tempo a perder. Já deixei esse negócio se arrastar por muito mais tempo do que deveria.

— Ah, Tony. Eu não compreendo. Não mesmo. Achei que você e a Ness iam... você sabe.

Sim, Tony sabia o que ela queria dizer. Ela tinha achado que eles iam se casar e fornecer-lhe netinhos adoráveis com cachinhos nos cabelos.

— É, bem, mas acontece que não vamos, está certo? Não vai acontecer. Sinto muito, de verdade, por decepcioná-la, mas estamos falando do meu futuro e já está na hora de eu assumir controle sobre ele.

— Bem, eu estou mesmo muito decepcionada, querido. Estou mesmo, de verdade. Não quero parecer egoísta, mas já falei...

Nenhuma surpresa, então, Tony pensara. Ele sabia muito bem que o biscoito maternal se esmigalharia se algum dia ele e Ness se separassem.

Houve outras ligações durante a semana, de Rob, de Trisha, de todos os seus amigos, um por um. E nenhum deles disse: "Como estão as coisas, cara? Tudo bem com você?" Todos diziam a mesma coisa: "Você está louco? Que merda você está aprontando? A gente achou que você e a Ness iam ficar juntos *para sempre.*"

A única pessoa que tinha ligado para ele por preocupação tinha sido Ned. O bom e velho Ned... meu Deus, ele amava aquele rapaz, amava mesmo, mais agora do que nunca. Nenhuma palavra de Sean, claro, e não havia como ele não saber. Tony sabia muito bem como funcionava a rede familiar: a mãe ligaria para Sean em segundos, provavelmente pedindo para ele visitar o irmão e colocar um pouco de juízo na cabeça dele. Mas Sean, obviamente, continuava ofendido.

Tony tinha pensado em ligar para ele, pedir desculpas pelas coisas que tinha dito no outro dia, mas simplesmente não conseguia reunir o entusiasmo necessário para fazê-lo. Mas os dois se encontrariam em breve de qualquer jeito, na festa da mãe.

Então aquela semana tinha sido uma droga: comprida, vazia e solitária. Não havia aquela sensação de euforia por finalmente ter rompido seus laços com Ness, nenhuma sensação de alegria em relação ao futuro. Por alguma razão bizarra, ele só conseguia se sentir otimista em relação ao futuro quando sua vida se desenrolava igual a um capítulo de novela de TV. Talvez ele fosse viciado em dramas, refletiu. A última vez que tinha se sentido tão eufórico quanto na semana anterior tinha sido quando descobrira que Jo estava tendo um caso e os dois se separaram. Desejou ser capaz de encontrar um espacinho para si no meio-termo entre o desânimo e a euforia: isso seria legal, pensou.

Na quinta à noite, viu-se em uma reunião em Bond Street e resolveu dar uma passada na loja do pai na Grays. Fazia séculos que não ia visitar o pai no trabalho e ficou bem animado com a perspectiva. Foi caminhando por South Molton Street, passando por lojas de sapatos refinados e moças glamourosas com óculos de sol enormes, comendo saladas ao sol. O pai não o julgaria nem ficaria de um lado ou de outro. O pai simplesmente lhe ofereceria uma xícara de chá e falaria de futebol.

Saiu do dia claro e ensolarado de primavera ao ar livre para os corredores sombrios e obscuros do mercado de antiguidades Grays e foi imediatamente transportado para sua infância, o cheiro de prata antiga, de jornal velho, de madeira embolorada e de veludo poeirento; o brilho de cristal e de dourado, o lustro do mogno e da acácia encerada, o tilintar de latão e de cobre antigo. Atravessou os corredores estreitos entre os estandes que vendiam cartazes de peças antigas, cavalinhos de brinquedo de cem anos de idade e ursinhos de pelúcia esfarrapados, artigos militares, bricabraque, cornetas e saxofones, objetos de vidro *art déco*, prataria *art nouveau* e vestidos de baile de formatura engomadinhos.

Reconheceu alguns rostos de sua infância, homens com paletó de *tweed*, mulheres de blusões tricotados a mão que já estavam ali desde antes de ele nascer, todos com aquele tom patinado que se pega depois de passar quarenta anos em um ambiente fechado mal iluminado, parecido com uma toca de coelho.

Mas nenhum deles o reconheceu; da última vez que o tinham visto, ele era magro, magro e bem-vestido, com um certo ar decidido, e não aquela alma perdida enfiada em calças de sarja apertadas e camisa justa.

O pai estava acabando de fechar um pacote quando Tony dobrou a esquina e o viu sentado dentro de sua caverna de Aladim de prata brilhante.

— Oi, filho — disse ele, levantando-se com agilidade da banqueta e dando-lhe um abraço com cheiro de tabaco. — O que o traz até aqui?

— Estava aqui perto, em uma reunião. Tinha uma hora livre. Achei que... — E daí fez uma pausa, quando viu uma figura à espreita no canto.

Gervase.

— Certo, Tone — ele disse. — Como vão as coisas?

Tony balbuciou alguma espécie de resposta e Gervase saiu para buscar um chá para todos.

— O que *ele* está fazendo aqui? — Tony assobiou entre dentes, imediatamente.

— Quem... o Gervase? Ele só faz umas entregas para mim. Deu uma passada para almoçar.

Tony resmungou com rancor para si mesmo.

— Você devia dar uma chance para o Gervase, sabe. Eu sei que a parte externa dele é um pouco... desencorajadora. Mas ele é um bom rapaz por dentro... um rapaz bom de verdade.

— Sei lá — disse Tony. — Mas eu não gosto dele. Ele me dá arrepios.

— Que nada. — Gerry sacudiu a cabeça. — Ele é um bom homem. Você sabia que o Gervase, ele é... — Gerry colocou as mãos na testa e sacudiu os dedos.

Tony olhou para ele, confuso.

— Ele é o quê?

Gerry chegou mais perto e sussurrou na orelha de Tony:

— Ele é sensitivo.

— *Sensitivo?!* — soltou Tony. — Não seja ridículo.

— Não. Falando sério. Ele é. Ele consegue *sentir* as coisas. Ele *vê* as coisas.

— Que *coisas*?

— Bom, por exemplo, há uns meses, eu estava pensando em vender a casa...

— A casa?! Pai! Você não pode vender a casa!

— Acalme-se. Não entre em pânico. Está tudo bem. Eu mudei de idéia. Mas não falei para ninguém na época... nem para a sua mãe, nem para ninguém. Foi uma coisa financeira, para falar a verdade. Uma casa grande daquelas em Londres... vale uma fortuna hoje em dia, e eu e a sua mãe já não precisamos mais de tanto espaço, a gente só vai acabar mesmo enchendo o lugar com mais e mais porcaria. Então eu achei, quem sabe vender o troço, embolsar uma grana, comprar um apartamento bacana em algum lugar. Mas desde que eu tive essa idéia, comecei a ficar muito preocupado, muito mesmo, estava tendo dificuldade de dormir. Daí, um dia, eu estava aqui com o Gervase, tomando um chá, e ele de repente agarrou as minhas mãos, assim, olhou nos meus olhos e disse: "Você precisa tomar uma grande decisão. Isto está lhe causando sofrimento. Mas você não precisa mesmo tomar esta decisão, precisa? Ninguém está te pressionando, ninguém além de você mesmo". Aí ele disse: "Seja lá o que for, pode esperar. Está bem claro que ainda não está na hora. Espere até que seja a hora certa." E ele acertou direitinho, sabe como é. Eu tinha feito um monte de nós na cabeça por nada. Então aceitei o conselho dele e esqueci a idéia. E, desde então, ando feliz da vida.

Tony ficou olhando para o pai, tentando parecer cético e incrédulo, mas começando a refletir a respeito de sua própria experiência pessoal com Gervase.

— Merda — disse. — Você não acha isso meio... *assustador*?

— Bem, acho. Quer dizer, na hora me deixou assustadíssimo. achei que era a maior *esquisitice*. Mas, pensando agora, o homem só estava me fazendo um favor, mesmo. Como se ele tivesse me visto tentando carregar uma cômoda enorme ou qualquer coisa assim... e tivesse vindo só me dar uma mãozinha.

Gerry parou e olhou para Tony através de uma névoa de fumaça de tabaco.

— Eu pedi para ele conversar com a sua mãe a noite passada.

— Ah é? Sobre o quê?

— Tentar acalmá-la um pouco em relação a esse, hmm... negócio da Ness. Ela não está aceitando as coisas muito bem.

— É — murmurou Tony. — Eu sei.

— Não sei se ele conseguiu fazer ela enxergar as coisas com mais objetividade, mas achei que valia a pena tentar. Ele é mesmo um sujeito esperto. Ele tem... como mesmo é que chama? *Inteligência emocional*, sabe como é. E ela não queria saber de me ouvir.

Tony deu um sorriso amarelo para si mesmo. Ele sabia muito bem que o pai devia ter feito apenas uma tentativa das mais apressadas de conversar com a mãe a respeito daquilo. O pai não gostava de se envolver em situações embaraçosas.

— Então... está tudo bem com você? Como estão as coisas?

Tony deu de ombros.

— Tudo certo. Eu vou indo bem.

— Que bom — disse Gerry esmagando a bituca do cigarro enrolado com seus dedos manchados de nicotina. — Que bom.

Então Gervase voltou, carregando uma bandeja com três xícaras de chá e três pedaços grandes de torta.

— Ah, muito bem — disse Gerry, olhando os pedaços de torta do tamanho de tijolos com entusiasmo e esfregando as mãos.

Ah, que maravilha, pensou Tony, olhando para os dois homens magros por natureza que podiam se dar ao luxo de comer pedações extras de torta calórica entre as refeições sem problema nenhum. Pensou na segunda-feira à noite, na euforia que sentira quando Jan lhe dissera que estava com noventa e cinco quilos. Pensou no círculo de rostos orgulhosos e pensou a respeito de suas lindas calças da French Connection e de "Bryan" nadando por entre as ondas com seu calção florido.

E então pegou um prato de torta e comeu tudo, mal sentindo o gosto ao engolir.

— Certo — disse Gervase, alguns minutos depois, engolindo o restinho do chá e batendo as mãos nos joelhos. — Estou saltando fora.

Gerry olhou para Gervase e depois para Tony.

— Na verdade — disse —, hmm... eu preciso dar uma saidinha.

— Ah — disse Tony, com um tom de decepção. Ele estava começando a se sentir à vontade.

— É. Desculpe por isso. Mas sabe o quê? Gervase, você está indo para Battersea agora, não está?

— É. Para Lavender Hill.

— Você não se importa de dar uma carona para o Tony até Clapham, não é mesmo? Só desvia cinco minutos do seu caminho.

— Não. De jeito nenhum.

— Não. Sério mesmo. Eu estou bem — disse Tony. — Posso pegar um táxi. Sério mesmo.

— Para que desperdiçar dinheiro com táxi? O Gervase leva você.

Gerry lançou para Tony um de seus olhares de "ponto final".

— Tudo bem — disse, complacente. — Tanto faz.

Na perua do pai, Tony olhou em volta com desgosto. Tíquetes de loteria velhos, pedaços de embalagens, papéis de bala, bolinhas de lenços de papel melequentas, garrafas vazias. O estofamento estava desfiado e desbotado, havia arames saindo de todos os lados e os tapetinhos do chão já não estavam mais lá fazia muito tempo, deixando só o metal nu à mostra. Gervase apagou um cigarro em um cinzeiro cheio de bitucas de Chesterfields e de cigarros enrolados e depois o fechou.

— Então, Tony — disse Gervase. — A sua semana tem sido bem agitada, em todos os aspectos.

— É — respondeu. — Dá para dizer isso.

— Se você quer saber, Tony, acho que você fez a coisa certa.

Tony lançou-lhe um olhar surpreso.

— É... estava óbvio que ela não fazia você feliz. A vida é curta demais. Ficar arrastando as coisas não serve para nada.

— Exatamente! — disse Tony, sentindo-se levemente tonto com o alívio da solidariedade humana.

— E ela vai ficar bem, a Ness. Uma moça alegre como ela... vai se recuperar rapidinho. Vai encontrar alguém para fazê-la feliz.

— Eu sei que ela vai. Exatamente. É o que eu tenho tentado explicar para todo mundo. Ela vai ficar muito melhor sem mim. Ela era boa demais para mim.

— Ah, não, Tone. Não se deprecie. Você é um sujeito ótimo. Só que a Ness não era a mulher certa para você. Só isso. Quem sabe ela era... *descomplicada* demais?

— É — Tony agarrou a verbalização de Gervase, a descrição perfeita do que havia de errado com Ness. — É. É isso mesmo. Eu gosto de um certo conflito na vida, sabe como é, um pouco de drama. Preciso de alguém que me mantenha em estado de alerta, que não me deixe fazer tudo do jeito que eu quero nem agir igual a um garotinho mimado. A Ness era *maleável* demais, sabe? Muito dada.

Gervase riu.

— Bom... cada um é cada um, acho. A maior parte dos homens só sonha com uma mulher maleável demais.

— Eu sei. Mas eu sou diferente. Tenho necessidades diferentes. Aprendi muito a respeito de mim mesmo nas últimas semanas, e uma das coisas que percebi é que sou mimado. Todos nós somos... nós três... cada um do seu jeito. Não é culpa da minha mãe e do meu pai; eles simplesmente amam a gente demais, nunca questionaram nossas decisões nem o jeito que escolhemos viver... desde que tivéssemos saúde e estivéssemos por perto, nada mais importava para eles. Nunca nos obrigaram a fazer nada que não quiséssemos e se eu terminasse com alguém igual a minha mãe... igual a Ness... eu só iria ficar cada vez mais mimado. Preciso de alguém que me julgue o tempo todo, que me diga quando estou sendo muito folgado, alguém pronta para dar as ordens. Sabe como é?

Gervase assentiu com a cabeça, pensativo, e tirou um chiclete de um pacotinho no painel.

— E estou vendo que você deu cabo da sua obsessão nada saudável com um golpe certeiro.

— O quê?

— Na última vez que a gente se viu. Você estava tomado por uma coisa ou outra. Eu falei para você se livrar dela. E você se livrou.

Tony sacudiu a cabeça de um lado para o outro, embasbacado.

— O que *é* que você tem? — perguntou. — De onde é que você tirou esse negócio?

Gervase deu de ombros.

— Não sei. Parece que foi da minha mãe. Ela tinha um dom. Ela morreu e daí eu passei a ter um dom. Foi como a herança que ela deixou para mim. Ainda bem, aliás, porque ela não me deixou mais porra nenhuma. — Ele riu de novo. — E vou te dizer uma coisa... foi bem útil com vocês, os rapazes London.

— O quê? Você está dizendo que viu coisas a respeito dos meus irmãos?

— É — respondeu, descompromissado. — Também tem coisa rolando na vida deles. Coisas que eles não querem discutir com a família. Então eles falaram comigo. E eu ajudei.

— Que tipo de coisa?

Gervase sorriu e sacudiu a cabeça.

— Não — respondeu. — Daqui não sai nada. Nunca. Então... a sua obsessão. O que aconteceu?

Tony de ombros.

— Acho que eu só enxerguei a luz. Percebi que queria ser amigo dela, que estava confundindo tudo na minha cabeça. Percebi que tinha mais a ver com uma outra pessoa do que com a mulher em quem eu estava interessado. Eu só estava deslocando a minha frustração e a minha inveja.

Gervase sorriu e enfiou o chiclete na boca.

— Que bom — disse. — Fico feliz. Parece que você aprendeu mesmo muita coisa nessas últimas semanas.

Tony assentiu com a cabeça.

— É. Refleti um pouco mais a respeito das coisas que me fazem bem. Sabe como é.

Gervase olhou para ele.

— Mas você ainda não está feliz, não é, Tone?

Tony engoliu em seco e olhou para as mãos.

— Não — disse com voz bem baixinha. — Não. Não estou, não.

— Sabe, Tony... quem sabe você não precise de outra namorada? Hein? Quem sabe você esteja precisando de outra *vida*?

— Como assim? Devo enfiar os meus dedos no ácido e trocar de identidade?

— Não. Estou dizendo que você deveria dar um tempo. Sair para conhecer o mundo.

Tony sorriu e sacudiu a cabeça.

— Foi exatamente o que a Ness disse — explicou. — Mas não dá. De jeito nenhum. Preciso cuidar da minha empresa...

— Mas não dá mesmo, Tone? Você pensou mesmo a respeito? Você não tem sócios? Assistentes? Gente a quem você possa delegar o serviço? Ou quem sabe você poderia vender a empresa?

— *Vender?!*

— É. Por que não? Venda as suas ações. Passe a ser diretor... uma figura representativa, sabe como é? Mas daí você não precisaria ir lá todo dia.

— É, mas o meu emprego... a minha empresa... é a minha *vida*.

— Exatamente, Tony. Exatamente. Que tipo de vida é essa? Hein? Você já ralou, agora está na hora de aproveitar um pouco. Falando sério, Tone... é o que eu faria se eu fosse você. Eu venderia tudo e ia tirar uma porra de umas férias bem compridas em algum lugar. Você passou por tanta coisa nesses últimos anos... Você merece — Gervase fez sinais veementes com a cabeça e enfiou a mão na buzina quando um motoboy tentou lhe dar uma fechada em um cruzamento.

Tony observou Gervase com o canto do olho e tentou decifrar sua expressão. Reconheceu que ele parecia bem sincero; parecia genuíno, como se estivesse levando em conta os melhores interesses de Tony. Parecia que se preocupava com ele. Da maneira correta. Como hoje em dia as pessoas não costumam mais se preocupar.

— Quem é você? — viu-se dizendo antes que tivesse a oportunidade de impedir que as palavras saíssem de sua boca.

— Quem? Eu? — disse Gervase. — Sou só um amigo. Uma amigo da família... só isso.

Virou-se para Tony e piscou para ele e Tony sorriu um pouco antes de virar-se para olhar para fora da janela, pensando consigo quando diabos o Esqueletão tinha se transformado na única pessoa no mundo realmente capaz de compreendê-lo.

Um compromisso muito importante

Sean ouviu a impressora ficar em silêncio do outro lado da sala e tirou as últimas páginas de texto da bandeja. Juntou-as à pequena pilha sobre sua mesa e folheou-as, apreciando a sensação de substância. Então foi sentar-se à sacada para ler as primeiras 150 páginas de seu livro, tentando enxergá-lo da perspectiva de Millie, imaginando como ela reagiria a respeito de suas reflexões sobre a paternidade não-desejada, torcendo para que ela não tirasse muitas conclusões sobre o capítulo em que o protagonista leva uma menina de dezoito anos para casa, desejando que ela encontrasse iluminação ali, e não mais fonte de ameaça e aborrecimento.

Olhou para o relógio. Dez e meia. Hora de sair. Colocou as páginas do livro em uma pasta de plástico, jogou dentro de uma sacola de supermercado, jogou a jaqueta nas costas e se dirigiu para a estação de trem e seu compromisso às onze e quinze com seu filho ainda por nascer.

Sean ficou observando enquanto a enfermeira passava gel na barriga desnuda de Millie, e olhava para aquilo estupefato. A barriga de Millie, normalmente chata como uma prancha, estava toda arredondada. Ela estava com uma *barriguinha.* Não era grande, mas era uma barriguinha definida e distinta de Olá Papai. Quando diabos aquilo tinha acontecido?

Sean engoliu em seco e sorriu para Millie, que respondeu com um bico. Olhou em volta da sala e fez anotações mentais. Para o livro. Porque aquilo tinha que entrar, obviamente. Absorveu a atmosfera e os detalhes e o clima. Respirou fundo para gravar os detalhes e traçou um contorno no gel na lateral da barriga de Millie para fazer uma observação a respeito da textura.

Então parou um instante, bloqueou o tagarelar incessante da enfermeira e os barulhos do corredor e olhou para si mesmo, tentando verbalizar internamente o que estava sentindo, sentado ali naquela clínica pré-natal com uma mulher que mal conseguia olhá-lo nos olhos, prestes a ver a pessoa que mal tinha começado a se formar e que tinha estragado seu relacionamento e sem saber que diabos aconteceria a seguir.

Palavras pipocavam em sua mente:

Amedrontado.

Idiota.

Desentendido.

Patético.

Confuso.

Bravo.

Animado...

Aquela última o surpreendera, mas daí ele ouviu a adrenalina nos ouvidos, as batidas do coração no peito e percebeu que era verdade. Ele estava animado. Impaciente. *Ande logo*, tinha vontade de dizer à enfermeira, ligue logo esse aparelho, coloque ali, eu quero ver esta coisa, esta coisa que despertou o que há de pior em mim e que me transformou em uma pessoa de quem eu não gosto muito.

Vamos ter um *tête-à-tête*.

Um cara-a-cara.

Manda ver.

A enfermeira ligou uma máquina que emitia um zumbido agudo e então pegou uma coisa que se parecia com uma pistola e começou a esfregá-la na barriga reluzente de Millie ao mesmo tempo que olhava para o monitor. Monocromático, quase fantasmagórico. Como alguma coisa tirada de um filme de Fritz Lang.

A enfermeira começou a apontar para a tela, identificando formas e partes do corpo, e entre as manchas disformes e os espirais da tela Sean pôde distinguir uma criança. Era mesmo. Uma criança de verdade. Braços, pernas, dedos, pés, olhos, boca. Tudo. Sean ficou olhando para a tela, maravilhado. Aquilo era ficção científica, irreal demais. Mal tinha rosto: era um tipo de rosto delicado com uma sombra de sorriso. O braço esquerdo estava esticado para cima, na direção do rosto, e ele estava... será que estava...?

— Olhem — disse a enfermeira, apontando para a mão do bebê onde se encontrava com a boca. — Está chupando o dedo...

O bebê dele estava chupando o dedo.

Igual a um bebê de verdade.

Igual Ned costumava fazer quando era pequeno. E de repente veio-lhe uma lembrança de absolutamente lugar nenhum: a mãe deitada na cama de hospital, o cabelo loiro todo desarrumado, com uma camisola de náilon azul-turquesa. O pai parado ao lado dela com um suéter verde e uma camisa azul por baixo, Tony pulando para cima e para baixo aos pés da cama e a mãe olhando para Sean cheia de orgulho e dizendo: "Você quer segurar?" No começo ele tinha ficado envergonhado, escondera-se atrás do pai, sacudira a cabeça; mas a mãe o incentivara, dissera que estava tudo bem, então ele assentiu com a cabeça e a mãe entregou-lhe aquela coisinha enrolada em um cobertor amarelo. Tão pequenininho, tão leve, até para os bracinhos de três anos de Sean. Puxou o cobertor amarelo e olhou nos olhos de seu irmãozinho. Então deu-lhe um beijo na bochecha, estupefato com a sensação dos lábios encostando na pele tão nova. A mãe o pegou de volta e o colocou no berço, e Sean lembrava de ter ficado lá, olhando dentro do berço, durante o que pareceram ser horas, só olhando para aquela pessoa nova, aquela pessoa nova fantástica. Naquele momento ele já sabia que tinha gostado do bebê novo, que o bebê novo iria ser *amigo* dele.

E então de repente bateu, igual a um raio saído do nada que aquela coisa crescendo dentro de Millie... era um Nedzinho. Era uma pessoa nova fantástica. Era alguém que iria ser *amigo* dele.

Era *seu filho.*

Sean então voltou a respirar e apertou a mão de Millie com tanta força que ela se encolheu.

E então ele começou a chorar.

Deslocando-se para o Ritz

Ned ajustou a gravata-borboleta no espelho e percebeu que continuava completamente torta. Ele não tinha se lembrado de conferir na loja de aluguel de trajes se tinham lhe dado um daqueles modelos que já vêm prontos ou uma daquelas porcarias inúteis do tipo faça-você-mesmo. Se ele estivesse em um filme naquele momento, pensou, alguma mulher gostosa e sensual com um vestido de noite entraria ali e a amarraria para ele. Na situação em que se encontrava, a única pessoa que havia na casa era Gervase, e Ned não achou que ele pudesse ajudar muito. O pai estava no trabalho, onde ia se encontrar com a mãe, e ele e Gervase iam dividir um táxi com Ness, que estava indo para lá.

Ele finalmente a tinha convidado na semana anterior. Tinha precisado juntar toda sua coragem para telefonar para ela e tinha adiado o quanto pôde, mas o pai não parava de atormentá-lo... então Gervase farejou o que estava acontecendo e se juntou ao coro da torcida.

Tinha ligado para Tony primeiro, para checar com ele se não achava ruim que ele levasse Ness e ele disse que claro, tudo bem. Não que ele a tivesse convidado de um jeito do tipo "Será que você me daria a honra" e tal. Ele só tinha dito: "O meu pai disse que você tem que ir e eu achei que seria mais legal se você fosse com alguém, então, quer ir comigo?" Ela tinha sido muito educada ao telefone e pareceu não achar nada estranho que o irmão mais novo de Tony lhe telefonasse do nada para convidá-la para uma festa. A única preocupação dela era a possibilidade de aborrecer Tony e criar um clima na festa de Bernie, o que Ned achou o maior altruísmo da parte dela, que comprovava mais uma vez como ela era maravilhosa. E ela tinha dito que ficara muito contente de ter sido convidada, porque já tinha comprado um vestido para a festa, e tinha custado uma fortuna.

Desamarrou a gravata-borboleta de novo e começou do zero, e terminou com uma construção que era quase simétrica e vagamente parecida com uma borboleta, e achou que estava bom. Foda-se. Aliás, ele não era mesmo o tipo de cara elegante que andava por aí de smoking-e-gravata-borboleta. Ele nunca pareceria distinto, por mais bem amarrada que sua gravata-borboleta estivesse, então era melhor optar pelo visual levemente-caótico-mas-charmoso.

Little Richard mandava ver no quarto de Gervase e Ned bateu na porta com o punho.

— Oi... Carl Perkins. O táxi chega daqui a cinco minutos.

— Sem problema — gritou Gervase através da porta. — Já estou saindo.

Ned desceu as escadas saltitante e deu mais uma checada no reflexo no espelho do corredor, resistindo à tentação de futricar na gravata-borboleta mais uma vez. Pegou o presente dos pais do lugar em que o tinha escondido na sala de jantar e rabiscou alguma coisa rapidamente em um cartão. Então ouviu passos na escada atrás de si e virou-se para ver Gervase, carregando um presente enorme embrulhado em papel prateado, usando uma camisa pavorosa azul, com babados na frente, uma gravata de cetim combinando, um drapê azul-bebê e uma jaqueta azul-elétrico. Ned parou e ficou olhando por um segundinho, sem saber muito bem como reagir diante de tal visão.

— Caralho — acabou por dizer. — Você está... *radical.*

— Ah, muito obrigado pelo elogio, Ned. Você também não está tão mal. Mas a gravata, no entanto... está toda torta.

Gervase aproximou-se dele com os braços estendidos e Ned afastou-o.

— Não — disse. — Faz vinte minutos que estou tentando. Melhor do que isto aqui não fica.

Gervase deu de ombros e ajeitou o cabelo no espelho atrás de Ned. Então a campainha tocou.

Ned de repente sentiu um friozinho no estômago e respirou fundo. Abriu a porta e respirou fundo de novo.

— Ness! — disse ele, sem fôlego. — Você está... caramba... você está *fantástica*.

E estava mesmo. Usava um vestido tomara-que-caia de cetim preto com uma flor branca e preta grande no corpete e uma saia justa que ia até bem embaixo do joelho. O cabelo estava preso para cima com coisinhas brilhantes de *strass* e cachos loiros caíam em volta de seu rosto. Mas foram os sapatos que mais chamaram a atenção de Ned: sapatos altos com tiras de *strass*, com salto-agulha dez. O tipo de sapato que lhe dava vontade de ficar de quatro e beijar os calcanhares dela, eram *sexys* a esse ponto. Segurava uma bolsinha e um presentinho com um cartão em um envelope vermelho. Era a essência pura e não diluída da gostosura.

— Obrigada — ela disse, puxando a saia dois centímetros para cima, de modo a poder subir os degraus da entrada. — Mas não tem nada a ver comigo. Como eu não entendo nada de roupas, contratei uma assessora de estilo por uma tarde. — Olhou Ned de cima a baixo com um sorrisinho nos lábios. — Nossa, Ned — disse. — Você está muito bonito.

Ned corou e ignorou o dedo de Gervase cutucando suas costas.

— Só uma coisa — disse, largando a bolsinha e o presente. — A gravata-borboleta. Está toda errada. Venha aqui. Deixe que eu arrumo para você.

Ned deu um passo na direção dela e prendeu a respiração enquanto ela desamarrava sua iniciativa patética e recomeçava. Cheirava a perfume caro e ele teve vontade de enterrar o rosto na extensão de pele nua entre os ombros e os peitos. Queria passar as mãos para cima e para baixo no cetim maleável que cobria seus quadris estreitos, arrancar as coisinhas brilhantes do cabelo desgrenhado e enrolar uma daquelas pernas longas e macias em volta da cintura. Queria cancelar o táxi, esquecer a festa e passar a noite mais sacana de sua vida.

— Prontinho — disse ela, ajeitando a gravata-borboleta e tomando distância para apreciá-la. — Muito melhor.

— Obrigado — disse Ned, a voz estranhamente parecida com a de Lisa Simpson. — Muito obrigado.

Então a campainha tocou e o táxi tinha chegado para levá-los ao Ritz e enquanto Ned observava Ness rebolando pela entrada em direção à rua com seu vestido de cetim preto resolveu que aquela poderia se revelar a melhor noite de sua vida.

— Olá — disse Sean, em seu melhor sotaque cinco estrelas. — Estou no grupo dos London. Deve ter um quarto reservado para mim no nome do meu pai?

Sorriu nervoso para Millie enquanto o recepcionista de casaca procurava a reserva deles no computador.

— Ah, sim. Há quatro quartos reservados.

— Isto mesmo. Mais alguém chegou?

— Não, senhor. O senhor é o primeiro.

Fizeram o registro, não aceitaram a ajuda de um carregador para levar suas malinhas minúsculas para a noite e subiram por uma escada com tapete vermelho, passando por lindas paredes *trompe-l'oeil*, em direção a seu quarto, no primeiro andar. Os dois não falavam enquanto caminhavam, atravessando os corredores aveludados. Sean observava Millie à sua frente enquanto caminhavam e sorria para si mesmo. Ela estava com um acolchoado extra em volta dos quadris, os braços estavam um pouco mais roliços e o cabelo, ele notou de repente, tinha ficado bem comprido. Quando os dois se conheceram, batia no queixo, e agora já caía bem abaixo dos ombros. Estava começando a assumir um ar bem maternal. Reparou quando Millie passou a bolsa de uma mão para a outra e se lembrou de que deveria tomar uma atitude em relação a coisas como aquela.

— Pronto —disse, pegando a bolsa da mão dela. — Deixe que eu levo.

Ela se virou, pronta para reclamar, mas em vez disso fechou a boca e sorriu para ele.

— Obrigada — disse.

Sean reparou que ela tinha colocado a mão na barriga quando se virou e começou a andar na frente dele. Acariciou o bebê dela. O bebê deles. Apalpou o casaco e tirou a fotografia de novo. Já estava começando a ficar toda amassada nas pontas. Ele não tinha *feito* nada além de olhar para aquilo desde que a enfermeira lhe dera uma cópia na semana anterior. Tinha apoiado a imagem na tela computador para olhar para ela enquanto escrevia.

Aquilo o maravilhava.

Acabava com ele.

Completamente.

Sean já sabia que aquele seria um bebê bacana. Dava para saber por causa do sorriso plácido em seu rosto. Ele tinha sido um bebê bacana, parecia, assim como Millie. A mãe dela tinha lhe dito quando eles foram até Suffolk para dar a notícia. Conhecer os pais de Millie, isso sim é que tinha sido uma experiência e tanto. Demorava cinco minutos para percorrer de carro a estrada particular que levava até a casa deles. Havia uma entrada para carruagens coberta de cascalho e um pomar, um jardim formal cheio de árvores podadas em formas abstratas e flores tropicais, uma sala de visitas, uma sala de recepção, uma sala de estar, um salão de jogos. O senhor e a senhora Buckleigh eram completamente loucos, da maneira mais legal possível, e ficaram mais impressionados por Sean ser escritor com um livro publicado do que Sean ficara com o tamanho da propriedade deles. O irmão e a irmã dela também estavam lá, com seus respectivos cônjuges, filhos e animais de estimação superexcitados.

Tinham recebido a notícia da maneira como Sean e Millie esperavam; não estavam nem aí com filhos fora do casamento nem com casamentos apressados, só ficaram aliviados por Millie não ter passado da idade de ter filhos e por não se transformar em uma velha excêntrica e solitária, como a lendária irmã alcoólatra do senhor Buckleigh, cujo estilo de vida tão animado eles temiam que Millie acabasse por adotar.

Também fizeram oohs e aahs ao ver a imagem do ultra-som, apontando para os traços que mal dava para discernir e dizendo coisas como: "Parece que ele vai ter o nariz do tio Nathan, coitadinho", ou "Olhe só estas canelas... grossas e fortes iguais às da Helena".

E a coisa mais engraçada daquele dia é que Sean tinha se sentido mesmo muito inserido naquilo tudo. Era do filho deles que estavam falando, o filho deles era o centro das atenções e ainda nem tinha *feito* nada. Todo mundo estava tão emocionado porque ele tinha lhes fornecido um neto, um sobrinho ou um primo, que Sean se sentiu orgulhoso e envolvido.

Ele nunca tinha tido vontade de se ausentar fisicamente da vida de Millie e do bebê, mas Gervase tinha feito com que percebesse que era exatamente este rumo que ele estava tomando, que estava percorrendo um caminho que tinha todo o potencial de levá-lo a um lugar em que não conheceria o próprio filho... para aquele lugar que Gervase lhe mostrara. E ele não ia ter estômago para aquilo.

Mas as coisas com Millie ainda estavam um tanto frágeis. Ainda não tinham retomado o relacionamento: estavam indo devagar. Sean ainda continuava profundamente envolvido com seu livro, mas agora que tinham concluído seu "exercício de empatia mútua", ela se mostrava mais compreensiva a respeito do fato de que ele não estaria muito disponível nas semanas seguintes. De todo modo, ela já tinha passado pela pior parte da gravidez, era o que tinha dito. Já não se sentia tão cansada, nem tão enjoada, nem tão deprimida. Na verdade, estava começando a gostar daquilo, sentindo-se mais cheia de vitalidade, menos carente e patética.

Na casa dos pais dela, no fim de semana anterior, eles tinham dividido a cama, mas não tinham passado de um aconchego noturno. Não tinham discutido os planos para o casamento. As coisas estavam no ar. Nada estava resolvido. Millie estava sendo muito cautelosa, e Sean não podia culpá-la. Ele a magoara além do que seria possível, fez com que ela questionasse seu amor por ele, fez com que questionasse sua própria capacidade de discernimento. Ela precisava de tempo para se assegurar de que não cometeria o mesmo erro duas vezes. E uma reviravolta tão expressiva na coisa toda do bebê era provavelmente um tanto difícil para ela aceitar. Não que Sean estivesse menos nervoso ou inseguro ante a perspectiva de ter um bebê em sua vida: ele não conhecia bebê nenhum; eles eram um conceito estranho e alienígena. Mas agora estava pronto para se envolver. Sem dúvida. Participar. Meio-a-meio. Noites em claro. Fraldas sujas. Manda ver...

Colocou o cartão-chave na fechadura da porta do quarto e a abriu.

— Ai. Meu. Deus — disse Millie, dirigindo-se imediatamente para a janela e admirando a vista do Hyde Park. — Isto aqui é fantástico! — Saiu de perto da janela e se deixou cair sobre o colchão firme. — Não dá para acreditar que a gente está mesmo aqui! Parece que eu sou uma criançona! — Pulou da cama e localizou o minibar. — Ah — disse, tirando uma garrafinha de champanhe e a olhando com desejo. — Já se foi o tempo em que eu secaria o minibar em cinco minutos. — Suspirou e sorriu e estava prestes a devolver a garrafinha à geladeira quando Sean a tirou de sua mão.

— Você pode tomar uma tacinha, não pode?

Ela deu de ombros.

— Não sei — respondeu. — Acho que não devia, mesmo. Ainda me sinto tão culpada por causa daquela noite na casa do Tony...

— Que tal só uma tacinha minúscula? — tentou-a, tirando a cobertura metalizada do gargalo. — Aposto que o bebê iria adorar um golinho de champanhe, não é mesmo, amiguinho? — ele disse, falando com a barriguinha de Millie.

Millie sorriu e aceitou.

— Então está certo. Mas só uma pequenininha.

Sean abriu a garrafa e serviu uma taça para cada um. Entregou uma a Millie e então ergueu a sua, propondo um brinde.

— A que vamos brindar? — disse Millie.

Sean prendeu a respiração. A quê?

À gente ter se conhecido. A você ser você. A fazer parte do um por cento de casos em que a camisinha não funciona. Ao nosso bebê. A estar no Ritz. Ao verão. À vida. Ao sucesso. Ao amor. A Gervase. A Charlie. A cometer erros e aprender lições. Aos meus pais. Aos seus pais. Ao botãozinho de possibilidades florescendo dentro do seu corpo lindo. A crescer. A ser homem. A tudo...

— A você e ao bebê — terminou por dizer. — Por terem me transformado em uma pessoa melhor.

Tony olhou para o relógio. Merda. Estava atrasado. Abriu a porta do escritório de seu contador e ficou parado na calçada com seu *smoking* e sua gravatinha, procurando um táxi freneticamente. Tinha acabado de ter uma reunião com o contador, às seis horas do fim de uma tarde de sábado. Tinha calculado tudo muito mal, não tinha como dar tempo. Mas ele queria resolver tudo o mais rápido possível, não dava para esperar. E seu contador tinha sido muito gentil em marcar uma reunião com ele em seu escritório em um sábado porque, de qualquer modo, ia levar a mulher para jantar na zona oeste da cidade.

Passou a mão no cabelo e olhou em volta, inutilmente. Nenhum carro à vista, quanto mais um táxi. Bosta. Começou a caminhar pela Great Portland Street em direção a Oxford Circus, ignorando os olhares curiosos dos refugiados de Oxford Street que voltavam para casa carregados de sacolas. Quando encontrou um táxi, já estava caminhando havia quase dez minutos e tinha começado a suar em certa profusão. Era uma noite úmida e quente, nublada, e ele estava fervendo, absolutamente.

Jogou-se no táxi com alívio e abriu toda a janela, apreciando o ar fresco contra a pele úmida quando o carro atravessou Soho Square. Enfiou um dedo na gola da refinada camisa alugada para aliviar um pouco do aperto e então tirou todos os documentos que seu contador acabara de lhe entregar da sacola com a muda de roupa e deu uma olhada.

Parecia bom, pensou, assentindo com a cabeça para si mesmo. Praticável. Com certeza. Tinha feito uma reunião com o advogado naquela mesma semana também, e parecia que tudo ia funcionar perfeitamente. Tudo que precisava fazer era falar com Ned e então podia dar início à parte divertida: fazer os planos para o próximo estágio de sua vida.

Surpresa

— Champanhe?

Um homem alto e magro vestido de preto e branco enfiou uma bandeja de champanhe na cara deles quando entraram na sala Marie Antoinette, onde estava acontecendo a festa da mãe. Ned estava mesmo com muita vontade de fazer o registro em seu quarto duplo grande e ofuscante quando chegaram, mas tinham ficado presos no trânsito em Victoria e a mãe e o pai deveriam chegar dali a dois minutos, então não houve tempo. Ned pegou a taça mais cheia da bandeja e deu uma olhada no lugar. Caralho, pensou, o pai tinha mesmo extrapolado desta vez. Era um salão enorme de pé-direito alto, com enfeites de gesso na parede, tapete feito a mão no chão e um enorme lustre de bronze e cristal pendurado no meio do teto. Velas bruxuleavam em enormes candelabros sobre uma lareira de mármore de tamanho exagerado e um quarteto de cordas tocava algum tipo de música clássica não-identificável no canto.

Aquilo era pura classe.

Ned reconheceu os parentes e os colegas de trabalho da mãe e do pai, parados nervosos em grupinhos ao redor da sala luxuosa, parecendo pouco à vontade em seus trajes alugados e seus vestidos que não eram finos o bastante para o ambiente. Acenou brevemente para algumas pessoas que estavam tentando chamar sua atenção desesperadamente, mas não ia agüentar conversar com ninguém antes de beber pelo menos uma taça de champanhe.

Ele, Ness e Gervase se colocaram de um lado da sala e formaram seu próprio grupinho desajeitado, transformando a colocação dos presentes em cima de uma mesa em um enorme *show*. Todos olharam em volta de si estupefatos e se sentiram completamente deslocados.

— Uau — disse Ness, tomando um golão de champanhe. — Isto aqui está muito legal. Deve ter custado uma *fortuna*.

Outro homem deslizante apareceu ao lado deles carregando uma bandeja de prata cheia de coisinhas para petiscar com aparência interessante.

— O que é isso? — Ned apontou para uma coisinha cor-de-rosa com tomates por cima, que parecia ter sido tirada de uma fotografia.

— Este é um mosaico de caranguejo temperado e tomates marinados, senhor.

— Nham-nham — disse Ned, pegando um e enfiando na boca.

— E isso aqui? — disse Ness, cujos olhos estavam esbugalhados, admirando os canapés.

— Isto é *parfait* de *foie gras* com trufas negras.

— Aaah — disse ela, quase salivando com a boca aberta e pegando uma das iguarias com cuidado.

— Senhor? — o homem interrogou Gervase, sem se impressionar nem um pouco com sua vestimenta.

Gervase examinou a seleção de canapés.

— Hm, não, obrigado, cara — respondeu. — Mas eu bem que ia gostar de um potinho de amendoim, se tiver algum.

— Certamente, senhor — disse o homem, virando-se para ir embora. Ness pegou mais uns canapés da bandeja antes de ele sair.

Ned sentiu um cutucão nas costelas. Era Gervase informando-o que Tony acabara de chegar.

— Ness — sussurrou Ned em sua orelha adornada de diamante. — O Tony está aqui. Vocês... sabe como é?

— Ãh-hã — respondeu, fazendo sinais furiosos com a cabeça e enfiando outro canapé na boca. — Tudo bem por aqui, mesmo.

— Tone! — Gervase gritou para o outro lado do salão, fazendo com que todo mundo se virasse para olhar para ele durante um segundo.

Tony virou-se e acenou, caminhando encabulado na direção deles. De perto, estava suado e desarrumado, a barriga saindo um pouco para fora das calças alugadas que não serviam muito bem.

— Que merda de trânsito — disse. — Fiquei preso em Grosvenor Road. Um pesadelo. Ness. Oi. — Inclinou-se na direção da ex-namorada e deu um beijo afetuoso mas meio desajeitado na bochecha dela. — Você está linda — disse.

— Obrigada, Tony. Você também.

— Humpft — riu Tony, brincalhão, obviamente ciente do fato de que estava tudo menos isso. — A mamãe e o papai estão vindo. Acabei de ver o carro deles estacionando.

— Cadê o Sean e a Millie?

— Vai saber. Provavelmente estão presos em Grosvenor Road.

Mas, naquele momento preciso, Sean e Millie entraram no salão, reluzentes e indiscutivelmente pós-coitais. Sean estava muito bonito mesmo com seu *smoking* e Millie estava estonteante em um vestido vermelho de seda em estilo japonês com uma gargantilha vermelha enorme e sapatos de salto alto vermelhos.

— Muito James Bond — disse Ness, quando chegaram ao canto do salão onde eles estavam.

— Onde vocês dois estavam? — perguntou Ned, reparando nas bochechas coradas e nos cabelos levemente despenteados, cheio de surpresa.

— Lá em cima — respondeu Sean, sacando tudo. — Estávamos testando o colchão. Sabe como é?

Millie lançou-lhe um olhar perverso e Ned não pôde evitar olhar para Ness e ficar imaginando como seria a qualidade de seu próprio colchão. Ela estava conversando com Tony e Ned tentou medir a química entre eles. Tony parecia nervoso e apressado e Ness parecia calma e composta. A linguagem corporal deles não parecia implicar nenhuma saudade latente, mas era impossível para Ned esquecer que, se Tony não tivesse dado o pé na bunda dela, Ness continuaria sendo cem por cento dele.

— Eles chegaram, eles chegaram! — alguém gritou com um sussurro teatral alto. Alguém diminuiu as luzes e fechou as portas e todo mundo se juntou e ficou cochichando cheio de animação.

— Senhoras e senhores — disse um homem de cabelos prateados com um sotaque inglês bem pomposo. — Apresento-lhes os convidados de honra, o senhor e a senhora Gerald London.

As portas então se abriram, e as luzes se acenderam. Todo mundo gritou "surpresa" e a mãe e o pai entraram, parecendo maravilhados e felizes da vida com suas melhores roupas. As mãos da mãe foram diretamente para as bochechas e seus olhos esbugalhados percorreram todo o salão, apontando para as pessoas que ela reconhecia até que o olhar caiu sobre seus três garotos parados no canto, bem anti-sociais, e ela caiu em prantos.

— Ah, Gerry! — Ela não parava de dizer. — O que foi que você fez, seu safadinho? O que foi que você fez?!

Todo mundo os rodeou durante alguns minutos e Ned e seus irmãos ficaram pacientemente na fila até que finalmente tivessem a oportunidade de abraçar o pai e a mãe e cumprimentá-los.

— Muito bem, seus velhinhos — disse Ned, apertando a mãe em um abraço de urso. — Quarenta anos, caramba!

— Parabéns — disse Tony, abraçando o pai e apertando a mão da mãe.

— Ness! — disse a mãe, notando a presença de sua ex-nora em potencial. — Você veio! — Olhou de Ness para Tony um segundo, esperando ver um brilho em seus olhos.

— Claro que eu vim — respondeu Ness. — Eu não teria perdido isto por nada no mundo. E o seu filho mais novo foi mesmo muito gentil ao se oferecer para me acompanhar. — Lançou um sorriso para Ned e enlaçou o braço no dele e Ned inchou o peito como um pombo orgulhoso.

— Millie! — disse ela, jogando os braços em volta de sua futura nora e a abraçando. — Você está fabulosa! Gervase! Ah meu Deus do céu... olhe só para você! Olhe só para a sua camisa! Que máximo!

O pai ficou atrás da mãe, radiante e cheio de orgulho, conversando educadamente com o irmão verborrágico de Bernie, o tio Liam. Ned foi seqüestrado por algum velho do mercado de antiguidades que aparentemente se lembrava dele de quando tinha três anos de idade e tinha lhe dado um saco de balas de limão. Ned sorriu educadamente e ficou implorando a Deus para conseguir se lembrar do acontecimento das balas de limão para que tivessem algo sobre o que conversar. Bebeu mais champanhe, comeu mais canapés, conversou com mais e mais velhos e estava chegando ao ponto de precisar fugir quando sentiu alguém puxando seu cotovelo.

Era Tony.

— Ned — disse ele. — Posso falar um instante com você?

Ned olhou para ele, meio incerto.

— Hm, pode. — disse. — Claro. É sério?

— É. Bom. Não. É uma coisa boa. Acho. Espero. Olhe... vamos ali no meu quarto bater um papo, que tal?

O grande irmão vai tomar conta de você

Ned seguiu o irmão até o terceiro andar e sentiu um desconforto crescendo dentro de si na medida em que iam caminhando. O que Tony iria lhe dizer? Será que estava doente? Será que a mãe e o pai estavam doentes? Ou será que ele iria lhe dizer para se afastar de Ness porque a queria de volta? Talvez estivesse vendo quanto Ned a desejava e agora tinha mudado de idéia. Merda. Ele não estava gostando nadinha daquilo.

Tony convidou-o a entrar em seu quarto e Ned deu uma olhada rápida. *Fantástico*, caralho.

— Caramba! — disse. — O quarto de todo mundo é assim?

— É — disse Tony, afrouxando a gravata e se sentando à mesa. — Até onde eu sei.

— Legal! — disse Ned, aboletando-se na beirada da enorme cama de Tony.

— Olhe — disse Tony, tirando algum tipo de documento de dentro de um envelope. — Vou ser breve. Tenho uma proposta para você.

Então fez uma pausa e olhou para Ned de um jeito que só fez aumentar sua desconfiança.

— Eu vou embora — disse.

Ai, meu Deus, pensou Ned, o Tony está morrendo! O Tony está morrendo e vai me entregar o testamento dele.

— As coisas não estão muito boas para o meu lado neste momento. Estou meio perdido e não sei mais a quem recorrer. Sempre achei que quando eu chegasse a esta idade, eu estaria casado, com filhos, esse tipo de coisa. Mas as coisas não aconteceram bem assim. Então eu vou sair do país durante um tempo, viajar um pouco...

Ned riu, em parte de alívio por Tony não estar morrendo e em parte porque a idéia de Tony "viajar um pouco" era completamente absurda.

— Como assim, viajar? — perguntou com desdém.

— Estou dizendo que vou entrar em um avião e ir para algum lugar e passar algum tempo lá e daí entrar em outro avião e ir para algum outro lugar.

— Ah, é? E com quem?

— Sozinho. — Tony olhou para ele e Ned viu um pequeno vislumbre de incerteza em seus olhos, uma falta de confiança em si mesmo, e percebeu precisava que ele lhe desse força, não que tirasse sarro.

— Sozinho. Caralho, Tony. Isso é, bom... caramba! Que legal. É legal de verdade. que bom para você. Mas e a empresa?

— Bem — disse Tony, cruzando as pernas lentamente. — É aí que você entra.

— Eu?

— É. Olhe, eu pensei muito sobre esse assunto e pensei muito sobre você. Deve ser difícil fazer o que você fez... ir viajar, deixar a vida em suspenso, voltar e ver que tudo mudou menos você. A mamãe disse que você está fazendo bico, e que você não está gostando muito. E eu vou vender a London Cards. Vou vender e virar diretor. Vou continuar envolvido, mas não vou mais colocar a mão na massa. E eu quero fazer algumas mudanças na empresa nas próximas semanas, antes de eu ir embora. Expandir um pouco os negócios, dar uma rejuvenescida, incluir algumas idéias novas, colocar um pouco de sangue novo. E tem uma área que nunca desenvolvemos muito bem na London Cards: a de arte. Então, eu achei que podia ser legal se você entrasse no negócio e abrisse uma divisão nova.

— O quê? — A cabeça de Ned começou a zumbir um pouco. — Você está falando sério?

— Muito sério. Estava pensando em uma linha nova, digamos, uns dez tipos para começar. Você ia ter que escolher, comprar, fazer o *design*... outras pessoas cuidam dos detalhes, do *marketing*, do orçamento, das finanças. Você seria meu comprador de arte.

— Caralho. — Ned deixou a cabeça cair nas mãos e passou os dedos pelos cabelos. — Caramba. Isso é demais para absorver assim... é...

— É um emprego de verdade, Ned. Com responsabilidades e pressão.

— É. Com certeza. Deu para perceber. Caralho. Posso pensar a respeito?

— Claro que pode. Você vai trabalhar na segunda?

— Não.

— Venha ao escritório. Às nove. A gente conversa mais. Mas eu só queria mesmo falar com você agora... para te dar uma chance de pensar sobre o assunto, ter tempo de perguntar tudo que você quiser. Absorver a idéia.

— Caramba. Tony. Não dá para acreditar. Eu achei que você pensava que eu não tinha jeito.

— Bem, você não tinha mesmo.

— Ah, *valeu*.

— Não. Estou falando sério. Vocês não tinham mesmo. Você e o Sean. Mas agora eu olho para o que o Sean fez, o que ele conseguiu, e fico aqui pensando que vocês dois são capazes, só precisam encontrar seu nicho. O Sean achou o nicho dele. E agora você precisa encontrar o seu. Você é qualificado. Você tem experiência. Você é inteligente. E eu acho que você também sabe trabalhar pesado.

— É — assentiu Ned com a cabeça. — Com certeza.

— Mas eu não estou sendo completamente altruísta. Eu sou um controlador irreparável, você sabe disso. E vai ser difícil mesmo eu largar o trabalho completamente... só de saber que vai ter sangue do meu sangue por lá, que tem um London, alguém com o nome da empresa, vai fazer uma enorme diferença para mim. E para os meus funcionários. — Ele sorriu. — Vão ficar atentos. Eu confio em você, Ned. Você é meu irmão e você é da família e eu sei que posso confiar em você. Mas vai estar nas suas mãos manter o emprego depois que eu for embora. Não vou estar lá para dar um jeitinho nas coisas para você. Se você for mal, vai ser demitido, igual a qualquer um. Mas você vai receber um salário decente...

Ned mordeu a língua para não perguntar exatamente *quanto*.

— ...e tem mais uma coisa. Meu apartamento. O que você acha de ficar lá enquanto eu estiver fora?

— O quê? Sério?

— É. Com certeza. Não estou a fim de alugar para estranhos e não quero que fique vazio. Eu sei que você adora a casa da mamãe e do papai, mas você já está com vinte e sete anos, pode ser que queira um pouco mais de liberdade. E, de qualquer jeito, não posso mandar meu comprador de arte para a casa da mamãe e do papai toda noite, posso? — Sorriu. — Então, o que você acha?

Ned abriu e fechou a boca algumas vezes, tentando encontrar as palavras adequadas.

— O que eu acho? — riu. — Acho que estou honrado e surpreso e animado e amedrontado e... *Meu Deus*! Não estou conseguindo acreditar.

— Dê uma pensada. Pense em tudo isso e na segunda a gente conversa direito, certo?

— Certo! — disse Ned, indo na direção de Tony e lhe dando um abração. — Obrigado, Tone — disse, apertando seus ombros grandes e carnudos. — Obrigado por ter pensado em mim. Obrigado por botar fé em mim. Eu te amo, cara.

— Eu também te amo, Ned — respondeu Tony. — Você é um cara legal. O melhor.

E então o telefone tocou.

— Era o Sean — disse Tony, colocando o fone no gancho. — A gente precisa descer... parece que o papai vai fazer um discurso.

Gerry fica emotivo

— Muito bem — começou Gerry, olhando ao redor do mar de rostos ansiosos com nervosismo e brincando com um pedaço de papel-cartão. — Em primeiro lugar, gostaria de agradecer muito a todos vocês por se darem ao trabalho de vir até aqui nesta noite. Eu sei que alguns vieram de longe. Alguns até vieram da zona leste de Londres. E, olhando aqui ao redor, dá para ver que a loja de aluguel de roupas Moss Bros nos atendeu todos muito bem, então obrigado a eles também. A primeira vez que eu coloquei os olhos nesta Bernie aqui foi há quarenta anos, na primavera de 1961. Ela só tinha dezesseis anos e era vendedora de quinquilharias na Simpsons de Picadilly. Mas no minuto em que coloquei os olhos nela, pensei: Eu vou me casar com esta moça. Para minha sorte, ela se revelou uma garota fácil. Eu disse que eu queria dar um presente para a minha namorada, mas não sabia o que comprar, então pedi a ela que escolhesse algo para mim. Ela pegou um par de brincos de coral. Esperei até que ela os embrulhasse e então os dei para ela. Daí convidei-a para ver um filme e ela aceitou. Até hoje não sei se foram os brincos ou a minha personalidade encantadora que a fizeram aceitar; só sei que estamos juntos desde aquele primeiro encontro e, até hoje, eu amei cada segundo da minha vida ao lado dela. Alguns de vocês devem estar aí pensando que quarenta anos juntos com a mesma pessoa devem envolver muitos altos e baixos; mas não eu. Não tivemos nenhum "baixo". Quando olho para a Bernie hoje, ainda vejo aquela assistente de vendas com o rosto jovem no balcão da Simpsons, ainda vejo a moça de cabelo loiro e olhos azuis que eu passei para buscar para o nosso primeiro encontro em Picadilly, e ainda sinto o mesmo friozinho no estômago. Bernie é o centro do meu mundo, minha razão de existir. Ela é genuína e talentosa e tem os pés no chão. Ela é gentil e amorosa. Também é engraçada e cheia de vitalidade e me faz rir todo dia. Nunca tentou me mudar nem fez com que eu me sentisse nada menos do que um homem. Eu gosto da pessoa que sou quando estou com a minha mulher. Não existe ninguém no mundo com quem eu prefira estar a não ser ela, e eu só me sinto mal ao lado da Bernie quando fico imaginando como seria a minha vida sem ela. Eu não sei qual é o segredo do nosso casamento feliz... geralmente fico achando apenas que tivemos muita sorte. Mas também acho que eu e a Bern, a gente se *diverte* mais do que muitos casais por aí... nada me deixa mais feliz do que ver a Bernie sorrir e acho que o mesmo vale para ela. Muitos casais esquecem de se divertir, de brincar e de fazer o parceiro sorrir. Mas a parte mais divertida do nosso casamento até hoje foi criar esses três aí. — Apontou para os filhos, em pé na frente da platéia. — Desde o momento em que a carinha do Anthony brilhou à luz há trinta e cinco anos, encontrei toda uma gama nova de razões por que me sentir o homem mais sortudo do mundo. As pessoas hoje em dia parecem transformar o ato de ter filhos em um grande *show*. Fazem com que sejam apenas mais um item na sua lista enorme de coisas com que se preocupar. Mas nós nunca agimos dessa maneira com os nossos três. Nós só aproveitamos sua existência. Cada um teve seus tombos e suas topadas e suas visitas ao pronto-socorro. Cabularam aula na escola e levaram boletins horrorosos para casa. Mas nunca deixamos nada disso nos incomodar porque sabíamos que tínhamos três bons garotos, e independentemente do que viesse a acontecer no futuro, as coisas iam dar certo para eles. Enquanto nós os amássemos e lhes déssemos força e fizéssemos com que a casa deles fosse um lugar bom de se morar, eles estariam bem. E agora eu olho para eles e vejo que nós tínhamos mesmo razão. Tenho tanto orgulho de vocês, meninos — disse, com lágrimas brilhando nos olhos —, tenho tanto orgulho de tudo que vocês fizeram e de tudo que vocês ainda vão fazer e tenho muito orgulho da minha família. Eu sou o homem mais sortudo do mundo... e devo tudo à minha adorada Bernie. Bernie... — ele se virou para falar especialmente à mulher em soluços — dê aqui um abraço.

Bernie despencou nos braços de Gerry, lágrimas escorrendo pelas bochechas, corada de orgulho e de alegria, e o salão se encheu de aplausos e de assobios.

Sean enxugou uma lágrima do olho. Sentiu-se tomado pela emoção e eufórico de tanta alegria. Aquele era o discurso mais fantástico que já ouvira. E, enquanto escutava o aplauso sincero e observava os pais se abraçando com ternura na frente de todo mundo que conheciam e que amavam, de repente sentiu que estava na hora. Deu um beijo na boca de Millie e se dirigiu para a frente.

— Senhoras e senhores — disse, batendo uma colher em um copo. — Senhoras e senhores. Eu tenho um comunicado a fazer. — Todo mundo ficou em silêncio e se virou para olhar para ele. — Em primeiro lugar, eu só queria ecoar tudo que o meu pai disse a respeito da minha mãe. Ela é uma pessoa verdadeiramente magnífica e eu quero agradecê-la do fundo da minha alma por tudo que ela fez para que a gente achasse que era capaz de fazer qualquer coisa que quisesse. Eu não estaria na posição que ocupo hoje se não fosse pelo apoio incondicional da minha mãe. Também gostaria de dizer que espero de verdade que haja algum fundo de verdade nesse negócio de astrologia e que a personalidade alegre e generosa da minha mãe tenha alguma coisa a ver com o dia em que ela nasceu. Porque no dia primeiro de dezembro deste ano uma outra pessoa vai nascer. E os meus pais vão ser avós. Porque eu e a Millie... *nós estamos grávidos*!

Durante uma fração de segundo todo mundo ficou em silêncio total, então os olhos de Bernie se abriram em círculos bem redondos e ela levou as mãos às bochechas e abriu a boca enorme e gritou como uma menininha de sete anos em um *show* do Steps.

— E se alguém algum dia mereceu ser avô e avó, são estes dois aqui. Eu amo vocês dois. À Bernie e ao Gerry — Sean concluiu, erguendo o copo antes de ser atacado pelos pais e coberto de abraços e beijos.

Sean encontrou a mão de Millie e a apertou. Ela virou-se da conversa que estava tendo com Bernie e Gerry e lançou-lhe um sorriso. E Sean sentiu-se inchar por dentro de orgulho e de satisfação. Porque era aquilo, ele percebeu, aquilo era amor. O amor não era beber em lugares da moda, ter uma vida imprevisível e fazer sexo na madrugada. Não era existir em um vácuo e fingir que o mundo lá fora não existia de verdade. Era ele e Millie, crescendo juntos, compartilhando, rindo e se divertindo juntos. Era a família. Era isto aqui.

Algumas horas depois, Tony, Sean e Ned se viram alinhados na frente do mictório, em ordem de idade, da esquerda para a direita, mijando em uníssono.

Estavam todos bêbados.

— Caralho... Sean! — disse Ned, fechando o zíper e apoiando-se na parede. — Ainda não estou acreditando. Você vai ser pai, porra! Há quanto tempo você sabe?

— Seis semanas.

— E você não me contou? Seu sacana.

— Desculpe, cara — disse Sean, balançando um pouco de um lado para o outro enquanto fechava o zíper. — Desculpe. Eu passei um certo período de negação. Não conseguia admitir muito bem para mim mesmo o que estava acontecendo, imagine só se eu ia contar para alguém mais.

— Então, você acabou se entregando, hein? — disse Tony, virando-se para lavar as mãos.

— É — disse Sean, olhando para os pés. — Bem... não. Eu não me entreguei. Eu acreditei. Esta é a diferença. Antes, não era de verdade. Agora, é. E é demais, caralho! Olhe, Tone — disse —, todo aquele negócio da outra noite... Eu sinto muito de verdade, tá? Você estava certo. Eu estava errado. Eu não o culpo por ficar do lado da Millie...

— O quê? — perguntou Ned. — O que está acontecendo?

— ...e eu só disse aquelas coisas porque eu sabia que você estava certo e não conseguia reconhecer...

— Do que você está falando? — perguntou Ned.

— E eu só queria dizer... obrigado por cuidar da Millie enquanto eu não cuidei. Eu nunca vou me esquecer disso, sério. E ela também não vai. Você foi um irmão para nós dois nessas últimas semanas. Um irmão de verdade, mesmo. E eu não soube apreciar. E sinto muito mesmo por tudo, Tone, desculpe de verdade...

— Eu também, cara — disse Tony. — Eu também sinto muito. Eu estava fora de mim. Eu não tive intenção de dizer aquelas coisas. Eu só estava passando por uma fase difícil, você sabe como é. Estava me sentindo inseguro, sem confiança em mim mesmo. Eu só estava com inveja de você. Mas você agiu tão certo, e eu estou mesmo muito orgulhoso de você, caralho, estou mesmo.

Sean olhou para Tony por um instante e Ned viu lágrimas brilhando em seus olhos.

— Eu te amo, Tone. Muito, mesmo — bateu no coração com o punho fechado. — Eu te amo.

E então ele jogou os braços em volta de Tony e o apertou e lhe deu tapinhas carinhosos, e Tony fez o mesmo com ele.

— O quê?! — disse Ned, começando a se sentir verdadeiramente de escanteio.

— Nada! — berrou Sean, feliz da vida. — Absolutamente porra nenhuma! Tudo está perfeito! Venha aqui! — abriu os braços para convidar Ned para o grupo e durante um ou dois ou três minutos os três ficaram abraçados em uma roda calorosa e embriagada de amor fraternal.

E então uma figura apareceu à porta do banheiro.

— Gervase! — disse Ned, sorrindo para seu novo amigo. — Tudo certo?

Sean e Tony sorriram, ainda abraçados.

— Como é que vai, *Gervase*? — disse Sean, caminhando na direção dele e colocando um braço sobre seus ombros.

— Excelente — respondeu Gervase, esfregando as mãos e olhando para os três irmãos. — Vocês parecem felizes. Estão se divertindo?

— À beça — respondeu Ned.

— Que bom — disse Gervase, assentindo com a cabeça com muita sabedoria. — Que legal. Então... todo mundo está contente?

Os rapazes se olharam.

— É — respondeu Ned. — Parece que sim. Pronto. Olhe. Eu quero fazer um brinde. Eu quero fazer um brinde ao *Gervase*. O cara mais do caralho que eu conheço, meu amigo de verdade.

— É — disseram Sean e Tony, fazendo sinais furiosos com a cabeça, para a grande surpresa de Ned. — Ao Gervase. Saúde.

Os quatro homens pegaram as garrafas de cerveja que tinham trazido do bar e fizeram tintim. Então Sean pousou a sua, olhou para Gervase durante um minuto e o abraçou.

— Você é o máximo, Gervase — disse. — Você é o máximo, total. Nunca vou me esquecer do que você fez por mim. Nunca!

Ned observou estupefato. Sean obviamente estava bem mais bêbado do que parecia. Gervase pareceu contente mas encabulado e se desembaraçou suavemente do abraço apertado de Sean.

— Vocês, rapazes — disse, voltando-se para olhar para eles. — Vocês são umas porras de uns sortudos, todos vocês. Mas vocês já sabem disso, não é mesmo?

Eles assentiram com a cabeça.

— Sean... você tem a Millie e o pequenininho a caminho. Tone... você vai ter a sua liberdade por um tempo. Ned... você tem todo o seu futuro à sua frente e toda essa gente por trás de você. Mas, principalmente, vocês têm um ao outro. Que coisa maravilhosa, hein? — Ele sorriu. — Irmãos... que coisa maravilhosa. Nunca achem que isso não é nada, hein? Aproveitem, todos os dias. Cuidem um do outro. Está certo?

Todos assentiram com a cabeça com entusiasmo e trocaram mais alguns tapinhas afetuosos.

— Aliás — disse, conferindo o reflexo no espelho. — Eu só vim aqui para dizer que, em primeiro lugar, as moças estão atrás de vocês. — Olhou para Sean e para Ned. — Em segundo, seus pais estão atrás de vocês. E em terceiro, eu estou caindo fora, então vim dar meu boa-noite.

— Você *vai embora*? — disse Ned, olhando para o relógio, incrédulo.

— É. Estou acabado. E também estou morrendo de fome. Não consegui comer nenhuma daquelas coisinhas refinadas das bandejas, então vou dar uma passadinha no KFC.

— Ah, Gervase, fale sério. Fique. Vamos para o quarto, a gente pede uma comida ou qualquer coisa assim.

— Não... falando sério, caras. Estou indo nessa. Preciso de um pouco de carne, sabe como é. — Esfregou a barriga. — Mas voltem para lá, certo? Isto aqui não é só para a sua mãe e o seu pai... tem a ver com vocês três também. Vocês deveriam ficar lá com eles. Certo?

Enfiou as mãos nos bolsos e olhou para todos eles. Ned olhou para o amigo parado ali com aquela roupa chocante e sentiu uma onda de ternura invadindo seu corpo.

— Boa noite, então, Gervase — disse, esticando a mão para apertar a dele. — E obrigado por tudo.

— Pá de problemme — disse Gervase, apertando a mão de todos os rapazes e então se dirigindo para a porta. — Foi um prazer negociar com vocês.

Então passou a mão por cima do cabelo à escovinha e saiu, e quando a porta se fechou atrás dele, um calafrio percorreu a espinha de Ned.

Está faltando alguma coisa

O café-da-manhã no dia seguinte foi um assunto delicado e abafado, compreendendo todos os ingredientes de um desjejum inglês, chá em bules de prata, três tipos de torrada, quatro tipos diferentes de geléia, enormes guardanapos de linho e não muita conversa. Ned vislumbrou uma Ness pálida e com cara de enjôo do outro lado da mesa e sentiu uma noção de segurança e certeza ao vê-la ali. Desejava que ela sempre estivesse ali. Para tudo. Para sempre.

A festa tinha durado até a meia-noite, então uma boa parte deles se retirara para o bar para beber mais um pouco. A mãe e o pai tinham conseguido ficar acordados até às três da madrugada, uma marca bastante heróica, e Tony, Sean, Ned e Ness tinham continuado a beber até as cinco da manhã. Nada tinha acontecido entre ele e Ness na noite anterior... não tinham nem tido a oportunidade de ficar sozinhos, mas tinham se entendido incrivelmente bem. Tinham feito um o outro rir a noite toda, e Ness tinha pegado no braço dele e apertado seu joelho várias vezes enquanto conversavam. E, no fim da noite, quando todo mundo tinha começado a se sentir verde de tanto cansaço e bebedeira, ela disse que ia tomar um táxi, mas Ned conseguiu convencê-la a ficar, oferecendo-lhe sua cama. Não com ele junto, claro. Dividiu a cama com Tony e dormiu com o travesseiro por cima da cabeça para bloquear seus roncos copiosos.

— Que noite! — disse Bernie, saindo do carro em Beulah Hill mais tarde naquele mesmo dia. — Que noite fantástica!

— Esta é a pior ressaca que eu já tive na vida — disse Ness, com cara de acabada, saindo do carro com muita dificuldade e então se segurando na lateral para conseguir ficar em pé.

— Você precisa de um café, querida — disse Bernie. — Você não pode pegar o carro para ir para casa nesse estado.

— Não — respondeu ela. — Você está certa. Vou dar uma passadinha na sua casa.

Ned sorriu para si mesmo. Gerry abriu a porta da frente e então, de repente, virou-se para trás e pegou Bernie no colo. Tentando carregá-la porta adentro.

— Me largue! — Bernie reclamou, batendo nele com a bolsa. — Me coloque no chão, seu canalha idiota. Que diabos você acha que está fazendo?

— Ah, cale a boca, *vovozinha* — disse Gerry, dando-lhe um beijão na bochecha.

— Vovozinha — disse Bernie, avaliando a palavra e sorrindo quando Gerry a depositou no *hall* de entrada. — Ai, meu Deus... eu vou ser vovó!

Goldie apareceu se arrastando para cumprimentar a família ausente, sua expressão revelando que não estava acreditando que tinham ficado fora a noite toda, divertindo-se sem ele.

A mãe e Ness foram para a cozinha fazer café e Ned deu uma olhada pela casa. Tinha alguma coisa errada, mas ele não sabia bem o quê. Tinha alguma coisa estranha na atmosfera. Estava faltando alguma coisa. Passeou pela sala de estar e pela sala de jantar e então subiu as escadas, já sabendo o que era, mas incapaz de acreditar.

A porta do quarto de Gervase estava fechada. Ned bateu. Sem resposta. Bateu de novo.

— Gervase, você está aí?

Nada de resposta. Lentamente, empurrou a porta e deparou com um quarto vazio. E não só vazio da presença de Gervase, mas vazio das coisas de Gervase. O violão dele. O toca-discos dele. O casaco de couro dele. O guarda-roupa estava vazio. Os sapatos dele não estavam mais enfileirados embaixo do espelho de corpo inteiro. A bandeira confederada não estava mais pendurada na janela e a fotografia de Elvis deixara um buraco na parede. Sobre a cama só havia o colchão e na pia do canto não havia mais escova nem pasta de dente.

Gervase tinha ido embora.

Seu amigo Gervase.

Não estava mais lá.

O queixo de Ned caiu até o peito. Como é que ele podia fazer aquilo? Como é que ele podia cair fora e abandoná-los? Ele fazia parte da família. Era um deles. Ele *pertencia* àquele lugar.

Cambaleou em direção a seu quarto e abriu a porta. Tinha alguma coisa em cima de sua cama. Um álbum de Robert Gordon, um disco de vinil. Por cima dele havia um envelope. Ned sentou-se pesadamente sobre a cama e abriu o envelope.

Dentro dele havia um cartão com uma foto de Elvis na frente. Abriu e leu:

Ned: não é nada pessoal, cara, mas chegou a hora de seguir em frente. Foi uma verdadeira honra andar com os London nestes últimos meses, mas é o vento que me leva, de verdade, e estou sentindo que está mudando de direção, me levando para algum lugar novo. Deixei uma carta para a sua mãe e outra para o seu pai, mas esta aqui é para você e os seus irmãos. A sua mãe fez o melhor que pôde com todos vocês e acho que nunca conheci uma mãe como ela, com tanto amor no coração. Mas, por amar vocês três tanto assim, ela lhes prestou um desserviço: nunca ensinou a vocês o que é responsabilidade nem como colocar os outros na frente de vocês. Todo mundo gosta de bolo, Ned... mas a gente precisa fatiá-lo e distribuir os pedaços, se não acaba comendo tudo sozinho e vomitando. Bem, não tanto você, Ned: o seu coração é mais cheio de amor do que o dos seus irmãos, mas você também consegue ser bem peculiar quando quer. Acho que vocês aprenderam muito a respeito do que é compartilhar nestas últimas semanas,... só continuem assim, certo? Quanto mais vocês compartilharem, mais vão gostar de si mesmos.

Não sei se algum dia a gente vai se ver de novo... espero que sim. Quando a gente mora em Londres tempo bastante, acaba esbarrando em todo mundo que conhece em uma ou outra ocasião, não é mesmo? Então, Ned, fique de olhos abertos: nunca se sabe!

Viva muito, e bem, ame muito e mantenha os pés no chão.

Seu amigo,

Gervase McGregor

Epílogo

De: Anthony London [SMTP: tonylondon hotmail.com]
Enviado em: Terça-feira, 4 de dezembro de 2001, 23:14
Para: Sean London [SMTP: sean seanlondon.co.uk]
Assunto: Minha sobrinha

Ei, vocês dois aí! Vocês conseguiram! E, ainda por cima, uma menina... já estava na hora de termos uma destas na família! Obrigado pela foto... Será que eu tenho permissão para dizer que ela se parece com o vovô Seamus quando está bravo? Mas, bem, *todos* os bebês se parecem com o vovô Seamus para mim! Mas, falando sério, tenho certeza de que ela vai ficar linda quando crescer, igual à mãe dela. Como vai a Millie? Ela me escreveu na semana passada e disse que estava se sentindo como se fosse dar à luz uma morsa. Quatro quilos e duzentos gramas! Isto é grande para caralho, não é? Espero que a minha sobrinha não termine com o meu físico, coitadinha. Mas acho que vocês nem iam me reconhecer agora: todo este sol e esta alimentação saudável me fizeram perder um montão de peso. Voltei para as calças tamanho 42!

Estou escrevendo para vocês de um café no centro de São Francisco. É quase meia-noite e ainda está calor lá fora. Tudo aqui é fantástico. Nunca achei que eu poderia me apaixonar desta forma por uma cidade que não é Londres, mas vou dizer: este lugar aqui tem tudo. Vocês dois deveriam trazer a pequena Eva aqui assim que puderem viajar. Tem um quarto extra na minha casa e eu moro a cinco minutos de caminhada da praia. Vou reservar meu vôo para a Inglaterra assim que terminar de escrever para vocês. Devo estar de volta na próxima quarta, mas vai ser só uma visita rápida, creio. É, vocês adivinharam: tenho que cuidar de umas questões de trabalho. Eu conheci um cara na semana passada, um ilustrador... claro que começamos a conversar e pensamos em montar alguma coisa: uma empresa de cartões. Bem, a gente deve sempre fazer o que sabe! Não dá para evitar, eu não sirvo para ficar sem fazer nada. Já descansei bastante agora, já está na hora de voltar para o batente.

O Ned está mesmo se dando muito bem na London Cards. Vivo recebendo *e-mails* dos meus (ex) funcionários cheios de elogios a ele. Espero que ele esteja cuidando do meu apartamento e não o tenha transformado em uma cópia perfeita da casa da mamãe e do papai! E essa história de ele estar com a Ness?! Esta sim é uma reviravolta para ficar na história, porra! Ele estava muito nervoso mesmo para me contar, como se eu fosse achar que ela era minha propriedade e ter ciúme! Eu não podia ficar mais feliz! Eu sabia que eles estavam ficando muito amigos e passando muito tempo juntos, mas nunca achei que fosse se transformar em qualquer outra coisa. Estou muito, muito feliz mesmo por eles... os dois são pessoas muito legais mesmo, e os dois merecem.

A mamãe me disse que a editora adorou seu segundo livro e que você assinou um novo contrato... que maravilha! Quando é que sai? Eu vou ter que ir ao lançamento. E veja se me manda uma prova, seu porra! Hoje em dia eu tenho tido um pouco mais de tempo para ficar lendo!

Estou mesmo muito feliz por você, Sean. Estou muito feliz por causa do livro e por causa de você e da Millie (quando é que você vai transformá-la em uma mulher honesta?), e agora da pequena Eva também. É tão irônico você ter terminado exatamente onde eu achava que ia estar na sua idade, e aqui estou eu sentado em um cyber café em São Francisco, de shorts e chinelo de dedo, agindo como um estudante velho demais. A vida é estranha. É boa, mas muito estranha.

Todo meu amor para você, Sean: para você e a Millie e o bebê. E parabéns! Não posso esperar para conhecê-la na semana que vem!

Seu irmão mais velho

Tio Tony (!)

De: Ned London [SMTP: londonned londoncards.co.uk]
Enviado em: Terça-feira, 4 de dezembro de 2001, 18:15
Para: Tony London [SMTP: tonylondon hotmail.com]
Assunto: A pequena Eva!

Caralho! Dá para acreditar? Uma menina! É tão esquisito! Na noite passada, eu fui visitá-la pela primeira vez; ela estava com exatamente vinte e quatro horas de vida! Ela é uma meninona, vou te dizer. Parece que já tem pelo menos uma semana! E ela é igualzinha à Millie (graças a Deus). Você precisa só ver o Sean, é inacreditável, não dá para acreditar que ele continua sendo o mesmo cara. Ele só ficou lá sentado, olhando e olhando para a criança como se ela fosse algum tipo de milagre. Eu entrei no apartamento da Millie (caramba, Tony, você tinha que ver o apartamento dela... é fantástico) e os três estavam lá sentados no sofá, com fogo na lareira, gatos por todos os lados, igual a algum tipo de família perfeita. Por um instante, pareceu até calculado demais, mas foi só um instante, imagine! A mamãe ficou louca e o papai ficou com os olhos um pouco úmidos. Dava até para pensar que aquela criança era algum tipo de messias ou qualquer coisa assim, pelo jeito como todo mundo estava agindo!

A minha vida agora está boa: as coisas com a Ness só fazem melhorar, e nós estamos de fato falando a respeito de morar juntos. Caralho! Que ano! Mas não fale para a mamãe, só vou contar quando tivermos decidido com certeza. A mamãe e o papai estão ótimos. Mas a casa ainda parece meio esquisita, desde que o Gervase foi embora. Eu continuo indo ao quarto dele de vez em quando, sabe como é, só para me lembrar dele. E é claro que tudo é muito esquisito sem o Goldie. Coitadinho, mas ele foi para um lugar melhor. E espere só para ver o cachorrinho novo. Ele já está bem grande, e é um terror completo. Roeu metade da mobília e todos os sapatos da mamãe. Mas ele é tão engraçado e é bom a mamãe e o papai terem alguma coisa com que se preocupar agora que eu não moro mais lá.

Não agüento esperar para te ver na semana que vem. Tenho tanta coisa para te contar (principalmente do trabalho), mas vai ser simplesmente maravilhoso ter você de volta por alguns dias. Eu tenho sentido muita saudade sua, Tone, de verdade. Mas acho que você fez o certo em ir embora. Já dá para ver pelos seus e-mails que você está muito mais feliz... talvez agora você consiga entender por que eu fui embora naquela ocasião. Às vezes a hora é simplesmente certa para mudanças. A gente tem que seguir a intuição, não é mesmo? E não faz sentido ficar se perguntando por que algumas coisas não dão certo... faz parte da jornada e o que importa é onde a gente vai dar, não como a gente chegou até lá. Parece que você está bem, eu com certeza estou... nunca estive melhor.

Parabéns para o tio Tony, a gente se vê na semana que vem. E você pode, por favor, trazer um pouquinho do sol da Califórnia?

Com carinho,
Seu irmão mais novo

Ned London
Comprador de Arte
London Cards Ltd

Este livro foi composto na tipologia Minion,
em corpo 11/15, e impresso em papel
off-set 90g/m² no Sistema Cameron da
Divisão Gráfica da Distribuidora Record.